UM AMOR PROBLEMÁTICO DE VERÃO

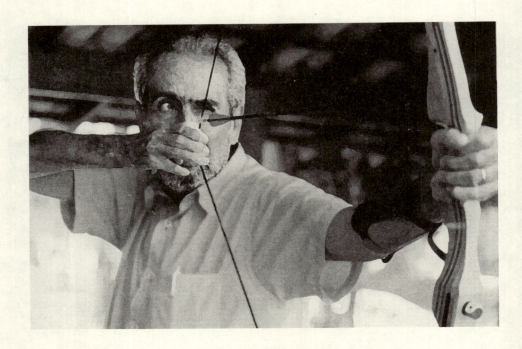

O Arqueiro

GERALDO JORDÃO PEREIRA (1938-2008) começou sua carreira aos 17 anos, quando foi trabalhar com seu pai, o célebre editor José Olympio, publicando obras marcantes como *O menino do dedo verde*, de Maurice Druon, e *Minha vida*, de Charles Chaplin.

Em 1976, fundou a Editora Salamandra com o propósito de formar uma nova geração de leitores e acabou criando um dos catálogos infantis mais premiados do Brasil. Em 1992, fugindo de sua linha editorial, lançou *Muitas vidas, muitos mestres*, de Brian Weiss, livro que deu origem à Editora Sextante.

Fã de histórias de suspense, Geraldo descobriu *O Código Da Vinci* antes mesmo de ele ser lançado nos Estados Unidos. A aposta em ficção, que não era o foco da Sextante, foi certeira: o título se transformou em um dos maiores fenômenos editoriais de todos os tempos.

Mas não foi só aos livros que se dedicou. Com seu desejo de ajudar o próximo, Geraldo desenvolveu diversos projetos sociais que se tornaram sua grande paixão.

Com a missão de publicar histórias empolgantes, tornar os livros cada vez mais acessíveis e despertar o amor pela leitura, a Editora Arqueiro é uma homenagem a esta figura extraordinária, capaz de enxergar mais além, mirar nas coisas verdadeiramente importantes e não perder o idealismo e a esperança diante dos desafios e contratempos da vida.

ALI HAZELWOOD

Traduzido por Alessandra Esteche

? UM AMOR
✓ PROBLEMÁTICO
✓ DE VERÃO

ARQUEIRO

Título original: *Problematic Summer Romance*

Copyright © 2025 por Ali Hazelwood
Copyright da tradução © 2025 por Editora Arqueiro Ltda.

Publicado mediante acordo com Berkley, um selo da Penguin Publishing Group, uma divisão da Penguin Random House LLC.

Todos os direitos reservados. Nenhuma parte deste livro pode ser utilizada ou reproduzida sob quaisquer meios existentes sem autorização por escrito dos editores.

coordenação editorial: Gabriel Machado
produção editorial: Ana Sarah Maciel
preparo de originais: Beatriz D'Oliveira
revisão: Juliana Souza e Pedro Staite
projeto gráfico e adaptação de capa: Natali Nabekura
diagramação: Abreu's System
capa: Vikki Chu
ilustração de capa: lilithsaur
imagens de miolo: © Kotkoa/ Shutterstock (limão e flores); © darko m/ Shutterstock (Tríscele siciliano)
impressão e acabamento: Lis Gráfica e Editora Ltda.

CIP-BRASIL. CATALOGAÇÃO NA PUBLICAÇÃO
SINDICATO NACIONAL DOS EDITORES DE LIVROS, RJ

H337a

Hazelwood, Ali, 1989-
  Um amor problemático de verão / Ali Hazelwood ; tradução Alessandra Esteche. – 1. ed. – São Paulo : Arqueiro, 2025.
  368 p. ; 23 cm.

  Tradução de: Problematic summer romance
  ISBN 978-65-5565-823-1

  1. Ficção italiana. I. Esteche, Alessandra. II. Título.

25-97392.1
                    CDD: 853
                    CDU: 82-31(450)

Gabriela Faray Ferreira Lopes – Bibliotecária – CRB-7/6643

Todos os direitos reservados, no Brasil, por
Editora Arqueiro Ltda.
Rua Artur de Azevedo, 1.767 – Conj. 177 – Pinheiros
05404-014 – São Paulo – SP
Tel.: (11) 2894-4987
E-mail: atendimento@editoraarqueiro.com.br
www.editoraarqueiro.com.br

Mais uma vez para Jen, a única que pediu por isso.
Feliz aniversário. Fiz todos serem caóticos em dobro, só pra você.

Prólogo

Tenho vergonha de admitir, mas durante um tempo pensei seriamente em não ir ao casamento do meu irmão.

— Eli sabe disso? — pergunta minha amiga Jade.

— Que eu prefiro deitar no chão de um banheiro público a estar lá para vê-lo trocar votos com o amor da vida dele?

— Não. Que você *ouviu*.

Faço que não com a cabeça, olhos fixos nos meus patins. Gosto de fingir que o gelo é uma coisa que eu não gosto e que a estou esfaqueando com as lâminas. Um pouquinho de violência sempre melhora meu humor.

— Maya, só não vai. Não é tão complicado assim. Não é exatamente por isso que as pessoas se casam em outro país? Você convida todo mundo só para cumprir o dever familiar, incluindo umas tias estranhas que colecionam bonecas e o seu primo de terceiro grau que está sempre suado, sabendo que noventa por cento dessas pessoas vão pedir desculpas por não poder comparecer. De verdade, se as pessoas tivessem dinheiro pra gastar em uma viagem, não iam usá-lo pra comer bolo duvidoso de pasta americana em um lugar que outra pessoa escolheu.

— Teoricamente, sim. — Seria muito mais satisfatório se o gelo sangrasse, só um pouquinho. – Mas não é por isso que o Eli vai se casar fora. Pra começo de conversa, ele vai pagar a passagem de todo mundo que não tiver dinheiro pra ir.

Ou seja, eu. Meu irmão é mais velho e tem um emprego que paga muito bem – duas características que ele compartilha com todos os convidados, exceto eu.

Nem todo mundo é como eu, que faço parte do glamouroso mundo dos mestrandos.

– Espera aí. O casamento não é na merda da Itália? É muito dinheiro.

– É, bom, ele tem muito dinheiro.

– Mesmo assim... Ele não pode só guardar? – Ela finge um som de ânsia de vômito. – Odeio gente generosa.

– Insuportáveis. – Eu me viro para patinar de costas, os braços abertos como as asas de um anjo. – Mas vai ser uma coisa pequena. Uns dez amigos próximos vão passar a semana juntos, e mais umas trinta pessoas vão chegar para o jantar de ensaio. Esses dias tive um momento de fraqueza, do qual *não* me orgulho, e menti pra ele dizendo que teria que ficar mais tempo em Austin por causa da última entrevista para aquele projeto do MIT. Falei que só ia poder chegar depois, pra cerimônia.

Solto um suspiro e volto a patinar ao lado de Jade. A pista está quase deserta e o gelo reluz sob as luzes do teto.

– E aí? – pergunta ela.

– Ele ficou me olhando como se eu tivesse beliscado um filhote, falado que a fada do dente não existe e tentado chutar o saco dele. Tudo ao mesmo tempo. Um olhar de *traído*.

– Como ele *ousa* valorizar tanto assim sua presença?

– Fiquei *furiosa*. E eu achando que nós dois éramos pessoas pragmáticas e insensíveis que não ligavam para cerimônias. Assim fica até parecendo que eu *não* pretendo atormentar ele e a noiva dele pelas próximas cinco a oito décadas.

– Parece que o amor amoleceu seu irmão mais do que você imaginava ser possível. – Jade se vira e para à minha frente, bloqueando o caminho. – Mas calma que você procurou a pessoa certa. Tenho *muita* experiência em me safar das coisas com uma mentirinha.

– Beleza. Então me conta sua ideia.

– O jeito mais eficiente de evitar um compromisso é inventar uma doença... uma doença que siga a regra dos três Is. – Ela os conta nos dedos: – Tem que ser infecciosa, inesperada e, acima de tudo, embaraçosa.

Eu a encaro, esperando ela se corrigir. Ela não se abala.

– Precisa acontecer tão de repente que não teria como você ter previsto. Precisa ser contagiosa e te impedir de pegar um avião. E, o mais importante, precisa ser vergonhosa. Do tipo que dá coceira. Que fede. Que solta *fluidos*. Tem que ser tão deselegante que ninguém cogitaria ser mentira, porque você não arrastaria seu nome na lama assim...

– Jade. – Eu seguro as mãos dela. – Obrigada. Essas informações são *inestimáveis*.

– De nada. Estou pensando em dar um curso.

– *Mas*... eu não te contei isso porque quero fazer um *brainstorming* para faltar ao casamento.

– Ah. Sério?

Respiro fundo.

– Se meu irmão faz questão da minha presença, eu vou. Fim de papo.

– Ah. Entendo. – Ela solta um longo suspiro. – Lembra quando você odiava seu irmão?

– Lembro, e sinto muita saudade daquele tempo... – Eu me obrigo a dar de ombros. – Mas é só uma semana. Sinceramente, estou dando chilique à toa.

– Tem certeza?

Faço que sim e volto a patinar. Ela logo me alcança.

– Bom, não esquece que uma diarreia fulminante pode ser a solução – diz ela, enlaçando o braço no meu. – Pode ser útil, se você acabar sentada na mesma mesa que Conor Harkness.

Capítulo 1

Em um golpe de sorte que me deixa muito contente, a criatura que meu irmão mais ama no mundo é um cachorro.

Ou melhor... Isso não é *exatamente* verdade. A vida do Eli gira em torno de outra coisa: Rue, sua noiva. E, depois de dois anos observando-a, analisando-a, implicando com ela, olhando-a com atenção e puxando papo com ela, preciso admitir que o entendo. Rue é única, e complicada, e leal, e silenciosa, e a maioria das pessoas não gosta muito dela.

Cheguei a suspeitar que ela fosse fria. Fiquei preocupada que o relacionamento estivesse fadado ao desequilíbrio e que ela acabasse partindo o coração do meu irmão. Só que, com o tempo, ficou claro que ela faria qualquer coisa por ele, incluindo fingir interesse, com toda a paciência do mundo, quando a irmã dele fala sobre cortar a franja pela quarta vez em um mês.

Estudei sua personalidade e concluí que Rue é digna do amor dele.

O cachorro, no entanto, veio antes. Mini é um vira-lata mansinho, resgatado, que tem 6 anos e pesa uns 80 quilos, cujas atividades preferidas incluem roncar, babar e demonstrar carinho de um modo meio agressivo e indiscriminado. E quando Eli começou a pensar em um casamento fora do país só com os amigos mais íntimos e a família, foi Rue quem disse:

– *Mas não pode ser muito longe.*
– *Por quê?*
– *Você não vai querer que Mini participe da cerimônia?*
Como eu disse: digna do amor dele.

Por sorte, Mini ama viajar, o que permitiu que eles considerassem um casamento na Europa. O chato é que nem todas as companhias aéreas permitem levar na cabine um cachorro que mais parece um urso e que late ao ser acordado pelo cheiro do próprio peido. O péssimo padrão de sono de Mini parte meu coração, mas é uma oportunidade... e eu a agarro com unhas e dentes.

– *Achei uma companhia aérea* – comentei com Rue e Eli uns quinze dias antes do casamento. – *O voo só chegaria um dia depois do de vocês, mas eles abrem várias exceções pra cachorros grandes. Mini ficaria confortável. E eu posso ir com ele.* – Abri um sorriso para Mini, que já estava com a cabeça apoiada em meu joelho. – *E aí, garotão, quer viajar com a tia Maya?*

Ele balançou o rabo com tanta força que pareceu que ia sair voando.

Foi assim que consegui me livrar de um dia da Semana Infernal *e* garantir um tempo com o único macho que nunca me magoou.

– Mini Archibald Killgore – digo quando ele se deita de barriga para cima no corredor do avião, curtindo os carinhos dos dezessete novos melhores amigos que fez desde que embarcamos. – Você *nunca* me decepcionaria.

O carinha dos meus sonhos pula no meu colo durante uma turbulência e se esquece de descer.

O voo de Austin até Catânia, com uma escala, demora umas quinze horas. Decido não pagar pelo wi-fi e, em vez de passar a viagem estressada, trocando mensagens com Jade, me concentro no que preciso fazer: me preparar.

Todos os muros que ergui contra Conor Harkness precisam ser urgentemente reforçados.

Nunca duvidei que ele estaria no casamento. Afinal, é o melhor amigo do meu irmão, sem contar o Mini. (Eu conto.) Os dois são sócios-proprietários, ou czares, ou sei lá qual é o cargo que eles ocupam, da Harkness, uma empresa de biotecnologia que faz coisas abstratas e lucrativas que não entendo, mas que eles já me garantiram várias vezes que está dentro da lei.

Ele é, por razões que ninguém me explicou direito, o motivo pelo qual o casamento vai acontecer na Sicília e não em Lake Canyon ou em Galveston, no Texas.

A não ser que rolasse uma briga por causa da queda do índice Nasdaq, era óbvio que Conor seria o padrinho de Eli.

Como expliquei a Jade:

– *O problema não é o Conor em si.*

Mas até isso parece mentira. No voo, enquanto aceito as bebidas cada vez mais cafeinadas que os comissários de bordo não param de oferecer, me dou conta de que, para alguém que *não* é um problema, Conor ocupa boa parte do meu espaço mental, e não gosto da energia cerebral que estou gastando com alguém que não pensa em mim há anos.

Não é verdade, diz uma voz pedante e vigilante na minha cabeça. *No mínimo, ele pensou em você em agosto.*

É uma história *muito* batida – a garota de 20 e poucos anos apaixonada pelo melhor amigo do irmão, que é uns quinze anos mais velho. Mas talvez esta semana eu me purifique. Reveja a minha vida. Expurgue tudo – Conor e toda a merda que aconteceu entre a gente. Vai ser como beber água sanitária: desagradável, talvez até mortal, mas, se não me matar, vai me deixar mais forte.

Ou me causar falência múltipla de órgãos. Não sou médica.

Ainda assim, posso sonhar... embora o cenário do meu pior pesadelo se materialize poucas horas depois, no aeroporto de Catânia. Enquanto Mini encanta os funcionários da área destinada a animais de estimação, meu celular tenta encontrar rede. Olho em volta, observando as boas-vindas calorosas, os gestos exagerados e o ritmo tranquilo da Itália e, quando as mensagens começam a chegar, abro a mais recente do meu irmão.

ELI: Um motorista vai buscar vocês.
EU: Maravilha.

Na verdade, pode ser *péssimo*. É o *vocês* que me deixa preocupada: Eli pode estar falando de Mini e eu, ou de mim e outro convidado. E, nesse caso, quero um nome. De preferência, sem precisar perguntar.

Mas não tenho tempo para isso. Os agentes alfandegários analisam a pilha enorme de documentos de saúde de Mini, depois somos liberados da área de segurança, onde pré-adolescentes estão bebendo espressos como se fossem doses de mezcal. Pego a alça da mala, pronta para o que der e vier, ainda bem. Quando vejo um homem de aparência entediada segurando uma placa que diz **CONVIDADOS DE KILLGORE**, assim como a morena ao seu lado, meu coração parece despencar só até meu estômago – pelo menos não foi até o centro da Terra.

Ah, sim. Exatamente a pessoa que eu queria evitar. Bem diante dos meus olhos.

– Maya, né? – pergunta a mulher, dando alguns passos elegantes na minha direção. Um enorme sorriso faz uma covinha se formar em sua bochecha esquerda. – Eu sou a Avery.

Não respondo *eu sei* porque soaria assustador, como se eu fosse o tipo de mulher que passa um tempão na internet fuçando a vida da namorada do cara de quem ela gosta só para descobrir coisas insignificantes.

Eu sou *exatamente* esse tipo de mulher, claro, mas vou tentar esconder esse fato até a morte. Jade tem instruções estritas de resetar todos os meus dispositivos eletrônicos assim que eu bater as botas.

– Já ouvi falar muito de você, Avery.

É a coisa mais sincera em que consigo pensar. Espero um aperto de mão, mas ela me puxa para um abraço carinhoso, e eu imploro a meus poros cansados da viagem que deem um tempo na transpiração só por um segundinho.

– Que bom finalmente te conhecer! Não acredito que isso ainda não tinha acontecido – diz ela.

Avery é um pouco mais baixa que eu e o encaixe do abraço é estranho. Seu nariz no meu ombro. Meu cabelo desgrenhado em sua boca. Quando me afasto, estou constrangida e desleixada com minha camiseta da Universidade do Texas e a calça de moletom cheia de pelo de cachorro.

Eu deveria bancar a distante. Agir com uma frieza educada. O problema é que Avery parece muito legal, e eu gosto de pessoas legais.

– É engraçado, porque nós duas moramos em Austin e…

– Estamos nos conhecendo na Itália, eu *sei*. E depois de eu ouvir falar tanto sobre a irmã do Eli.

– Os rumores são muito exagerados.

Ela inclina a cabeça.

– Que rumores?

– Todos.

Ela ri, um som musical, meio rouco. Merda, talvez ela seja sexy.

– Não, não... seu irmão e Minami têm muito orgulho de você. Por todas as startups tentando te recrutar, e aquele prêmio que você ganhou, e o MIT... todo mundo te admira demais. Eu estava triste por ser a única que não te conhecia.

– É, bom, a culpa é minha. Você começou a trabalhar na Harkness no verão, né? Eu passei boa parte do ano passado na Suíça. Voltei há algumas semanas.

– É difícil mesmo te acompanhar.

Avery dá de ombros, um gesto tão bonito e elegante quanto ela, mesmo tendo acabado de sair de um voo transatlântico. Não quero deixá-la constrangida ao ficar encarando sua pele viçosa e seus olhos nada inchados, então me obrigo a olhar em volta. Observo os reencontros, a babel de diferentes idiomas, os abraços e beijos e mais abraços. O motorista de Eli se agacha em frente ao Mini e acaricia sua cabeça – mais um súdito devoto ao nosso rei.

Avery mantém os olhos fixos em mim.

– Desculpa ficar te encarando assim, mas é... impressionante.

– O quê?

– Você se parece demais com o Eli.

Dou risada.

– É, eu ouço muito isso.

Estou acostumada a ser identificada primeiro como a irmã mais nova de Eli Killgore, e só depois como um indivíduo. E isso não me incomoda muito.

– É. Você se parece com ele, mas ao mesmo tempo...

– Ao mesmo tempo sou completamente diferente?

– É. É estranho.

Dou a ela minha resposta-padrão:

– É o cabelo escuro e enrolado. E os olhos azuis.

Na verdade, é muito mais que isso. Eli e eu temos o mesmo queixo, os mesmos caninos pontudos, pernas mais compridas que o tronco. Temos sobrancelhas marcantes, lábios bem desenhados e o infame nariz dos Killgores, aquilino e estreito. O traço principal de nosso rosto. *Um nariz imponente, orgulhoso*, como meu pai costumava dizer. E eu balançava a cabeça e procurava tutoriais de maquiagem para disfarçá-lo, torná-lo um narizinho fofo, ou calculava quanto faltava juntar para fazer uma plástica. Quando a gente tinha 13 anos, Jade se ofereceu para me bater com um taco de hóquei porque "de repente redistribui um pouco melhor". Tentador, mas não, obrigada.

Então, um dia, acordei e decidi que meu rosto era ótimo do jeitinho que era. Meu pai teria ficado muito feliz por eu aceitar, ou melhor, *exibir* os genes dos Killgores.

– Eu amo essas semelhanças de família. – Avery ri, um pouco envergonhada. – Vou parar de falar disso. Mas é que você é tão linda, e ele...

Ela franze a testa, como se de repente percebesse a conclusão a que ia chegar.

– Não, não, eu entendo – respondo, tentando dissipar sua preocupação.

Entendo bem por que ela está confusa: Eli e eu somos feitos com as mesmas partes, mas com resultados bem diferentes. Os mesmos traços podem combinar tanto com um cara quanto com uma garota. O fato de ele ser tradicionalmente masculino enquanto meu estilo é bem menininha não ajuda muito.

– Sabe, acho que a gente vai se dar superbem.

Engulo em seco em reação à gentileza dela. À ideia de estreitar laços com essa mulher que...

– Vamos? – pergunta o motorista, nos interrompendo.

Ele é mais velho. Rechonchudo. Não parece falar inglês tão bem para acompanhar a conversa, mas fez uma amizade e tanto com Mini.

– Vamos – repete ele, com mais firmeza, apontando para a saída.

– Sim, por favor – responde Avery.

Concordo com a cabeça, aliviada.

Ele aponta para minha mala com a expressão de quem está se oferecendo para carregá-la. Faço que não com a cabeça e ele dá uma piscadela, pega a mala de Avery e seguimos juntos em direção ao sol da Sicília.

Capítulo 2

Morei na Europa pela primeira vez quando tinha quase 17 anos, logo depois de terminar o ensino médio adiantada, movida pelo desejo urgente de *dar o fora de Austin! Do Texas! Dos Estados Unidos! Agora mesmo!*
Preciso. Sair. Daqui.

Não foi lá uma decisão tomada com muito cuidado. Eu não me matriculei na Universidade de Edimburgo porque queria uma instituição de pesquisa de prestígio que garantisse um ambiente acadêmico rigoroso – embora, por sorte, ela fosse exatamente isso. Minha escolha se resumiu a três critérios: eu teria uma bolsa? O curso seria em inglês? E: era longe o bastante daquele buraco negro das minhas piores lembranças? Calhou de a Escócia ter sido o primeiro país a atender a esses três critérios, e comecei a fazer as malas assim que fui aceita.

Não foi uma escolha muito racional. Por outro lado, desafio qualquer adolescente que perdeu o pai e a mãe inesperadamente em um intervalo de dois anos, e que precisou ir morar com o irmão que era praticamente um desconhecido, a *não* agir de maneira irracional.

Foi uma época difícil. Antes da doença, antes do acidente, eu era a melhor amiga da minha mãe e a garotinha do papai. Sentia muita falta deles e tinha uma tristeza tão grande que quase sempre eu parecia estar sufocando. Só uma coisa me permitia respirar: minha raiva, que dava a impressão de atravessar minhas costelas e fazer pequenos buracos em meus pulmões. E me permitia funcionar. Me mantinha viva.

Mesmo à época, por mais perdida, desorientada e *jovem* que eu fosse, entendia que nem minha raiva nem as estratégias que eu usava para lidar com a situação eram saudáveis, que eu estava afastando pessoas que me amavam, que as explosões constantes acabariam deixando apenas terra arrasada. Só que a fúria era tudo o que eu tinha. A terapia ajudava, mas não o suficiente. Os remédios também. Então eu me rebelava. Desafiava meu irmão, que estava tão perdido quanto eu. Dizia coisas horríveis, agia por impulso e fazia muitas coisas idiotas e arriscadas.

Não gosto de pensar naquela época. Não gosto de lembrar que certa vez viajei com meus amigos e desapareci da face da Terra por 24 horas, e que Eli ficou maluco de preocupação. Que estraguei sua camiseta do time da faculdade para me vingar depois de ele ter gritado comigo na frente dos vizinhos. Que tomei ecstasy e perdi a virgindade com um desconhecido que insistia que carteiras de motorista eram uma grande armação do governo. Em resumo, não gosto da pessoa que eu era. Tenho tentado não usar meu sofrimento como desculpa: fui idiota e egoísta por pura raiva, e me arrependi de muitas coisas que fiz mais ou menos dos 12 anos até os... Talvez eu *ainda* esteja me arrependendo. Com certeza *continuo* tentando me redimir.

No entanto, a decisão de morar na Escócia foi boa – e eu a tomaria de novo. Ficar sozinha me deu o espaço de que eu precisava, me obrigou a crescer e clareou minha mente de jeitos que eu não tinha como prever. Aos 20 anos, quando voltei a Austin, eu era uma pessoa melhor.

Eu me matriculei na Universidade do Texas para fazer mestrado em física. Voltei a morar com meu irmão e descobri que ele não só era um cara incrível, mas também vivia se esquecendo de cancelar serviços de streaming, o que me dava acesso a entretenimento infinito. Retomei o contato com alguns amigos da escola que tinha ignorado na tentativa de fugir do passado, incluindo Jade. Voltei a patinar no gelo, comecei a trabalhar como voluntária no rinque, ensinando o básico às crianças, descobri que gostava de restaurar móveis antigos, comecei a fazer ioga com cabras pelo menos duas vezes por semana.

– *Você construiu uma bela vida adulta sobre os destroços de uma péssima adolescência* – disse minha terapeuta um dia, e gostei dessa imagem mental.

Pensar na vida como algo que eu podia escolher, cultivar a cada dia, selecionar e nutrir. Com plena consciência, não só reagindo aos acontecimentos.

Então, há pouco menos de um ano, meu orientador mencionou uma oportunidade de estágio. Em física computacional. Dinâmica de fluidos. Io, uma das luas de Júpiter, e todos aqueles vulcões deliciosamente ativos. Exatamente a minha área.

Se eu aceitasse, teria que me mudar para o subúrbio de Genebra.

– *Isso é muito incrível* – disse Eli quando contei a ele, com o mesmo sorriso de quando ganhava um jogo da liga amadora de hóquei. Orgulhoso. Exultante. Satisfeito. – *Pesquisadora visitante no CERN? Você vai poder se gabar disso pra sempre, Maya. Depois disso, é só ladeira abaixo.*

– *Talvez, mas da última vez que me mudei pra tão longe, saí praticamente batendo a porta. Então ir embora outra vez parece... sei lá.*

Ele ergueu a sobrancelha e segurou meu ombro com firmeza.

– *Não é a mesma coisa, nem de longe. Você está indo atrás de um objetivo. Não está fugindo.*

E ele não estava *errado*, mas também não tinha *todas* as informações.

Ainda não tem.

– Bom? – pergunta o motorista, apontando para o ar-condicionado e olhando para mim pelo retrovisor. Ele faz uma curva e o aromatizante em formato de árvore balança de um lado para outro. *Arbre Magique*, está escrito na arvorezinha. – Mais? Mais frio?

Faço que não com a cabeça e abro um sorriso, ganhando a segunda piscadela do dia.

Estamos flertando? Estou prestes a embarcar em um caso tórrido com um septuagenário cheio de energia (ou um quinquagenário muito acabado)? Será que caras mais velhos são um padrão tóxico ao qual estou presa? Será que vou...

– Não é deslumbrante? – pergunta Avery, e me sinto genuinamente aliviada de ser resgatada *daquele* pensamento perigoso.

– É. Este lugar não tem o direito de ser tão lindo assim.

Estamos quase em Taormina, nosso destino, que fica a cerca de uma hora do aeroporto. Apesar das inúmeras viagens de fim de semana que fiz por toda a Europa durante a faculdade, todas à base de passagens baratas e hostels mais baratos ainda que pareciam sempre prestes a virar uma grande orgia, eu nunca tinha ido ao sul da Itália nem a nenhuma das ilhas. Quanto mais nos afastamos de Catânia, mais pressiono a testa contra a janela. Passamos por colinas cobertas de olivais e vinhedos, tão saudáveis e abundantes sob o sol do fim da manhã que parecem quase uma provocação. Fazendas se transformam em cidadezinhas de pedras brancas, bolsões de florestas densas e arbustos, e de repente...

Meu Deus, o oceano.

– Qual é mesmo o nome desse mar? – pergunto a Avery, observando a luz refletir na água cintilante. Não é o Tirreno. Nem o Mediterrâneo. – Jônio?

– Jônico – corrige ela.

Seu tom é delicado, o tom usado por pessoas inteligentes e bem informadas que não querem que os outros se sintam ignorantes ou inferiores. Sei disso porque, na última meia hora, ela foi extremamente elegante. Mini a adora, e é correspondido: quando ele beijou seu rosto com aquela língua molhada, ela não se afastou. Preciso que essa mulher faça alguma coisa reprovável imediatamente. Preciso de permissão para alimentar pensamentos maldosos a seu respeito. *Eu* não *vou gostar de você, Avery. Pare de ser tão incrível.*

– Ah, verdade. É sua primeira vez aqui?

Ela faz que sim com a cabeça.

– Isso vai revelar meu lado nerd mais cedo do que eu gostaria, mas...

Ela tira um livro da bolsa de couro sintético.

A lombada está gasta, toda rachada, como a de um livro que foi lido muitas vezes. É um daqueles guias de viagem antigos que as pessoas usavam quando ainda não carregávamos a internet inteira no bolso. Vejo vários marcadores despontando das páginas. *Taormina*, diz o título.

Faço uma careta.

– É *mesmo* coisa de nerd. Por favor, me diga que não fez anotações.

– Ah. – Avery me encara, meio chocada. Seu rosto revela uma expressão de mágoa e confusão, que ela logo esconde. – Hum, não. Só escrevi alguns comentários.

— Ótimo. Porque isso seria muito... — Tiro uma coisa da mochila. — Vergonhoso.

É o mesmo guia. Mesma editora, mesmo título. Um pouco mais surrado, porque prefiro dobrar as páginas a usar marcadores, mas há vários post-its amarelos cheios de comentários – *jardim botânico, Rue ia amar; fazer trilha se possível; ver se vai estar aberto*. Avery o observa, então ergue os olhos para os meus, sorrindo, no mesmo instante em que o carro para em frente a um casarão. Vejo dois homens ali no quintal e meu estômago revira.

— Por acaso acabamos de virar melhores amigas? – pergunta ela, com um sorrisão.

É *exatamente* esse o meu medo.

Capítulo 3

Meu irmão nos espera sentado a uma mesa no pátio de pedra, sob a sombra de uma treliça de madeira coberta de buganvílias cor-de-rosa; está cobrindo os olhos com uma das mãos, a cabeça jogada para trás, rindo. Diante dele, Conor Harkness, ainda contando qualquer que seja a história que causa tanta risada.

É bom. É bom eu passar por isso de uma vez. Depois da primeira interação com Conor, a situação estará definida e o resto vai correr tranquilamente.

Tenho certeza de que também é o que ele quer: um acordo tácito de manter uma indiferença educada. Manter a farsa de que só continuamos em contato por causa de Eli.

– Inacreditável – diz Avery, ainda no banco de trás do carro.

– O quê?

– Ver Hark usando qualquer roupa que *não* seja social. É o prenúncio do apocalipse...

Ela abre a porta e sai.

Mini vai atrás dela, passando por cima de mim para sair correndo em direção aos braços do humano por quem ele enterraria todos nós em uma vala. Desço do carro a tempo de vê-lo atacar meu irmão com toda a violência desenfreada de seu amor.

– Faz menos de dois dias que vocês não se veem – resmungo baixinho, sem conseguir conter um sorriso. – Tenha alguma dignidade, Mini.

Então, em meio ao zumbido hipnótico das cigarras, ouço uma voz desconhecida.

– ... *não acho que seja exagero esperar que, quando meu escritório envia um termo de confidencialidade para negociação, o diretor coloque sua equipe para processar informações e organizar uma apresentação. Estou errado, Hark?*

As palavras estão vindo do viva-voz do celular sobre a mesa.

– Ele está falando com...? – sussurra Avery.

Eli dá um jeito de assentir enquanto leva umas lambidas do Mini.

– Está, sim.

Ela sorri.

– Coitado do Molnar. Ele ainda está vivo? Será que devíamos começar a cavar a cova?

– Ainda não, mas estou preocupado com a saúde mental dele – diz meu irmão.

– Você *está* errado – responde Conor, olhando para o celular como se visse uma criança descontrolada fazendo xixi em seu gramado.

Sua expressão reflete uma mistura especial de exaustão e desgosto que só herdeiros conseguem manter. Seu perfil, que já me encantou a ponto de eu me forçar a estudar a anatomia do osso zigomático e sua relação com a maxila, está igualzinho à última vez que o vi. Ele deve ter feito a barba há pouco tempo. Esta manhã, quem sabe.

– Mas eu posso perdoar um erro, Tomas. A questão é que isso tudo está sendo muito entediante.

Eli faz uma careta, achando graça. O sorriso de Avery aumenta.

– Não vou pedir aos meus gerentes e analistas que desperdicem uma semana com análises saídas do nada e montem um projeto inútil só para você colocar na porta da sua geladeira – continua Conor. – Se quiser brincar de acumulação de capital, use seu próprio tempo para isso. Nós já sabemos que a análise do patrimônio inicial não vai atingir nosso limite mínimo.

– *Não é assim que as coisas funcionam, Hark.*

– É assim que funcionam para *nós*. Nosso processo de investimento é rigoroso e não vamos fabricar uma P&L só pro namorado da sua filha obter um investimento para uma startup que nunca vai conseguir uma fatia de mercado suficiente para se tornar sustentável.

– *Como sócio, eu tenho o direito de part...*

– Não com um conflito de interesses nesse nível. Não quando ninguém mais apoia a negociação. Não como sócio *limitado*. As *palavras* têm significado.

Eli e Avery trocam risadinhas silenciosas e eu desvio o olhar, apreciando a vista. Que, aliás, é tão *espetacular* que o falatório de Conor sobre finanças acaba desaparecendo em um canto remoto do meu cérebro.

A Villa Fedra, onde os convidados ficarão hospedados, foi construída no topo de uma colina. E, como grande parte das casas históricas de Taormina, fica na beira de um penhasco – de acordo com meu guia de viagem, trata-se de uma defesa contra ataques piratas e de uma estratégia para aproveitar ao máximo a brisa nos verões escaldantes da Sicília. Sabendo disso, eu já esperava que a paisagem fosse íngreme, mas não tanto assim. Uma transformação abrupta de penhasco rochoso em praias estreitas de areia branca e o mar infinito.

Mar Jônico, agora eu sei.

É demais. Lindo demais. As águas turquesa e as árvores verde-escuras são reluzentes demais, como um cartão-postal gerado por IA. Só que, quando me afasto alguns metros do carro e inclino o tronco para a frente, com as mãos apoiadas na mureta de pedra erguida para evitar que visitantes embriagados desabem no penhasco, uma rajada de vento sopra em meu rosto.

Meu cérebro abobado e com o sono desregulado pela viagem se dá conta de que este lugar *existe* de verdade. De que, por mais implausível que pareça, eu estou *aqui*. E, quando viro para o sudoeste, a realidade parece ainda mais questionável, porque o monte Etna domina a paisagem. O vulcão mais ativo de toda a Europa. Uma presença atarracada e suavemente inclinada. Ele sobe e sobe e *sobe*, culminando em um pico escuro que é ao mesmo tempo assustador e majestoso.

– Isso é ridículo – sussurro para mim mesma.

Para o vulcão. Para o ar. Para toda a paisagem siciliana.

– Né? – diz Eli ao meu lado, com os cotovelos apoiados na mureta.

A seus pés, Mini persegue novos aromas, frenético. – Tenho me sentido sujo e feio desde que chegamos.

Eu me viro para observar a villa, admirando a hera e as glicínias que adornam a fachada branca, comparando-a à casa onde crescemos. Que diferença!

– A gente foi criado em um casebre infestado de ratos, né?

– E não fazíamos ideia disso aqui.

– Que tipo de pais negligentes não cultiva nem um pomar de frutas cítricas no quintal?

Toco a árvore à minha esquerda, plantada em um vaso colorido de cerâmica, e passo a ponta dos dedos em uma folha reluzente. Ao afastar a folha, descubro um limão grande, suculento, quase pornográfico. Seu aroma perfuma o ar ao nosso redor, misturado à maresia e a algo que me lembra... tomilho. A vegetação descendo pelo penhasco, como se estivesse tentando fugir de nós, é tomilho que cresceu espontaneamente. Estou *apaixonada*.

– Cuidado, Eli. Rue pode trocar você por este limoeiro.

– Tarde demais. O limão e eu já fugimos para nos casar.

Eu sorrio, e ele passa o braço pelos meus ombros e me traz para mais perto. Não nos abraçamos com muita frequência, meu irmão e eu, mas estou meio desanimada, por vários motivos, e seu abraço é um alento.

– Estou feliz por vocês terem decidido se casar aqui. Sei que fiquei bufando e implicando quando você me disse que não ia só passar seis horas na fila do cartório e trocar anéis de garrafa PET, mas isto aqui realmente parece...

– Algo planejado? – pergunta ele. Faço que sim quando ele se afasta. – Que eu realmente separei um tempo para organizar uma celebração e reconhecer publicamente que estou apaixonado por Rue?

– Aff, sem melação, por favor – digo, mas, quando ele tenta bagunçar meu cabelo, não consigo segurar o riso. – Até porque pelo jeito você não tirou folga do trabalho.

– Ah, *eu* tirei. O Hark que é incapaz de ficar sem olhar os e-mails. Mas até que é bom, já que vê-lo arrumando briga é um dos meus passatempos favoritos.

Desvio o olhar.

– Cadê o resto do pessoal? Achei que Avery e eu fôssemos as últimas.

– E foram. A maioria está tirando o atraso do sono. Acho que alguém foi até o centro, e Rue está caminhando na praia com Tisha.

Olho para o penhasco. Ainda íngreme e coberto de musgo e arbustos.

– Elas pularam?

Ele aponta para uma área mais adiante, onde a inclinação é mais suave. Alguém construiu ali, sobre o solo firme e mais alaranjado, uma escadaria de pedra que faz várias curvas até chegar ao que parece uma praia particular.

– Ah, bacana.

Deixo que meus olhos percorram a costa e então vejo. Bem ali na baía, algumas centenas de metros oceano adentro, uma pequena ilhota rochosa coberta por uma vegetação exuberante.

– Puta merda. Não achei que ficaríamos tão perto. Aquela é...?

Eli faz que sim.

– Isola Bella.

Quando li sobre a ilha pela primeira vez, só consegui pensar que os moradores locais podiam ter sido mais criativos ao escolher o nome, mas agora que estou diante dela acho que a simplicidade pode ter seus méritos. Porque... é bela mesmo. E é uma ilha – pelo menos eu acho. Um monte redondo e irregular, verde e cinza, completamente cercado pelo mar. A única exceção é uma faixinha de areia pedregosa que a conecta ao continente.

– A maré está alta agora?

Eli dá de ombros.

– Não sei. Por quê?

– Baixa – responde uma voz grave atrás de nós. – Não dava para ver a faixa de areia hoje de manhã.

Bom, acho que adiei o máximo que pude.

Solto o ar, coloco uma expressão tranquila no rosto e me viro.

– Oi, Conor – cumprimento, animada.

É uma saudação deliberada, já que quase todo mundo o chama de Hark. Velhos hábitos.

– Maya – responde ele.

Não "Oi, Maya". Ou "E aí, Maya?". Ele claramente não é o tipo que sente necessidade de alegrar seus e-mails com uma pontuação entusiasmada. Conor mal sorri, mas eu me recuso a levar para o lado pessoal. É só o jeito dele... arisco, impaciente, às vezes cruel. Talvez seja por causa da família emocionalmente distópica que o criou. Talvez seja uma estratégia deliberada de negociação ser ao mesmo tempo sério, assustador e irritado, um modo de incorporar o cara do portfólio financeiro. Sempre imaginei que os ternos fizessem boa parte do trabalho, mas ele está vestindo calça cáqui e uma camiseta branca simples, e ainda assim eu jamais o confundiria com um desenvolvedor de software ou um professor de filosofia.

Sinceramente, ele *não* faz meu tipo. Trabalha demais. É rígido demais. Obstinado demais. Babaca demais.

E faz três anos que estou apaixonada por ele.

Sempre fui teimosa, mas isso é ridículo. Doentio. Tóxico. Meu cérebro caiu nessa quando eu tinha 20 anos e não superou. Até agora. Apesar de tudo o que aconteceu.

Tantos professores já disseram ao meu irmão o quanto sou inteligente, e aqui estou eu. *Burra* pra cacete.

– E os estudos? – pergunta ele.

Conor tem um talento especial para fazer perguntas inocentes que me colocam no meu lugar. Que, na cabeça dele, é a piscina infantil. Bem longe dos adultos. *Dele.*

– Tudo ótimo.

Eu sorrio, fazendo questão de ignorar a mão de Avery em seu braço. *Você sabia que isso ia acontecer*, lembro a mim mesma. *E é normal que duas pessoas que se gostam tenham contato físico.*

Não consigo lembrar quando foi a última vez que toquei nele.

– Avery, você viu como estamos pertinho da Isola Bella? – pergunto à minha nova amiga.

– Vi! Não vejo a hora de ir lá explorar – responde ela, então franze o cenho. – Mas também tenho medo. Não sei nadar muito bem.

– Podemos ir juntas – sugiro.

– Seria incrível.

– Pensei em ir mais tarde, talvez depois de um cochilo…

– Meu Deus, Maya – diz Eli, rindo. – Vamos passar uma semana aqui e não temos nada planejado para a maior parte do tempo. Aproveita pra dormir um pouco hoje. Vem, vou mostrar seu quarto.

Ele pega a mala que o motorista lhe estende e vai em direção ao pórtico, passando entre duas pilastras caneladas brancas, com Mini logo atrás.

Tudo o que eu queria era ir atrás dele, mas...

– Eli, na verdade essa mala é *minha* – diz Avery, correndo atrás dele.

– Merda... Tudo bem, que tal eu mostrar o *seu* quarto então, Avery? Hark, pode levar a da Maya? Pode colocar em qualquer um dos quartos que estão abertos.

Conor não responde, mas entrega algumas notas ao motorista, com quem troca uma ou outra palavra que não entendo, depois pega minha mala.

Tudo bem. *Tudo bem.*

– Você fala italiano? – pergunto, alegre.

Nem parece que quero arrancar meu baço fora e deixar que a hemorragia me leve, e sinto orgulho disso.

– Falo.

– É por causa da... Espera, aquela babá de quem você me falou uma vez era italiana? A que pendurava presunto no chuveiro?

– Lisa ficaria muito irritada com sua insinuação de que ela se rebaixaria a comer qualquer coisa que não fosse prosciutto.

Entramos no hall de mármore e um silêncio se abate sobre nós.

– Presunto e prosciutto são coisas diferentes? – pergunto casualmente, porque não suporto o silêncio. *Vamos, Conor. Me ajude. Vamos estabelecer o tom. Vamos ser desconhecidos educados durante esta semana.* – Como alguém vai saber a diferença...

– Prosciutto é um tipo de presunto – responde ele. Não grosseiro, mas sucinto.

– Ah.

Pelo menos entramos. E se tem algo que posso fazer com uma casa luxuosa de três andares do século XIX é comentar os detalhes arquitetônicos deslumbrantes para compensar a falta de assunto.

– Olha só esse afresco... É incrível o detalhamento desse teto... Será que aquele candelabro funciona?

É irritante, e talvez constrangedor, que Conor responda apenas a perguntas diretas. Ele deixa que minha tagarelice preencha o silêncio e me leva escada acima. Eu o sigo. Observo seus ombros atléticos de ex-remador enquanto ele carrega minha mala sem nenhum esforço. O cabelo volumoso, castanho-escuro, agora ainda mais grisalho do que da última vez que o vi. A ruga profunda em sua testa, que me incentiva a tagarelar ainda mais.

– Eu amo portas francesas... Será que alguém perceberia se eu roubasse esse tapete? Aquilo é uma *biblioteca*?

Tenho certeza de que há funcionários na casa, mas não cruzamos com ninguém. Eli deve ter escolhido um quarto no segundo andar para Avery, talvez ao lado do cômodo de Conor. Isso explicaria por que Conor me leva até o *terceiro* andar. O esforço que ele faz para me evitar sempre me impressiona.

– Pode ser esse? – pergunta ele, interrompendo meu monólogo sobre o mosaico do piso do corredor e apontando para uma porta.

Há uma chave prateada e ornamentada na fechadura. Faço que sim com a cabeça e ele leva minha mala para dentro.

– Muito obrigada. Eli tinha razão, estou *mesmo* exausta. Melhor tirar um cochilo antes que eu desmaie.

É um convite claro para que ele se retire, mas Conor entra e fecha a porta, o olhar ainda mais sério.

Morro um pouquinho por dentro.

Morro *muito*, porque ele pergunta:

– Você está chapada?

– Eu... – Hesito, sem saber se entendi direito a pergunta. – Como é que é?

– Você usou drogas? Estimulantes? Costuma fazer isso quando pega voos internacionais?

– Eu... Desculpa, o quê?

– Não vou te dedurar, mas se estiver com algum problema...

– *Não*. Por que você acha que estou drogada?

Ele dá um passo à frente, me obrigando a inclinar o pescoço para trás. Conor sempre foi incomodamente alto – de tamanho *e* de moral.

– Você está maníaca. Suas pupilas estão dilatadas. Está hiperativa e inquieta desde que saiu do carro, falando sem parar...

– Eu *sou* assim.

Ele dá risada, um som sombrio que preenche o quarto.

– Maya.

Essa palavra soa muito carregada. *Maya, fala sério. Maya, eu sei como você é. Eu te conheço, Maya.*

E sim. Ele conhece. Conhece mesmo. E por isso não devia nem cogitar que eu usaria drogas perto do casamento do meu irmão.

– Não estou chapada. E você bem que podia demonstrar um pouquinho mais de gratidão.

Ele franze o cenho.

– Gratidão a quem?

– A *mim*. Por tentar ficar tranquila.

– Tranquila? – repete ele, e solta outra risada. – Você nunca foi tranquila na sua vida.

– Mas *posso* ser.

– Maya – repete ele no mesmo tom.

Então balança a cabeça e olha para mim como se nunca tivesse imaginado que eu fosse fingir que as coisas entre nós não estão tensas, desconfortáveis e constrangedoras.

– Durma um pouco. E pare de agir como uma criança que comeu muito açúcar. Isso não é ser *tranquila*.

Ele se vira para sair, nem sequer irritado o suficiente para ficar com raiva. Tão desdenhoso comigo quanto sempre foi.

E nessa hora decido que, se esse é o jogo que ele quer jogar, vou ser *difícil*.

– Foi Avery, não foi?

Ele para, de costas para mim.

– O quê?

– Foi por causa *dela* que você parou de falar comigo.

Capítulo 4

Conor se vira bem, bem devagar.

Devagar o bastante para que eu tenha tempo de adotar uma expressão neutra – nem irritada nem magoada demais.

Ele também está se lembrando da nossa última conversa. De suas palavras ao telefone – precisas, formais, definitivas. Do longo silêncio antes que eu conseguisse responder. Da minha risada levemente incrédula.

– *Estou saindo com uma pessoa, Maya. E tenho medo de que ela interprete mal nosso relacionamento.*

Desliguei na cara dele. E me arrependi quando ele não ligou de volta – nem naquela noite nem em qualquer outra noite dos últimos dez meses. Obviamente ainda não superei minhas questões com a raiva.

Bastou uma pergunta casual a Eli para que eu descobrisse que a *pessoa* era Avery, mas minhas descobertas pararam por aí. Conor jamais postaria fotos de um fim de semana romântico em perfis que ele nem tinha nas redes sociais e, se eu ficasse fazendo muitas perguntas, Eli desconfiaria.

Tentei retomar o contato com Conor. Nós éramos, afinal de contas, bons amigos. Apesar do seu medo de ser mal interpretado, nosso relacionamento evidentemente *não* era romântico. Mas Conor não se deixou enganar. Em vez de atender quando eu ligava, ele respondia por mensagens que deixavam bem claro: eu podia contar com ele se precisasse, mas ele preferia me transferir um milhão de dólares a falar por cinco minutos comigo.

E hoje, depois de quase um ano de silêncio, ele olha nos meus olhos e diz, cheio de cautela:

– Faz meses que Avery e eu não estamos mais juntos.

– Eu sei. – Sorrio, apesar do gosto amargo na boca. – Aconteceu uma coisa interessante: Minami e Sul foram lá em casa esses dias e começaram a falar de vocês. Que era uma pena que não tivesse dado certo. Que achavam que era só uma questão de momento errado. Eles têm certeza de que vocês vão reatar nesta viagem.

Conor fecha os olhos, as narinas dilatadas de raiva. Seu temperamento é, afinal, quase tão instável quanto o meu.

– Eles precisam cuidar da própria vida.

Eu me obrigo a dar de ombros.

– Mas eu entendo. Avery é muito legal. E tem a idade certa também.

– Maya.

– Quantos anos ela tem, hein? – É a minha vez de cruzar os braços. Invadir o espaço dele. Esta conversa é perigosa. Na tentativa de fazê-lo sofrer tanto quanto eu, talvez eu tenha jogado minha autopreservação pelos ares. – Só pergunto porque nós dois sabemos que, para você, não ter diferença de idade é um pré-requisito importante para um relacionamento.

– Maya.

– O quê? – pergunto, inclinando a cabeça. – Somos amigos. Acho normal eu ter curiosidade. Adoraria saber o que meu *amigo* sente por essa garota que...

– A questão é exatamente essa: ela não é uma *garota*. – Conor retesa o maxilar. Quando volta a falar, ouço a raiva em seu tom de voz: – Nada disso é relevante. Avery e eu somos amigos. Só estou aqui pelo casamento do Eli. Tenho tanto interesse em voltar com ela quanto tenho de me acertar com *você*.

Isso é um soco no estômago. Ordeno todos os músculos do meu rosto a brincarem de estátua, mas essa última palavra me atinge com tanta força que cambaleio levemente para trás.

Conor percebe. Ele se vira, os tendões do pescoço relaxando de repente.

– Pelo amor de Deus, Maya – diz ele, e passa a mão pelo rosto. Por um instante, parece tão arrasado quanto eu. – Faz quase um ano que nos falamos pela última vez. Você passou meses fora. Você está... está tudo dando certo na sua vida.

– O que isso tem a ver? – pergunto, e detesto que minha voz soe tão fraca.

– Pensei que você tivesse superado.

– Superado o quê?

– Essa história de gostar de...

– Gostar de *você*, Conor? – Balanço a cabeça e começo a rir. Acho mesmo engraçado. – Só por curiosidade, você acha que meu cérebro ainda não é capaz de ter memórias de longo prazo? Ou só que eu não sou capaz de ter sentimentos duradouros...

– Chega – interrompe ele, abrupto, e me olha fixamente. – Vou sair deste quarto pressupondo que você *está* chapada.

– Eu não estou...

– *E* – interrompe de novo – na próxima vez que interagirmos, espero que tenha se recuperado desse seu humor e parado de agir como a pirralha que você tanto ama me lembrar que não é.

Ele dá meia-volta e vai até a porta com passos firmes.

– Conor – chamo. Ele não para, mas eu continuo: – Nós éramos melhores amigos. Sempre vou gostar de você. É impossível evitar.

Uma pequena hesitação, um tropeço em seus movimentos – tenho essa impressão, mas posso ter só imaginado. Porque Conor não olha para trás. Ele me deixa ali sozinha, os punhos e os dentes cerrados, murmurando:

– Merda.

Às vezes parece que Eli e Conor são melhores amigos desde antes de eu mesma conhecer meu irmão.

Isso não é verdade, claro. Eli é uns quatorze anos mais velho que eu, mas saiu de casa para jogar hóquei em uma faculdade em Minnesota quando tinha uns 17 anos e eu ainda não tinha nem 4, logo, em algum momento do início dos anos 2000, vivemos debaixo do mesmo teto. Durante alguns anos. Infelizmente, não tenho muitas lembranças desse período. Na verdade, tenho duas memórias da minha infância com Eli: ele me chamando de *docinho* e a vez em que brigou com meu pai e bateu a porta com tanta força que um pôster do Bob Esponja e do Lula Molusco de mãos dadas caiu da parede do meu quarto.

Talvez tenha sido bom meus pais morrerem cedo, porque não sei se eles suportariam ver eu me tornar uma adolescente tão encantadora e tranquila quanto Eli tinha sido – ou seja, nada encantadora e tranquila. Dá para aguentar passar por isso uma vez, mas duas vezes em menos de vinte anos? Acho que, se existe vida após a morte, os dois estão brindando com piñas coladas, aliviados.

Se as histórias que ouvi forem verdadeiras, os passatempos favoritos de Eli na juventude eram discutir com nosso pai, irritar nosso pai e causar ataques cardíacos em nosso pai. Parece típico de um adolescente, mas, depois que Eli saiu de casa, meu pai falava dele como se fosse o bebê de Rosemary que tinha invadido nosso lar imaculado e indefeso e… bom, meu pai também sabia ser difícil. Não com a sua preciosa garotinha – sua *princesa monstrinho*, como ele me chamava, me fazendo cócegas sempre que eu fingia ficar irritada com seus espirros altos ou seus comentários sarcásticos sobre meus programas de TV favoritos, que ele *sempre* parava para assistir comigo na sala. Com Eli, no entanto… Não culpo meu irmão por ter voltado pouquíssimas vezes para nos visitar. Afinal, eu planejei fazer o mesmo quando fui estudar na Escócia.

Não sei se Eli um dia pensou seriamente em ser jogador profissional. O que eu *sei* é que, durante a faculdade, ele descobriu seu amor pela pesquisa biomédica e, depois de se formar, deu uma guinada brusca, passando de atleta a… bom, ainda atleta, mas do tipo que segurava pipetas. Ele voltou para Austin, mas continuou só fazendo visitas esporádicas. Começou um doutorado em engenharia química na Universidade do Texas, onde conheceu Conor, que era seu veterano, e Minami, estudante de pós-doc. Os três logo viraram melhores amigos.

Depois que meus pais faleceram, quando Eli virou pai solo da noite para o dia, Minami e Conor o ajudaram muito. Não sei se eu estaria aqui hoje se Minami não tivesse dito ao meu irmão que 40,5 graus de febre era motivo, sim, para uma visita ao pronto-socorro e Conor não tivesse assumido as tarefas de Eli enquanto ele me levava – e, o mais importante, não tivesse pagado a consulta.

Depois disso, muitas coisas aconteceram. Essa história tem mais lados que um prisma e foi ganhando reviravoltas ao longo dos anos, e de algum jeito envolveu Rue muito antes de eles se conhecerem por um aplicativo de namoro. Infelizmente, ninguém me conta nada direito, e eu desisti de perguntar. Os pontos principais incluem, sem nenhuma ordem específica: Eli, Conor e Minami são expulsos da Universidade do Texas em desgraça; Conor e Minami se apaixonam um pelo outro – embora Minami uma hora tenha se desencantado e se casado com outra pessoa (será que é por isso que Conor é um babaca? Não. Eu me recuso a culpar mulheres pelo comportamento escroto de um cara – mas *culpo* a mim por continuar atraída por ele, mesmo depois de tudo); Eli, Conor e Minami fundam a Harkness, uma empresa de investimento privado em biotecnologia; a empresa dá lucro.

Houve muitas reviravoltas financeiras à medida que a empresa se expandia e crescia. Eu deixei de ser uma criança *talvez a gente consiga ir pra Disney se economizar uns dois anos*, me tornei uma pré-adolescente *o banco vai tomar nossa casa, não tenho dinheiro para o almoço de hoje, mas toma este sanduíche que eu fiz* e, enfim, uma adolescente *eu posso pagar a mensalidade da sua faculdade, sim, qualquer uma que você escolher*.

A Harkness está indo bem. Durante a primeira década, mais ou menos, os sócios eram Eli, Conor, Minami e o marido dela, Sul. Depois, há uns dois anos, Eli conheceu Rue e decidiu trabalhar um pouco menos para... poder ficar olhando para ela? Aí Minami e Sul tiveram Kaede, a neném mais fofa do universo. Foi quando o nome da Avery começou a aparecer.

Ela tem um histórico perfeito. É uma velha amiga da Minami. Já foi de uma das maiores consultorias do país – trabalhamos anos com ela, e gostamos do jeito dela. Acabou de sair de um relacionamento longo, adoraria mudar de ares. Está cansada da Costa Leste, pensando em se mudar para a Califórnia.

Ou Austin.

Avery assumiu a carga de trabalho de Minami e Sul quando eles saíram de licença. Após alguns meses, no entanto, quando chegou a hora de voltar, eles anunciaram que, depois de ter produzido "a criança mais fofa do universo" (concordo plenamente), queriam passar "muito tempo com ela, tipo muito *mesmo*". E como agora eles sabiam que a combinação de seus genes gerava "a criança mais fofa do universo", estavam pensando em ter outro bebê em breve. Os dois queriam se envolver igualmente na criação dos filhos e não sabiam se um dia voltariam a trabalhar em tempo integral.

Foi quando a vaga de Avery se tornou permanente.

Aí, alguns meses depois, Conor, que à época eu considerava meu melhor amigo, me disse que estava saindo com alguém. Será que eu poderia, por favor, dar o fora da vida dele?

Eu podia, *claro*. Fui para a Suíça e nunca, nunca mais pensei nele. Conor, que Conor?

– Garota – diz uma voz vinda de cima. – Você claramente está prestes a matar alguém e, embora eu não queira me meter, será que pode me contar os detalhes com antecedência? Quero garantir que a gente tenha um bom argumento no julgamento.

Capítulo 5

Ergo os olhos da água calma da piscina, deslizando os óculos escuros pelo nariz. Parada no deque de madeira, com um biquíni amarelo-vivo que contrasta com sua pele escura, parecendo a porra de uma *modelo*, vejo minha advogada favorita no mundo. Olho suas pernas longas e torneadas, o corpo curvilíneo, o cabelo reluzente caindo sobre os ombros. Meus olhos param no chapéu de aba larga e minha carranca se transforma em um sorriso.

Nyota. Irmã mais nova de Tisha, amiga de infância de Rue – e, claro, amiga de Rue também. Ainda que seu passatempo favorito seja tirar sarro das duas.

– Eu não sabia que você pegava casos criminais – digo, empurrando os óculos de volta para o lugar.

– Minha área de atuação é *falência*, mas você claramente vai precisar de mim depois do massacre.

Só não me jogo nos braços dela porque Nyota está perfeita demais para ser sujeitada a contato com cloro. Vejo-a se sentar na espreguiçadeira ao lado da minha, colocar uma toalha no descanso de cabeça e abrir um sorrisinho raro. Seu perfume – rosas, verbena – exala em minha direção.

– Foi por isso que não encontrei ninguém em casa? O massacre já aconteceu? Droga, eu perdi?

– Não, mas o jantar é daqui a uma hora. A maioria das pessoas está se arrumando ou tirando um cochilo.

Fazia meia hora que eu tinha acordado, meio grogue, nada descansada e ainda muito tentada a destruir coisas. Pela segurança das velhas almofadas, decidi vestir um maiô e nadar até gastar toda aquela irritação.

Eu ainda *não tinha* alcançado meu objetivo.

– Prometo não passar a semana inteira te enchendo com minha adoração incondicional, mas quero dizer só uma vez: estou muito feliz por você ter vindo, Nyota.

– É para estar mesmo – responde ela com um arzinho de soberba, mas logo acrescenta: – Eu também estou feliz por você ter vindo. Sabe que gosto de me cercar de intelectuais como eu.

Ao entrar na vida de Eli, Rue trouxe junto muitas coisas maravilhosas, e Tisha e Nyota são minhas favoritas. Fiquei fascinada desde o início pela dinâmica entre elas e desejei ter uma irmã também. De preferência uma que fizesse os comentários mais maldosos e cruéis sobre meu cabelo, minhas roupas e minhas escolhas de vida sem deixar de parecer que seria capaz de se jogar na frente de um ônibus para me salvar.

Como Nyota. Ela é alguns anos mais velha que eu, mas nos demos bem desde o início.

– *É porque nós duas somos as caçulas e somos muito mais inteligentes que os primogênitos* – disse ela. Na frente de Eli e Tisha. – *Eu diria "sem querer ofender"* – acrescentou ela, olhando diretamente para eles. – *Mas eu quero.*

Nenhum dos dois pareceu se abalar.

Nyota e eu não trocamos mensagens todo dia compartilhando detalhes de nossa vida, mas mantemos bastante contato. Desenvolvemos um belo sistema de baixa manutenção para demonstrar nosso amor e respeito mútuos, que consiste em encher as redes sociais uma da outra com vídeos e memes relevantes.

– Você também veio sozinha? – pergunto.

– Eu nunca levo acompanhante a casamentos.

– Por quê?

– Porque eles ficam constrangidos quando eu desapareço com o cara mais gato da festa.

Quase cuspo, e nem estou bebendo nada.

– Maya, a situação está complicada – diz ela, deitando-se de lado como um centurião romano após uma batalha. – Está ficando cada vez mais difícil encontrar caras com quem eu realmente queira transar.

– Sabe, você me disse isso na última vez que conversamos, mas aí eu pesquisei seu escritório no Google.

– E?

– E vi fotos dos seus colegas. Eles são gatos. O cabelo lambido pra trás me causa certo ranço, mas isso dá pra mudar.

– O problema é que são todos advogados. Eu me recuso a transar com advogados.

– Por quê?

– É *incesto*, Maya. Mas hein, me conta sobre essa questão do... – Nyota gesticula na direção do meu rosto, as unhas compridas reluzindo ao sol do fim de tarde.

– A questão do...?

– Massacre. Me conta sobre essa *raiva* que você está sentindo.

– Humm, prefiro esquecer. Me conta você... Já conheceu todos os convidados?

– Acho que sim! Tirando... Avery, acho que é esse o nome dela. Mas preciso dizer... – Ela tira os óculos, revelando cílios espessos e perfeitamente curvados. – Estive analisando e é uma situação sem precedentes.

Estou *ansiosa* por algum comentário completamente absurdo.

– Como assim? – pergunto.

– Em termos de quantidade, as coisas não vão *nada* bem. Seis homens, só três solteiros. Quer dizer... Eu me *recuso* a dar em cima do noivo.

– Fico feliz em ouvir isso.

– Mas os solteiros parecem ser de qualidade. Tipo o jogador da Liga Nacional de Hóquei.

Solto um resmungo.

– Axel?

– Esse. Ele é *gato*. E veio com o irmão mais novo, Paul. Também gato.

– Meu Deus, faz anos que não vejo Paul. Ele pode até ter virado advogado nesse meio-tempo.

– Não. Eu chequei. Engenheiro. – Nyota franze o nariz. – Mas ele parece legal, o que não é um bom indício.

— De quê?
— Da capacidade dele de *não* se apegar depois daqui. — Ela dá de ombros. — Os caras legais se apaixonam muito fácil. E, por algum motivo estranho, quanto mais escrota eu sou, mais eles me querem. Talvez eu deva me concentrar no terceiro.
— Quem?
— Hark. Ele também é gato. Tem idade suficiente pra saber o que está fazendo. E o mais importante, um talento que eu tenho, e eu tenho *muitos*, é escolher o cara mais emocionalmente indisponível de um grupo... E, caramba, nesse grupo é ele. Eu garanto, o cara não sente nada desde os anos 1990. Então talvez eu...
— Ele é meu — falo de repente.
Na verdade, não: talvez eu tenha *sibilado*. Por entre dentes cerrados. Nyota se encolhe e semicerra os olhos.
— Meu Deus. — Esfrego os olhos e rezo para ser atingida por um nunchaku na cabeça e desmaiar. — Merda. Eu não queria...
— Ora, ora, ora. *Ora.*
— Desculpa — digo, engolindo em seco. — Isso foi escroto e meio agressivo. Pode ficar com Conor se quiser...
— Conor, é? — repete ela, assentindo devagar. — É a primeira vez que ouço alguém chamá-lo assim.
— Bom, é o *nome* dele.
— Aham. E quando *Conor* disse que você podia chamá-lo assim? — Nyota baixa o rosto. — Quando vocês estavam transando, foi?
Caio na gargalhada.
— Nos meus sonhos, você quer dizer, né?
— Então você admite. — Nyota é impressionante e imbatível quando está curiosa. Na verdade, sempre é. — Seu irmão sabe que você gosta do melhor amigo dele?
— Ele... É uma história muito longa e entediante.
— Sou advogada corporativa, garota. Minha tolerância para o tédio é mais alta que o teto da dívida pública.
— Só pra você saber, nada mudou desde a última vez que a gente se viu. Eu continuo não entendendo absolutamente nenhuma piada que envolva finanças e afins.

– A coitadinha só entende de física nuclear, que dó. – Nyota balança a cabeça e dou risada mais uma vez. – Desembucha, Maya.

– Não tenho muito o que contar. Eli sabe, mas também não sabe... Quando voltei da Escócia, comecei a fazer comentários sobre o Conor na frente dele... mais ou menos de brincadeira.

– Mais pra menos, imagino.

– Eu dizia coisas como... "Ah, percebi que o Hark na verdade é bem fofo" ou "Viu como ele ficou bem de gravata vermelha?". Esse tipo de coisa. Claro, Eli não gostava nem um pouco, o que era boa parte da diversão. Mas ele nunca teve noção da...

Profundidade da coisa. Não consigo concluir a frase.

– Então o problema é o Eli? Se acontecer alguma coisa, ele vai surtar? *Cara, você está comendo minha irmãzinha, vou ter que te matar.*

– Excelente imitação, mas eu duvido. E, a esta altura, ele acha que já superei.

– Então, se o problema não é ele, o que está te impedindo?

– Ele... é mais velho, pra começar.

– E isso é um problema porque...?

– Boa pergunta. – E legítima a minha opinião também. Massageio as têmporas. – Pelo jeito, a diferença de idade é um grande impeditivo moral.

Ela faz um gesto de desdém.

– Isso é uma generalização. Claro, em alguns casos, é impeditivo mesmo. Mas você é adulta. Não tem problema nenhum vocês terem um casinho de verão controverso. Principalmente se entrar nessa consciente disso.

– De acordo com Conor, tem, sim. Problema, quero dizer.

– Espera. Hark sabe que você é a fim dele?

– Ele... – Solto um suspiro.

– Espera, vou refazer a pergunta. Ele não te conhece apenas como irmã do Eli? Você já teve uma conversa com Harkness em particular?

Nyota deve notar a minha expressão, porque se acomoda nas almofadas, e eu...

Eu conto tudo.

43

Capítulo 6

Três anos, dois meses e três semanas antes
Edimburgo, Escócia

Faz 45 minutos que estou chorando de soluçar – soluços grotescos, catarrentos e que fazem meus ombros tremerem – quando me ocorre que posso ligar para uma pessoa.

Meu irmão mais velho.

Eli não é nem de longe minha primeira opção. Na verdade, está tão no fim da lista que só penso nele quando uma turista loira passa por mim usando uma camiseta azul-marinho da universidade Penn State. Ela me olha por um instante antes de se virar para o namorado, sem dúvida trocando com ele um olhar de "Qual será o problema dessa garota com a maquiagem toda borrada, suja de ranho, sentada na praça St. Andrews ao pôr do sol?".

Olho com raiva para as mãos dadas dos dois, com vontade de arremessar um punhal nas costas dela, e nessa hora as letras se unem e formam uma mensagem inteligível.

Time de Hóquei sobre Grama da Penn State.
Hóquei sobre Grama.

Hóquei.
Eli.

É uma associação meio forçada – meu irmão jogava hóquei no gelo –, mas quem se importa? Ela me lembra de que não estou totalmente sozinha nesta droga de planeta. O último raio de sol pode estar indo embora, mas ainda tenho algum parente de sangue. Os genes que compartilhamos talvez o obriguem a atender o telefone. Ou o fato de ser a primeira vez que ligo desde que voltei do Texas nas férias de verão. Ano passado.

Falar com meu irmão não é exatamente meu passatempo favorito, mas não estou podendo escolher, e não me esforcei para arrumar outras opções nesses quatro anos desde que me mudei para a Escócia. Mal mantive contato com meus amigos de Austin – da escola, da patinação artística, do grupo de apoio ao luto que me obrigaram a frequentar de quinze em quinze dias. *País novo*, pensei, determinada a deixar para trás a merda que foi minha adolescência. *Novo círculo social, que não vai me ver como um ser humano enlutado e defeituoso.* Fazia muito sentido, principalmente depois que conheci Rose no primeiro dia de aula.

– Com licença – disse ela, dando um tapinha nas minhas costas. – *Você se incomodaria se eu passasse a mão na sua bunda?*

Olhei para trás, dando de cara com seu belo nariz arrebitado e os olhos verdes.

– Na verdade, sim.

– Então é melhor relevar isso nos próximos segundos.

– Por quê?

– Porque você claramente sentou num cocô de pombo e, pela mancha que ficou na sua calça, parece que você se cagou.

Tentei olhar por cima do ombro. Não vi nada.

– Você não vai conseguir sozinha – disse ela, toda solidária, então sorriu. – Alguém vai ter que te dar uma bela apalpada. Pode ser eu.

Rose tinha razão: eu precisava dela em minha vida por muitos motivos, e a maioria não tinha nada a ver com lavagem de roupas. Ela era irreverente e gentil. Era sempre sincera e nunca julgava. Eu a adorei desde o início e adorei *ainda mais* quando ela me apresentou a Georgia, sua prima animada e baladeira. Eu sempre quisera ser parte de um trio e, *caramba*, elas não decepcionaram. Durante os últimos quatro anos, acompanharam tudo:

provas, aprender a viver em outro país, descobrir o que eu queria fazer da vida. As pequenas tragédias e as alegrias avassaladoras da vida cotidiana.

Só que não posso falar com Rose e Georgia no momento. Infelizmente, elas estão ocupadas apoiando uma à outra. E apoiando Alfie – o cara que me deu um pé na bunda há exatos seis dias, depois de um ano e meio juntos.

– *Não está dando certo* – disse ele, pesaroso. – *Desculpe, Maya, mas não está.*

Eu vinha me perguntando por que ele fora tão vago nas explicações...

Bom, agora eu sei, não é mesmo? E estou aqui, limpando meleca do rosto com a manga da blusa, procurando o número do meu irmão nos contatos do celular. Uso tão pouco que não consigo achar de cara. Eu não salvei como *Eli*? Ou *Killgore*? Como foi que eu... Ah. Achei. Pelo jeito, eu estava especialmente engraçadinha quando salvei o número dele.

Celha, Mano.

O telefone começa a chamar. Respiro fundo. Não quero que pareça que estou surtando quando eu contar ao Eli que...

Que o quê? O que eu vou contar ao meu irmão? *Oi, o babaca que eu namorava, de quem você nunca ouviu falar, acabou de partir meu coração.* Quer dizer, eu não sei nem o que esperar da...

– Grupo Harkness, como posso ajudar? – pergunta uma voz feminina.

É uma voz gentil, com um leve tom artificial. De recepcionista. Será que eu liguei para o trabalho do meu irmão sem querer?

– Oi. Eu gostaria de falar com Eli Killgore. Achei que esse fosse o número dele...

– O Sr. Killgore está a caminho da Austrália e, pelas próximas horas, as ligações serão transferidas para mim. Com quem eu falo?

– Maya. Eu...

– Ah, sim. Estávamos esperando sua ligação.

– Estavam?

– Por favor, aguarde.

Um trecho de música meio jazz de elevador é logo interrompido por:

– Pois não?

É uma voz masculina, grave, articulada, levemente rouca. Familiar, mas não consigo associar a ninguém. Só sei que *não* é do meu irmão.

Como é que se responde quando alguém diz *Pois não*?

Pigarreio.
– Oi. Estou procurando Eli...
– Eli está indo ao seu encontro.
– ... está?
– Isso mesmo. – Ouço um sotaque. Não é escocês nem americano. – Enquanto isso, podemos falar sobre os incentivos financeiros.

Meu nariz escorre e eu tento fungar baixinho.
– É muito generoso da sua parte, mas não precisa.
– Entendo. Fui comunicado de que você estava preocupada com os custos de *carve-out* e...
– Não estou. Porque nem sei o que é isso.
– Como?
– Eu só quero... – Tento controlar um pouco o tremor na voz e recomeço. – Só quero falar com Eli, então...
– Como diretor administrativo – diz ele com firmeza, me interrompendo –, posso lhe garantir que, enquanto Eli estiver voando, eu...
– Você pode transferir a ligação para ele? Porque é *só isso que eu estou pedindo*.

Sim, isso *foi* uma explosão. Seguida de um silêncio prolongado. Então:
– Talvez isso seja um mal-entendido. Estou falando com a CEO da Mayers?
– Sou a Maya. Maya Killgore. Irmã do Eli.
– Maya – diz ele, e solta um suspiro profundo. – Merda. Claro.

E é quando finalmente reconheço a voz. É Hark. Na verdade, Eli o chama assim. O nome completo é Connor Harkness.

Não, a grafia é irlandesa. Um *n* só. E o sotaque também.

Conor Harkness.

Ele é muito amigo do meu irmão. O melhor amigo, talvez, embora homens adultos raramente usem esse rótulo. Nós nos cruzamos algumas vezes, mas, ao contrário de Minami, Hark nunca demonstrou o menor interesse por mim. Tenho vagas lembranças dele sentado na sala da nossa casa, bebendo cerveja com Eli, usando roupas de quem trabalha com finanças, falando sobre finanças. Não me lembro de uma única vez que ele tenha olhado para mim ou falado comigo. Para falar a verdade, era um alívio. Quando eu tinha aquela idade, não era divertido perceber o olhar dos homens sobre mim.

Eu também nunca dei abertura. Consigo citar poucas coisas que me interessariam menos na adolescência que um cara com o dobro da minha idade. Quando me mudei para o Reino Unido, passei um bom tempo sem voltar aos Estados Unidos, preferindo passar o tempo livre com Rose e sua família, depois com Alfie. Voltei por um breve período no verão passado, entre o terceiro e o quarto ano, mas não devo ter cruzado com Hark porque...

Sinceramente, eu tinha esquecido que ele existia.

– Você achou que eu era dessa tal de Mayers?

– Achei. Seria bom você se apresentar no início de uma ligação. *Maya*.

Ele soa irritado, o que combina perfeitamente com a lembrança que tenho de seu temperamento. *Meio babaca* parecia ser o traço dominante de sua personalidade.

Não sou do tipo que desmorona por causa de uma resposta grosseira, mas não me encontro em meu melhor estado emocional.

– Tá. Bom... posso falar com meu irmão?

– O avião dele acabou de decolar. Vai demorar um pouco.

Sinto meu estômago revirar.

– Tem algum jeito de entrar em contato com ele?

– Você pode mandar mensagem, mas, depois do embarque, o piloto anunciou que o wi-fi não estava funcionando.

Talvez eu precise gritar. Ou não. Vou ter que esperar para ver.

– São quantas horas de voo? – pergunto.

– Não faço ideia. Vinte?

– *Vinte?*

– Ou mais. Ou menos. Não sou controlador de tráfego aéreo. Mas tem uma tecnologia nova que você pode usar para descobrir.

– Que tecnologia?

– É Google o nome.

Fecho os olhos quando as lágrimas voltam a escorrer. Não consigo lidar com... Não consigo. Não no momento.

– Bom, se tiver notícias dele antes de mim, por favor diga a ele que *me-liguenestenúmero*.

Mal consigo disparar as últimas palavras antes de desligar e cair no choro de novo. Fico alguns segundos soluçando, então me encolho e mordo o joelho coberto pela calça jeans. Ele que se dane. *Ele* e todos os homens também. Se não fosse por eles, eu não estaria sentada na droga de um parque depois de escurecer...

Meu celular toca. Atendo sem ver quem é, cheia de esperanças e com a visão embaçada pelas lágrimas. Feito uma idiota, pergunto:

– Eli?
– Você está *chorando*?

É Conor Harkness.

De novo.

– Não – respondo com um rosnado. Entre um soluço e outro.
– Está, *sim*.
– O que *você* tem a ver com isso? Por que me ligou?
– Porque você é da família do Eli. E está chorando. – Seu tom é de acusação, como se *ele* fosse a vítima da pior semana da minha vida.
– Podemos, por favor, desligar? Você tem que falar com a tal da Mayers e eu adoraria *não* dividir este momento de merda com alguém que mal conheço.
– Por que de merda? O que aconteceu?

A pergunta é... soa bem o oposto de *acolhedora*.

– Por que eu contaria a *você*?
– Porque seu irmão não está disponível e eu sou a porra de um adulto, e você não é. É meu dever cívico garantir que uma criança não esteja sendo sequestrada ou alguma merda do tipo.
– *Criança?* Você está de brincadeira? Sabe com quem está falando?
– Você não é a irmãzinha do Eli?
– Irmã*zinha*? Quantos anos você acha que eu tenho?
– Treze, mais ou menos.

Solto o ar, chocada.

– Eu *tinha* treze. Há sete anos.
– O quê? Você não tem 20 anos.
– Tenho, sim.
– Sério?
– Sério.
– Meu Deus – diz ele, e resmunga sobre a passagem do tempo com um palavrão qualquer.

Reviro os olhos.

– Agora que eu te atualizei a respeito das voltas da Terra ao redor do Sol, tchau.

Minha intenção é desligar, mas...

– Não, nada de *tchau* – diz ele, rápido, autoritário. Fica óbvio que está acostumado a ser obedecido sem questionamentos. – Me diga por que você está chorando, para a gente concluir logo que é um monte de baboseira sem importância e eu poder desligar sem peso na consciência.

Que babaca.

– Tá, antes de tudo, você é uma pessoa horrível. Aposto que queimava formigas com lupas quando era criança, na época da Reforma Protestante.

– Isso é *difamação* e eu não mereço...

– Segundo, não vejo motivo para perder meu tempo com você, que não é *ninguém* na minha vida e claramente acha que eu ainda brinco com boneca, apesar de fazer dois anos que eu tirei o título de eleitor. Cara, eu *mal* te conheço, e o que estou captando da sua personalidade *não* é bom. Então me desculpe por não querer compartilhar a história da minha vida e te contar que o cara com quem eu namorava há mais de um ano terminou comigo semana passada pra ficar com uma garota que não só é prima da minha melhor amiga, mas também a pessoa com quem eu divido apartamento. E ontem, quando voltei da academia, os três estavam me esperando pra uma espécie de intervenção pra me dizer que seria muito cruel e egoísta da minha parte se eu atrapalhasse o romance épico deles. E, como todos se juntaram contra mim, fiquei com tanta raiva que me esqueci de fazer a droga do exercício de respiração, esqueci de contar também, e gritei que por mim eles podiam trepar em todas as superfícies do apartamento e que eu lhes desejava uma vida cheia de ISTs dolorosas e cheias de pus. E hoje de m-manhã, quando eu acordei e eles estavam lá na cozinha, vendo televisão, se pegando embaixo do *meu* armário, onde eu guardo os biscoitos Tunnock's que como quando estou triste, eles me d-disseram que eu deveria ter vergonha do meu comportamento de ontem à n-noite, que estão com medo da minha raiva e da minha reação d-desproporcional, que *eu* que errei por ter sido agressiva. Aí eu não a-aguentei mais e *saí correndo de casa e agora nunca mais quero v-voltar.*

A última parte sai em um choramingo frenético e enrolado. Percebo isso pelos pedestres que me olham ao passar e pelo silêncio de Conor Harkness, que obviamente não costuma calar muito a boca.

Volto a enfiar o rosto entre as pernas, desejando me tornar uma das raízes da cerejeira sob a qual estou sentada. *Agora seria um bom momento para desligar.*

Vou fazer isso. E depois talvez achar um pub onde eu possa encher a cara e...

– Bom... – diz Conor. – Que merda.

Algo nessa palavra... o leve sotaque, talvez, ou o tom abafado, me faz bufar.

– Pois é.

– Não sei o que fazer com essa informação.

– Foi exatamente isso que eu quis dizer, seu idiota – respondo.

Estou emocionalmente exausta demais para que o insulto seja inflamado, mas ainda assim ele reverbera entre nós, e de repente ouço uma risada grave.

Ao contrário de tudo nessa conversa, é uma risada calorosa e quase parece... não um abraço, mas uma mão me dando tapinhas nas costas.

Então eu também dou risada. Mesmo quando ele diz:

– Devo dizer que "um monte de baboseira sem importância" talvez não seja uma descrição exata da sua situação.

– É mesmo? – Ergo o queixo e sorrio para o céu cada vez mais escuro. – Que magnânimo da sua parte.

– Existe algum lugar onde você possa ficar por um tempo? Com um amigo?

Não digo que *meus amigos são as pessoas de quem estou fugindo*. Meu coração já está quase em pedacinhos.

– Um banco de praça conta?

Ele solta uma risada bufada.

– Vou pagar um quarto de hotel pra você.

– É muita gentileza, mas... dinheiro não é o problema.

Eli sempre fez questão de garantir que não fosse. Não depender financeiramente dele é uma prioridade para mim, e tenho uma bolsa de estudos e um trabalho de meio período. Tento não usar o dinheiro que meu irmão separou para emergências, mas posso pagar por um hotel.

As palavras de Conor, no entanto, trazem à tona uma lembrança vaga. Não foi ele quem pagou pela minha viagem quando eu tinha 14 anos e fiz um estágio em um canal de notícias da Califórnia? E, no ano seguinte, quando Eli fez uma viagem a trabalho, não foi ele quem me levou para a escola durante uma semana?

Espera aí. Conor não namorava a Minami? É, namorava. E isso parece... errado. Minami foi o mais próximo que tive de uma figura materna depois da morte da minha mãe, e vou amá-la para sempre. Então talvez eu esteja sendo tendenciosa, mas... como foi que Conor Harkness, esse babaca supremo, conseguiu conquistar alguém como ela?

– Onde você está, afinal? – pergunta Conor, como se algo tivesse lhe ocorrido. – Estou começando a lembrar. Você foi fazer faculdade na Europa, não foi?

– Então você *sabe* disso. Acha que garotas de 13 anos vão fazer faculdade fora do país?

– Acho que nunca parei pra pensar nisso. Onde exatamente você está?

– Não vou contar a *você*, um estranho, onde eu moro.

– Fala sério, Maya. Até parece que eu não tenho como descobrir – argumentou ele. Ouvi uma batida ritmada. Como se ele estivesse digitando ou tamborilando. – Vamos ver. Você mencionou biscoitos Tunnock's. Deve vender pelo mundo inteiro, mas são muito populares na Escócia.

Solto um suspiro. Alto *demais*.

– Ah – diz ele, parecendo irritantemente satisfeito. – St. Andrews? Universidade de Edimburgo?

Filho da mãe, falo sem som.

– Não importa. Vou descobrir. Voltando ao assunto... Não vou te repreender pela péssima escolha de amigos e de colega de apartamento.

– *Quanta* gentileza.

– Ah, não é gentileza. *Não sou* do tipo gentil. Mas já cometi erros parecidos. O que eu não entendo é por que você *não* deveria ter raiva por eles ficarem se pegando dentro da sua casa.

– Porque não – respondo.

Espero que ele entenda pelo meu tom que o que eu realmente quis dizer foi: *não enche*.

– Por que não?

– Não sei por quê. Eu estava... Eu não devia ter gritado com eles.
– De todos os golpes desferidos nessa história, esse parece o menos pior.
– Eu sei, mas... eu tenho dificuldade em lidar com a raiva.
– Tem mesmo?
– Tenho. Com algumas pessoas. Não com todo mundo. Eu não fico, tipo, com raiva do cara que me atende no mercado.
– Então você não destrata funcionários.
– Não, eu... – Engulo em seco. – Acontece mais com as pessoas próximas. Quando me magoam, tendo a reagir.
– Humm. Certo. Você deixava Eli totalmente fora da casinha quando era adolescente, não deixava?
Dou risada.
– Talvez, e olha só no que deu. A gente mal se fala. Mas quando eu me mudei pra cá, decidi que queria me tornar uma pessoa melhor. E, como a maioria dos meus problemas envolve raiva, comecei a fazer todas aquelas merdas. Terapia. Escrever um diário. Identificar gatilhos. E funciona, na maior parte do tempo. Mas agora eu... estou *furiosa*, e não sei se é um retrocesso ou um sentimento justo e legítimo. Será que devo só reprimir o que estou sentindo? Eu só... Eu queria que a Maya da Escócia fosse pé no chão, tranquila e despreocupada, mas...
– Parece que a Maya da Escócia está mais para uma boneca de plástico do que uma pessoa de verdade.
Fecho bem os olhos. Está ficando frio.
– É. – Pigarreio. – A Maya da Escócia é meio *pick me*.
– O que isso significa?
– É só um... – Suspiro. O que estou fazendo, servindo de dicionário para Conor Harkness? – Olha, vou desligar agora. E...
– Você vai fazer alguma besteira?
– O quê? *Não.* Não é nada disso. Eu só... vou pra casa, acho.
– Onde está sua amiga. E seu ex.
– É. Eu... é – respondo, e passo a mão pelo rosto. – Na verdade, talvez eu passe algumas horas na biblioteca. Só pra tentar garantir que eles estejam dormindo quando eu chegar.
– Maya. – É muito estranho ouvi-lo dizer meu nome. – Posso conseguir um lugar pra você ficar rapidinho.

53

– Você sabe usar o Booking?

– Não, mas tenho uma assistente à minha disposição.

Eu não deveria rir, principalmente porque deve ser um saco trabalhar para Conor Harkness.

– O problema é que aquele é o meu apartamento. E ainda faltam alguns meses para o semestre acabar. E a cerimônia de formatura... Vou me formar com honras. Me dediquei muito pra isso. Não vou abandonar a minha vida, nem a nossa campanha no D&D. N-não vou fugir como se eu é que d-devesse estar com vergonha.

– Nem deve mesmo fazer isso – concorda ele. Como se nunca alguém tivesse falado algo tão óbvio.

– É só... o sentimento de rejeição. Alfie foi meu primeiro namorado sério e é uma das pessoas que me conhecem melhor no mundo inteiro, e é constrangedor pensar que um dia ele acordou e decidiu que eu não era inteligente, engraçada ou bonita o bastante para ele. Georgia é superespontânea e linda, e todo mundo quer ficar perto dela. E eu... eu me sinto excluída, e estou começando a me perguntar se vai ser assim a vida toda. Então saber que pelos próximos dois meses aqueles dois vão ficar com peninha de mim enquanto aproveitam a vida de casal, e talvez até passar de cinco a dez por cento do tempo falando sobre o fato de que eu vou morrer sozinha...

Volto a chorar e, a esta altura, já compartilhei muito mais do que pretendia, mais do que me lembro de um dia ter admitido a alguém e...

Merda.

Não consigo.

– Obrigada por conversar comigo. Estou me sentindo melhor.

Não estou nada, mas desligo mesmo assim, embora Conor tenha começado a dizer alguma coisa que me recuso a ouvir.

Meu celular está encharcado de lágrimas. Seco o que dá e decido desligá-lo, só para garantir. Bato a poeira da roupa, pego minha mochila. Mesmo em meio ao colapso repentino da minha vida, tenho uma certeza: o teste de astrofísica nuclear da semana seguinte.

A biblioteca da faculdade está aberta, então vou até a George Square, e a bela fachada que parece uma estante de livros me acalma. Sob o teto abobadado, me obrigo a respirar fundo. Já estive aqui com Alfie e Rose inúmeras vezes. Georgia também se juntava a nós. Ela e Alfie fumavam, então saíam toda hora para fazer uma pausa e voltavam corados e cheirando a cigarro. Embora eu nunca tenha gostado do cheiro, ele tinha se tornado tão agradável para mim que...

Eu sou uma idiota. Uma *grande* idiota.

Eu mereço o que está acontecendo.

Eu me recusei a ser ciumenta ou desconfiada. Relacionamentos não devem ser construídos sobre uma base de confiança, respeito e amor? Se não for assim, qual é o sentido? Por acaso devo viver em alerta máximo quando...

– Olha por onde anda! – reclama um cara quando esbarro nele.

Resmungo um pedido de desculpas e me sento à mesa mais próxima, fazendo um esforço sobre-humano para me concentrar em períodos orbitais.

E os números e as palavras ficam borrados de vez em quando.

E mal consigo fazer um quinto do que teria feito em uma noite normal.

E minha cabeça começa a latejar e meu corpo parece ter o peso de um milhão de pedras e...

Que se dane. Já faz mais de três horas. Eu vou dormir.

Está tarde, mas é sexta-feira. As ruas ao redor do campus ainda estão movimentadas. Volto para casa me arrastando, pensando que deveria ter pegado um casaco mais grosso antes de sair correndo, de manhã. É quase meia-noite quando faço uma última prece pedindo *Por favor, que Alfie e Georgia já estejam dormindo* e coloco a chave na fechadura.

Assim que abro a porta, ouço vozes animadas vindas da cozinha.

Meu estômago revira e se rasga feito confete.

Não vomita, digo a mim mesma. *Você é que vai ter que limpar.*

Alfie e Georgia estão rindo, e não tenho como chegar ao quarto sem passar por sua alegria irritante. Tiro os sapatos, endireito os ombros e me proíbo de me encolher de vergonha.

– Oi – digo, forçando um tom polido.

– Oi, Maya – responde Georgia com um sorriso amoroso, linda com seus cachos loiros bagunçados e seu pijama de cetim.

Ela claramente se convenceu de que seu único pecado foi se apaixonar e ser correspondida. Ao seu lado está Alfie, com aquele cabelo sempre desgrenhado e o sorriso charmoso com o dentinho torto.

Ele, pelo menos, tem a gentileza de parecer sentir algum remorso.

– E aí?

Eles não estão sozinhos, mas a terceira pessoa não é, como eu imaginava, Rose. Nem de longe.

Apoiado no balcão, vejo um homem bonito e alto. Seu cabelo é escuro e volumoso, o queixo quadrado coberto pela barba por fazer. As sobrancelhas grossas destacam os olhos castanho-claros.

Ele é familiar, mas... por quê? Observo o terno feito sob medida, o modo como os bíceps preenchem as mangas arregaçadas da camisa, as pálpebras caídas que o fazem parecer ao mesmo tempo sonolento e irritado, os mocassins cruzados no piso de linóleo...

Ele está sorrindo para mim. Uma curva discreta, quase imperceptível, em seus lábios grossos. A sensação é que eu deveria estar com medo. Mas... de quê?

– Maya – diz uma voz grave, calorosa e jovial.

Então finalmente me dou conta.

Conor Harkness está na minha cozinha.

Capítulo 7

Atualmente
Taormina, Itália

Os italianos jantam de madrugada. Pelo menos, é essa a minha impressão.

No início de junho na Sicília, o sol só se põe completamente muito depois das oito da noite, mas, quando Nyota e eu chegamos cambaleando ao iluminado jardim do pátio, o céu já está escuro. Não fosse pelo brilho das estrelas, eu não enxergaria onde o mar termina e o céu começa.

O fato de sermos as últimas convidadas a aparecer para o jantar não ajuda.

E ainda estamos uns cinco minutos atrasadas.

Percorremos lado a lado o caminho de pedras, preparadas para nossa entrada constrangedora.

– Como *todos* conseguem ser tão pontuais? – murmura Nyota no meu ouvido.

– Como *nós* não conseguimos? – rebato.

A caminhada do quarto dela até ali levou uns 45 segundos, no máximo. Chegar atrasada deve ser uma espécie de superpoder. E o problema de uma

57

festa de casamento com treze pessoas – incluindo ela, eu e uma criança de 1 ano e 4 meses – é que não temos como esconder nossa falta de educação.

Todos já estão sentados a uma mesa retangular comprida que foi montada em uma plataforma de pedra, bem no meio do jardim exuberante. Cordões de luzinhas se cruzam no alto como um dossel, lançando um brilho dourado caloroso sobre a toalha branca imaculada e os centros de mesa de flores do campo. Quando a brisa do mar sopra, as chamas das velas aninhadas em vasinhos de terracota tremulam, fazendo os copos brilharem. Luzes vermelhas pendem das árvores mais próximas, ciprestes e oliveiras, como se demarcassem a fronteira entre o casarão e seus bosques. Atrás disso tudo, uma silhueta solene, iluminada pelo luar, parece vigiar todo o leste da Sicília.

O monte Etna.

Muitos convidados já estão bebericando vinhos tintos escuros e doses de algo que cintila em laranja-neon. Pelo menos três conversas animadas acontecem ao mesmo tempo, altas mesmo em meio ao coro hipnótico das cigarras. Quando Mini late e sai correndo na minha direção como se eu fosse um soldado voltando depois de cem anos longe, todas as conversas param.

Tisha nos avista e começa a bater na taça com uma faca.

– Se prepare – sussurra Nyota. – Hoje esses otários não vão calar a boca.

– Finalmente! – declara sua irmã. – Elas chegaram... nossas convidadas especiais, nos agraciando com sua presença inestimável.

Todos dão risada. Sinto meu rosto esquentar. Nyota faz uma reverência graciosa e murmura:

– Meu Jesus Cristinho, por que não fizeste de mim filha única?

Mas seu sorriso nem se mexe. É como ventriloquismo.

– Para as batalhas mais difíceis, os soldados mais fortes – sussurro, buscando o olhar de Rue.

Desculpa, falo só com o movimento dos lábios enquanto acaricio Mini. Eu poderia me aproximar para abraçá-la, talvez até dizer quanto está linda com aquele vestido branco e a trança embutida, só que ela ia detestar.

Rue dá de ombros com um sorrisinho caloroso.

– O que vocês têm a dizer em sua defesa? – pergunta Tisha, com o braço apoiado nas costas da cadeira de seu noivo, Diego.

Ele é um desses caras que trabalham com tecnologia no Silicon Hills, e eu queria *muito* achá-lo irritante por fazer parte do grupo que está arruinando minha estranha cidadezinha. Infelizmente, ele frustrou meus planos: é um querido e nunca apareceu vestindo um coletinho da Patagonia, dirigindo um Tesla Cybertruck ou bebendo aqueles shakes que "substituem" as refeições. Sigo em alerta máximo, mas aceno quando ele sorri para mim.

– Acho que podemos deixar passar desta vez, amor – diz ele. – Aposto que elas têm uma ótima desculpa.

– Por exemplo?

Ele dá de ombros.

– O cérebro delas ainda não está completamente formado?

– Ah, sim. O córtex pré-frontal inacabado da juventude.

Nyota revira os olhos.

– Tish, não precisa ficar com inveja só porque a festa não começa enquanto *eu* não chego. A gente ficou conversando e perdeu a hora... estávamos falando de garotas escrotinhas que ficam agindo como se fossem superiores embora sejam *famosas* por terem feito xixi na cama até a adolescência.

– Eu tinha 9 anos...

– Eu não disse que estava falando de você...

– ... e tive um pesadelo...

– ... e você na defensiva desse jeito. Por que será?

Nyota se senta em frente à irmã, pronta para passar a noite implicando com ela.

Tisha é a melhor amiga de Rue desde a infância, e, por um tempo, fiquei ressentida por meu irmão não ter se apaixonado por ela. Eu nunca disse isso em voz alta e espero levar essa informação para o túmulo – mais ainda do que o fato de eu ter comido uma balinha de maconha e mandado mensagem para Malala dizendo que eu tinha certeza de que seríamos melhores amigas, mais ainda do que o fato de que colei em todas as provas de história do nono ano e não sei nada sobre a Primeira Guerra Mundial, mais ainda do que o nome da pessoa com quem fantasio enquanto me masturbo há três anos. Mas, quando conheci Tisha, foi tão *fácil* conversar com ela! Ela ria das minhas piadas e não deixava a conversa cair em um silêncio constrangedor, e se permitiu gostar de mim. Enquanto isso, Rue...

No início de seu relacionamento com Eli, quando eu ainda morava com meu irmão, ela era fria e desconfiada. *Ela não gosta de mim*, eu pensava. *Preferia que eu não estivesse por perto.* Eu tinha medo de que o fato de ela não gostar de mim afastasse a única família que me restava depois de eu ter me reconectado com meu irmão. Aí, sim, eu saberia *de verdade* o que é estar sozinha no mundo.

Mas Eli estava nas nuvens. Posso ter sido uma irmã ciumenta, possessiva e malcriada, mas não era cruel a ponto de querer tirar essa felicidade de sua vida. Então continuei tentando. Enfrentei a dança delicada entre nós duas na cozinha silenciosa. Os sorrisos forçados quando eu voltava para casa depois da aula e Rue me encarava com aqueles olhos azuis sérios e arregalados. Eu me desafiei a conquistar pelo menos sua tolerância.

Então, certa manhã, alguns meses após ela ter entrado em nossa vida e tumultuado tudo, Rue apareceu lá em casa.

– Sinto muito, Eli viajou e vai passar a semana toda lá a trabalho. Ele deve ter se esquecido de te avisar...

– *Eu vim ver você* – respondeu ela, a voz baixa e rouca, mas firme. – *Feliz aniversário, Maya.*

Ela estendeu um vaso e eu o aceitei. Uma planta de folhas largas e verde-claras brotava da cerâmica.

– *É uma pepilancia* – explicou ela. – *Uma espécie de pepino. Percebi que você gosta de picles e pensei que podia gostar desse. Eles são menorzinhos, mais ou menos do tamanho da ponta do seu dedo, e são mais azedos que os pepinos normais.*

– Você disse "pepilancia"?

– *Isso. Não é um cruzamento de pepino com melancia, embora esse seja um equívoco comum. Mas são da mesma família, das cucurbitáceas. Conforme ele for crescendo, talvez você precise transplantar para um vaso maior e...*

Ela parou de falar de repente. Baixou a cabeça. E eu me senti uma idiota. Rue não era fria, má ou arrogante. Ela não me odiava. Ela era *tímida*.

Eu a encarei, sem saber o que dizer. E talvez tenha comunicado isso em código Morse sem querer, porque ela acrescentou, quase em um sussurro:

– *O problema não é você, Maya. Você tem sido muito acolhedora. E fico grata por isso. Mas nem sempre consigo demonstrar.*

– Ah.

– *Não sou muito boa nisso.*

– *Nisso?*

Ela soltou um suspiro. Assentiu. "*Nisso*." Deveria ter sido uma afirmação obscura, incompreensível, mas o alívio que senti foi como o de voltar à superfície depois de semanas embaixo da água.

Então me ocorreu que talvez Rue não risse muito por ter dificuldade de saber se as pessoas estavam rindo *dela* ou *com ela*. Que ela não falava nada porque não sabia o que dizer. E que eu podia ser um pouco menos autocentrada.

– *O silêncio não me incomoda. Eu...* – Dei de ombros.

Rue não disse nada, ficou esperando que eu concluísse a frase, e naquele momento eu soube *exatamente* por que Eli tinha se apaixonado loucamente por ela.

– *Não me incomoda* – repeti. – *Desde que você não esteja planejando convencer meu irmão de que eu sou uma inútil.*

Isso a fez hesitar.

– *Eli adora você.*

– *Sério? Às vezes fico com medo. Porque... você sabe. Nem sempre tivemos uma boa relação.*

Rue assentiu.

– *E eu não tenho mais ninguém* – concluí.

– *Eu entendo. Eu tenho um irmão mais novo. Mas ele... As coisas não estão correndo muito bem entre a gente.*

Ficamos olhando uma para a outra. Eu não disse que, se ela quisesse uma irmã, eu podia cumprir esse papel. Ela não disse que, se eu quisesse uma família maior, podia contar com ela. Na verdade, nenhuma de nós disse muita coisa. Mas tudo mudou.

Coloquei o vaso de pepilancia na varanda dos fundos e a planta não só não deu frutos, como ela tinha prometido, como também parou de crescer. Então eu a deixei aos cuidados de Rue, que àquela altura já estava praticamente morando com a gente. Ela salvou a planta da morte iminente, e eu passei a ter uns pepininhos fofos, do tamanho de uma uva, e uma futura cunhada com quem podia passar horas no sofá, estudando enquanto ela lia livros chatos de não ficção. De vez em quando, olhávamos uma para a outra, trocávamos um sorriso e voltávamos à nossa solidão, juntas.

Algumas semanas depois, quando Jade começou a procurar apartamento, ela percebeu que não arrumaria grande coisa se não encontrasse alguém com quem dividir.

– *Eu posso ir morar com ela. Você quer que eu me mude?* – perguntei ao meu irmão.

– *Sinceramente?*

– *Sinceramente.*

Ele fez que não com a cabeça.

– *Não. E Rue também não quer. Gostamos de ter você por perto. Ela tem medo de que você suma da nossa vida e... talvez eu também tenha?*

– *Eu não faria isso...*

Ele ergueu a sobrancelha.

– *... de novo.*

Eli deu risada.

– *Sei que você não vai morar com seu irmão mais velho pelo resto da vida, mas eu adoraria ter você por perto. Só pra você passear com meu cachorro, claro* – disse ele, muito sério.

Assenti com a mesma seriedade.

– *Eu também preciso de você por perto. Só para o caso de eu precisar de um órgão.*

– *Que inusitado.*

E foi assim que Jade e eu acabamos encontrando um apartamento que ficava a cinco minutos de distância.

Nunca imaginei que Rue e Eli fossem se casar em outro país, principalmente considerando as dificuldades que ela tem em socializar, mas ninguém nesse grupo jamais exigiria dela mais do que Rue estivesse disposta a dar. Ninguém aqui é babaca. Exceto talvez...

Meus olhos encontram uma figura parada sob um cordão de luzinhas. E voltam imediatamente à segurança da mesa.

– Guardei um lugar pra você ao meu lado – diz Minami, e me sinto grata e aliviada, como se tivessem guardado um lugar para mim no recreio.

Ela estende os braços e eu me inclino para abraçá-la. Seu cabelo escuro e liso cheira a talco de bebê e à mesma fragrância cítrica que ela estava usando quando me abraçou pela primeira vez, no velório do meu pai. Minami coloca meu cabelo atrás das minhas orelhas e examina meu rosto. Há algo de maternal nesse gesto, mas, diferente de quando Conor me chamava de *garota*, isso não me irrita. Ela conquistou esse direito quando me ensinou a colocar absorvente, acompanhou todo o meu processo de inscrição em universidades e me dissuadiu de raspar as sobrancelhas pelo menos duas vezes. E se o fato de ela ser ex de Conor faz com que isso tudo seja *estranho*, prefiro não pensar no assunto.

– Você parece cansada – diz ela.

– É. Vou dormir muito essa noite. E aí, Sul?

O marido dela, uma presença sólida, constante e silenciosa ao seu lado, solta um grunhido. *Eu gosto muito de você, mas não me peça para exprimir isso em uma frase*, é o significado.

– E Sua Majestade? – pergunto.

– Está apaixonada pelo perfume dos jasmins, então Hark foi com ela até a árvore para ela ver as flores de perto. Ei, Kaede! Tem alguém aqui que quer ver você.

Quando Kaede me vê, seu rosto se ilumina, mais que as luzes em volta. Ela estende as mãozinhas para mim.

– E aí, princesa? – digo, acenando e ignorando o homem que está com ela no colo.

– Ma-da! – exclama ela, e é o mais próximo que consegue chegar de dizer meu nome.

Ela é, de alguma forma, a mistura perfeita da mãe com o pai: cabelo castanho-claro e olhos escuros, pequena e rechonchuda. Antes de Kaede, eu nunca tivera contato com crianças pequenas.

– *Acho que quero uma dessas* – falei para Minami no dia em que ela nasceu. – *Ou três. E quero que sejam iguais a ela.*

Foi assim que me tornei a babá oficial de Kaede. Desde que voltei da Suíça, cuido dela quase todos os dias. Minami comentou:

– É muito trabalho não remunerado. Você não preferia estar na rua com seus amigos?

– Às oito e meia da manhã?

– Ou... sei lá. Andando de skate? Passando trote? Se metendo com *fissão nuclear*? Não sei o que as pessoas de 20 e poucos anos fazem hoje em dia.

– Está brincando? Eu amo ficar com a Kaede. Ela é minha melhor amiga. Não é?

Kaede abriu um sorriso largo e cheio de dentinhos e estendeu o polvo de pelúcia para mim – um "sim" bastante óbvio. O problema é que eu até posso ser sua melhor amiga, mas não sou a única.

– Então Maya chega e eu sou deixado de lado, é? – diz Conor, em um tom falsamente mal-humorado, e faz cócegas naquela barriguinha redonda, o que a faz gargalhar.

É trágico notar o quanto ela gosta dele. Eu achava que crianças viessem com um detector de babacas embutido, como os cachorros. Pensando bem, Mini também é dado a buscar o carinho do inimigo.

– E aí, garotinha?

Os bracinhos de Kaede envolvem meu pescoço. A mão de Conor toca a minha e fica ali para garantir que a bebê está segura.

– Cuidado – murmura ele, sem soltar. – Ela está mais pesada.

– Pode soltar, eu...

Olho para Conor, o que é um erro. Meu olhar encontra o dele. Tem algo ali, uma espécie de tristeza reservada, escondida, resignada, que me lembra da primeira vez que ele colocou Kaede em meu colo.

– Estou segurando – digo com firmeza.

Conor assente devagar e volta para sua cadeira.

Capítulo 8

Eu me sento com Kaede no colo e ela me dá um lindo beijinho melequento.
– Desculpa – diz Minami, limpando meu rosto. – Estamos trabalhando para superar essa tendência a compartilhar fluidos corporais. Você conhece todo mundo aqui, né?
– Aham – respondo.
Embora não devesse, meus olhos imediatamente saltam para Conor, que está conversando com Nyota, Avery e... E?
– Na verdade, a loira eu não conheço.
– Ah, claro. É a Tamryn. Você vai adorar ela, Tamryn é uma *querida*. É irlandesa. Quero só ver você ouvindo Hark e ela conversando. – Pratos de pães, rolinhos de berinjela e tomates secos são colocados à nossa frente. – Meu Deus, isso tudo está com uma cara *maravilhosa*.
Todos riem, comem e bebem de copos que são reabastecidos constantemente. Eu me concentro em dissuadir Kaede de brincar com o pimenteiro e comer algumas garfadas de frango desfiado. Respiro fundo. Sinto o aroma da citronela e brinco de aviãozinho com a menina, pousando naquela boca faminta.
Meu olhar, no entanto, desvia o tempo todo para Tamryn. O rosto com-

prido, a boca grande, a pele clara. Algo em seus traços me deixa sem fôlego. É uma mulher que poderia facilmente ganhar dinheiro com sua aparência. Ela ri da conversa ao seu redor e pega um pãozinho do prato de Conor, um gesto descontraído, íntimo.

– Ele disse *o quê*? – pergunta Nyota, do outro lado da mesa.

– Acho que o fim do expediente o fez se lembrar da inevitabilidade da morte.

Conor balança a cabeça.

– Avery, se você falar desse assunto na próxima reunião do conselho, eu *vou mudar* o nome da Harkness para o seu.

– Ele é bem capaz de fazer isso mesmo – diz Tamryn.

Seu olhar cruza com o meu e ela abre um sorrisinho gentil. Fico vermelha. Muito. E sinto um alívio quando alguém diz:

– E aí, Maya! Fiquei sabendo que vamos ser colegas.

Eu me viro para o homem sentado à minha direita.

– Ah, meu Deus. Paul?

– Eu mesmo.

Conseguimos trocar um abraço desajeitado por cima da cabeça de Kaede.

– Faz quanto tempo que a gente não se vê?

– Um tempinho. Acho que desde aquela vez que...

– *Não* vai falar do macarrão com queijo.

– ... você vomitou macarrão com queijo em mim.

– Isso *não é* verdade. A gente se encontrou pelo menos duas vezes depois disso, e nas duas você fez questão de me lembrar desse incidente.

– *Touché* – diz ele.

Atrás dos óculos de armação de metal, olhos azul-claros se estreitam em um sorriso. Só então paro para pensar no que ele disse.

– Espera. Como assim vamos ser colegas?

– Você vai trabalhar na Sanchez, não vai? Os semicondutores de lá são de última geração. Você vai amar a empresa.

Ele está falando sobre a empresa da Califórnia que é pioneira em tecnologia de chips e me ofereceu uma quantidade obscena de dinheiro para que eu trabalhe para eles.

– Como você sabe disso...

– Estou fazendo pesquisa e desenvolvimento para eles há uns dois meses e seu nome tem aparecido bastante. Quando Eli disse à diretoria que você talvez entrasse para a indústria, eles se esforçaram *muito* para recrutar você. Aliás, parabéns pelo prêmio de jovem pesquisadora.

Inclino a cabeça.

– Você sabe bastante sobre a minha vida.

– É porque eu vivo me gabando de você – diz Eli a algumas cadeiras de distância. – E não, não vou parar de falar das suas conquistas, nem adianta pedir.

– Acho que Eli está vivendo os sonhos de cientista maluco dele através de você – sussurra Minami.

Ela abre um sorriso caloroso, mas sinto um frio na barriga. Solto o garfo.

– Na verdade, ainda não aceitei a proposta da Sanchez – digo a Paul. – Estou na dúvida entre eles e...

– Ah, sim. O cargo no MIT, né? – diz Paul, assentindo. – Fiquei sabendo que envolve um projeto no Fermilab.

– Eu perguntaria como você sabe disso, mas...

Lanço um olhar para Eli, que já não está mais prestando atenção na conversa e sussurra alguma coisa no ouvido de Rue, fazendo-a rir.

– Sempre que encontro o Eli, ele passa uns vinte minutos me atualizando sobre o quanto você é incrível. *Antes* de me dar oi.

– E, enquanto ele fala, você só consegue pensar no cheddar vomitado no seu colo.

– Sempre. – Os olhos de Paul percorrem meu rosto. E, com Kaede no meu colo, o pouco que ele consegue ver do macacão amarelo que vesti para o jantar. – Você está diferente. De antes, quero dizer.

Dou risada.

– Porque não estou comendo macarrão com queijo?

– Não. Porque...

Seu olhar desce por um instante até meus ombros, mas logo volta aos meus olhos.

– Você está igual – respondo.

Paul sempre foi bonitinho. Cabelo loiro ondulado, covinhas. Ele é uns quatro anos mais velho que eu. Aos 12, claro que tive uma paixonite por ele, que era generoso e aparentemente não percebia que eu corava e saía correndo para o meu quarto assim que ele entrava em nossa casa, embora *com certeza* percebesse.

– Então – diz ele, pigarreando. – Você já se decidiu? Indústria ou academia?

– Ainda não.

– E está pendendo para...?

Mordo o lábio inferior. O pouco que comi se revira em meu estômago. *A torre de marfim sempre carente de recursos ou a empresa enorme que prioriza o lucro em detrimento da curiosidade científica?*

– Quando eu decidir, você vai ser o primeiro a saber.

E, antes que Paul possa verbalizar o *mas* que parece estar se formando em seus lábios, eu me viro para a pessoa sentada diante dele.

– Ei, Axel! – digo, chamando seu irmão.

– E aí, garota? – responde ele, um pouco alto.

Axel jogava hóquei com Eli na faculdade e depois foi para a Liga Nacional, tornando-se *incrivelmente* popular entre minhas colegas de escola, a quem eu nunca deveria ter revelado que o conhecia. Não posso negar que ele é bonito, mas seu estilo é muito atleta, shake de proteína, *Quer que eu levante algo pesado pra você?* para realmente chamar minha atenção.

Pelo que sei, ele e Eli não tinham limites nas festas. Pelo que sei, Axel ainda não tem.

– Você ainda joga na... era Filadélfia?

Ele reage como se eu tivesse pedido as entranhas de seu gatinho de estimação para fazer uma sopa.

– Cara... – diz ele, balançando a cabeça, cabisbaixo. Então se vira para Tisha e pede a ela que lhe passe o azeite.

– Impressionante – sussurra Paul.

Fico atônita.

– O que eu fiz?

– Em poucas palavras, você conseguiu destruir a paz de espírito do meu acompanhante, Maya.

– Ah, merda.

– Ele joga no Pittsburgh Penguins. Rival do Filadélfia. – Paul balança a cabeça em reprovação. – Você não acompanha as movimentações da Conferência Leste?

– Não sou muito ligada em esportes. Isso me absolve?

– Não sei, vamos perguntar ao Axel.

Trocamos olhares por um instante, achando graça, até que Kaede agarra um pedaço de melão grande demais para sua boca.

– Você veio mesmo como acompanhante do seu irmão? Quer dizer, nunca que um *Pittsburgh Penguin* estaria disponível assim – digo num tom de voz mais alto que o normal.

Ou Axel não me ouve, ou não está pronto para me perdoar.

– Infelizmente, esse Pittsburgh Penguin não consegue manter a atenção por tempo o bastante para...

– Namorar?

– Eu ia falar "ter uma conversa". No meu caso, o fungo resistente na minha unha do pé não anda ajudando muito. E você?

– Hã, quando eu era criança, tive uma brotoeja no pulso, mas...

– O que eu quero saber é se veio sozinha.

– Ah! – Dou risada. – Vim.

O sorriso dele aumenta. Fico esperando um friozinho na barriga, que meu coração acelere, uma pontinha de interesse... em vão. Esse tem sido um problema recorrente. Meu olhar busca Conor, que pediu licença para atender a uma ligação perto da mureta de pedra. Ele agora está olhando para o penhasco, meio encoberto pela sombra.

Talvez seja hora de fazer alguma coisa para resolver esse problema, Maya.

Afinal, é legal conversar com Paul. Fácil. Quando o primeiro prato chega, pene com molho branco e pedaços de salmão, eu já sei tudo sobre seu projeto de braço mecânico, e ele me chamou de *pirralha* um total de zero vez.

Somos os excluídos, penso. Os únicos que não se envolvem quando uma discussão a respeito de um acordo comercial toma a mesa, Nyota e Conor liderando lados opostos, com o prazer argumentativo próprio daqueles que amam discordar a respeito de seus interesses em comum.

Ele ri várias vezes... Conor, quero dizer. Muitas vezes em reação a algo que Avery disse. Uma ou duas vezes após cochichar algo com Tamryn. Cada vez que ele ri, meu estômago pergunta gentilmente se eu não posso só desmontar no chão. *Não*, respondo, categórica. *Neste corpo, a gente aguenta.*

Antes da sobremesa, uma mulher escultural e sorridente, cujo vocabulário em língua inglesa parece se resumir a *Bom* e *Comam* sai da casa. Lucrezia, a governanta, percorre a mesa – para apertar a mão de todos com vigor e para balançar a cabeça, decepcionada, para quem não raspou o prato. Kaede fica agitada, e, com a permissão de Minami, deixo que ela me leve até seu arbusto favorito de jasmins.

A breve pausa na conversa é agradável.

– Está me levando em uma aventura, princesa?

Abro um sorriso ao ver o leve cambaleio de seus passos, o modo como ela olha para trás para se certificar de que a estou seguindo. Kaede arregala os olhinhos castanhos, observando todas as maravilhas do mundo, e estende as mãos para o cordão de luzinhas que inundam o jardim em tons de âmbar.

– Aquelas duas são tão fofas... – Ouço uma voz desconhecida e de sotaque irlandês dizer atrás de mim.

Tamryn, imagino.

– Maya é ótima com crianças – concorda Avery.

A voz de Conor sai como um estrondo grave.

– Ela era uma criança até bem pouco tempo atrás.

Meu estômago pergunta se autoimplodir ainda está fora de questão.

– ... é meio fofo ver que a pessoa com quem Maya mais se identifica tem menos de dois anos – diz Diego.

– Talvez a gente devesse montar a mesinha das crianças para todos com menos de trinta anos – sugere Tisha.

– Quer parar de instigar uma guerra intergeracional? – devolve Nyota.

– Com *você*? Nunca.

Respiro fundo. Deixo o restante da conversa fluir ao meu redor enquanto fico de olho em Kaede e abro um sorriso quando Mini vem se juntar a nós, abanando o rabo com vontade. Ela aponta para uma árvore e balbucia algo que parece ser sua versão de "O que é isso?".

– É limão, amorzinho. Um limoeiro.

Kaede deve gostar da resposta, porque se joga no chão e começa a brincar com as frutas mais baixas.

Para além da mureta e do penhasco, vejo mais luzes pontilhando a costa – outros casarões, hotéis, casas, festas. Outros irmãos mais velhos e paixões não correspondidas. Isola Bella e seu istmo não passam de um contorno escuro e vago. Não há ninguém lá à noite, pelo menos ninguém que precise de iluminação. Não fosse o farfalhar das folhagens, eu mal conseguiria distingui-la.

Sento em um dos muitos bancos e Mini se aninha aos meus pés. Expresso minha gratidão eterna por Kaede sempre que ela me traz seus presentes recolhidos – pedrinhas, folhas, galhos secos. À distância, um barco cruza as águas iluminadas pelas estrelas, deixando um zumbido pelo caminho.

– É tão lindo... – comento.

Lucrezia está distribuindo fatias generosas de bolo de chocolate à mesa, e faço um lembrete mental de no futuro deixar mais espaço para a sobremesa.

– Eu juro – digo a Minami quando ouço seus passos se aproximarem – que não estou deixando sua primogênita comer terra. Bom, talvez só um pouquinho, mas é pra isso que serve o sistema imunológico, se não...

Eu me viro. Dou de cara com um par de olhos escuros e meu coração dispara.

Capítulo 9

– Está perdido? – pergunto.

A pergunta sai ácida e raivosa, mas dessa vez não me importo em trazer meu temperamento à tona.

– É uma bela noite para observar as estrelas – responde Conor, se juntando a mim no banco.

Ele nem parece o cara que basicamente me mandou à merda duas horas atrás. Está acariciando o pelo de Mini, a cabeça inclinada para trás e os olhos fixos no céu. Os músculos fortes de seu pescoço encontram a curva acentuada de seu maxilar.

– Qual é a Antares mesmo?

Aponto e ele assente. Engole em seco. Eu me sinto... suspensa. À deriva. Como se as estrelas fossem um lado do universo, e as ondas que beijam a costa, o outro. E nós estamos flutuando em algum lugar entre elas.

– Continua sendo sua favorita? – pergunta ele baixinho.

Também deixo minha cabeça pender para trás. Não há nuvens encobrindo as estrelas nem névoa subindo como um véu. É incrivelmente fácil distinguir as constelações neste céu do sul.

– Continua no meu pódio, sim.

– Dá pra entender o motivo. É bem como você disse. – Seus lábios se contraem. – Que bom que consegui dar uma boa olhada nela antes de sua inevitável implosão.

Conor sabe o quanto eu gosto de estrelas, porque contei a ele. Expliquei o que meu pai me ensinou. Que íamos acampar com o telescópio e ele me ensinava a desenhar as formas no céu. Que mesmo após a morte do meu pai, as estrelas e o telescópio seguiam comigo.

Contei tudo isso a Conor e ele ouviu, como sempre fazia, dizendo muito pouco, o ritmo lento de sua respiração me ancorando do outro lado da linha. Era sempre igual, quer estivéssemos separados por um oceano de milhares de quilômetros ou apenas algumas ruas, em Austin. Conor ouvia e suspirava, e nunca dizia os clichês que todos distribuíam com tanta facilidade – *não foi culpa sua, você não tinha como evitar, só tinha 12 anos, tinha acabado de perder sua mãe, não era sua responsabilidade.*

Ouvir essas coisas só fazia com que as vozes na minha cabeça ficassem ainda mais altas. Nunca contei isso a Conor, mas ele tinha uma espécie de instinto comigo. Sabia que tudo o que eu queria era não ficar sozinha. Então ele ouvia, e só uma vez, tarde da noite, algumas semanas antes de colocar um fim nas nossas ligações, ele disse:

– *Eu queria poder carregar esse fardo por você, Maya.*

E acreditei nele. Porque sou uma idiota.

– É ainda mais bonita daqui do que lá de casa – digo, piscando para o brilho cor de ferrugem.

– Que bom.

Kaede arqueja, contente ao ouvir a voz de Conor, e vem em nossa direção, os vaga-lumes piscando a sua volta. Ela abre a mãozinha para ele.

– Terra – diz ele, assentindo. – Claro.

Ela pisca feito uma coruja e estende os dedos gorduchos para ele.

– Não – diz Conor, categórico. – Não aceito terra, plantas mortas nem pedras de presente. E não vou fingir comer. Já falamos sobre isso várias vezes, Kaede.

Seu rostinho redondo se abre em um sorriso encantado. Conor não faz vozinha de criança. Com ele, apenas interações adultas e sérias. Talvez ele a respeite mais do que a mim.

Pirralha ainda ressoa em meus ouvidos.

– Dói? – pergunto de maneira impulsiva. Vingativa até.
– O quê?
Dou de ombros.
– Não sei. Kaede, eu acho.
– Ah. – Ele balança a cabeça. – Não. Não dói. Por que doeria?
– Se você e Minami tivessem ficado juntos, Kaede seria sua filha.
Ele sorri.
– Não é assim que a meiose funciona. Você deveria saber disso, já que é a pessoa mais inteligente que eu conheço.
Solto uma risada.
– Claro que não. A gente se conhece há anos e eu ainda não entendi *você*.
– Porque não tem nada pra entender, Maya.
– Vamos concordar em discordar. Eu *adoraria* saber como você consegue passar da pessoa mais atenciosa que eu conheço a um completo babaca de uma hora pra outra. Adoraria saber se está fingindo que não se importa comigo agora, ou se fingiu se importar por três anos. Mais que tudo, e isso pode parecer superficial, mas eu adoraria saber que merda está acontecendo aqui.
Um silêncio confuso. Sinto o olhar dele e continuo:
– Por que quase todas as mulheres desta casa parecem ter alguma ligação com você? Tem Minami, a ex histórica. Avery, a *outra* ex. Tamryn, a novidade misteriosa. E eu, claro, a…
– *Não* – diz Conor, tão firme que meu olhar se desvia de Antares para encontrar o dele. – Não se coloque na mesma categoria que Minami, Avery ou Tamryn. Não é o seu lugar.
Isso é o equivalente a um tapa na cara. Deliberado, imagino. Até poucos anos atrás, a crueldade de suas palavras teria me lançado em uma espiral de autodesprezo e constrangimento. Mas faço terapia há tempo demais para permitir que Conor Harkness, ou qualquer outra pessoa, faça com que eu me sinta inferior.
Ele não merece minha agitação emocional nem meu tempo.
Levanto do banco. À mesa, Axel agita uma garrafa pela metade, de um líquido alaranjado que parece ser *exatamente* o que eu preciso. Lucrezia balança a cabeça, franzindo a testa, e ele ri.
Talvez ela precise de apoio moral.
– Fique de olho em Kaede – digo a Conor.

– Aonde você vai?
– Sair daqui.
Sua mão grande segura meu pulso.
– Maya.
– O quê? – pergunto por cima do ombro. – Quero diversificar meu portfólio de insultos e já consegui uma amostra dos seus...
– Não foi isso que eu... Merda. Maya.
Ele suspira e esfrega os olhos como se *eu* é que tivesse destruído a paz *dele*, então me puxa até estarmos sentados lado a lado de novo.
– A gente conseguia conversar sem ficar se provocando – diz ele depois de uma pausa.
– Ah, eu me lembro dessa época. *Você* lembra?
Ele deixa escapar uma risada vazia, quase inaudível.
– Maya... *vai* acontecer de qualquer jeito.
– O quê?
– Você e eu. Aqui. Juntos. Uma semana. Depois disso, talvez você vá trabalhar na Sanchez, na Califórnia. Talvez aceite o cargo no MIT. De qualquer forma, não vai mais estar na Europa. Vamos nos encontrar com frequência, e vamos ter que descobrir um jeito de coexistir em situações como esta, porque nenhuma das pessoas ao redor do Eli é burra.
Do outro lado do jardim, Axel continua discutindo com Lucrezia, sacudindo a garrafa como se fosse uma bandeira. E de alguma maneira rompendo a barreira do idioma.
– Quase nenhuma – corrige-se Conor.
O olhar demorado e divertido que trocamos é como um caminho já trilhado, e me leva a *antes*.
Eu continuo a mesma, Conor. Quanto será que você mudou?
– O que você ouviu sobre mim e a Avery... Sinto muito, Maya. Entendo que tenha ficado chateada de pensar que uma pessoa de quem você achava que gostava... Que eu viria para o casamento do seu irmão pra ficar com outra pessoa. Na sua frente.
Ouço risadas à mesa. Sinto meu corpo pesado, mas vazio.
– Eles têm certeza que vocês são perfeitos um pro outro – digo baixinho.
– Eles?
– Minami.

– Minami só quer que eu arrume alguém e seja feliz.
– E Sul.
Ele bufa.
– Sul não pensa por si próprio desde que conheceu Minami.
– Eli também. E Tisha.
– Humm. – Ele parece indiferente. – Graças a Deus que Rue existe, e não poderia se importar menos com isso.
Abro um sorriso. Ele também.
– Você ainda gosta dela? – pergunto depois de um instante.
– Gosto. Gosto porque nunca vi Eli tão feliz. Mas, principalmente, porque ela não está nem aí pro que eu acho dela.
Meu Deus. Ela ia amar essa resposta.
– Então… vai dormir com ela?
– Com Rue?
Quase engasgo com minha própria saliva.
– Com Avery. – Hesito. – Ou com Tamryn.
Não é da minha conta e não tenho direito nenhum de perguntar, mas é o Conor, e eu queria poder dar entrada a um pedido de acesso à informação.
Ele suspira. De repente, parece cansado.
– Isso não importa, Maya. Não importa se eu vou dormir com Avery, com Lucrezia ou com aquele limoeiro ali. Isso não vai mudar o fato de que não vou dormir com *você*.
Eu queria que ele estivesse tentando me magoar, mas Conor diz isso com uma *gentileza* tão devastadora que fico paralisada.
– Eu… Alguém está te ligando – digo, apontando para o celular ao lado dele.
Conor pega o aparelho, mas vira a tela para baixo.
– Já faz muito tempo. Podemos superar o que aconteceu?
– Não aconteceu *nada* entre a gente.
Ele fez questão disso.
– Exatamente. – Ele respira fundo. – Eu quero o melhor pra você.
E eu quero você, é o que me proíbo de dizer. Em vez disso, observo a cabeça inclinada de Kaede, sua concentração profunda enquanto brinca, e decido dizer a verdade:
– Não sei como agir perto de você.

Conor ri.

– Eu assumo total responsabilidade por isso. Não deveria ter deixado as coisas ficarem tão...

– Confusas? Problemáticas?

– Eu ia dizer "merda".

– Mas *parece* uma merda pra você? Porque, pra mim, não parece. Parece só... – Engulo em seco. Então me permito continuar. – Eu senti sua falta, Conor.

Mesmo na penumbra, eu vejo... o brilho em seu olhar, algo que poderia ser anseio ou arrependimento, ou desejo. Ele entreabre a boca por um instante, como se por instinto, e durante uma fração de segundo tenho certeza de que vai admitir que também sentiu minha falta. Vai dizer a verdade, e eu vou ter pelo menos *isso*. Tenho tanta certeza que estremeço, mesmo cercada pela noite quente e pela brisa úmida.

– Maya.

Diga que também sentiu minha falta. Vamos, Conor. Diga.

De repente, ele balança a cabeça.

– Você está arrepiada. – Seus olhos escuros percorrem meu braço. – Vou pegar um casaco pra você...

Mas ele não faz isso. Levanta, com a clara intenção de estabelecer distância entre nós, mas para quando alguém também se levanta da mesa.

É Diego, que ergue um dedo, como quem quer propor um brinde. Em vez de falar, no entanto, ele se vira e, com um som alto e horroroso, vomita no gramado imaculado do casarão.

– Mas que porra...? – resmunga Conor.

Nos trinta minutos seguintes, os demais convidados do casamento fazem o mesmo que Diego.

Capítulo 10

– *Glielavevo detto* – resmunga Lucrezia pela terceira vez, esfregando as mãos, nervosa, me lembrando das moscas que fizeram um banquete nos pratos de sobremesa que ficaram pela metade no jardim.

De acordo com o aplicativo de tradução que estou usando discretamente, significa *eu avisei*.

O Dr. Cacciari, um homem austero e magricelo que poderia ser um porta-voz mundial em defesa dos pelos faciais, dá tapinhas nas costas dela. Sua barba escura começa em um bigode e desce até o peito, onde se mistura a um tufo de pelos igualmente pretos que despontam pela gola da camisa de botão. É espessa, com mechas grisalhas e elegantemente aparada; imagino um beija-flor saindo dali a qualquer momento.

– *Nulla di cui preoccuparsi* – diz ele.

O homem veio de uma das cidades vizinhas a Taormina, e só terminou os atendimentos perto da meia-noite. Enquanto isso, alguém deve ter apagado as velas no jardim, provavelmente para esconder as provas de nossa burrice.

– *Uno o due giorni, al massimo.*

Não escureça, traduz meu celular, em tempo real. *Passe um ou dois dias no Massimo's.*

Fecho o aplicativo inútil e reviro os olhos. Na verdade, o médico fala inglês tão bem quanto eu, mas parou ao se dar conta de que, se falasse apenas com Conor e Lucrezia, podia seguir em italiano. Eu não me importo de ser excluída, principalmente depois de ouvir as palavras "*Staphylococcus aureus*".

Acredito que signifique *esses idiotas* em latim.

– E aí? – pergunta Minami quando ele vai embora. – Quais são os pontos principais, Hark?

Nós três, sobreviventes oficiais da peste, nos reunimos no sofá da sala. Todos os outros estão abraçados a um vaso sanitário.

– Axel e Paul foram a uma espécie de feira. Axel, em sua sabedoria infinita, viu uma garrafa que parecia ser de arancello fresco... é limoncello, mas feito de cascas de laranja... e comprou.

Ele aperta a ponte do nariz. Pasteur está se revirando no túmulo.

– O vendedor era um deus da trapaça? – pergunto. – A negociação incluiu um punhado de feijões mágicos?

– Isso fica para a nossa imaginação. Axel começou a servir doses enquanto esperávamos *certa pessoa* para o jantar.

– Ei! – protesto de leve. – Então a maratona de vômito é minha culpa?

– Eu estava chamando de festival do vômito, mas sim. – Os lábios dele se contraem. – Tudo é culpa sua, Encrenca.

Meu coração para de bater. Mas depois volta.

– Ninguém deveria aceitar comida ou bebida de um cara que provavelmente brincava de colar as bolas nas coxas até os vinte e tantos anos.

– Ela tem razão – resmunga Minami. – Axel é um idiota, o pessoal deveria ter desconfiado.

– Como não aconteceu nada com você? – pergunto a ela, curiosa.

– Não tive vontade de beber uma mistura estranha de laranja. Qual é a *sua* desculpa, Hark?

– É só intoxicação alimentar. Vão ter que beber muita água e descansar, e amanhã à noite já devem estar bem – responde ele, dando de ombros.

– Aí vamos todos juntos acender a pira funerária do Axel? – pergunto.

– Se ele não for apunhalado enquanto dorme – diz Conor com um sorriso sombrio.

– Será que Rue e Eli vão se importar se fizermos um casamento *e* um sepultamento no mesmo dia?

– Enquanto todos vomitam feito chafarizes?

– Já estava mesmo na hora de repensar a coisa da chuva de arroz...

– Ei! – interrompe Minami, olhando de mim para Conor com olhos semicerrados. – Por que parece que vocês estão se divertindo com tudo isso?

Conor e eu trocamos mais um olhar. Os lábios dele se contraem de leve, e os meus também.

– *Alguma vez você já riu só pra não chorar?* – perguntei a ele um ano e meio atrás, depois de bater no meio-fio e estragar o freio do carro que eu tinha acabado de quitar.

– *Eu ri três vezes no velório da minha mãe* – respondeu ele. – *Me senti um merda durante o dia todo.*

Ele também se lembra da conversa. Percebo pela suavidade repentina em seu rosto.

– Algumas pessoas gostam de ver o mundo pegar fogo, Minami – diz ele.

– Que pessoas?

– Pessoas horríveis – respondemos juntos, então cruzamos olhares e...

– E aí? – pergunta uma voz vinda da escada.

Conor se vira primeiro, mas é Minami quem pergunta:

– Tamryn, você está bem?

– Estou, estou. Se meu corpo rejeita cada gole de água que eu tento tomar, isso significa que estou bem, né?

Ela desce até o último degrau, as pernas compridas pálidas em contraste com o short roxo do pijama.

– Porra, Axel. – Conor suspira.

– Estava pensando algo parecido – diz Tamryn, na mesma cadência da voz de Conor. Musical. Crescente. – O médico deixou algum remédio? Eu disse que não precisava, mas me arrependi.

– Deixou. Comprimidos pra enjoo.

– Graças a Deus. Será que posso pegar uns três ou mais?

Tamryn apoia o quadril no corrimão. Suas palavras soam sinuosas. Ela parece ter acabado de sair do banho, a pele limpa e o cabelo úmido.

– Quantos você quiser, Tam.

– Infelizmente, também bebi quase um galão de vinho, o que significa que ainda estou bêbada e um pouco tonta e...

Eu sou a pessoa que está mais perto dela ali e, quando Tamryn cambaleia, dando a impressão de que pode cair de cara no chão, levanto correndo e a pego pela cintura.

Conor e Minami chegam cerca de um segundo depois.

– Tem certeza que está bem? – pergunto.

Sinto sua pele quente através do tecido da camiseta.

– Sim. Não. Pensando bem, talvez eu tenha vomitado um órgão vital.

– O remédio vai ajudar com isso – diz Conor.

Tamryn assente, sem pressa de voltar a subir as escadas.

– Você é tão... – diz ela, olhando para mim. Tamryn deve ter quase 1,80 metro de altura, mais alta até do que Rue. – Maya, né? Você não é como Conor descreveu.

Ela é a primeira pessoa que eu conheço que o chama de Conor. Além de mim, claro.

– Por favor, não dê detalhes – digo.

– Por quê?

– Não deve ser coisa boa.

Ela ri como se estivesse bem familiarizada com o tipo de insulto que Conor gosta de fazer. *Irmãzinha do Eli. Toda a maturidade e o charme de um garoto que conseguiu seu primeiro emprego de entregador de jornal. Fiz uma gentileza e ela se apegou a mim como se eu fosse uma teta que produz leite achocolatado. Nenhuma boa ação fica sem punição.*

– Você é muito bonita – diz ela.

A sensação é a de levar uma pancada na cabeça. Ela claramente não fala por mal, mas há certa condescendência em ser chamada de bonita por uma pessoa que parece ter saído direto dos filtros do Instagram.

– Acho que você devia se deitar um pouco – digo, com um sorriso firme.

Não sei por quê, mas ela se apoia no *meu* ombro. De perto, Tamryn não é tão jovem quanto eu imaginava.

– Posso levar você pra cama, Tam – diz Conor.

– Ah, eu sei. Você já fez isso várias vezes – responde ela, com uma piscadinha. – Mas vou passar um tempinho com minha nova amiga, Maya. E aí, como é ser uma criança prodígio?

Sinto um nó se formando na minha garganta.

– Não tenho como saber, já que não sou nenhuma das duas coisas.

— Até parece. Em todo lugar que eu vou, ouço alguém falando sobre como você é inteligente. É muito legal ver que todo mundo te ama tanto.

Subimos. Minami fica no andar de baixo, mas Conor nos acompanha. Para falar a verdade, não há motivo nenhum para que eu continue ali. Ele podia levar Tamryn até seu quarto com a maior facilidade.

— Acho incrível você ser tão nova e já ter feito tantas coisas grandiosas. Quando eu tinha a sua idade, não sabia de nada.

— Tenho certeza que isso não é verdade.

— Ah, é, sim. Eu fazia uma escolha pior que a outra. Meu e-mail era DeusaFodonaTam, e eu o usava com orgulho quando me candidatava a um emprego.

Dou risada.

— E recebeu alguma oferta?

— Claro. Esse e-mail fazia de mim uma colega de trabalho muito desejável pra determinado segmento da população. Não o segmento em que eu queria trabalhar... Ah, aqui, à direita. O meu quarto. — Ela se vira, então abre um sorrisão para Conor e estende a mão para ele. — E aquele remédio?

Ele coloca alguns comprimidos na mão dela, sem tocá-la.

— No máximo um a cada seis horas, DeusaFodona.

— Obrigada por usar o nome que escolhi. — Tamryn se vira para mim. — Maya, sabia que ele atendeu três ligações durante o jantar? Você não pode deixar que ele fique trabalhando a semana toda.

— Eu... duvido que possa fazer alguma coisa pra impedir.

— Vamos pensar em alguma coisa. *Você* vai pensar em alguma coisa.

— Estamos no meio de um acordo que precisa ser finalizado... — resmunga Conor.

Tamryn o interrompe acenando uma das mãos, brincalhona.

— Tá, tá, o mercado, o PIB do país... — Apoiada na parede, ela fica na ponta dos pés para dar um beijo no rosto dele. — Você tem um tempinho pra me colocar na cama?

Conor assente, sem hesitar.

— Boa noite, Maya — diz ela, antes de desaparecer com ele porta adentro.

Fico sozinha no corredor, me sentindo vazia e me perguntando como ignorar essa merda de situação.

E me lembrando de quando puxei Conor para dentro do *meu* quarto.

Capítulo 11

Três anos, dois meses e três semanas antes
Edimburgo, Escócia

– O que você está fazendo aqui?

Eu meio que queria que soasse como um desafio – *Como foi que você descobriu onde eu moro e se teletransportou para minha cozinha, seu psicopata?* Infelizmente, a pergunta saiu meio sem fôlego e talvez um pouco curiosa.

Da janela onde estavam empoleirados, Georgia e Alfie ficaram me observando atentamente, sem querer perder nenhum detalhe daquele show.

– Eu sei, eu sei – diz Conor, erguendo as mãos abertas. – Eu disse que chegaria amanhã. Mas depois da sua mensagem não consegui esperar.

Ele abre um sorriso meio torto, e eu me pergunto se fez alguma plástica. Botox. Lifting facial. Aquela coisa em que sugam a gordura da bochecha. Não que seus traços tenham mudado, mas ele parece… jovem.

Não *jovem* jovem. Não do tipo *ele poderia se sentar ao meu lado na aula e eu nem estranharia*. Conor é claramente um homem-feito, e no campus que eu frequento o que eu mais vejo são garotos. Ele deve ter mais ou menos a idade do meu irmão – uns 34 ou 35? Mas, quando eu era criança, Eli e seus amigos, com seus problemas e estilos de vida e conversas adultas, sempre me pareceram *anciãos*. Antediluvianos. Chatos. Agora...

Agora que *eu* também sou adulta, Conor Harkness parece um colega. E ele está *aqui*.

– Não conseguiu esperar – repito, cética.

– Eu te disse. – Ele analisa meu rosto com uma atenção plena e concentrada.

– Você me disse?

– No verão passado. Na Ilha de Harris – lembra Conor.

Seu olhar diz *vamos lá, entra no jogo*. Tudo bem, no verão passado eu fui *mesmo* para a Ilha de Harris. Mas como ele...

– Você também estava lá? – pergunta Alfie.

Foi uma viagem de casais: Georgia e Anthony; Rose e Kenna; eu e Alfie. Menos de um ano depois, nenhum dos casais continua junto. Por que será?

– Você também estava lá? – devolve Conor, lançando a Alfie um olhar quase imperceptível, distraído. – Conheci Maya em um bar uma noite. Perguntei se podia pagar uma bebida pra ela. Você lembra o que me respondeu?

Faço que não com a cabeça, atordoada.

– Que tinha namorado. E eu fiquei arrasado. Mas pedi pra você me avisar se seu namorado fosse burro o bastante pra te perder, porque eu apareceria na mesma hora. E que bom que você avisou mesmo, meu bem.

Meu bem.

– Você nunca me contou isso – diz Alfie, sem conseguir esconder a petulância.

Ele está acostumado a ser o cara gato em qualquer recinto, mas estou estranhando o aspecto tão juvenil e encolhido em comparação a Hark. Como parece fácil ignorá-lo.

Claro que eu não contei. Porque isso nunca aconteceu.

– Foi só... hã... uma mensagem – digo a Conor. – Você não precisava ter vindo.

Ele abaixa a cabeça em um gesto autodepreciativo tão charmoso que *só pode* ter sido ensaiado. Se ele não passou a adolescência praticando essa reação em frente a um espelho de corpo inteiro, eu raspo minha cabeça e como meu cabelo mecha por mecha.

— Era minha chance. E eu estava por perto.

— Em Edimburgo? — pergunta Georgia, como se estivesse prestes a dizer *Aaah, que fofo*.

— Quase. Perto de Kilkenny.

Na *Irlanda*? Ele *veio* da...

— A trabalho? — pergunta Alfie, tenso.

Duvido que esteja com ciúme, mas pode estar com inveja, ou desconfiado de um homem mais velho interessado em sua ex que acabou de sair da adolescência. Se uma amiga minha do nada revelasse ter um pretendente, principalmente se ele usasse calças feitas sob medida que pareciam ter nascido vestidas nele, *principalmente* se ele fosse atraente e exalasse níveis estratosféricos de riqueza herdada, eu também ficaria preocupada. Alfie e Georgia não fazem ideia de que Conor é o melhor amigo do meu irmão.

E acho que não vou contar isso a eles.

— Eu estava na Irlanda tratando de um assunto particular. Minha família tem uma propriedade lá, e minha presença foi solicitada.

Georgia arregala os olhos.

— Está tudo bem?

— Meu pai está doente.

Ela arqueja.

— Sinto *muito*.

— Sinta mesmo, porque parece que ele vai sobreviver. Pelo jeito, o diabo cuida mesmo dos seus. — Conor abre um sorrisinho. Ele é *nojento* de lindo. — Um dia ele vai bater as botas e o mundo vai ser um lugar melhor. Infelizmente, esse dia não é hoje.

Alfie pigarreia.

— Incrível que você tenha ido visitar. Pelo jeito, vocês não se dão muito bem.

— Meu pai não se dá bem com as pessoas, ele as compra. E não foi ele que eu fui visitar, mas minha madrasta. Uma mulher incrível.

Conor se aproxima de mim, dá uma *piscadela*, e eu quase morro engasgada com minha própria língua.

— Agora vou pro meu hotel — acrescenta ele, em um tom ao mesmo tempo íntimo e alto o bastante para que eles ouçam. — Mas estarei por perto. O tempo que você quiser.

Um lado bom: talvez o vermelho profundo em minhas bochechas disfarce o vermelho dos meus olhos.

– Obrigada – balbucio.

Ele se abaixa para beijar meu rosto, um beijo frio e seco, com a mão em minha nuca. O toque é leve e eu poderia me desvencilhar com facilidade, mas o cheiro dele é bom demais. De limpeza. Sabonete misturado com tecido caro misturado com um leve traço de suor fresco, provavelmente do voo. Agradável.

– Só mais um segundo – sussurra Conor no meu ouvido, só para mim. – Não se esqueça de respirar, Maya.

A questão é que eu sei exatamente o que ele está fazendo, e é *idiota*.

Mas também é meio incrível. Porque, quando ele se afasta, meu olhar salta para o braço de Alfie, no momento ao redor do pescoço de Georgia. E o quadril dela está apoiado na virilha dele.

Ano passado, deixei bem claro para Alfie que, sempre que ele fosse ao apartamento, não ficaríamos de intimidades nas áreas comuns, para que Georgia não se sentisse constrangida na própria casa. Essa claramente é uma cortesia que eles não pretendem retribuir.

Sigo o conselho de Conor e respiro, sentindo a raiva ressurgir. E, com ela, um toque de ousadia e...

Que se dane. Vamos jogar.

– Na verdade – digo, olhando para Conor, surpresa com a firmeza na minha voz. – Você não precisa ir embora. Por que não passa a noite aqui?

Eu durmo em uma cama de solteiro.

Eu não tinha esquecido disso. Não exatamente. Mas talvez não tenha pensado nas consequências quando, por impulso, convidei Conor a ficar. Eu o puxo para dentro do quarto e fecho a porta, onde me escoro. Então espero que ele se vire e nossos olhares se encontrem.

Então nós rimos.

Baixinho. Ele basicamente só sacode os ombros e eu mordo a palma da mão, tentando entender o que acabou de acontecer. Então Conor ouve alguma coisa e ergue o dedo. Alfie e Georgia estão passando pelo meu quarto a caminho do quarto dela.

Conor se aproxima, apoiando as mãos acima dos meus ombros, me prendendo ali. Sem tirar os olhos dos meus, ele dá um empurrão, com força. A porta balança nas dobradiças, e eu fico sem entender o que ele está fazendo. Então ele repete o movimento. E de novo. E *de novo*, em um ritmo que...

Ai, meu Deus, digo sem emitir som.

Meu espanto faz Conor sorrir. Quando as vozes de Alfie e Georgia viram sussurros, ele ergue as sobrancelhas. Ouvimos outra porta bater e, após um último empurrão firme, o mais barulhento de todos, Conor se afasta de mim.

Balanço a cabeça, chocada com os planos calculados, engraçados e mesquinhos que esse homem bolou nas últimas três horas, e pergunto da forma mais natural possível:

— Você enlouqueceu?

Ele tenta ouvir mais alguma coisa. Quando se convence de que não estão nos espiando, começa a analisar meu quarto. Com Conor ali dentro, o cômodo parece do tamanho do buraco de uma agulha.

— Provavelmente. Mas isso não tem ligação com minha presença aqui.

— Não acredito que você veio. Eu não te vejo há...

Há?

— É, eu tentei calcular durante o voo.

Conor Harkness está aqui. Observando a escrivaninha onde pego no sono quando fico jogando *Final Fantasy* até muito tarde. Passando o dedo pela lombada de um livro de astroquímica.

— Acho que Eli me convidou pra sua formatura da escola.

— Ah. E você foi?

— Não.

— Por quê?

Ele olha bem para mim.

— Prefiro cagar na minha própria mão e bater palmas a ir à formatura de uma adolescente que mal conheço.

Deixo escapar uma risada, uma risada *de verdade*, pela primeira vez em dias. Sai meio bufada e catarrenta, provavelmente nojenta, mas Conor parece encantado, mesmo quando seus olhos percorrem minha escrivaninha e tropeçam no post-it em que escrevi *ANTICONCEPCIONAL!* para não me esquecer de tomar.

Ele assente em silêncio, levemente constrangido.

– Eu te disse. Não tenho mais 13 anos.

– Ainda não tenho certeza disso.

– Sou adulta. Estudo em outro país. Tenho um cartão de crédito. E brinquedinhos sexuais.

Num impulso, abro a gaveta da mesinha de cabeceira e mostro meu estoque. Só me arrependo um pouco quando me lembro do vibrador enorme em formato de dragão que Rose me deu de aniversário.

Conor assimila a imagem. Pisca várias vezes.

– É, não tem mais 13 anos – admite, assentindo e passando ao acervo de itens de papelaria que mantenho na escrivaninha.

– Não é estranho? – pergunto. – Você estar aqui.

Não parece estranho, mas... deveria parecer?

– O fato de eu estar no seu quarto? É, um pouco. Mas, em minha defesa, isso foi coisa sua. Não fazia parte do meu plano.

– Qual *era* o seu plano?

– Basicamente fazer o que você mandasse.

– Sério? Porque você meio que assumiu o controle da situação com essa coisa do casinho de mentira.

Ele faz uma careta.

– É. Isso foi... impulsivo. E por puro despeito.

Inclino a cabeça, e ele continua:

– Aqueles dois estavam agarrados desde que cheguei. Não faziam ideia de onde você estava, ou por que estava demorando tanto pra voltar pra casa. Não ficaram preocupados por você não atender o celular. Aí eu vi sua cara quando você entrou e... – A expressão dele é fascinante. Uma mistura de enorme autocontrole, caos absoluto e sede de vingança. – Sabe, eu também tenho dificuldade para controlar a raiva.

Deixo escapar mais uma risada.

– Não me diga.

– Mas agora que seus amigos, e uso essa palavra por falta de uma melhor, acham que temos algo, você tem opções.

– Por exemplo?

– Se quiser uma folga deles, pode passar as próximas noites no meu hotel. Vou embora amanhã de manhã, então o quarto vai ser todo seu. Mas eles não sabem disso.

Concordo com a cabeça. Até que não é má ideia.

– Por que você veio estudar na Escócia, afinal? – pergunta ele, observando o cartão-postal do Texas Longhorns, time de futebol da Universidade do Texas, na minha parede.

Conor parece mais interessado em olhar para a decoração do quarto do que para mim.

– Provavelmente pelo mesmo motivo que levou você a se mudar para os Estados Unidos.

– Você remava e foi recrutada por uma universidade da Ivy League?

Dou risada. Eu não sabia disso, mas... faz sentido. Combina. Costas largas. Braços definidos. Pernas fortes.

– Não. Pra fugir da minha família irritante.

– Ah.

Ele assente, então fica olhando para a minha cama por um bom tempo. Tanto tempo que fico nervosa. Talvez eu não devesse ter mostrado meus brinquedinhos a um estranho.

– Já vou logo avisando – digo friamente. – Eu nunca vou pra cama com um cara na primeira vez que ele vem de outro país pra me salvar das minhas péssimas escolhas de vida.

Ele parece confuso.

– Pelo jeito que você estava olhando pra minha cama, imaginei que estivesse... pensando.

Ele solta uma risada pelo nariz.

– Eu estava *mesmo* pensando. Pensando se a outra parte da sua cama é retrátil.

– Como?

– Você dorme aí mesmo? Toda noite?

– Durmo. – Franzo o cenho. – Por que está olhando pra minha cama desse jeito?

– Só admirando por ser tão... estreita. – Ele me encara. – Não ter uma cabeceira deveria abrir algum espaço no quarto, mas...

– Escuta aqui, Sr. Bilionário.

– *Não* sou bilionário. Nem mesmo no meu melhor dia na bolsa. Nem de longe.

– Aah. Gostei de saber disso.

– Que tenho menos dinheiro do que você imaginava?

– Não, que você tomou meu uso da palavra *bilionário* como o insulto que eu pretendia que fosse.

Ele suspira, sem conseguir esconder o sorrisinho, então aponta para o espaço sem mobília junto à parede, a meio metro da minha cama.

– Tudo bem se eu ficar ali?

– Para...?

– Passar a noite.

Ele deve ter interpretado meu choque como um sim, porque se senta no chão, as costas apoiadas na parede. E estende as pernas compridas e musculosas à frente, cruzadas na altura do tornozelo.

– Vou ficar algumas horas. Depois saio de fininho, mas fazendo bastante barulho. Você tem câmera de segurança, né?

– Tenho...

Ele fecha os olhos e inclina a cabeça para trás, como se estivesse se preparando para dormir. É difícil desviar o olhar. Tem alguma coisa na proeminência e na posição das maçãs de seu rosto, na linha esculpida de seu pescoço, em como ela se curva em direção aos ombros largos, que me faz querer medir. Analisar. *Entender*.

– Então vou fazer questão de sair meio desgrenhado.

Deixo escapar um som de incredulidade e me sento na beirada do colchão, enterrando os dedos na coberta.

– Você não fez nenhuma questão de ir à minha formatura da escola, e agora está *aqui*.

Ele abre um dos olhos.

– Você não precisava de mim na sua formatura da escola.

– Não foi isso que eu quis dizer, eu... *Por que* você veio, Conor?

Ele abre o outro olho também. Depois de uma longa pausa, responde:

– Porque eu já passei por isso.

Franzo a testa.

– Isso o quê?

— Isso de manter amizade com uma ex. De vê-la superando o relacionamento rapidinho. Minha ex foi mais elegante, a transição foi tranquila, mas ainda assim foi uma merda. O seu não parece estar nem aí para gentilezas, então imaginei que você precisasse de apoio.

Acho que ele está falando de Minami. E, em retrospecto, olhando para ele com um novo olhar... É. Acho que ele seria, *sim*, capaz de conquistá-la. Só um pouco. Eu queria saber mais sobre essa história. Pela primeira vez na vida, queria ter prestado mais atenção no drama dos amigos do meu irmão.

— Sabe – digo, meio atônita, deitada na cama, ainda vestida. – Essa talvez seja a coisa mais legal que já fizeram por mim.

Minha intenção é demonstrar gratidão, mas ele solta uma risada bufada, meio desdenhosa.

— Não é, não.

Faço uma careta.

— Talvez seja. Você não tem como saber.

— Maya, seu irmão mudou toda a vida dele pra poder cuidar de você.

— Bom argumento. – A lembrança me causa um peso na barriga. – Ainda assim, às vezes eu me pergunto se ele me odeia.

Conor me encara por um longo momento.

— Todas as escolhas que Eli fez nos últimos dez anos foram pensando no seu bem-estar.

— Isso não significa que ele não me odeia.

— Ele teve que reconstruir a vida inteira por sua causa, e tenho certeza que isso acaba gerando uma boa dose de ressentimento. Mas isso não quer dizer que ele não ama você mais do que tudo no mundo.

Ele diz isso com muita naturalidade. Eu queria ter um décimo da calma que ele tem em relação a meu relacionamento com meu irmão.

— Eu deveria ligar mais pra ele. Quando fui passar o verão em casa, a gente se divertiu juntos. É que... Às vezes, fico constrangida pelas birras horrendas que eu fazia.

Conor vira a cabeça para mim, parecendo achar graça.

— Você era uma garota com um QI de gênio que perdeu os pais de repente e de forma traumática. Acredite, ele não te culpa por nada.

— Como você sabe sobre o meu QI?

— Você está terminando a faculdade de física com honras aos 20 anos e foi aceita em meio milhão de programas de pós-graduação com bolsa integral. Eu deduzi.

– Tá, bom, você também sabia sobre as férias da Ilha de Harris. *Deduziu* isso também?

– Infelizmente, isso eu *admito* que é estranho.

– Você stalkeou o meu Instagram, não foi?

Ele me lança um olhar sério.

– Eu sou um homem adulto.

Solto uma risadinha ofegante, mas ele abre alguma coisa no celular e me entrega o aparelho, me mostrando um grupo de mensagens entre Eli, Sul, Minami e Conor. Os quatro membros fundadores da Harkness.

– Eu não sabia que pessoas da sua idade tinham grupos de mensagens.

– Vai se ferrar, Maya.

Seu tom calmo me faz rir. É óbvio que ele pesquisou a palavra *Maya* nas mensagens do grupo e encontrou várias do Eli sobre mim. Não coisas pessoais que me deixariam constrangida, mas notícias gerais sobre minha vida. Principalmente coisas que eu conto quando ele me manda mensagem, de vez em quando, perguntando se está tudo bem na faculdade. O artigo em que contribuí como assistente de pesquisa e o fato de ter sido publicado com meu nome na lista de autores. Meu estágio. Fotos das férias que eu mandei como provas de vida.

Ela é fantástica, disse ele em uma das mensagens. Acho que vai ser uma das melhores físicas de sua geração. Vai fazer coisas incríveis.

– Ele claramente... acompanha minha vida – digo, emocionada.

– Ele tem orgulho de você. Mais do que de qualquer coisa que ele mesmo tenha conquistado, eu arriscaria dizer.

Continuo rolando a tela. Minami é quem costuma responder às mensagens a meu respeito, o que não me surpreende, já que imagino que as atualizações sejam principalmente para ela. Ela estava sempre por perto na minha adolescência, e mais de uma vez me dissuadiu de agir de maneira ainda mais feroz e raivosa do que eu já agia. O único motivo pelo qual não mantive contato com ela nos últimos anos é que... bom. Ela era amiga do *Eli*, não minha. E eu não sabia se...

Vou escrever para ela. Assim que essa confusão terminar. Engulo em seco.

– Aposto que você revira os olhos sempre que eles mencionam meu nome.
– Não.
– Sério?
– Eu sou muito bom em leitura dinâmica.
Solto uma risada. E outra. E *outra*. Então pergunto, mais baixo:
– Eli tem mesmo orgulho de mim?
– Muito.
Talvez eu esteja prestes a chorar pela enésima vez só hoje, mas por um motivo novo e muito mais emocionante.
– Talvez eu devesse convidar meu irmão pra minha formatura.
– Você não convidou?
– Não. Achei que ele não... – Coço o pescoço. Eu sou uma idiota? Provavelmente. – Pode não contar pra ele, por favor?
– Sobre o convite pra sua formatura?
– Não. Que me meti nessa encrenca.
Ele bufa.
– Você não se meteu em uma encrenca, Maya. Você *é* a encrenca.
Isso me faz sorrir.
– Você tem irmãos?
– Três. Por quê?
– Mais velhos?
– Todos mais novos.
– É por isso que não se dá bem com seu pai? Ele descarregou todos os sonhos frustrados e esperanças em cima de você por ser o mais velho?
– Finneas Harkness não tem esperanças *nem* sonhos.
– O que ele *faz*?
– Coerção e manipulação.
De repente, me dou conta de que os últimos dias devem ter sido tão péssimos para Conor quanto para mim. De que talvez eu também possa fazer algo por ele.
– Amanhã, antes de você ir embora, posso te levar pra tomar café da manhã?
Ele ergue as sobrancelhas. Reprimo um sorrisinho.
– Eu trabalho. Não vou pagar pelo seu café com o dinheiro do meu ir-

mão, que vem de uma pilha tão próxima da sua que seria como se você mesmo estivesse pagando.

– Não precisa – diz ele, endireitando os ombros e procurando uma posição mais confortável.

Uma bolha de dúvida surge, de que talvez ele não queira passar mais tempo que o estritamente necessário na minha companhia. No entanto, foi ele quem apareceu à minha porta para me ajudar a me sentir menos otária. Então diante dessa demonstração de que ele se importa comigo, *sim*, é difícil ficar insegura.

– Eu sei que não precisa, mas quero te agradecer por ter vindo até aqui só pra garantir que eu estava bem.

– Fiz isso pelo Eli. Não posso permitir que meu melhor colaborador acabe dando algum mole por causa de uma emergência familiar.

– Aham, claro. Conheço um lugar ótimo. Me passa seu número. Sua ligação apareceu como "Desconhecido".

– Meu celular? É uma informação sensível, Maya.

– Não vou abusar. Nem mandar nudes não solicitados.

– Você definitivamente não tem mais 13 anos, né?

– Não. Sou uma adulta que já transou em praticamente todas as posições existentes.

Isso não deve ser verdade. Para ser bem sincera, não faço ideia.

– Quer saber mais? Já superei, mas tive uma fase intensa de uso de drogas. A maioria leves, mas também experimentei coisas fortes. MDMA, cocaína...

– Meu *Deus* – diz ele, passando a mão no rosto. – Tá, *isso* eu vou contar ao Eli.

– Pode contar. Como eu disse, já superei.

– Como?

– Tive muitas *bad trips*. Uma vez, achei que tinha vários ímãs embaixo da minha pele e que pedacinhos de metal estavam voando na minha direção. E depois meu cérebro ficou bugando durante um mês. – Estremeço. – Olha só, você foi legal com a irmã do seu amigo quando o namorado dela a trocou por uma garota mais fofa e mais bonita. Quero recompensar esse bom comportamento te levando ao Loudons.

Ele solta um suspiro profundo, mas não diz nada. Eu bocejo, porque é uma da manhã. Já faz tempo que passou da minha hora de dormir. Talvez eu tire um cochilo até...

– Ela não é – diz Conor.

– Hum? – Bocejo outra vez.

– Mais bonita.

– Quem?

– Georgie. Ou sei lá qual é o nome dela.

– Aah, que fofo.

– Você precisa de um espelho.

Meu coração acelera.

– Talvez você prefira morenas.

– Não prefiro.

– Loiras?

– Não prefiro *nada*. Mas tenho dois olhos que enxergam.

– É muito fofo da sua parte, mas não precisa mentir pra mim.

– Não é mentira. Eu não tenho nada a ganhar com isso. Conversei com ela alguns minutos, e ela parece uma garota legal. Se eu não tivesse certeza de que estava dando pro seu namorado há semanas, eu não teria nenhum sentimento negativo em relação a ela.

– Você acha? Que... que eles ficaram antes de a gente terminar?

Ele me lança um olhar de *fala sério*.

– Maya.

– É. Quer dizer... É. – Esfrego os olhos. – Eu fico me perguntando se Rose sabia.

– Rose?

– Minha melhor amiga. Prima dela. Foi ela que nos apresentou. Aí, há dois anos, quando a garota que morava com a Georgia se formou, eu vim morar aqui e... Quando descobri sobre ela e o Alfie, e aconteceu tudo isso, a Rose me disse que não fazia ideia...

– Ela sabia – diz Hark.

– Como você sabe?

– O que essa garota e seu ex fizeram é tão escroto e indecente que, se sua amiga tivesse descoberto ao mesmo tempo que você, teria te ajudado a afiar todas as facas da cozinha.

Dou risada. E choro um pouquinho. E bocejo.

– Eu só... Eu meio que achava que o Alfie fosse o cara certo pra mim.

– Com base em quê?

– Ele... Ele é engraçado, principalmente quando está bêbado. E não me sufocava... eu preciso de bastante espaço, às vezes. E me abraçava quando eu queria um aconchego.

– Tudo isso que você listou são coisas que um cachorro poderia fazer.

Ele hesita por um instante, então continua:

– Ele pode ter sido um dos caras, mas não era *o* cara. Você é jovem, e mais bonita do que imagina, e vai ser a pessoa mais inteligente da maioria dos espaços que ocupar na vida. Vai ficar muito melhor sem um cara que acabou de me pedir dicas pra começar a trabalhar com cripto.

– Aff. Ele é obcecado por isso. – Enterro o rosto no travesseiro. – Eu não deveria ter deixado que a beleza dele me cegasse.

– Beleza? Ele parece que foi desenhado pela minha mão direita.

Dou risada ainda com a cara no travesseiro, sentindo o gosto da fronha úmida. E, quando estou prestes a perguntar a Conor se ele é canhoto, caio num sono profundo e sem sonhos.

Capítulo 12

Atualmente
Taormina, Itália

A Sicília não é silenciosa. No entanto, apesar de algumas gaivotas hiperativas e estridentes à minha janela, do zumbido monótono das cigarras e das ondas batendo ritmadas ao longo da costa, só acordo no meio da manhã.

Abro as cortinas pesadas de seda e saio para a sacada na ponta dos pés, ainda meio desconfiada da robustez da engenharia italiana do século XIX. Observo o brilho do mar, preguiçoso, quieto. Lá embaixo, Lucrezia conversa com a equipe, varre o pátio, gesticula indicando o posicionamento da mobília, grita com três garotos que parecem adolescentes e estão fumando nos degraus do gazebo.

O sol já está alto, banhando a areia, a grama e o caminho de pedras com raios dourados que me deixam com vontade de sair e explorar. Em casa, no Texas, a luz é branca e implacável, e evito passar muito tempo ao ar livre. O calor daqui, no entanto, parece diferente. Mais seco, mais antigo, aliviado pela brisa com aroma de oleandro e pelas paredes de pedra que mantêm meu quarto fresco mesmo sem ar-condicionado.

No jardim, não há resquícios da devastação da noite anterior. Tento imaginar a reação de Jade ao ouvir que o Sr. Axel Atleta Gostoso, a pessoa mais famosa que conhecemos, envenenou todos os convidados, e fico rindo sozinha. Espero que alguém tenha conseguido fotografar tudo. O aniversário dela está chegando e um álbum com imagens dessa história seria um ótimo presente.

Me visto rapidamente, bermuda jeans e uma regata, e vou atrás de um café, fazendo algumas paradas pelo caminho.

– Acho que posso meter um processo nele. – É a primeira coisa que Nyota me diz ao abrir a porta de seu quarto. Mesmo com uma camiseta cheia de manchas obscuras e uma estampa que diz *Gostosas do Litígio*, ela está linda. – No mínimo, posso assassiná-lo e não pegar nem um dia de cadeia. Ninguém me condenaria. Daria anulação do júri. Vi na Wikipédia, pode pesquisar.

Seguro um sorriso.

– Está precisando de alguma coisa?

– Tipo o quê? Das bolas decepadas dele enfiadas na boca da cabeça degolada dele? Em uma bandeja de platina? – diz ela, esperançosa.

– Eu estava pensando em um copo de água, mas...

Nyota bate a porta na minha cara.

Rue não está muito melhor, a julgar pela forma como sua coluna, geralmente bem reta, parece encolhida sob o batente da porta.

– Como cientista de alimentos, me sinto uma idiota – diz ela, a voz baixa e mais rouca que o normal. – Imaginei que nenhuma bactéria sobreviveria a um ambiente com tanto etanol, mas o teor alcoólico de bebidas como limoncello varia de vinte e cinco a trinta e cinco por cento, e qualquer número abaixo de cinquenta deixa uma margem de erro considerável. O maior problema é o biofilme que a *Staph aureus* consegue formar. Você sabe do que estou falando, né?

Ela está toda séria, e tenho vontade de abraçá-la.

– Eu estaria mentindo se dissesse que sim.

– As bactérias se agregam na superfície de uma célula e...

– Amor – chama Eli, puxando-a para trás, contra si. Os dois parecem meio nauseados e uns vinte anos mais velhos. Espero que a maquiadora do casamento seja boa. – Vamos dormir, tá?

Ele a convence a voltar para dentro do quarto. Mini, que jamais deixaria Eli e Rue em um momento de tamanha necessidade, desaparece atrás deles.

Minami, usando o pijama com a cara de Kaede estampada que eu lhe dei de presente no último inverno, garante que não vai precisar de babá por hoje.

– Kaede e eu vamos nos divertir muito ali mesmo onde o papai está desmaiado. Não vamos?

Penso em passar um bilhete escrito *EU AMO O PHILADELPHIA FLYERS* por debaixo da porta de Axel, mas me parece muito trabalhoso, então desço as escadas.

A mesa que Lucrezia preparou na sala de jantar me arranca um suspiro: uma toalha branca imaculada, vários cestos de vime forrados por um tecido xadrez cheios de pão fresco, croissants e brioches, potes de vidro com geleia e mel, potinhos com manteiga. Há diversos vasos de cerâmica, cheios de buganvílias rosa-choque, magenta e brancas. É tudo tão rústico e perfeito que, por um instante, me pergunto se não entrei sem querer no set de filmagem de um comercial de cereal matinal rico em fibras.

Mas a presença de Conor drena qualquer sensação idílica. Ele está sentado sozinho na cabeceira da mesa comprida, o queixo apoiado em uma das mãos, dois dedos roçando os lábios, pensativo. Está olhando para o notebook aberto como alguém prestes a encomendar o assassinato do aparelho.

– Olha só pra você, todo Cidadão Kane – digo, ignorando o friozinho na barriga.

Ele me olha, a cara ainda fechada, e com um gesto me convida a sentar à sua direita. Não sei por que, mas obedeço.

– Maya?

– Quê?

– Por acaso a física explica por que os humanos insistem em ser tão idiotas?

– Não que eu saiba, mas posso perguntar a uns colegas.

Ele solta um grunhido e fecha o notebook. Pela manhã, suas mechas grisalhas ficam ainda mais visíveis.

– É coisa de trabalho? Do... acordo que precisa ser finalizado?

– Não.

Conor balança a cabeça e passa a mão no rosto recém-barbeado. Fico tentada a cutucar, tentar descobrir mais, mas Lucrezia surge com suas vogais altas e prolongadas, as mãos calorosas em meus ombros. Como uma das poucas pessoas que se recusaram a beber o suco da morte de Axel, subi como um foguete no conceito dela. Lucrezia abre um grande sorriso, então diz algo sobre *caffè* apontando para mim. Quando Conor assente, ela bagunça o cabelo dele de um jeito que me parece íntimo demais, mesmo para uma nação dada a carinhos.

– Você não é um filho perdido dela, é? – pergunto, bebendo um gole de água.

Ele dá de ombros.

– Conhecendo meu pai, é bem possível...

Acho que ele está brincando.

– Como assim? Você... Você já conhecia Lucrezia?

– Eu vinha pra cá na infância. É uma das muitas propriedades que meu pai tinha.

– Ah. Quando ele vendeu?

– Ele não vendeu.

– Mas você disse "tinha"...

Conor se recosta na cadeira e me encara por um bom tempo.

– Você não ficou sabendo?

– Sabendo... de quê?

– Meu pai morreu.

– O quê? Quando?

– Faz alguns meses.

– Eu...

Não sei o que dizer. Porque no dia que o *meu* pai morreu, minha sensação foi a de que eu ia desaparecer a qualquer momento. Eu era, antes e acima de qualquer coisa, sua princesa monstrinho. Se ele não estava mais por perto para me chamar assim, então nada poderia me prender a este mundo. Eu não via como seguir em frente. A dor foi excruciante. Imensurável.

O pai de Conor, no entanto...

– Parabéns – digo, porque é tudo em que consigo pensar.

Depois de uma fração de segundo, Conor sorri, aparentemente satisfeito e surpreso.

– Obrigado, Encrenca.

– Eu teria mandado uma cesta comemorativa. Não sei por que Eli não me contou.

– Provavelmente porque foi noticiado por toda a mídia internacional – diz ele, parecendo achar graça.

– Seu pai era tão babaca assim?

– Infelizmente.

Trocamos um olhar. Entre nós, apenas o canto da mesa e muito silêncio.

– Então... – digo, rasgando um pedaço de pão. A casca é fina e crocante, e a massa, aerada. – Quem é o novo dono da...

Paro de falar quando Lucrezia volta e coloca um copo à minha frente. Agradeço e espero que ela saia antes de perguntar no tom mais baixo que consigo:

– Por que ela me trouxe uma raspadinha?

Conor me olha como se eu tivesse acabado de proferir um insulto passível de cadeia.

– Meu Deus.

– O que foi?

– Maya.

– O que eu fiz?

– Acabou de cagar em cima de séculos de cultura siciliana.

Fico atônita.

– Porque perguntei sobre a raspadinha?

– O nome é granita. Granita *al caffè*. Com *panna*... esse creme por cima.

Então Conor pega um brioche do cesto e coloca no meu prato. O formato é estranho: a base é redonda, parece um donut, e tem uma bolinha menor em cima.

– Eu bebo antes ou depois de comer o peito com um mamilo gigante que está tendo uma reação alérgica severa? – pergunto, só porque amo ver os olhos de Conor se enrugando nos cantinhos quando ele fica irritado comigo.

Mas o aroma de arabica sobe, me fazendo salivar, e Conor... Ele sempre soube como me alimentar.

– Cala a boca e come.

No fim, é mais crocante que uma raspadinha, feito com pedacinhos de gelo misturados a um espresso adocicado. É delicioso, claro – cremoso e refrescante e macio como uma nuvem, e...

– Vou me mudar pra cá – digo depois de duas mordidas, colocando mais granita no brioche.

Ele sorri, me olhando daquele jeito que às vezes eu me pergunto se é fruto da minha imaginação – todo encantado. Um olhar quase doce. Como se eu fosse uma preciosidade. Como se ele se importasse comigo o suficiente para *não* passar dez meses sem dar uma palavra.

– Estou falando sério. Depois que eu terminar de comer isso aqui, vou jogar meu passaporte no oceano.

– As águas-vivas vão adorar, tenho certeza.

– E aí, quais são as regras? Granita é só para o café da manhã? Posso tomar várias vezes por dia ou é como tomar cappuccino depois das onze?

– Lucrezia talvez te julgue se você substituir todas as refeições por granita.

– E, como eu não bebi o suco de *E. coli*, quero manter a boa imagem que ela tem de mim o máximo possível. Hum. – Empurro para longe o prato limpo. – Talvez eu encontre uma granita lá no centro. Estou indo lá dar uma olhada no teatro grego mesmo.

– Com quem? – pergunta ele, os olhos semicerrados.

– Bob – respondo.

– Quem?

Aponto para a direita.

– É meu amigo imaginário. Ele torce pelo Shamrock Rovers. Vocês *não* iam se dar bem.

– Maya.

– Fala sério. A única pessoa que está bem pra caminhar pelas ruínas comigo é Minami, e ela vai ficar pra cuidar do Sul. Você sabe que eu vou sozinha.

Sua carranca fica ainda mais pronunciada.

– Você não pode fazer isso.

– Por quê?

– Você sabe por quê.

– Ah, sim. – Empurro a cadeira e me levanto, o que o instiga a fazer o mesmo. – Tem razão. Eu não tenho experiência nenhuma nem capacidade de cuidar de mim mesma em outro país. – Estreito os olhos. – Não, espera...

– É diferente. Você não fala italiano e...

– E a floresta é densa, escura e assustadora, cheia de monstros perigosos que vão me atacar pra roubar minha mochila e as amoras que vou levar.

Ele me lança um olhar sério.

– Conor, está claro, e estamos em uma das cidades mais turísticas da Europa. Meu celular tem sinal. Dadas as circunstâncias, acho que consigo não ser vítima de tráfico de pessoas. E, se você não acredita, é só vir comigo.

Faço o convite em tom de desafio, principalmente para que ele saia do meu pé, mas o brilho em seus olhos e a tensão repentina em seu punho o entregam.

Ele está cogitando. Está *cogitando* passar o dia comigo.

De repente, fico agitada.

Porque eu não menti quando disse que ele era meu melhor amigo, ou que eu sentia sua falta. E mesmo que Conor tenha desaparecido no quarto da Tamryn na noite passada, mesmo que tenha ficado óbvio que não há nenhum romance em nosso futuro, não estou pronta para superar o que sinto por ele.

Eu me aproximo.

– Vamos.

O aroma amadeirado de seu sabonete misturado às notas quentes de sua pele está gravado em minha memória olfativa.

– Vai ser divertido – acrescento, fazendo questão de não parecer entusiasmada demais. Ou ele vai negar na mesma hora. Um machado caindo entre nós.

– Vai? – diz ele, austero.

– Já visitamos outros lugares juntos. Gostamos das mesmas coisas.

– Por exemplo?

– De caminhar. De nos perdermos. De comer. De rir da nossa falta de cultura. Vamos nos divertir enquanto todos convalescem neste sanatório.

– Aposto que você não sabe soletrar "convalescem".

– Apostou certo.

Sua expressão vai ficando mais suave. Então muda ainda mais.

– Tá – diz ele, finalmente.

– Tá – repito, me virando para a porta, tentando impedir que meu corpo vibre com algo que parece esperança.

Não quero que ele perceba minha felicidade e se afaste. Ele é meu amigo. Eu senti sua falta. Se isso é tudo o que vou ter dele, eu me contento.

Você se lembra do primeiro dia? Edimburgo? Café da manhã? E depois o resto? Sempre juntos? Por favor, me diga que não esqueceu.

– Você tem que passar no quarto antes de irmos? – pergunto.

Ele faz que não com a cabeça.

– E você?

Repito o gesto. Nós nos viramos. Saímos, lado a lado, no mesmo ritmo.

– Então, primeiro o teatro grego. Depois tem uma igreja que quero ver.

– Duomo?

– É.

Ele assente.

– É linda.

– Ótimo.

Nossos braços quase se tocam. Então se tocam mesmo – meu cotovelo em sua pele quente.

– Depois disso, eu estava pensando...

– Em quê?

– Bom, fiquei sabendo de um arancello caseiro incrível que vendem na feira.

Ele me empurra com o ombro. O calor do toque é escaldante.

– Cedo demais...

– Não, sério, ouvi coisas ótimas sobre suas propriedades de purificação.

– Encrenca.

– Ficou tão popular que até atletas profissionais recomendam...

– Ei, vocês dois!

Nós dois olhamos por cima do ombro. Nós dois nos viramos.

Avery está sentada no primeiro degrau da varanda de pedra, com um vestidinho azul lindo que a faz parecer uma ninfa das águas. A deusa dos céus.

– Estão indo pra Taormina?

Sinto Conor ficar tenso ao meu lado, e ele permanece em silêncio por tempo demais, então sou eu que acabo assentindo.

Ela abre um sorriso deslumbrante em resposta.

– Posso ir junto?

Capítulo 13

Três anos, dois meses e três semanas antes
Edimburgo, Escócia

– Então acho que... nos entendemos? E podemos seguir como antes? – diz Rose, com os olhos arregalados e uma expressão tão esperançosa que tenho que me segurar para não rir da cara dela.

Acordei em um quarto sem Conor, com um número de telefone rabiscado em um caderno na minha escrivaninha e a casa cheia. Rose e sua nova namorada, Surika, estão sentadas à mesa da cozinha com Georgia e Alfie, comendo ovo com linguiça.

Todos foram informados sobre minha noite louca de paixão (só posso torcer para que se refiram assim ao que aconteceu). Eles claramente planejam usá-la como prova de que Georgia e Alfie nunca fizeram nada de errado.

– As pessoas nesta cozinha são as minhas melhores amigas – diz Rose, com uma das mãos teatralmente no peito. – É muito importante que todos vocês se deem bem.

– Eu não tenho problema com ninguém – diz Georgia, e preciso me conter para não perguntar *E que problema você poderia ter?* – Maya, só quero que você saiba que *não* me incomodo de morar com você.

Seus olhos têm exatamente o mesmo tom de verde que os de Rose. Talvez eu tenha que fazer uma fogueira com todas as minhas roupas dessa cor.

– Seria péssimo da minha parte pedir que você se mudasse daqui. E eu nunca nem cogitei isso – acrescenta ela.

Estou tentando não abusar dos jargões da terapia, mas estou começando a sentir que isso é gaslighting.

– Nem eu – resmungo.

Dois meses. Só faltam dois meses de aula. Aí estarei livre para ir a qualquer lugar, solteira e sem amigos.

– Sinto muito. – Levanto da banqueta onde me sentei meio a contragosto. – Preciso ir ou vou me atrasar pro café da manhã com Conor.

– Em relação ao Conor... – começa Rose.

– Fala sério, Maya – interrompe Alfie. – Você não pode confiar nele. Você conheceu o cara em uma viagem ano passado, e agora estão...

Transando contra a porta do seu quarto paira no ar, deliciosamente implícito.

Surika, a única pessoa na cozinha que não está na minha lista de desafetos no momento, bufa entre uma mordida e outra.

– Acho que ninguém aqui tem motivos pra desconfiar que o herdeiro da família Harkness é um golpista assassino.

Alfie franze o cenho.

– Como assim?

– Duvido muito que o filho mais velho de Finneas Harkness saia por aí sequestrando estudantes americanas. Ele só deve estar querendo transar. Sem querer ofender.

– Não ofendeu – respondo.

Mas a atmosfera ainda é de ceticismo, e Surika larga o garfo.

– Vocês não sabem mesmo quem é Finneas Harkness? – pergunta ela, revirando os olhos. Então resmunga alguma coisa sobre analfabetismo financeiro. – Conta pra eles, Maya.

Pigarreio.

– Na verdade...

– Ai, meu... tá. Tá bom. O pai dele é o CEO da maior rede de hotéis do

Reino Unido. Ele é dono de dezenas de resorts de luxo. Até o revestimento das células dele deve ser de ouro. O filho dele trabalha no setor financeiro, mas na área de biotecnologia. Tem a própria empresa. Também caga dinheiro.

Ela abre alguma coisa no celular e entrega o aparelho a Alfie. Do outro lado da mesa, enxergo o logo da Forbes e uma foto de Conor com Minami, Eli e Sul. Todos estão sorrindo.

Prendo a respiração. Por sorte, ninguém reconhece meu irmão.

– A gente deveria se preocupar menos por causa disso? – pergunta Alfie, sem se deixar impressionar. – Ninguém aqui viu *Psicopata americano*?

Um bom argumento, para variar.

– Vocês podem ficar de olho em mim. Ainda compartilho minha localização com Rose – digo, então dou tchau e desço a escada correndo.

É estranho, mas a preocupação deles aquece meu coração. Significa que ainda se importam comigo e... Não. Preciso sair dessa.

Sim, eles são meus amigos e eu os amo.

Sim, eles são uma companhia muito tóxica para mim no momento.

Sim, prefiro passar a manhã com o colega de trabalho do meu irmão que conheço há mais de dez anos, mas em quem pensei menos vezes do que assisti ao filme *Orgulho e preconceito* de 2005.

Nunca me imaginei fazendo isso, mas aqui estou. Vendo Conor Harkness folhear a seção de economia de um jornal como se estivesse vivendo em uma cápsula do tempo de 1950. Eu me jogo na cadeira à sua frente, porque claro que ele arrumou uma mesa ao lado da janela no Loudons de Fountainbridge em um sábado de manhã.

– E aí – digo quando ele tira os olhos do jornal.

Uma onda repentina de agitação cora meu rosto, e sinto o ar fresco da manhã em minha pele.

Isso parece errado. Alguém que conheço de Austin, Texas, está aqui, em Edimburgo. Uma colisão improvável de mundos paralelos.

– Bom dia – diz ele, colocando o jornal de lado.

Estou começando a acreditar que dei *muita* sorte quando a recepcionista da Harkness transferiu a ligação para ele. Meu irmão tem alguns amigos, mas se qualquer outro tivesse vindo ao meu resgate, a coisa do *Ei, estou curando a dor de cotovelo com um cara de trinta anos* teria sido bem menos convincente.

109

Mas Conor é bonito. Estava bonito ontem à noite, *apesar* da estética pretensiosa de cara rico, e continua bonito agora. Cabelo ondulado meio desgrenhado, jeans, um suéter fino, óculos de sol...

– O que foi? – pergunta ele enquanto eu o observo. Amo sua voz meio rouca.

– Nada. Só...

Eu me recosto na cadeira, sorrindo. Me maquiei e vesti meu suéter preferido. Tomei banho. Lavei o cabelo e deixei os cachos soltos sobre os ombros. *Viu*, estou tentando dizer. *Eu sei me recompor. Estava no fundo do poço ontem à noite, mas posso ser bem melhor que isso. Ninguém precisa me achar uma otária.*

– Obrigada por conseguir essa mesa.

– De nada.

Silêncio. Ficamos nos encarando por mais tempo do que seria considerado normal, ou educado, e...

– Ah, não – digo.

– Ah, não?

– Talvez isso tenha sido um erro.

– Você disse que ama o Loudons.

– Não é isso. É que... você e eu... – Aponto de mim para ele. – Será que temos algum assunto em comum? Quer dizer, você está com uma idade meio avançada.

Ele franze o cenho em uma carranca profunda.

– Você me prometeu comida, não humilhação.

– Ah, eu posso fornecer as duas coisas. – Sorrio e inclino a cabeça. – Tudo bem. Vamos encontrar um assunto. Você pode me contar como era a vida antes do advento da eletricidade.

Ele me lança um olhar severo e prolongado.

– Brincadeira. A idade é só um número e tal.

Conor faz uma careta.

– Não diga isso.

– Por quê?

– Porque é o que diria um babaca que fica dando em cima de menores em fóruns on-line.

Dou risada, mas ele não. Sem desviar o olhar do meu, diz:

– A idade são anos de experiência acumulada. Lições aprendidas.
– Isso nem sempre é verdade. Muitos outros fatores influenciam.
Ele solta um suspiro cansado.
– Você falou com seu irmão? O voo dele chegou hoje de manhã.
– Ainda não.
Uma única sobrancelha se ergue por trás da lente escura.
– Achei que você precisasse falar com ele com muita urgência. Tanta urgência que eu apareci à sua porta.
– Achou certo. E como não quero que você me considere mal-agradecida, decidi deixar que Eli se concentre no acordo na Austrália e me contentar com você. Parabéns, você foi promovido.
– Então agora sou seu irmão?
– Claro – respondo, em tom de brincadeira, embora pareça errado. Conor também acha, a julgar pelo cenho franzido. Fico aliviada quando somos interrompidos pela atendente que vem anotar nossos pedidos.
– Quando é seu voo? – pergunto quando ela sai.
– À tarde.
– Vai voltar pra Irlanda?
– Para Austin, a não ser que meu pai nos dê outro susto decepcionantemente não fatal.
– Conor, isso é... horrível.
– Eu sei. Ele me obrigou a vir até aqui e nem se prestou a bater as botas.
– Não, eu quis dizer...
Nossos cafés chegam.
– O jeito como você fala dele. Você não se importa mesmo com a morte dele?
– Eu me importo, sim. Cada segundo que ele continua vivo me chateia.
– É por causa da herança? – pergunto, apoiando os cotovelos na mesa. – Você quer o dinheiro dele?
Conor ri dentro da caneca.
– Eu não vou estar no testamento.
– Por quê?
– Porque nada me daria mais prazer que doar seu tesouro terreno para as instituições de caridade que ele mais detesta, e ele sabe disso.
Fascinante. *Succession* da vida real.

– Você se importaria se eu fizesse umas duzentas perguntas absolutamente indecorosas e cada vez mais invasivas sobre sua família disfuncional? Deixa, por favor. Afinal, você já sabe tudo sobre mim.
– Sei?
Dou de ombros.
– Você sabe as partes dolorosas que fazem as pessoas me olharem como se eu fosse a maçã mais amassada do supermercado. É justo compartilhar as suas.
Os lábios grossos dele se contorcem de leve, um sorrisinho que suaviza seu rosto anguloso.
– Estou a seu dispor, Encrenca.
– Seu pai sabe que você se sente assim em relação a ele?
– Pergunta errada.
– Como assim?
– Meu pai não se importa com ninguém. Ele é um valentão que não vê outros seres humanos como pessoas que têm sentimentos. Pra ele, todo relacionamento pode ser definido em termos de poder. Toda interação é uma luta livre, e o único resultado aceitável é que ele saia vitorioso.
Conor bebe um gole do café com toda a naturalidade, como se não tivesse acabado de dar uma aula básica sobre narcisismo.
– Por que ele é assim?
– Genética *e* anos de formação de merda? Meu avô criou meu pai pra acreditar que generosidade é uma fraqueza. Meu pai nos criou pra acreditar que crueldade é força. Nos moldou a sua imagem e semelhança, com graus variados de sucesso.
– Mas com você ele fracassou.
Conor balança a cabeça.
– De todos os filhos, eu sou o mais parecido com ele.
– Não é, não. – Dou risada, achando graça de verdade. – Você está aqui, comigo.
– Só porque estava por perto. E precisava que Eli se concentrasse no...
– No acordo com a Mayers, eu sei. Mas você estava em outro *país*, Conor. E, como você mesmo disse, você é o assistente do gerente regional da Harkness, ou sei lá qual é seu cargo, e podia muito bem ter fechado esse acordo pessoalmente.

Nossos pratos chegam. Quando pego uma fatia de torrada e mastigo desafiadoramente na cara dele, Conor vira a cabeça para esconder um sorriso.

– Se você é tão cruel, por que veio pra Europa? Não prefere que seu pai morra sozinho?

– Eu te disse, vim pela minha madrasta. – Ele enfia um pedaço enorme de tomate na boca, ainda conseguindo ser elegante, e mastiga sem pressa. – Meus irmãos costumam se unir contra ela.

– Por quê?

– Eles acham que é uma interesseira que se casou com meu pai pelo dinheiro.

– Por quê?

– Provavelmente porque ela *é* uma interesseira que se casou com meu pai pelo dinheiro. – Conor não parece incomodado com isso. – Mas já faz quase dez anos que ela aguenta as merdas dele. Qualquer recompensa que ela tirar disso é merecida.

– Ah. Ela vai… ter tempo suficiente pra curtir os frutos de sua dedicação, depois que ele morrer?

– Espero que sim, já que é mais nova do que eu.

Quase engulo a minha própria língua.

– Como é que é?

– Só por alguns meses.

– Isso parece… – Inclino a cabeça, me perguntando quais são os limites de Conor, e qual seria sua reação se alguém ultrapassasse esses limites. – Zoado?

– Engraçado você dizer isso, porque está escrito "zoado" em latim no brasão da família Harkness. *Problematicus*.

Dou risada.

– Foi estranho? Quando eles se casaram?

– Não. Eu já estava estudando nos Estados Unidos e nossa casa era um entra e sai de mulheres jovens e bonitas desde a morte da minha mãe.

– Ah. Foi o jeito que seu pai encontrou pra lidar com o luto e a dor?

Ele bufa.

– As mulheres já existiam quando minha mãe era viva. Ele só tinha a elegância de não levar nenhuma delas pra casa.

– Entendo. E você gosta da sua madrasta?

– Muito.

Arquejo.

– Você tem uma paixão secreta por ela? Por favor, diz que sim. Preciso dar essa apimentada na minha vida.

– Seu grupo de amigos já é bem apimentado e incestuoso, você não precisa que eu acrescente nada. E não, não tenho. Ela só é o único membro da minha família que não jogaria outro ser humano em um triturador por um maço de dinheiro, o que me faz gostar dela.

Observo Conor cortar a carne com cuidado. Ele come uma garfada com elegância, como um cavalheiro.

– Você...

Ele espeta um pedaço de tomate com paciência, esperando que eu continue.

– ... namorava a Minami, né?

– Isso é novidade.

Inclino a cabeça, confusa com a resposta.

– Alguém falar sobre Minami na minha frente – explica ele.

– Ah. Ninguém fala?

– Não sobre nosso relacionamento. Ficam pisando em ovos.

– Porque você ainda é apaixonado por ela?

– Eu ainda a amo muito, sim.

– Uau.

– Uau?

– Não pense que não entendi o que você disse...

Ele sorri mais uma vez. Não diz nada. Acho que eu ofereceria dinheiro para que ele tirasse os malditos óculos.

– E Sul? Você tem ciúme dele? Às vezes tem vontade de arrancar o couro dele, só um pouquinho?

– É isso que *você* quer fazer com a loirinha?

– É – respondo, desanimada. – Por favor, não me deixa ser a única a querer fazer uma coisa horrível.

Ele ri, os ombros quicando.

– Queria poder ajudar, mas... Você conhece o Sul? Ele é um cara incrível. Não tem como odiar.

Ele não está errado. Sul é tão tranquilo que eu costumava dizer a Eli, em tom de brincadeira, que ele parecia mais o guarda-costas que o namorado de Minami, um gigante gentil sempre ao lado dela.

– Eu era obcecada pela Minami quando eu era criança. Ainda sou, na verdade. E tenho que admitir que sempre me perguntei o que ela viu nele.

Outros caras não deixariam passar a oportunidade de falar mal do marido da ex, mas Conor só diz:

– Não cabe a nós saber. Ele é diferente com ela.

– Como você sabe?

– Porque relacionamentos são assim. Quando é bom, a gente se solta. Se revela por inteiro.

– É? Então acho que meu relacionamento com o Alfie não era tão bom assim.

– Não era.

– Como é que você sabe?

– Os post-its na sua escrivaninha, com nomes de cidades. Tinha sete. Quatro à direita: Austin, Londres, Cambridge de Massachusetts e Durham. E três à esquerda. Não vi Edimburgo em lugar nenhum.

– Tá bom, Sherlock. E você adivinhou que meu relacionamento com Alfie era uma merda porque...

– Os post-its à direita são os programas de graduação que você ainda está cogitando.

Meu coração acelera.

– Como você sabe que os que estão à esquerda...

– Esses você descartou já faz um tempinho. Estavam empilhados, pra começar. E você não desenhou o horizonte das cidades embaixo do nome... belo Big Ben inclusive. Mas não tinha nenhum post-it com Edimburgo em nenhuma das pilhas, porque você já descartou essa opção há um bom tempo. Muito antes do término. E ontem Alfie me contou que vai trabalhar em um museu em tempo integral ano que vem, aqui na cidade. E não pareceu ser uma novidade.

Umedeço os lábios.

– Existem namoros à distância.

– Você nem se candidatou a uma vaga em Edimburgo, né?

Mordo o interior da bochecha. Não, não me candidatei. Quero dizer que não foi por nenhum motivo tão complexo, mas talvez...

– Estou surpreso por Austin ainda estar no páreo.

Eu também. Estou surpresa por isso há tempos. Eu me candidatei quase em um devaneio e, quando fui aceita, senti uma onda de alívio. Não *acho* que eu quero voltar para casa, mas...

– O prazo é 15 de abril? – pergunta ele, claramente conhecedor de todo o processo.

Faço que sim com a cabeça.

– Talvez você passe a me ver com muito mais frequência – digo, e a ideia parece estranhamente... natural. – Podemos manter contato. Sair. Você pode me contar tudo sobre o mundo disfuncional das famílias bilionárias e eu posso te contar com quem meu namorado da semana está me traindo. Esse tipo de coisa.

Ele sorri. O maior sorriso até então.

– Pode ser.

– O que acha que o Eli diria?

– Sobre você voltar pra Austin?

– É.

Ele me olha com atenção.

– Acho que você deveria parar de ficar tentando adivinhar o que seu irmão sente e ter uma conversa sincera com ele. Você ficaria surpresa com o bem que isso pode fazer.

Nem tento esconder a revirada de olhos. E, talvez para puni-lo um pouquinho, pergunto:

– Faz quanto tempo que você e Minami terminaram?

– Foi na pós. Faz mais de dez anos.

Ele então descansa o garfo na lateral do prato e se recosta na cadeira, como se estivesse esperando que eu seguisse com o interrogatório.

– Por quê?

– Eu a pedi em casamento.

– Ah. – Bebo um gole de água, só por beber. Brinco com os ovos no meu prato. – Isso não costuma ser motivo pra terminar.

– Se a pessoa recusa o pedido, é.

Ai.

– Ela partiu seu coração?

Analiso a expressão dele. Sua linguagem corporal. Conor não parece nervoso com essas perguntas. Ao contrário. Ele é mesmo charmoso, surpreendentemente sofisticado para alguém meio bruto.

– Você está de coração partido, Conor?

– Sim.

Sinto uma leve náusea com a ideia de que ele ainda pode estar apaixonado pela mulher incrível que idolatrei a vida inteira. Com a certeza de que ninguém nunca vai me amar assim.

Minha preocupação deve transparecer, porque Conor tira os óculos para dizer:

– Mas não por causa da Minami.

– Como assim?

Seus olhos castanhos exibem bom humor.

– Não fiquei de coração partido porque a gente terminou. A gente terminou porque meu coração já não estava inteiro pra começo de conversa.

Reviro a frase na minha cabeça, tentando entendê-la. Estou quase conseguindo quando meu celular vibra na mesa.

É uma mensagem de Sami, um estudante americano de engenharia que conheci pela Rose. Fizemos muitas matérias juntos e acabamos nos tornando bons amigos.

> **SAMI:** R. me disse que seu novo namorado está na cidade... ele está convidado pra hoje à noite.
> **SAMI:** Aliás, você arrasou. Alfie é um babaca.

Convidado pra quê?, começo a digitar, mas então paro e solto um:

– Merda.

Obrigada, respondo. E feliz aniversário, até mais tarde!

– O que foi? – pergunta Conor.

Os óculos escuros estão de volta.

– Nada – respondo.

Mas passo a mão pelo cabelo e mostro o celular para ele.

– Como você consegue ter 437 e-mails não lidos?

– Né? Ultimamente tenho mandado bem e mantido esse número baixo.

Ele parece achar graça.

– O que foi? Você limpa sua caixa de entrada todos os dias?

– Eu tenho uma assistente executiva responsável por isso. Às vezes mais de uma, a depender do trimestre e da urgência de certas questões.

Claro que tem.

– Aqui, olha essa mensagem – digo. – Esqueci que hoje é aniversário do Sami, um amigo meu. Vamos nos encontrar em um pub pra comemorar… incluindo Alfie e Georgia. – Abro um sorriso bem sarcástico. – Eu sei, eu sei, você deve estar pensando *Maya, não acredito que você fica com toda a diversão*. Mas não se preocupe, Sami já ouviu falar de você *e* você está convidado, então…

– Eu vou – diz ele, e coloca um pedaço de torrada na boca.

Eu o encaro.

– Não, eu não quis… Você já vai ter ido embora. Eu vou ficar bem. Ontem à noite eu não estava mesmo me sentindo muito bem, mas já estou melhor. Dou conta de lidar com Alfie e Georgia…

– Eu não confio nos seus amigos.

Meu Deus. Eu também não.

– Mas e a sua passagem? Você vai conseguir mudar tão em cima da hora?

Ele me encara, mastigando e esperando que eu chegue a uma de duas conclusões: ou ele não está nem aí para o dinheiro ou alugou um jatinho. Que se dane o plâncton, pelo visto.

– Você…

Não precisa fazer isso, era o que eu ia dizer. Mas aposto que Conor Harkness sabe muito bem que não é obrigado a nada. E se ele ficasse um pouco mais, se eu pudesse passar mais algumas horas com ele…

Não seria divertido?

Capítulo 14

Atualmente
Taormina, Itália

Vamos até o centro da cidade em um Fiat vermelho minúsculo, mas muito elegante. Conor dirige, já que é o único que sabe fazer isso com um câmbio manual.

Cogito tentar convencê-lo a me ensinar, mas de alguma forma acabo no banco traseiro enquanto os adultos vão na frente conversando sobre portfólios, aquisições e algo chamado EBITDA. É como se estivessem jogando xadrez em 3D, e eu ainda estivesse aprendendo a andar.

Com a cara encostada no vidro, observo a costa reluzente. Avery não gosta de laranja, então foi poupada do festival de estafilococos. Na verdade, ela nem tinha ficado sabendo: foi dormir mais cedo, ainda cansada do voo, e acordou com o grupo já dizimado. Fico feliz que esteja bem, mas, quando ela faz Conor rir de uma piada sobre gerenciamento de fluxo de caixa, decido cantarolar mentalmente uma canção de marinheiros e ignorar os dois. Quando chegamos ao teatro grego, no entanto, meu entusiasmo ressurge. Já vi ruínas romanas no Reino Unido, mas esta talvez seja a arquitetura mais antiga que vou visitar na vida, e estou preparada para uma viagem no tempo.

É Conor quem compra os ingressos. Avery fica ao seu lado enquanto ele entrega algumas notas a um garoto entediado em uma cabine que parece prestes a pegar fogo. Quando eles voltam com os ingressos na mão, ela está rindo.

– Tudo bem? – pergunto.

Meu olhar encontra o de Conor, que não está rindo. Sua expressão, na verdade, é indecifrável.

– O cara estava somando o valor total e... Você ouviu a palavra que ele usou?

– Não.

– *Figlia*.

– Que significa...?

– Filha. Ele apontou pra você e perguntou se nossa *filha* era maior de dezoito anos – conta ela, balançando a cabeça e ainda rindo, mas eu viro para olhar para Conor.

Há uma provocação em seu olhar, algo que parece dizer *eu avisei*. Afinal, ele sempre faz questão de lembrar que nossa diferença de idade é um obstáculo incontornável para minha presença em sua vida.

– Perguntou mesmo – confirma Conor, a fala arrastada, e sei que sua intenção é chamar atenção para o acontecido. Que me sirva de lição.

Então abro meu sorriso mais atrevido.

– Espero que tenha mentido e economizado os cinco euros, *papai*.

Dou um passo em sua direção, fingindo não perceber quando ele engole em seco, como seu corpo inteiro parece entrar em curto-circuito. Ainda olhando em seus olhos, pego um dos três ingressos e sigo devagar em direção à entrada.

– Aposto que isso acontece o tempo todo – diz Avery enquanto descemos a arquibancada íngreme. A escadaria é traiçoeira e os degraus, estreitos. – Com você e Eli, quero dizer. As pessoas sempre acham que ele é seu pai?

– Às vezes – respondo, para colocar um ponto-final na conversa.

A verdade é que, sempre que isso acontece, Eli *ama* entrar na brincadeira, fingir que sou sua filha e me constranger com piadas de pai.

Mas meu irmão e Conor são muito diferentes. Eli *parece* jovem, com sua energia pueril, sincera e despreocupada. Conor nem tanto, e isso tem pouco a ver com cabelos grisalhos e mais com as muralhas que o rodeiam o tempo todo.

– Quantos anos você tem, Maya? – pergunta ela.

– Vinte e três.

– *Nobody likes you when you're twenty-three* – cita ela. *Ninguém gosta de você aos 23 anos.*

Conor solta uma risada bufada. Eu paro e me viro para encará-lo com olhos arregalados, o que o faz resmungar sobre como eu sou jovem.

– É uma referência, Maya. De uma música do...

– Blink-182, eu sei. Só fiquei surpresa. Não sabia que vocês irlandeses conheciam a cena skate-punk do Sul da Califórnia.

– Minha missão na vida é surpreender você.

– Quer dizer que você é um grande fã, é?

– Fã nº 1 – responde ele.

Sei que ele está tentando não rir, porque estou fazendo a mesma coisa. O gosto musical de Conor está mais para techno-industrial ou, como prefiro chamar, *barulhos de obra*. Ele costuma revidar chamando o meu de *garotas de língua presa chorando no banheiro*.

– Cuidado com aquela pedra ali, Avery.

– Ah, merda. Valeu, Hark.

Estou começando a desconfiar que os gregos não davam o mesmo valor que nós ao conforto. Avery não está de salto nem nada, mas, em alguns dos pontos mais traiçoeiros, suas sandálias de tiras me fazem temer pela integridade de suas pernas. Conor a auxilia sempre que isso acontece, segurando-a pela cintura para ajudá-la a descer dos degraus mais altos.

No entanto, mesmo enquanto a ajuda, ele fica de olho em mim. Eu salto com facilidade, os pés firmes nos tênis, principalmente para provar que consigo. Conor desvia o olhar, mas antes disso eu o flagro balançando a cabeça com ar divertido.

Vir ao teatro grego ao meio-dia foi um erro. Não há qualquer resquício de sombra, e o calor irradia de todas as direções – do sol, das pedras, do corpo suado dos turistas. No meio da orquestra, mal consigo manter os olhos abertos, mas Conor coloca seus óculos escuros em meu rosto sem dizer uma única palavra. Devem custar mais que meu mestrado inteiro. Cogito pisar neles sem querer, só para ver sua reação. A verdade é que é mais provável que eu durma com os óculos embaixo do meu travesseiro, porque minha determinação tem a consistência de manteiga derretida.

– Pode tirar uma foto e fazer parecer que eu e Maya estamos segurando aquela pilastra? – pergunta Avery.

– Provavelmente não.

– Humm, você sempre foi um péssimo namorado de Instagram mesmo.

Sinto um frio na barriga, mesmo quando Conor suspira e responde:

– Acho que entendi a perspectiva. Vou até o outro lado da orquestra. Fiquem aqui.

Assim que ele se afasta o bastante para não conseguir ouvir, Avery se vira para mim.

– Espero que não esteja constrangida.

– Eu... Por quê?

– Porque Hark e eu éramos um casal.

O calor está me deixando tonta. Avery, no entanto, parece esperar uma resposta.

– Certo...

– Sei que fazer turismo com um ex-casal pode ser estranho. Mas só pensei nisso quando já estávamos no carro.

O sol queima minha nuca. Será que eu me esqueci de passar protetor ali?

– Não, não. Tudo bem. Eu...

– Tá. É que você parece meio... tensa. Como se estivesse achando... difícil lidar com a gente?

Então me dou conta de uma coisa: na última hora, enquanto eu ficava remoendo o fato de ter que dividir Conor com sua ex, ela estava preocupada *comigo*. A tensão que Avery percebeu é culpa minha.

Meu Deus, às vezes sou tão egoísta...

– Mas quero que você saiba que não há ressentimentos entre nós. Tivemos um término muito amigável. Era o momento errado, não a pessoa errada. Pra falar a verdade, eu ainda gosto dele. E ele ainda gosta de mim.

Meu coração acelera. Então para. Eu me pergunto se ela sabe sobre Tamryn. Então me pergunto se isso é da minha conta.

– Desculpa se estou estranha, Avery. – Engulo em seco. Abro um sorriso. – Eu... Não me leva a mal, mas eu queria explorar a cidade sozinha. Gosto desse tipo de coisa. Mas Conor achou que pudesse ser perigoso e decidiu vir comigo.

Tecnicamente, não é mentira. Talvez seja por isso que ela acredita de cara e me olha como se estivéssemos compartilhando um segredo.

– Eu entendo. Eu viajava muito sozinha. É uma experiência única.

Concordo com a cabeça.

– E isso é idiota da parte dele. Quer dizer, você já morou fora.

– Né?

– Olha, se você quiser fugir, eu distraio Conor. Invento alguma desculpa, ou digo que você voltou para casa.

– Vai mostrar os peitos?

– Existe algum outro método de distração?

Dou risada, apesar do nó na minha garganta, e olho para o outro lado da orquestra, onde Conor parece pequeno e insignificante – uma façanha e tanto para uma pessoa que faz com que qualquer cômodo pareça menor. É por causa do palco, e da vista atrás dele. Os tons de azul e verde. O litoral jônico com seu relevo montanhoso. E, no fundo de tudo, o monte Etna.

Penso nos homens e mulheres que construíram o teatro. Os gregos que navegaram até aqui e acharam o lugar lindo demais para ir embora, nos romanos que se juntaram a eles, nos árabes e nos normandos e na Casa Real de Bourbon. O mundo é tão grande, e somos apenas amontoados de átomos. O que é uma magoazinha diante da vastidão da humanidade? De que importa um amor não correspondido, se o universo começou com uma bola de fogo e vai acabar da mesma forma?

A única coisa que posso controlar é ser gentil com as pessoas que são gentis comigo. E parece que Avery está querendo um tempinho a sós com Conor.

– Na verdade, seria ótimo. Tudo bem se eu sair depois da foto?

– Claro.

– Aqui – digo, tirando os óculos. – Pode devolver...

– Ei, vocês duas! – chama Conor.

Nós nos viramos para ele. Sob o sol forte e implacável, sua carranca ainda faz meu coração bater mais rápido.

Mas meu coração também não passa de um amontoado de átomos.

– Que tal começarem a posar pra foto?

Avery e eu trocamos um sorriso. Acho que agora talvez sejamos mesmo melhores amigas.

– Avery?

– Oi?

– Com que frequência você acha que Conor Harkness pensa no Império Romano?

Ela cai na gargalhada.

Capítulo 15

Três anos, dois meses, duas semanas e seis dias antes
Edimburgo, Escócia

Os caras estão alguns metros à frente, falando sobre a Muralha de Antonino, um forte em Newstead, e sobre algumas outras besteiras que sempre parecem ter a ver com Império Romano. E tenho que admitir: é meio atraente ver Conor botando o pau na mesa.

O modo como meus amigos homens o rodeiam como se ele cagasse bons conselhos e experiência de vida me dá vergonha alheia, mas é legal ver que Conor não parece deslocado demais, mesmo em um bar que é literalmente um grêmio estudantil – uma antiga biblioteca onde a média de idade dos frequentadores não passa *nem perto* da dele. Suas roupas são simples, mas boas demais para que ele passe despercebido, e há uma confiança em sua presença que o destaca dos demais. Ainda assim, desde que ele anunciou que as bebidas hoje são por sua conta, Alfie tem o olhado com ressentimento, e testemunhar *isso* é quase tão bom quanto sexo.

Não acho que Conor goste de ser o centro das atenções. Ele é hábil e tem traquejo social, mas está óbvio que vê meus amigos como crianças que acabaram de sair das fraldas. Estou desenvolvendo uma teoria a seu respeito, ainda incipiente, mas é a seguinte: a naturalidade de seus gestos, a leveza com que passa pelo mundo, é apenas superficial. Ele aprendeu a ser simpático e profissional, mas isso é só a pontinha do iceberg. No fundo, tem alguma outra coisa. Uma imensidão selvagem, talvez. Um bloco de gelo. *Muito* controle, com certeza.

A pior parte é que *eu* deveria estar curtindo com ele. De vez em quando, Conor olha para mim, talvez entediado, talvez apenas para ver se estou bem. Nós dois sabemos que, se estivéssemos sozinhos, estaríamos nos divertindo muito mais.

Como nos divertimos hoje.

Desculpa, digo a ele por mensagem.

Ao ler, ele se vira para mim e diz só com o movimento dos lábios: *Tem que se desculpar mesmo*. Não consigo conter um sorriso.

– Sabe – diz Rose, e bebe um gole de seu drinque. – Por um instante, achei que você tivesse surtado e estivesse deixando um cara molhar o biscoito no seu leite só pra se vingar do Alfie, mas...

Vejo-a olhar para Conor.

– Mas...?

– Agora que vi Conor, ele parece perfeito. Eu daria pra ele.

Solto uma risada.

– Não daria, não.

– Não mesmo. Tenho nojo até da ideia. Mas menos do que com outros homens. Reconheço seu valor estético. – Ela pensa por um instante. – Talvez seja porque ele teve mais tempo.

– Mais tempo pra...?

– Ficar atraente. Talvez seja algo que precisa maturar? Quanto mais o tempo passa, mais a gente acumula?

Talvez. Mas o que eu respondo é:

– É que ele não é só bonito. Também é muito divertido.

– Ah, tá. – Ela parece cética. – Imagino que vocês conversem muito sobre... iates e renda fixa?

– Esses assuntos ainda não surgiram – respondo, me perguntando se ela ficaria surpresa se descobrisse que passamos o dia juntos.

Não era esse o plano. Eu me levantei da mesa no Loudons esperando que cada um seguisse seu caminho. Não foi algo premeditado, mas puxei a camisa dele e perguntei:

– *Ei, as pessoas costumam remar no rio a essa hora, aos sábados. Quer ir comigo até lá?*

Ele topou. Nós fomos. Ficamos sentados na grama perto da calçada, criticando a técnica dos remadores.

– *Olha o ângulo dessa pegada no remo* – falei, indignada. – *Que amador.*
Conor se virou para mim e tirou os óculos escuros.

– *Você entende alguma coisa de remo?*

– *Nadinha.*

Ele reagiu com um suspiro profundo, então pegou o capuz do meu moletom e puxou sobre a minha cabeça até cobrir meu rosto, e eu não consegui parar de rir, embora estivesse sem fôlego.

Aí fomos visitar um castelo e, enquanto caminhávamos pelas escadarias de pedra, falei sobre minha desavença com lontras e animais similares. Depois fomos a *mais um* castelo, e descobri que ele quase fez doutorado em bioquímica e, enquanto me contava sobre o projeto, parecia um *nerd* inveterado, e eu não conseguia parar de provocá-lo, mesmo quando Conor disse, como se estivesse pensando em voz alta:

– *Será que daria pra te jogar pelas seteiras, Encrenca?*

Depois de insistir uns dez minutos, descobri que ele gosta de jogar jogos de estratégia de guerra em seu tempo livre.

– *Tempo livre que eu não tenho, Maya* – disse ele. Mas mesmo assim explicou: – *Você é um país e usa seus recursos para elaborar uma estratégia militar.*

– *Conor Harkness...* – falei, em tom de reprovação. – *Você é uma red flag ambulante.*

– *Sou um homem de mais de 30 anos, que trabalha com finanças, falando com uma garota de 20 sobre seus passatempos. Não sei como não percebeu isso antes.*

– *Então você gosta de jogos tipo... War?*

– *Prefiro não dar detalhes.*

– *Ou, espera... joguinhos de computador?*

– *Vamos encerrar esse assunto.*

– *Esses jogos de estratégia que você falou são só planilhas de Excel superestimadas, Conor?*

– *Sem comentários.*

Ele é tão mais velho que eu que a nossa diferença de idade já poderia tirar carteira de motorista nos Estados Unidos. Mas ele ouviu quando tentei explicar que, por mais que eu ame física, não tenho certeza se é a carreira que quero seguir. O problema é que também não tenho certeza se não é. O que... Que seja. Eu vou resolver isso.

– *Por que você faz isso?* – perguntou ele.

– *Isso o quê?*

– *Interrompe os próprios pensamentos sem concluir nada.*

Eu me lembrei de quando tentei expressar as mesmas dúvidas a Alfie.

– *Humm. As pessoas geralmente acabam me interrompendo de qualquer forma...*

Ele me olhou de cara feia.

– *Então você precisa encontrar pessoas melhores.*

Foi divertido passar o dia com ele. Perceber tudo o que temos em comum. As pessoas em nossas vidas. O vocabulário de Austin, o amor pelo mercado H-E-B e o ódio profundo pelo trânsito na I-35.

Talvez eu sinta mais saudade de casa do que imaginava, pensei.

Ele recebeu muitas ligações ao longo do dia. Recusou a maioria. Algumas, atendeu, suspirando e dizendo:

– *Desculpe, essa eu tenho que atender.*

Uma dessas ligações foi do meu irmão.

– *Adivinha com quem eu estou?* – perguntou Conor ao telefone.

– *Não sei.* – Reconheci a voz de Eli na hora. – *Com um policial? Você esfaqueou seu pai?*

De repente, me dei conta de que Conor ia contar a Eli que tinha pegado um avião para me encontrar e... Fiz rápido que não com a cabeça, como por instinto.

– *Não* – sussurrei. – *Não conta pra ele.*

Conor me olhou nos olhos, claramente confuso, mas o que respondeu ao telefone foi:

– *Acertou em cheio.* – Então mudou de assunto. – *Sobre a diligência do lance final da Mayers...*

Depois de desligar, ele perguntou:

– *Por quê?*

– Eu... não quero que ele fique preocupado.

Conor me encarou como se tivesse percebido que era mentira e... e eu também. Não conseguia entender qual era o verdadeiro motivo, então decidi obrigá-lo a tomar um pouco do meu Irn-Bru, um refrigerante popular na Escócia.

A ideia era ir para casa trocar de roupa antes de nos encontrarmos com meus amigos. Acho que Conor planejava fazer o mesmo. Mas de repente olhamos a hora e nos demos conta de que estávamos atrasados. E só estou usando o casaco dele aqui no bar porque... Bom, porque ele fica com calor. Eu não.

– Você está bem? – pergunta Rose quando Georgia vai ao banheiro, esfregando minhas coxas em um gesto carinhoso. – Parece um pouco distraída.

– Só estou...

Cansada, era o que eu ia dizer. Em vez disso, largo o copo de refrigerante vazio e me viro para ela.

– Você sabia o que estava acontecendo? Entre Alfie e Georgia?

Ela franze o narizinho arrebitado.

– Você já perguntou isso. Esqueceu?

– Não. É que você não pareceu muito chocada.

– Eu não sabia, Maya.

Talvez eu devesse parar de confrontá-la, mas...

– Se Surika te desse um fora – digo, bem calma – e, uma semana depois, eu a flagrasse com a minha prima, sinto que eu estaria mais disposta a achar que minha prima foi uma babaca.

– Você tem uma prima?

– Quê?

– Só estou perguntando... Você nunca mencionou nenhuma prima.

Deixo escapar uma risadinha irritada.

– Tenho. De segundo ou terceiro grau. A gente não se fala muito.

– É, bom... – Ela dá de ombros. – Olha só, não quero te dizer o que fazer, mas... vai ser melhor pra todo mundo se a gente só superar o assunto. Quer dizer, você também não é tão inocente assim.

– Por que não?

– Você e o Cara Rico Gostoso mantiveram contato esse tempo todo. E eu não te culpo por ter mantido as opções em aberto. Mas então podemos parar com as recriminações, não podemos?

– Acho que tenho o direito de ficar brava com a amiga com quem divido apartamento por estar transando com meu ex. E talvez com minha melhor amiga, por não ficar do meu lado.

– Eu sei que você acha isso. Talvez seja por causa da sua dificuldade de lidar com a raiva.

Semicerro os olhos.

– Isso é golpe baixo, Rose.

– Ah, fala sério, Maya. Ela é minha *prima*.

Preciso respirar fundo um milhão de vezes antes de responder.

– Eu entendo o seu lado. – Eu me levanto do assento e salto da plataforma elevada. – Só queria que você tentasse fazer o mesmo por mim.

Então me afasto, cansada daquela conversa, deixando o ressentimento tomar conta. Falar com Rose parece inútil, principalmente quando prefiro passar meu tempo com outra pessoa. Uma pessoa que não vai mentir na minha cara. Além disso, quero algo mais forte que refrigerante.

No balcão, tento chamar a atenção da bartender. Não consigo, até que Conor surge ao meu lado.

– Ei – diz ele, chamando a mulher. – Ela vai querer...

– Uma dose. Tequila.

Ele faz uma careta.

– Acabei de comprar álcool pra irmã menor de idade do meu amigo. Excelente.

– Na Europa, eu já tenho idade pra beber. E eu bebo desde os 16 anos, de qualquer forma...

– Eu *não* precisava saber disso.

– ... então desenvolvi enzimas muito boas.

Uma dose desliza na minha direção. Eu a viro, sentindo o olhar fixo de Conor na minha garganta, o calor que tem início no meu estômago e se espalha por todo o meu corpo.

Quando bato o copo no balcão, a bartender me serve mais uma dose.

Conor ergue as sobrancelhas.

– As doses são menores aqui – digo, me escorando no balcão de frente para ele. – E aí, gostou dos meus amigos?

– Claro.

– Claro?

– Alguns são ótimos. O aniversariante vai longe na vida.

– É, Sami é incrível.

– Mas aquele de agasalho...

– Jethro.

– Ele está pensando em começar um podcast. E não sei se o que ele tem a dizer é monetizável.

– Eu não sei nem se alguém ouviria de graça. – Solto uma risada. – Algum deles já te pediu dinheiro emprestado?

Ele dá de ombros.

– Não diretamente.

– Mas?

– O cara de franja tentou me convencer a investir no aplicativo de namoro pra adultos que amam fraldas que ele criou.

– Grant? *Sempre* suspeitei que ele fosse estranho, mas...

– É sempre mais fácil falar que os outros são estranhos – interrompe uma voz.

Quando Conor e eu nos viramos, Alfie está ao nosso lado. Não estávamos sozinhos umas duas doses atrás?

– Como é que é? – pergunto.

Mas Alfie não está olhando para mim, e seu rosto está vermelho, como se ele tivesse bebido demais.

– Você é um pervertido, não é, cara?

– Bom, sou. – Conor assente, impassível. – Só não sei como você descobriu.

– Está na cara. Quantos anos você tem?

– Trinta e cinco.

Alfie abre um sorrisinho maldoso. Nunca o vi assim. Gostaria de acreditar que, se tivesse visto, nosso relacionamento não teria durado tanto.

– Você sabe quantos anos a Maya tem? Vinte. Ela podia ser sua filha.

– Você está superestimando o charme que eu tinha aos 14 anos, *cara* – responde Conor, bebendo mais um gole da cerveja stout e voltando a pousar o copo. – Mas é justo você se preocupar.

Alfie infla o peito.

131

– Que bom que você enxerga o problema.

– É claro que enxergo. Você se preocupa com Maya, que é muito jovem, mais jovem que nós dois, e não quer que eu me aproveite da... ingenuidade dela, digamos assim...

Conor deve ter percebido minha cara fechada, porque tamborila os dedos nas minhas costas, como se dissesse: *Paciência*.

– Você a respeita e quer o melhor pra ela, e não aguentaria vê-la magoada. Até onde você sabe, eu posso abusar da confiança dela e até partir seu coração. E isso seria muito insensível da minha parte, não seria?

O rosto de Alfie fica ainda mais vermelho – do álcool, do calor do pub, de vergonha, não sei dizer. Tudo o que sei é que Conor passa um braço pelos meus ombros, me puxa para mais perto e roça os nós dos dedos no meu queixo.

Gostoso. É gostoso.

– Posso te dar um conselho, garoto? – pergunta Conor.

Alfie assente, tenso.

– Suma da minha frente. Agora mesmo. E só fale com a Maya se for pra responder a uma pergunta que ela te fez.

Quando Alfie me encara com os olhos arregalados, levemente chocado com a ameaça, abro um sorriso e digo:

– É melhor obedecer. Ele é bem mais velho que a gente, não sei se consegue controlar seus impulsos.

Alfie sai, irritado. Quando desaparece de vista, viro o corpo em direção ao de Conor, saboreio o calor da tequila e digo:

– Isso foi divertido.

– Foi, é?

– Humm. Talvez não pro Alfie. – Eu sorrio e, depois de um tempinho, Conor retribui. – A gente devia ir embora.

– É. Acho que já cansei de universitários.

– Ei. *Eu* sou universitária.

Ele suspira.

– E eu não sei?

A mão de Conor, ainda na base das minhas costas, me conduz até a saída do pub.

Capítulo 16

Atualmente
Taormina, Itália

Deito-me ao lado de Nyota em sua cama e solto o ar devagar quando ela pergunta:

— Como assim, você deixou os dois sozinhos e *foi embora*?

Por um lado, ela pergunta em um sussurro e, como seu quarto fica em frente ao de Avery, eu deveria agradecer a gentileza. Infelizmente, os sussurros de Nyota parecem ter o poder acústico de uma baleia cachalote.

— Não sei, Ny. Eu não... Conor e Avery... ela disse que eles ainda gostam um do outro. E ele dormiu no quarto da Tamryn, eu acho. Não sei o que está acontecendo, mas não vou competir com outras mulheres por um cara que obviamente...

— Olha só, Maya... Ele não quer Tamryn nem Avery. Ele quer *você*.

A expressão de Nyota é firme, o que não é incomum. É o contraste entre o que ela acabou de dizer e seu grau de confiança que me faz perguntar:

— O estafilococo comeu um pedaço do seu cérebro?

— Estou falando sério.

Toco sua testa com as costas da mão, procurando sinais de meningite.

– Meu Deus... eu não estou doente. Ou melhor, *estou*, mas... eu estava sentada ao lado dele no jantar e garanto que aquele homem tem zero interesse em Tamryn ou em Avery. Ele ficou o tempo todo olhando pra você.

– Com certeza.

– É sério. Não abertamente, porque ele é esperto, mas está sempre dando uma olhada. Ele *fica te vigiando*.

Franzo o cenho.

– Ele só é controlador. E protetor. Principalmente porque me trata como uma criança....

– Acredite – rebate ela, sombria. – Ele com certeza não te olha como se você fosse uma criança.

– É, tá bom. Como foi seu dia? Você quer...

– Ele só esconde bem *de você*, isso eu admito. Mas enquanto você estava brincando com aquele garotinho...

– Kaede é menina.

Ela sacode a mão, ignorando a correção.

– Eu me recuso a reconhecer a existência de crianças a não ser que seja absolutamente necessário. Elas produzem barulhos horríveis e cheiros ainda piores, mas a sociedade finge que é normal só porque elas são fofas. O domínio que elas exercem sobre nós é obsceno. Enfim, Hark ficou olhando pra você e pra criança o tempo todo. E olhou pra Paul de *cara feia*.

– Ele olha de cara feia pra todo mundo, Nyota.

– Tá, verdade. Nisso você tem razão.

– Conor gosta de mim. Mas não desse jeito.

– Você *colocaria a mão no fogo* por isso? Porque essa não é a minha impressão da situação, e até hoje eu previ com cem por cento de precisão não só quais sócios do escritório estão traindo a mulher, mas também com quais clientes...

– Eu comprei uma coisa pra você – interrompo, rolando na cama para pegar a sacolinha de papel que trouxe.

Depois que saí do teatro de fininho, passei algumas horas caminhando pela Corso Umberto enquanto bebericava um drinque delicioso feito de água e xarope de menta. Visitei um palácio medieval, entrei e saí de butiques e lojas de lembrancinhas e decidi comprar um presente que Nyota ia amar.

– Uau. Boa tentativa de me distrair. Não sou uma litigante habilidosa e com certeza vou cair ness... *Ai, meu Deus!* – Nyota faz o sinal da cruz. – O que é essa monstruosidade e por que ela está maculando a santidade do meu quarto?

– É um ímã – respondo, inocente, obrigando-a a aceitar o presente. – Da bandeira da Sicília. De nada.

– Essa é aquela mulher que tem cobras no lugar do cabelo? Que transforma as pessoas em pedra?

– Isso, Medusa.

– Por que ela está olhando pro fundo do meu ser? E, mais importante, por que tem três pernas e duas asas saindo do pescoço dela?

– A pergunta certa seria: por que não?

– Assustador – diz ela, com o ímã na palma da mão. – Preciso de um padre. E de um rabino. E de um médico. Essa coisa vai me perseguir à noite?

– Ela com certeza tem os membros necessários pra fazer isso.

– Espera aí. Se eu colocar esse ímã na minha mesa, será que vai afastar meu chefe?

– Com certeza.

– Nesse caso, obrigada por me abençoar com esse objeto indispensável.

– De nada. Tinha vários outros, mas esse estava chamando por você.

– Com a mesma voz da garota do *Exorcista*?

– Como você...

Sou interrompida por uma batida na porta e logo Rue e Tisha entram no quarto. São quase nove da noite, e as duas já estão de pijama. Ou ainda estão. Tirando Conor, Avery e eu, acho que ninguém mais saiu de casa.

– Ouvimos vozes sussurrando em tom de fofoca – diz Tisha, sentando-se com as pernas cruzadas ao pé da cama da irmã. – Decidimos vir participar.

Nyota olha para ela, desconfiada.

– Tenho certeza de que Rue foi parte central dessa decisão. Ela ama uma festa do pijama.

– Não me importo – diz Rue, sentando ao meu lado, toda delicada.

– Enfim. De que vocês estão falando? Da maldição?

– Maldição? – pergunto. – Que maldição?

– Bom, Rue e eu brincamos que só um casamento amaldiçoado começaria com um festival de vômito.

– O casamento não foi amaldiçoado – garanto a Rue, que parece achar graça da minha preocupação com *sua* preocupação. – E a gente *não* estava falando de uma maldição que não existe.

– De quê, então? – pergunta Tisha.

Olho para Nyota, em pânico, e ela mostra o ímã.

– Desta coisa.

– Meu Deus. – Tisha leva a mão ao peito. – Agora que eu vi, vou morrer em sete dias?

– Provavelmente. Também estou atualizando Maya sobre minha vida sexual nessas férias, e também contei que tive que me rebaixar a um aplicativo de namoro italiano esquisito.

– Você costuma arrumar alguém entre os convidados – comenta Tisha.

– Não vai dar. Axel é claramente um idiota. Paul tem os mesmos genes que ele, então me recuso a copular com ele em qualquer circunstância. Hark não é meu tipo...

– Hark é *exatamente* o seu tipo.

– ... então, a não ser que você queira que eu seduza seu namorado nerd, vou ter que ser proativa e...

– Como foi hoje? – me pergunta Rue, deixando Nyota e Tisha discutindo.

– Divertido. – Eu sorrio. – Comprei uma coisa pra você na feira. Aqui, está na sacola.

É um pacotinho de sementes de flores nativas da Itália.

– Eu já pesquisei e você pode levar pros Estados Unidos, só precisa declarar.

Ela abre um sorrisão tão raro que deixa meu coração quentinho.
– Vamos plantar no quintal, perto dos cactos.
Vamos. Rue sempre fala da casa deles como se também fosse minha.
– Vamos. E com "vamos" quero dizer que você vai fazer todo o trabalho e eu vou ficar bem longe, pra evitar murchar as flores com a minha energia. Acha que se um dia eu for embora de Austin, o jardim vai finalmente se sentir seguro?
– Como assim, *se*?
– Quando – digo, me corrigindo. – Eu quis dizer quando.
Rue inclina a cabeça, o cenho levemente franzido. Fico muito aliviada quando Nyota grita:
– Ela é *o que* dele?
Rue e eu nos viramos para elas.
– *Madrasta* – responde Tisha. – Você não sabia mesmo?
– Ela era casada com o pai dele? Ela é *viúva* do pai dele?
Não sei o que Tisha contou a Nyota, mas pelo jeito a informação a ressuscitou e a imbuiu de uma energia que finalmente a fez tirar a cabeça do travesseiro.
– *Você* sabia disso, Maya?
– Do quê?
– Que Tamryn é *madrasta* do Hark.
– Eu...
Balanço a cabeça, desorientada, me lembrando dele entrando no quarto dela na noite anterior. Nyota deixa escapar um grunhido horrorizado.
– *Meu Deus.* Eu não... Eu... Ela deve ter a mesma idade que ele.
– É alguns meses mais nova – respondo, pensativa, ainda me recuperando da notícia.
Porque Conor falou sobre ela várias vezes. Mas nunca disse seu nome.
– Cara, é isso que eu odeio em velhos brancos e ricos – diz Nyota, se inclinando para a frente. – Nunca deixam de cumprir o estereótipo, e são muito enfadonhos. Começam a ter uma crise de meia-idade... e será que decidem investir em projetos sustentáveis? Defender os direitos reprodutivos das mulheres publicamente? Não. Eles se casam com uma garota que mal tinha saído das fraldas quando eles desviaram seu primeiro milhão. – Ela semicerra os olhos. – Não foi um casamento por amor, foi?

– Duvido muito – responde Tisha.

– Então, por favor, me diga que foi ela.

– Que foi ela o quê?

– Que matou ele. Me diga que a madrasta polvilhou arsênico e canela no mingau do vovô mofado.

Tisha solta uma risada bufada.

– Pelo que eu sei sobre o cara, ele merecia.

– Então espero que tenha sido uma morte dolorosa e sem dignidade. E espero que ela tenha herdado um monte de coisa. Ser esposa troféu devia sempre ser um emprego muito bem remunerado, mas de um babaca? Preciso que ela tenha ficado podre de rica.

Coço a cabeça.

– Ela não era uma esposa troféu. Pelo menos não era só isso. Na verdade, ela é uma executiva.

Todas se viram para mim. Nyota fica me encarando.

– Você não disse que não sabia que ela era...?

– Eu sei um pouco sobre a madrasta do Conor, mas não sabia que a pessoa era a Tamryn. Na verdade, ela trabalhava nas empresas do Finneas Harkness. Foi essencial pro crescimento de algumas áreas, mas não lembro exatamente quais. – Engulo em seco. – Ela e o Conor são bem próximos.

Os olhos de Nyota quase saltam de sua cara.

– Eles estão transando? Porque isso, *sim*, seria um casinho de verão problemático.

Ele diria que a idade dela é mais apropriada do que a minha, penso, mas não falo nada.

– Tamryn precisava sair um pouco da Irlanda – diz Rue baixinho. Como sempre, quando ela fala, todos escutam. – Ela é muito amiga do Eli e da Minami também, não só do Hark. E... é dona desta casa. É por causa dela e do Hark que o casamento vai ser aqui.

– Isso é um "sim" sobre eles estarem transando? – insiste Nyota.

Rue abre um sorriso.

– Não, não estão. Parecem mais irmãos.

Nyota não diz nada, mas assim que Rue e Tisha se distraem, sussurra para mim:

– Eu não falei?

Capítulo 17

Na manhã do terceiro dia, acordo às seis – cedo demais, principalmente considerando que fiquei acordada com Rue, Tisha e Nyota até quase meia-noite, conversando sobre... bem, Nyota passou um bom tempo tentando nos ensinar sobre fundos de investimentos negociados na Bolsa. Ela também tentou arrancar a gaveta da mesinha de cabeceira com os próprios dentes quando admitimos que nenhuma de nós tem uma estratégia de investimentos.

Eu deveria tentar dormir mais um pouco, me acostumar com o fuso horário, mas a ideia de ficar olhando para o teto e pensando demais não me atrai. Visto um maiô e vou para a piscina, descendo descalça a escadaria de mármore e atravessando o pomar, curtindo a carícia suave do sol no meu rosto. A casa e os arredores estão silenciosos, nenhuma alma à vista além de mim, dos pássaros e do contorno silencioso do monte Etna. Antes de mergulhar, eu me dou conta de que me esqueci de pegar uma toalha, mas fico com preguiça de subir de novo. Nado algumas voltas na piscina para me aquecer, depois mais algumas, desfrutando de como a água exige do meu corpo sem levá-lo ao limite. Me concentro em contar as braçadas e não me permito pensar demais em nada.

Paro quando meus músculos começam a reclamar. Então fico boiando na água, deixando que meu corpo esfrie, ouvindo os sons da casa, que começa a despertar. Os rangidos das persianas se abrindo. O tilintar dos metais e das porcelanas na cozinha. Algumas pessoas rindo lá embaixo, além do penhasco, e o eco suave dos sinos da igreja à distância. O ritmo das ondas. Dez minutos depois, quando a ponta dos meus dedos está parecendo uma uva-passa e calafrios percorrem minhas costas, eu me obrigo a sair da água.

Na borda da piscina, encontro uma toalha limpa e cuidadosamente dobrada.

A sala do café da manhã está lotada, a mesa tão farta quanto na manhã anterior – mas dessa vez encontro doze pessoas comendo.

– É bom ver que estão se recuperando – digo, me servindo de suco de laranja fresco.

– Não sei. – Tamryn dá de ombros. – Estou com saudade de me sentir conectada ao sistema de encanamento. Da sensação de pertencimento que isso me causava.

– É, eu me reconectei com a minha espiritualidade – concorda Nyota.

Dou um pedaço de pão para Mini e espero meu café da manhã, observando as várias conversas à volta. É a primeira vez que vejo todos os convidados do casamento reunidos à luz do dia e não consigo deixar de reparar que as doze pessoas que Rue e Eli reuniram parecem se dar bem.

Mais que isso: elas se *gostam*. Paul está mostrando fotos de seu jardim a Avery; Diego, Minami e Sul estão conversando sobre um jogo que envolve transar com elfos. Rue ri com Tisha, e *não* parece querer estar em outro lugar.

– No que você está pensando? – pergunta Nyota, passando manteiga em um croissant.

– Nada de mais. Só estou vivendo um daqueles momentos em que a gente faz um balanço da própria vida.

– Em que sentido?

– Eu estava pensando que, se fosse me casar amanhã, não teria tantos amigos assim pra convidar.

Tamryn ri.

– Aposto que você tem muitos amigos.

Talvez, dependendo da medida usada. Não sou tímida ou introvertida, mas perdi boa parte dos amigos da faculdade quando me recusei a ser mais compreensiva com Alfie e Georgia e, embora nunca tenha deixado de sentir falta de Rose, aceitei que nosso afastamento era inevitável. Quando voltei a Austin, reencontrei amigos do ensino médio que amo muito, mas, nos anos que passei fora, nossas vidas seguiram direções diferentes. A única pessoa com quem posso sempre contar é Jade. Somos amigas desde a época da patinação artística e, embora tenhamos nos afastado quando fui para Edimburgo, ela nunca parece me culpar por isso. Brigamos às vezes, mas sempre nos entendemos. Ela representa para mim o que Minami e Conor representam para Eli: minha parceira de verdade. A pessoa que eu buscaria no aeroporto. Por quem eu largaria tudo, se ela pedisse, fosse para ajudá-la a enterrar um corpo ou para ser testemunha de seu casamento com... um cogumelo suspeito, provavelmente.

Ela é esquisitinha, mas é *minha* esquisitinha.

– Você não vive cercada de um monte de nerd da física? – pergunta Nyota. – Gosto de imaginar vocês se divertindo. Cheirando pó. Jogando D&D até o amanhecer.

Tamryn parece interessada.

– *Como são* os físicos? Eles usam uma camisa em cima da outra?

– Às vezes. E são...

Olho em volta, atrás de uma boa descrição. Conor está perto da entrada, conversando baixinho com Eli. Meu irmão está com a mão no ombro dele. Os dois sorriem.

Nyota ergue as sobrancelhas.

– Agradáveis? Bons de cama? Fedidos?

– Muito competitivos. Determinados. Sabem exatamente o que querem.

– Como você, Srta. Prêmio Jovem Pesquisadora.

Minha risada sai um pouco forçada.

– Você nunca tem dúvidas, Ny? Sobre sua escolha profissional? Ser uma advogada chique?

– Não. Sou boa demais no que faço. – Ela aponta a faca para mim. – Olha só, escolha o MIT. Vá pra Boston. Você estaria a uma viagem de trem de Nova York e de mim. Podemos sair todo fim de semana. Ser vista com uma acadêmica vai diminuir consideravelmente meu prestígio social, mas por você eu aguento o baque.

— Acho que você deveria aceitar o cargo na indústria da Califórnia — diz Tamryn, e dá uma mordida no pêssego mais redondo que já vi. — Eu era do meio acadêmico, e ele acaba com a nossa saúde mental.

— Era? — Meu tom de surpresa soa meio grosseiro. — Desculpa. Não quis insinuar que...

— Que sou gostosa demais pra ter talento acadêmico?

— Parece mesmo um pouco injusto, colocando nesses termos.

Ela ri e acaricia meu braço, me tranquilizando.

— Eu cheguei até metade do doutorado em ciências políticas.

— Por que desistiu?

— Ah, você sabe. A velha história de sempre. Era muito jovem, chamei a atenção de um cara rico, ele me levou a alguns jantares que custavam mais que a minha bolsa anual da pós-graduação, aceitei um pedido de casamento precipitado, apesar de ter muitas dúvidas, e passei as décadas seguintes no mundo corporativo. — Ela dá de ombros e eu não consigo desviar o olhar. Tem algo de encantador e vulnerável nela. Único. — Quando eu tinha a sua idade, fiz muitas escolhas idiotas, a maioria por medo e pressão.

Eu me inclino para a frente, apoiando os cotovelos na mesa, e estudo as sardas em seu rosto.

— Você percebeu isso na época? Que estava fazendo a escolha errada?

— Engraçado você perguntar isso, porque... Sim. Um pouco. Uma sensação incômoda de que... não parecia natural, se é que você me entende. É muito fácil fazer besteira quando você não ouve a si mesma. Mas não se preocupe. Você está indo muito bem. — Sua expressão fica mais leve e ela se aproxima. — Desculpe, eu... a gente acabou de se conhecer, eu não deveria falar como se soubesse tudo da sua vida. É que o Conor fala muito de você.

Deixo escapar uma risada incrédula.

— Fico surpresa de saber que ele fala de mim.

— Fica mesmo? — Ela me olha bem nos olhos, séria. Franca. Há um segredo compartilhado ali. Sua voz fica mais baixa, apenas para os meus ouvidos. — Não deveria ficar, Maya. Faz anos que sei de você. Conor e eu somos muito próximos. Ele sempre me conta das coisas importantes na vida dele.

Engulo em seco, sentindo o coração na garganta.

– Às vezes eu me pergunto se estou nessa categoria.

De repente, ela parece triste.

– Ele só...

Tamryn se recosta na cadeira quando o café da manhã surge à minha frente, servido por Lucrezia. É o mesmo brioche que comi no dia anterior, mas cortado na horizontal e recheado com duas colheradas de gelato e chantili.

– Meu Deus. – Olho incrédula para o prato. – Que coisa mais linda. Que elegância. É isso que separa a humanidade dos animais selvagens. Um café da manhã siciliano.

– *Colazione* – diz Lucrezia, apertando meu ombro com uma força afetuosa capaz de deslocar minha medula, e logo se afasta.

– Meu Deus, nosso país está tão atrasado... – sussurra Nyota.

– Está mesmo? – Diego, que até onde sei só come salada, soa bem cético. – Sorvete no café da manhã é o atestado definitivo de desenvolvimento social?

– Cala a boca – diz Nyota, roubando um pouco de stracciatella do meu prato e provando o sorvete com uma expressão que lhe renderia muito dinheiro no OnlyFans.

E, nesse momento, Axel chega e olha em volta, apreensivo, como se desconfiasse de que pode estar na mira de um atirador de elite.

– Não precisa esconder as facas, Axel – diz Eli. – Ninguém quer vingança. Você foi oficialmente perdoado. Todos concordamos que o jantar foi um ótimo jeito de começar a semana.

– Sério? – pergunta Axel.

– Sério. – Eli assente. – Uma noite *matadora*.

Axel faz uma careta.

– Uma dieta realmente de matar – acrescenta Eli.

Axel solta um grunhido e afunda na cadeira ao meu lado, parecendo um cachorrinho de castigo. Sério, coitado.

– Acha que seu irmão vai me matar enquanto eu durmo?

– Acho que não. Mas provavelmente vai te jogar na fogueira sempre que a oportunidade aparecer – respondo, com um tapinha em suas costas. – O que, pelo menos, deve matar todas as bactérias que tiverem resistido.

Por decisão unânime, o plano do dia é: praia.

Eu estaria animada mesmo que fosse uma das praias sem graça, superlotadas e de água marrom onde meus pais me levavam na infância. A faixa privada de areia logo abaixo da villa, no entanto, me deixa sem fôlego.

Desço a escadaria de pedra e percebo que a areia começa fina e macia, então vai dando lugar a seixos brancos mais perto da costa azul cristalina. Lucrezia nos mostra o lugar – a cabana particular, as espreguiçadeiras e os guarda-sóis – e já está voltando ao casarão quando me vê tirando a roupa.

Olho para ela com um sorriso, mas ela não o retribui, apenas semicerra mais os olhos quando prendo o cabelo no topo da cabeça. Quando me despeço com um aceno e vou para a água, ela corre na minha direção, fazendo um gesto com as mãos que não consigo entender.

Ouço um *não* em meio a sua fala e ela aponta para o meu corpo.

– É o meu biquíni? Você não gostou?

Lucrezia me entende ainda menos do que eu a entendo, mas uma rápida inspeção no restante do grupo deixa claro que ninguém mais tirou a roupa e... talvez a Itália seja conservadora no que diz respeito a roupas de banho? Quer dizer, por que não? O papa mora *aqui do lado*. Os católicos são meio estranhos com relação a sexo, não são?

– Eu me cubro? Troco de roupa?

Ela aponta para a minha barriga nua e me enrolo em uma toalha, só para garantir. Então olho em volta, procurando alguém que fale italiano.

– O que foi? – pergunta Conor quando dou um jeito de chamar sua atenção.

Ele, ainda de bermuda e camiseta branca, corre na minha direção, se afastando dos outros caras, que estão ocupados traçando linhas na areia da praia.

– Hum, Lucrezia está apontando pra mim com bastante insistência e... meu biquíni é muito indecente?

Abro a toalha. Conor olha para o meu biquíni, um vislumbre, e fica paralisado, como um animal iluminado de repente pelo farol de um carro, e...

É como se ele não tivesse se dado conta de que haveria um corpo vestindo o biquíni. *Meu* corpo. Seu olhar é pesado, descarado e profundamente *imóvel*. Dura uma fração de segundo. Então uma gaivota grita lá em cima e ele desvia o olhar.

Sinto meu rosto corando.

– Tenho outro. Um maiô. Posso ir trocar se ela...

– Não é... Espera, vou descobrir – diz ele, meio rouco, e pergunta a Lucrezia qual é o problema. Então ouve o que ela diz e se vira para mim com um sorriso. – Lucrezia está muito preocupada com você.

– Porque eu sou uma... meretriz?

– Você usou mesmo a palavra "meretriz"?

– Eu ia dizer "puta", mas não me pareceu religioso o bastante.

– Não tem nada a ver com religião. Nem com o seu biquíni.

– Então o que é?

– Quando você nada no mar menos de duas horas depois de comer, você morre – diz ele. Lucrezia acrescenta mais alguma coisa, e Conor traduz. – Todo o seu sangue vai pro estômago, por causa da digestão. E não vai sobrar nada pros seus membros, e você vai afundar como uma pedra.

Coço a testa.

– Diga a ela que isso não é verdade.

Conor solta uma risada bufada.

– De jeito nenhum.

– Isso é um mito que já foi derrubado.

– Pelo jeito, a ciência não chegou à Itália. E eu não vou contradizer Lucrezia, Maya. Sobre nada. Nunca.

Eu me aproximo, olhando bem para ele.

– Aah. Está com medinho? Da senhorinha fofa?

– Estou, e não tenho problema nenhum em admitir.

– Agradeça a ela pela preocupação, mas não vai acontecer nada. Eu nado bem.

Mais uma troca rápida em italiano, que termina com:

– Ela lembrou que essa área está cheia de correntezas imprevisíveis e quer que eu fique de olho e te salve quando você começar a se afogar.

Olho nos olhos dela.

– Infelizmente, Lucrezia, é muito mais provável que Conor tente me afogar do que... *ai*.

Ele belisca meu braço com tanta força que vai deixar uma marca.

– Isso não contradiz meu argumento – digo entre dentes cerrados.
– Mas prova o meu.
– Que seria?
– Que você deveria ficar quieta. E obedecer Lucrezia.
– Mas eu quero...

Com um braço sobre os meus ombros, ele me puxa para perto. Diz a Lucrezia alguma coisa que soa como uma promessa, o que me preocupa, então se vira, me levando junto, em direção ao campo improvisado onde os demais estão jogando bola. Nossos pés deslizam pela areia e eu sinto o calor do seu corpo, o cheiro de pinho e protetor solar preenchendo minhas narinas. Seu antebraço roça minha clavícula, logo acima do meu peito.

– Vamos, Encrenca.
– O que está acontecendo?
– Estou sequestrando você. Só pra deixar Lucrezia tranquila.

Capítulo 18

Imploro a meu coração que desacelere.

– Aonde a gente vai?

– Praticar o melhor esporte do mundo.

– Acho que não tem como patinar na areia.

– Futebol, Maya.

– O seu futebol ou o nosso?

– O que vocês têm não é futebol, é só um sistema organizado de homens enormes causando traumatismo craniano uns nos outros.

– O seu, então. Bom, obrigada pelo convite, mas eu sou contra esportes coletivos...

– Gente! – fala ele. – Maya também vai jogar.

Eli se vira para mim com olhos semicerrados, me observando do outro lado do campo improvisado, incrédulo.

– Tem certeza que é uma boa ideia?

– Por que não? – Conor se afasta, dando de ombros. – Diego, tudo bem se ela ficar com você, Eli e Axel? Eu fico com Sul e Paul.

Diego faz um sinal de positivo e abre um grande sorriso.

– Espero que esteja preparada pra dar tudo de si no caminho pra vitória.

Não estou disposta a dar nem *um terço* de mim – pelo menos, essa é a intenção. Infelizmente, qualquer coisa minimamente competitiva me atrai com mais força que um buraco negro. Quinze minutos depois, estou comprometida com o resultado desse jogo idiota e irrelevante. Comprometida até *demais*.

Não gosto da pessoa que me torno quando sou confrontada com a perspectiva de perder. *Resista*, imploro a mim mesma. *Você é mais forte que isso.*

Mas e se eu não for? E se a culpa for de Axel e de esforços abaixo da média?

– Ei, Estafilococo? – grito quando ele não consegue interceptar a bola.

– Quê?

– Não é nenhuma ameaça, mas se você não usar essas pernas aí pra correr mais rápido, *alguém* pode decidir arrancá-las.

Ele me olha com uma cara de covarde nada digna da Liga Nacional de Hóquei.

– Q-quê?

– E talvez até jogá-las pras águas-vivas que ficam na parte rasa. Aquelas ali. Só avisando...

– Chega – diz Eli, me encarando com as mãos na cintura. Tenho um intenso flashback do tipo *Você tem 14 anos e vai ficar sem refrigerante*. – Maya, sai.

– O quê? *Por quê?*

– Você sabe por quê. Ela voltou... e não negociamos com ela.

– Ela *não* voltou – digo, indignada, após um arquejo.

Paul se aproxima. Olha de mim para ele.

– Ela? De quem vocês estão falando?

– Da Mayageddon – sussurra Sul.

– Não! – protesto. – Por favor. Ela está presa. Eu só estava dizendo o quanto Axel é incompetente e que talvez a gente perca só por causa dele. Mas, tipo, de um jeito amigável e simpático.

Eli balança a cabeça.

– Você chutou areia no Paul, deu duas rasteiras no coitado do Sul... você *sabe* que ele tem problema de coluna... e seu joelho quase acabou com a possibilidade do Hark de ter filhos.

– Eu estava dando uma *caneta*.

– Maya, uma caneta é quando a gente passa a bola entre as pernas do adversário.

– Exatamente!

– A bola nem estava do seu lado do campo.

– O quê? Ah, fala sério! Você não pode me expulsar, eu ainda tenho chance de ganhar.

– É exatamente o que Mayageddon diria.

Abro a boca para reclamar, mas então me dou conta.

– Ah, meu Deus! – Cubro o rosto com as mãos. – Ela está aqui. Está tentando se libertar.

Paul pigarreia.

– Esse comportamento é... hum... habitual?

– Não – respondo, soando desesperada. – Não tem comportamento nenhum. Não tem *nada*!

Eli suspira.

– A Mayageddon sai de sua casinha do mal sempre que vê uma competição. Duas semanas atrás, eu ganhei da Maya em um jogo de conhecimentos gerais e na manhã seguinte encontrei pedaços do tabuleiro no liquidificador e as cartas na lixeira.

– Era uma edição dos anos 1990. Eu ainda nem tinha *nascido*. Ficar com aquele jogo em casa era etarismo e...

– Fora! – repete Eli em tom de ameaça. – Você está expulsa. Banida. Se eu te vir a menos de vinte metros do campo, eu vou te amarrar no píer. Vá brincar com Mini ou algo do tipo.

Solto um resmungo típico da Mayageddon e saio pisando firme, esbarrando em Conor, que me estende uma garrafa.

– Bebe uma água. Pra se acalmar.

– Não. Vocês só ficam passando água pra cá e pra lá, mas quando tento beber o sangue dos meus inimigos...

– Não acredito que eu tinha esquecido – diz ele baixinho. Afetuosamente, talvez.

A alguns metros, os outros ajeitam as traves feitas com pás.

– Esquecido o quê?

– O monstro interior.

151

Eu o encaro, deixando meu olhar descer de seus óculos até seu peito nu. Não é a primeira vez que o vejo sem camisa. No verão passado, ele foi ajudar Eli a instalar uns canteiros elevados para Rue, e mesmo antes... Tenho certeza de que houve outras vezes. Não é nada de mais. Conheço sua rotina de exercícios e *isso* não é nenhuma surpresa.

Ainda assim, desvio o olhar.

– É fofo – diz ele.

– O quê?

– Você ser tão competitiva.

Pego a água dele e, com raiva, bebo um gole do mesmo lugar de onde ele acabou de beber.

– Não sou competitiva. Só quero ganhar.

– Duas coisas *muito* diferentes mesmo. Maya?

– Quê?

– Por que você foi embora ontem? Do teatro?

Inclino a cabeça, afundando os dedos dos pés na areia.

– Avery não te disse? Eu queria passear sozinha e...

– Eu sei qual foi a sua desculpa. Será que posso saber a verdade?

Sinto o rosto esquentar de um jeito que não tem nada a ver com o sol, mas me mantenho firme e o encaro.

– Não. Não pode.

Ele assente. Só uma vez.

– Tudo bem. Mas não faça isso de novo.

Dou uma risada. Também só uma.

– Se eu quiser, eu vou fazer, Conor.

– Você disse que somos amigos, Maya. – Ele aperta os lábios em uma linha reta. – Amigos não fazem isso.

– Amigos não fazem... o quê?

– Desaparecem do nada.

Deixo escapar mais uma risada solitária e indignada.

– É *sério* isso? *Você* está falando isso pra *mim*?

Ele parece ficar tenso.

– Não é a mesma coisa.

– Não? Então, por favor, explique o que tem de...

– Maya? – chama Paul, que vem correndo na nossa direção. – Nada a ver o Eli te expulsar. Quer que eu fale com ele? Que o convença a mudar de ideia?

Deixo meu olhar vagar pelo rosto de Conor, desafiador, raivoso. Só o desvio quando Paul repete meu nome, hesitante, sem perceber a corrente elétrica crepitando entre mim e Conor.

— Maya?

Porra, Paul.

— Não tem problema — respondo, forçando um sorriso. — Eu teria ganhado se ele não tivesse me expulsado. É um velho truque dele... sabotagem. Ele só quis me fazer perder...

Conor ainda não tirou os olhos do meu rosto.

— Eli estava no seu time — ressalta ele.

Ah. É verdade.

— Ele não suportou não ser o melhor em campo. A inveja é... O quê? — gaguejo, me interrompendo quando Conor roça o polegar no meu queixo.

Sinto seu toque fresco em contraste com o calor que só aumenta.

— Mancha de protetor.

— Ah. — Faço que sim. — Tudo bem, então — respondo atordoada, como se ele precisasse de permissão depois de já ter feito.

— Vamos voltar, Hark? — pergunta Paul.

Por que ele está aqui mesmo?

— Claro. — Conor coloca a garrafa de volta no cooler, então se vira para mim. — Vamos sentir sua falta.

Solto uma risada.

— O crítico das canetas não vai.

— Verdade. — Ele sorri, achando graça. — Os outros vão, tenho certeza.

Eles voltam correndo. Fico olhando para as costas de Conor, o movimento de músculos e tendões sob sua pele bronzeada, e tento não ficar decepcionada quando Paul é o único que se vira para sorrir para mim.

Se eu quisesse, poderia caminhar na direção nordeste durante dez minutos que chegaria a Isola Bella. Se decidisse dar uma corridinha, provavelmente em metade desse tempo. A maré está baixa e enxergo a faixa de areia que liga a ilha à costa. Não tem quase ninguém por perto – em Taormina, as aulas só terminam em meados de junho, e as praias não ficam cheias, principalmente de manhã. Se eu fosse agora, não teria que lidar com outros turistas. Fico tentada, muito tentada, mas encontro Kaede e Mini, que querem brincar, e quando os dois me chamam para a faixa de areia longe do futebol, onde os demais estão relaxando, não consigo dizer não.

Parecia impossível, mas Kaede fica ainda mais fofa com as sandálias de plástico transparente e as boias de braço – que, ironicamente, têm o tema do filme *Tubarão*.

– Talvez eu não devesse ter deixado ela escolher. – Minami suspira. – Não acredito que achei que ela fosse escolher a da Barbie.

– Me prometa que você vai ser sempre assim – sussurro para Kaede enquanto ajeito seu maiô.

Depois, fico olhando enquanto ela corre em direção à água e paralisa quando uma onda vem devagar em sua direção.

Perto da água, fazemos um bolo de areia que sei que vou ter que fingir comer. Avery nada a alguns metros de nós. Molhado, seu cabelo comprido e liso chega até o meio das costas. Sua roupa de banho é teoricamente um maiô, mas tem buracos estratégicos que me lembram uma escultura vanguardista, ao mesmo tempo elegante e complexa.

– Peixe? – pergunta Kaede, apontando para ela.

Franzo os lábios, tentando não rir.

– Está mais pra uma sereia, princesa.

Kaede e Mini correm em círculos ao redor um do outro, ambos convencidos de que estão sendo perseguidos. Eles afundam os pés (patas?) na água, experimentando, tentando avaliar a altura dos respingos que conseguem produzir com o mesmo foco científico que arquitetos de represas. Olho em volta procurando meu celular para fazer um vídeo do primeiro projeto hidrelétrico de Kaede.

Mas *algo* parece errado.

– Ei! – grito em direção à cabana.

Minami, Rue e os demais estão todos lá.

– Vocês viram a Avery?

Minami olha preguiçosamente para a esquerda, então para a direita.

– Será que ela já voltou lá pra dentro?

– Mas você viu ela saindo?

– Não, mas eu estava cochilando. Por quê?

– Eu só...

Me viro de novo para o mar. Nada perturba o horizonte – nem uma gaivota, nem um barco. Nem uma pessoa.

– Que estranho...

– Ela *pode* ter voltado? – pergunta Tisha, se aproximando.

– Acho que não. Ela estava na nossa frente há uns... dois minutos? Ainda estaria subindo a escada. – Franzo o cenho, me viro em direção ao campo de futebol e apelo para o que eu *sempre* faço quando estou em dúvida: chamo meu irmão. – Eli!

Ele para a bola com o pé.

– Você continua não sendo bem-vinda, Mayageddon! – grita ele em resposta.

– Não é isso... Kaede, espera um pouco, segura minha mão e continua aqui pertinho, tá? Obrigada, princesa. Vocês viram a Avery no último minuto?

– Não. A gente deveria ter visto?

– Não tenho certeza. Eu a vi no mar agora há pouco, mas depois não vi mais, e ela me disse que não nadava muito bem...

Vejo Eli e Conor trocarem um olhar breve mas tenso, e depois disso tudo acontece muito rápido: eles correm para a água e os outros vão atrás; meu coração pesa quando Conor grita lá da água, me perguntando onde exatamente eu vi a Avery; sinto ódio de mim mesma por não ter percebido antes que ela tinha sumido. Eles não demoram mais que um minuto para encontrá-la. Quando vejo Conor e Eli saindo da água, quase caio de joelhos. Eli sai primeiro. E atrás vem Conor, segurando um corpo menor contra o peito.

Perto de mim, as pessoas arquejam *Ai, meu Deus* e *Puta merda*.

Avery está consciente enquanto Conor a carrega para fora da água. Está tossindo bastante, mas respirando, os pulmões expulsando a água à força. Quando a vejo de pé, sinto uma onda enorme de alívio. Todos se aglomeram ao redor dela, perguntando se está bem, se devem chamar ajuda. *Do que você precisa?* Mas ela fica agarrada a Conor, que tira o cabelo molhado de seu rosto. Quando ele se inclina para pousar uma toalha em seus ombros, vejo-a rir e abraçá-lo pela cintura com força.

Meu alívio vira outra coisa – algo amargo, que me enoja.

Tomo um susto ao ouvir Nyota:

– Você acha que foi fingimento? – Ela surge ao meu lado de repente.

– O quê? De jeito *nenhum*.

– É. Também acho que não, infelizmente. Talvez o casamento esteja *mesmo* amaldiçoado.

Trocamos um olhar e então caímos na gargalhada, um misto de nervosismo, adrenalina e incredulidade diante da situação absurda. A alguns metros dali, todos falam ao mesmo tempo.

– Ny, eu... Isso podia ter acabado muito mal.

– Eu sei. – Nyota dá um tapinha em meu ombro. – Mas é digno de um romance.

– É?

– É. Tenho certeza que já li um livro em que acontece uma cena igualzinha. O cara salva a garota, que no fim é uma ex-namorada.

– Sério? – Engulo em seco. Eu não... não quero sentir o que estou sentindo. Se alguma coisa tivesse acontecido com Avery, eu teria ficado arrasada. Qual é o meu problema? – E depois? No livro.

– Acho que a experiência de quase morte reacende o amor entre eles e, depois de uma declaração apaixonada, os dois celebram a fugacidade da vida com várias cenas improváveis de sexo orgástico.

– Parece um bom livro. Talvez você devesse levar na nossa próxima viagem à praia.

– Ah, eu vou levar.

– Legal. Vamos ler juntas.

– Ah, não, Maya – diz ela, me abraçando pela cintura. – Vamos colocar fogo nele juntas.

Rimos mais uma vez, uma risada levemente histérica. Até que ouço:

– Ma-da?

E algo quente aperta minha mão. Kaede, apontando para uma onda que fez a grosseria de arrastar seu balde para longe.

Solto um arquejo de um jeito teatral.

– O que aconteceu? Temos que resgatar seu balde, não é?

Ela assente com urgência e partimos juntas para realizar a tarefa.

A última coisa que vejo antes de me virar é Conor levando Avery escada acima em direção à casa.

Capítulo 19

Três anos, dois meses, duas semanas e seis dias antes
Edimburgo, Escócia

É claro que Conor está hospedado no Hotel Balmoral.

Eu implicaria com ele por isso, mas há dois motivos pelos quais isso não vai acontecer.

O primeiro é que não quero que ele me derrube no chão. Pelo jeito, as enzimas que metabolizam álcool e às quais eu vinha me dedicando estão de férias. Não estou bêbada, mas estou *tonta*, e cometi o erro de tropeçar em um paralelepípedo enquanto explicava animadamente a Conor que, em um apocalipse, eu me deitaria nas ruas e deixaria que os zumbis me levassem – eu *poderia* tentar sobreviver por mais tempo, mas por que iria querer isso?

Aí ele concluiu que eu tinha que ser carregada.

E eu decidi não protestar muito.

O *segundo* motivo, e o mais importante, é que estou ocupada demais tentando arrancar uma história dele.

– Como assim seu pai *contratou* a mulher?

O modo como ele revira os olhos preenche o elevador rodeado de espelhos.

– Como eu disse, melhor esquecer que eu falei...

– Nada disso.

Fui eu quem começou. Compartilhei, com raiva, cada coisinha irritante que Alfie fez durante os dezoito meses do nosso relacionamento, da manhã em que ele estragou meu batom desenhando um coração no espelho do banheiro ao dia em que comprou ingressos para o show da banda de que *ele* gostava para o *meu* aniversário.

(Depois de tudo, tenho que me perguntar: será que o coração era para Georgia?)

– Eu já falei – diz ele. – Não tenho nada a acrescentar.

Chegamos ao seu andar e ele obviamente tem planos de sair do elevador. Então me inclino para a frente e aperto o botão de *fechar portas*.

– O que está fazendo, Encrenca?

– Me conta mais sobre o que aconteceu depois que ela deu em cima de você. – Mando o elevador de volta para o primeiro andar, mas parando no quarto, no terceiro e no segundo. – Como você percebeu que seu pai é que tinha mandado a mulher?

Ele solta um suspiro resignado. Ouço e *sinto*, nos muitos lugares em que meu corpo está tocando o dele. Sim, já estamos dentro do hotel. Sim, é improvável que eu tropece de novo. Sim, ele continua me carregando.

– Ela era a mulher mais linda que eu já tinha visto, falava três idiomas e tinha mestrado. Era areia demais pro meu caminhãozinho.

– Aah, Conor... Tenho certeza que você era o espinhento de 18 anos mais lindo do mundo. E aí você perguntou se ela tinha sido contratada e ela...?

– Admitiu na hora que tinha sido contratada pra... e essas foram as palavras que ela usou... tirar a minha virgindade, porque estava na hora.

– E você respondeu...?

– Que fazia tempo que eu não era mais virgem e que seus serviços não eram necessários, mas que ela deveria arrancar o máximo possível de dinheiro do meu pai. Ela ficou no meu quarto me mostrando fotos dos seus gatos e da viagem que tinha feito a Maiorca, nós conversamos por uns vinte minutos e ela foi embora.

– Você ficou com raiva do seu pai?

– Sim, mas não por isso. Pra falar a verdade, fiquei orgulhoso.

– Dele?

– De mim mesmo, por ter conseguido esconder minha vida sexual de um cara que vivia colocando detetives particulares atrás dos filhos.

– Ele fazia *isso*? Não podia só... perguntar?

Ele sorri como se eu vivesse em um mundo de fantasia onde tubarões e peixes-palhaço brincam juntos no oceano e nenhum sangue é derramado. Então se vira e aperta o botão do quinto andar.

– Espera, espera, espera. – O elevador começa a subir. – Seus irmãos... ele fez isso só com *você*...?

– Duvido muito.

Estremeço.

– Meu Deus, pessoas ricas são *estranhas*.

– E temos dinheiro pra fazer terapia, então não temos desculpa.

O quarto onde ele está hospedado é maior que meu apartamento, e não tem nada da decoração de estilo Mid Century comum em hotéis americanos. É uma aula de elegância europeia, e um desperdício, no meu caso, mas assim que Conor me coloca no chão começo a explorar como se fosse paga para isso.

– Posso roubar os produtos de higiene? – pergunto, observando o banheiro imaculado.

– Você precisa que eu compre um xampu pra você?

– Não, só quero experimentar a sensação de cometer um crime.

– Pode pegar, mas sinto informar que não é roubo.

– Então deixa pra lá. Ah, meu Deus, você *viu* esse chuveiro?

– Vi. O que tem de tão especial?

– É *gigante*. É um chuveiro pra transar!

Eu *estou mesmo* mais bêbada do que eu pensava.

Ele claramente está tentando não rir.

– Todo chuveiro é pra transar, se você quiser de verdade.

– Quer saber? Tem razão. – Esbarro nele ao sair do banheiro, levemente tonta. – Posso deitar na sua cama? – pergunto, me jogando no colchão antes mesmo que Conor responda.

Não conversamos sobre eu dormir ali. Eu não perguntei, ele não ofereceu. Mas sei que não vou voltar para o meu apartamento porque não quero estar no mesmo ambiente que Georgia e Alfie. Porque estou exausta.

E por *outros* motivos.

Há pequenas engrenagens na minha cabeça e elas estão girando, e espero que Conor não esteja ouvindo. Não ainda.

– Tem mais um quarto do outro lado da sala – diz ele, mas eu o ignoro.

Eu me viro para ficar de barriga para cima, os membros estendidos como uma estrela, sorrindo para o teto, afundando na nuvem macia que é o edredom.

– Ei, posso te pedir uma coisa?

Depois de alguns segundos, Conor aparece me olhando de cima, e é *ridículo*. Quanto mais eu olho para ele, mais eu...

– Pode, Maya.

– Quando voltar pra Austin, não conta pro Eli e pra Minami que você veio aqui.

Ele pensa por um instante.

– Eu não escondo nada deles.

– Nunca?

– Nunca.

Eu me apoio nos cotovelos.

– Por quê?

– Se somos amigos hoje, é também porque uma pessoa escondeu coisas de nós. E juramos nunca fazer isso.

– Certo. Entendo. Mas. Contra-argumento.

Ele contrai os lábios, como se soubesse que estou prestes a fazê-lo rir. Como se tivesse me decifrado nas últimas... Faz só vinte e quatro horas?

– Diga.

Abro a boca para mostrar a ele meu lado argumentativo, e é quando me dou conta de que as doses de tequila talvez tenham sido um erro.

Enquanto vomito no banheiro imaculado de Conor, ele segura meu cabelo e acaricia minhas costas com sua mão enorme.

Acordo várias horas depois, sozinha na cama de Conor.

Minha última lembrança é de alguém me cobrindo com um edredom, encostando dedos frios na minha testa e dizendo "shh" enquanto eu insistia que *Tá tudo bem, estou bem, muito bem, não estou bêbada, só doente, uma virose.*

São duas e meia da manhã e meu cérebro parece tranquilo; a confusão do álcool não passa de uma dorzinha persistente nas minhas têmporas. Quando entro na sala, encontro Conor ao telefone, vestindo uma calça de moletom e uma camiseta branca, a voz grave – falando sobre impostos e passivos. Eu o observo, cansada, feliz, tentando não estragar o momento. Uma lembrança vaga que deve ter pelo menos uns cinco anos ressurge: Minami em nossa cozinha, suspirando. Eli esfregando os olhos e perguntando:

– *Será que levamos isso ao Hark?*

Ele deve ser o cara da emergência. O que cuida das coisas importantes. No entanto, dá para ver que sua cabeça é um emaranhado de pensamentos flutuantes – a maioria relacionada ao trabalho, mas certamente não todos. Só que ele mantém tudo isso guardado a sete chaves. Foi por isso que Minami não quis se casar com ele?

– … se é pra revisar os acordos com clientes e fornecedores… – Então percebe minha presença e diz na mesma hora: – Desculpe, tenho que ir. Sim. Sim, claro.

Ele desliga. Seus lábios se curvam num sorriso bem-humorado.

Neste momento, decido não me dar ao trabalho de ficar envergonhada pelo que aconteceu.

– Posso pegar sua escova de dentes emprestada? – pergunto.

– Claro – responde ele, com aquele tom levemente sarcástico pelo qual acho que estou me apaixonando.

– Valeu.

A caminho do banheiro, paro no closet. Ignoro os cinco ternos idênticos pendurados e roubo uma camiseta surrada de Yale. Então, abrindo a torneira, vejo meu rosto corado no espelho e de repente me sinto determinada. Tiro a calça jeans e pego um elástico no bolso, mas mudo de ideia a respeito do que fazer com meu cabelo. Alguns minutos depois, Conor me encontra sentada em sua cama, com o pijama furtado. Se fica surpreso, não demonstra.

– Sóbria?

Faço que sim com a cabeça.

– Precisa de alguma coisa?

Faço que não.

– Deveria beber isso aqui mesmo assim – diz ele, estendendo um copo de água.

Percebo que ele tem razão. Estou com sede e quero que ele se aproxime.

– Desculpa ter roubado sua cama – digo, depois de beber um gole.

– Tudo bem. Eu durmo na outra.

– Não precisa.

Dou um tapinha no colchão e chego um pouco para o lado, abrindo espaço para ele. É uma tacada ousada demais, e rápida demais. Percebo pelo modo como seu corpo parece ficar tenso.

– Maya.

– Oi?

– Preciso ter certeza que você sabe que isso aí não vai acontecer.

É uma censura. Uma repreensão.

Pelo jeito, eu gosto.

– O que é que... não vai acontecer? – pergunto, olhando atônita para ele, e certamente sei a resposta.

Arregalo os olhos só um pouquinho, inclino a cabeça em um ângulo que demonstra ignorância absoluta... Não, eu não faço ideia do que ele está falando.

Sou convincente. Conor parece tenso, mas depois de um instante sorri, balançando a cabeça, como se tivesse confundido uma sombra com um fantasma e estivesse envergonhado por isso.

– Você foi interrompida. Qual é o contra-argumento?

Ele se senta ao meu lado, seu peso fazendo o colchão afundar. Seu olhar é caloroso. Não é sempre assim, não é o padrão, mas é como me olha esta noite.

Seu olhar foi derretendo ao longo do dia.

– Ah, é. Meu contra-argumento. Você não deveria contar ao Eli porque... é *meu* amigo também, não é?

– Sou?

– Me diz você.

– Bom, até umas trinta horas atrás eu achava que você estava no ensino fundamental.

– Não achava, não. A gente só tinha esquecido a existência um do outro. Risada silenciosa.

– Mas agora você também tem alguma ligação comigo. E... Não vou te pedir pra esconder coisas que possam prejudicar o meu irmão, mas prefiro que ele fique sabendo por mim sobre essa bagunça estranha na minha vida. Preciso de mais um tempinho antes que Eli e eu...

Conor entende. Porque assente e, quando me viro para abraçá-lo, ele deixa. E retribui. Seus braços envolvem minha cintura com a mesma vontade que os meus envolvem seu pescoço. Memorizo a sensação de sua pele. O sangue pulsando sob a superfície. A textura, tão diferente da minha, embora feita do mesmo material. Não tivemos um contato físico assim o dia inteiro. Ele cheira a ar fresco e algum sabonete, à pele quente que tenho vontade de lamber. Deve ser por isso que faço uma coisa...

É. Bem burra.

Eu ia fazer isso devagar. Ia... alguém usou a palavra *seduzir* nos últimos dez anos? Era o que eu ia fazer. Mas não consigo me segurar. Não me lembro de já ter ficado tão excitada, nem de querer algo com tanta certeza, então me afasto, mudo um pouco o ângulo e tento encostar meus lábios nos de Conor – que não me afasta.

O que ele faz é segurar meu queixo, parando meus lábios a poucos centímetros dos dele.

Conor está bem ali. Respiração regular. Pupilas dilatadas. No entanto...

– Não – diz ele com firmeza.

Uma fração de segundo depois, sinto um ar gelado nas pernas, e ele sai do quarto.

Bom...

Merda.

– Espera, Conor...

Corro para tentar alcançá-lo, mas paro assim que ele se vira de frente para mim. Ele parece tão *furioso* que eu deveria ficar com medo e me afastar, mas o que acontece é que *eu* também fico furiosa.

É, tenho dificuldade de lidar com a raiva.

– Maya. Isso é... – Ele balança a cabeça. – Não podemos.

– Por quê?

– Por que *não*.

– Você gosta de mim – digo, quase uma acusação. – Você me *quer*.

– Quero? E o que mais eu quero, Maya?

– A paz mundial? Pra falar a verdade, não estou nem aí. Mas sei que você se sente atraído por mim.

– Essa atração está aqui neste quarto com a gente? – pergunta ele, irônico.

– Está – respondo, olhando pra sua boca de propósito.

Ele desvia o olhar, passando os dedos pelo cabelo.

– Pelo amor de Deus.

– Você me quer, Conor – repito.

É uma afirmação. Um axioma. Podemos discutir o que fazer a respeito, podemos discordar de cada letra de cada palavra que dissermos um ao outro, mas me recuso a negociar essa verdade simples.

Ele solta uma risada amarga. Dá vários passos raivosos na minha direção, apontando o dedo para mim.

– É claro que eu te quero. Você é ridiculamente linda e inteligente demais, e eu me *recuso* a agir desse jeito, Maya.

– Por quê?

– Porque você tem 20 anos. E eu não. Fim de papo.

Recuo. Por algum motivo, não esperava por isso. Imaginei que ele fosse falar de Eli, mas a minha idade... Por que ele se importa com isso?

– Você não pode estar falando sério.

– Vamos ver, então. *Meu Deus.*

Ele se afasta mais uma vez, passando a mão pelo rosto.

– O que a minha idade tem a ver com isso? Você sabe que é só um... um conceito...

Ele baixa as mãos.

– Se eu corto uma árvore, consigo contar os anéis no tronco. A idade é uma realidade biológica.

– O que o desmatamento tem a ver com a gente? Por favor, me explica, porque eu...

– Fala sério, Maya.

– Acabamos de passar um dia incrível juntos, sendo só duas *pessoas* se divertindo, então...

– Maya – diz ele, sério. – Você está sendo desonesta.

– Não estou. Por favor, me explica.

Conor parece brigar consigo mesmo por um instante. Então assente.

– Tudo bem. Tem muita coisa envolvida, a começar pelo óbvio, que é o fato de eu ser quinze anos mais velho que você.

Dou de ombros.

– Como você disse, Alfie também era mais velho que eu. Ele tem quase 22...

– Nem se compara.

– E se ele tivesse 23? Ou 24? Ou 25? Vinte e seis.

– Maya...

– Não, sério, me diz qual é o limite. Já que você tem tanta certeza que ficar com uma pessoa mais velha é errado, deve haver um limite científico estabelecido. Qual é a fórmula, Conor?

– Você está se fazendo de desentendida. Uma diferença de idade assim sempre vem com um desequilíbrio de poder.

Solto uma risada.

– *Você* – digo, apontando para ele – poderia ter um milhão de anos e ainda assim não estaria em posição de poder em relação a mim. Idade nem sempre significa poder. Pode acontecer, claro, mas eu não tenho nada a ganhar por ficar com você além do fato de estar com você. E, caso eu não tenha deixado claro, estou falando de sexo.

Ele fecha os olhos, como se precisasse se recompor. Por uma fração de segundo, acho que ganhei a discussão.

No fim das contas, sou uma boba.

– Eu *estou* em posição de poder, Maya. Tenho muito mais dinheiro que você.

– Meu irmão é podre de rico e tenho acesso ilimitado ao dinheiro dele – digo, cruzando os braços. Avanço um passo. – Vamos. Me dá mais um motivo.

– São vários os fatores. Você me conhecia quando mais nova e vice-versa.

– Verdade. E já que nos conhecemos tão bem... Eu pintei o cabelo quando tinha 14 anos. De que cor?

Eu teria rido da cara de perdido que ele faz se eu não estivesse ocupada argumentando.

– Onde eu estudava? Qual era meu livro favorito? Qual era o nome da minha melhor amiga? Vamos, Conor. Diz alguma coisa de quando eu era adolescente ou vou achar que você mal olhava pra mim. Veja só, era exatamente o que acontecia. – Chego mais perto. – Isso aqui não é uma paixonite que eu nunca superei e da qual você está se aproveitando. Não tem nenhuma admiração antiga. Eu só conheci uma pessoa de quem gostei e quero...

– Porque está magoada e querendo superar o fim do seu primeiro relacionamento sério. Eu vim te ajudar quando você precisou, e agora você está se sentindo grata e...

– E o quê? E daí se eu quiser transar com você por gratidão? E daí se eu quiser transar com você porque seus olhos são bonitos, porque gostei da sua cama, porque você é rico?

– Maya.

Solto o ar, indignada.

– Se não está interessado em ficar comigo, pelo motivo que for, eu paro por aqui, sem mais perguntas. O "não" já me basta. Mas não é isso que você está dizendo. Está supondo que, por eu ser mais nova e mais pobre e ter levado um pé na bunda, automaticamente sou incapaz de agir racionalmente, e... isso é me infantilizar. Se posso morar sozinha em outro país, se posso votar, então posso decidir com quem eu quero transar.

Meus lábios começam a tremer. Não gosto disso porque enfraquece meu argumento, então me recomponho e acrescento, mais calma:

– Entendo que você esteja preocupado com a possibilidade de se aproveitar de mim, e dou valor a isso. Mas gostaria que parasse de me tratar como uma irmã mais nova e me tratasse como uma adulta.

Estou orgulhosa dessa última fala – determinada, madura, firme. Mais ainda quando noto que Conor fica sem argumento.

– Não é isso que seu pai acha, Conor? – pergunto baixinho. – Essa não é a jogada decisiva? Que todo relacionamento deve ser definido em termos de poder? Que alguém sempre tem que dominar e tirar vantagem?

Ele está desesperado, a mandíbula retesada, todos os músculos tensos. Tão sem resposta que volta ao axioma.

– Talvez eu apenas não queira ficar com você – diz, os dentes cerrados.

Abro um sorriso. Coitado.

– É? Talvez. Mas você já admitiu que quer.
– Talvez eu tenha mentido.
Seguro um sorriso ainda maior.
– Entendo. Você não queria ferir meus sentimentos. Aposto que nem me acha bonita. Nem inteligente.
Seu olho treme, como se ele estivesse se segurando para não negar. É fofo. E me deixa ainda mais interessada.
Dou um passo em sua direção, atraída por seu calor, ultrapassando o último limite. Ergo o queixo. A barra da minha camiseta roça na calça dele. A verdade é que estou desesperadamente atraída, e não apenas porque ele é um gato. Sim, eu adoraria transar com ele. Esse desejo específico despertou dentro de mim em algum momento do dia e foi ficando cada vez mais difícil de ignorar, pesando no fundo do meu estômago. Neste momento, no entanto, o que eu quero é que ele me abrace, e abraçá-lo de volta.
Envolver sua cintura em meus braços é tão gostoso...
– Olha – digo, encostando a testa logo abaixo de sua clavícula. – Não é gostoso?
Ele solta um grunhido, mas é um sim. Sinto sua ereção na minha barriga, dura, imensa.
– Se você me quer, deveria ir em frente – digo apenas.
Ele deve concordar, porque me vira. De repente, estou contra a parede e, uma fração de segundo depois, a coxa musculosa de Conor se encaixa entre as minhas. Uma pressão inesperada bem ali, entre minhas pernas.
Arquejo.
– É isso que você quer? – murmura ele.
Sim. É. Ainda não é tudo, mas já é o bastante para eu perder a noção de onde estou.
Tento alcançar sua boca, mas ele é alto demais e não está ajudando. Não importa. Suas mãos estão exatamente onde deveriam estar, em meu quadril e na minha lombar, me deixando na posição perfeita para que sua coxa encoste...
– Ah, meu Deus... – gemo.
Ele solta um ruído baixinho, mas não para. Ergo a mão, arrastando as unhas por seu couro cabeludo, pelos cabelos curtos em sua nuca, e meu quadril se inclina em busca de mais fricção. Minha calcinha está enchar-

cada. Eu me pergunto se Conor consegue sentir através do tecido grosso da calça de moletom.

– Tudo bem – diz ele, me acalmando, e pelo jeito eu precisava disso.

Não tem nada de romântico, nada de sofisticado ou de delicado no modo como ele pressiona o corpo no meu, mas parece a experiência mais íntima que já tive na vida.

Tão íntima que não posso passar por ela sozinha. Inclino a cabeça para trás, desesperada para olhar em seus olhos. Ele está acima do meu ombro, a testa contra a parede, a respiração entrecortada e rápida. Nossos olhares se encontram e sinto meu corpo inteiro corar.

– Conor – chamo, e quero dizer mais.

A parte de baixo do pau dele pressiona meu quadril, e quero tocá-lo. Mas de repente o prazer explode dentro de mim e eu gozo, entorpecida pelos tremores do meu próprio corpo, os estremecimentos nada elegantes que tomam conta de mim. Ter um orgasmo na frente de alguém é sempre uma experiência vulnerável e reveladora. Conor me vê perder o controle, suas pupilas dilatando ainda mais, e isso deixa a coisa toda ainda mais erótica.

– Porra – sussurra ele acima de mim, os lábios quentes contra a minha têmpora. Por um instante, seu abraço vira uma jaula apertada, quase machuca. – *Porra*.

Respiro fundo em meio ao calor. Vou me recuperando conforme a sensação passa. Tudo bem. Então, talvez eu apenas achasse que sabia o que era um bom orgasmo e só agora esteja descobrindo que estava enganada. Tudo bem. Posso trabalhar nisso. *Nós* podemos trabalhar nisso.

No minuto seguinte, Conor me deita em sua cama. Tenho medo de que me deixe ali sozinha, mas ele se deita ao meu lado. Me abraça. Seus olhos estão cheios de alguma coisa que parece preocupação. Espero que meu rosto corado e meu sorriso mostrem que estou... muito bem, na verdade.

– Oi – digo, me aconchegando a ele.

Sinto seu coração batendo sob a minha mão, pulsando contra minha pele. Ele me quer. Isso não fica evidente só pelo volume em sua calça; o desejo exala dele em ondas.

Ele segura meu rosto entre suas mãos, o polegar acariciando meu lábio inferior.

– Você é um perigo – resmunga ele, o que me faz sorrir.

– É. Sou mesmo.

Quero mais. Quero muito mais. Meus dedos vão descendo pelos músculos quentes do peito dele, encontram o cós da calça. Só preciso deslizar a mão ali para dentro e...

– Não.

Ele segura meu pulso. Não afasta a minha mão, mas também não me deixa avançar.

– Por quê? – pergunto, o cenho franzido. – Por que não posso tocar você?

– Porque estou dizendo que não. – Mas ele deve perceber que não estou nem um pouco convencida, então acrescenta: – Porque sou um velho e, se eu gozar agora, vou ficar fora de serviço pelos próximos cinco dias úteis.

Dou risada.

– E daí?

– E... me dá um minuto. Descansa um pouco, tá?

– Tá – Enterro o rosto em seu peito e passo uma perna sobre a dele. – Mas depois...?

– Depois – responde ele em um tom indecifrável.

Não olho em seus olhos para buscar pistas para interpretá-lo e... Bom, esse é o meu erro.

Em menos de um minuto, pego no sono. Quando acordo, o sol está alto no céu e Conor Harkness desapareceu.

Capítulo 20

Atualmente
Taormina, Itália

O objetivo de vida de Eli parece ser manter Rue feliz, descansada e bem alimentada, então não fico surpresa quando a atividade que ele escolhe para a noite é uma aula para aprender a fazer massas. A aula acontece em um restaurante tradicional no centro da cidade, porque:

— *Não há dinheiro no mundo que convença Lucrezia a deixar que alguém entre em sua cozinha, e eu respeito isso* — disse Tamryn.

Foi um dia longo, não só pelo quase afogamento. O calor nos cansou. O sal, a areia e o suor nos exauriram. O convite para a aula é estendido a todos, mas Minami e Sul decidem ficar em casa com Kaede, que está embriagada da praia, Tamryn cita ligações de trabalho, Paul tem uma reunião importantíssima e Axel... Quem sabe onde Axel está?

— Deve ter se perdido a caminho do banheiro — diz Tisha.

— Eu pensei que todos os quartos fossem suíte.

— Sim, justamente.

A aula é aberta para pessoas de fora do nosso grupo. O trabalho é feito em duplas, como se fazer parte de um casal fosse o estado natural do ser humano, como se o mundo e suas atividades fossem feitos para dois. O constrangimento em todas as situações sociais é o pedágio que todos os solteiros sem amor devem pagar por não se dobrarem às exigências.

– Pessoas em relacionamentos felizes adoram esfregar isso na nossa cara – resmunga Nyota.

Ela e eu formamos um par, naturalmente. Tão naturalmente quanto: Diego e Tisha, Rue e Eli. Avery e Conor também. É tão natural que eles não precisam nem discutir o assunto. Conor se senta e Avery ocupa o lugar ao seu lado. Ela foi liberada pelo Dr. Cacciari – que, dada a frequência de chamados nossos, talvez considere montar uma tenda no pomar.

Espero que Eli esteja pagando bem.

Fazer macarrão, ao que parece, não é difícil. Ainda assim, Nyota e eu somos péssimas nisso. A ponto de o instrutor nos usar como exemplo para a turma. Não uma, nem duas, nem três vezes.

– Dá pra acreditar nesse babaca? – sussurra Nyota, furiosa. – Cadê a Mayageddon de que tanto ouço falar? Você não deveria estar ficando verde? Virando a mesa?

– Infelizmente, ela só aparece em situações de competição explícita – respondo, bebendo um gole do meu segundo negroni, tentando ficar alegrinha. – Eu preciso de um gatilho... pontos marcados, uma corrida. Esse tipo de coisa.

– Tudo bem, senhor – diz Nyota ao instrutor na quarta vez que ele se aproxima, provavelmente para mostrar aos demais alunos como *não* fazer um ninho de tagliatelle. – Entendo que você nos enxerga como alvos fáceis, mas sabe esta garota aqui? Ela rompe elétrons e lança na atmosfera.

Posso não entender nada do que Nyota faz no trabalho, mas o inverso obviamente também se aplica.

– Já *eu* consigo citar os cinquenta principais ativos do mundo por capitalização de mercado, incluindo ETFs, cripto e metais preciosos. Então *pare* de nos tratar como se fôssemos duas idiotinhas e nos respeite.

– Não entendi – responde ele. Seu inglês dá para o gasto, mas seu vocabulário parece se resumir à área dos carboidratos. – O que você disse?

Ela se inclina na direção dele.

– *Se. Afaste. Do. Meu. Tagliatelle.*

Ele recua. O olhar de Nyota é claramente uma linguagem universal.

A pior parte vem depois: à mesa, no pátio do restaurante. Enquanto um pianista cantarola uma balada italiana e comemos os frutos de nosso trabalho.

– Eu achava que não tinha como fazer um macarrão ruim – digo a Nyota, engolindo a massa com meu terceiro negroni.

Ela faz uma careta dentro da taça de vinho.

– Mas pelo visto...

No entanto, ao voltar do banheiro, percebo que o sabor e a consistência melhoraram muito. Até a aparência está melhor.

– Hark trocou seu prato pelo dele quando achou que eu não estava prestando atenção – sussurra Nyota, aquele olhar de *eu te disse* ainda mais evidente. – Com certeza é o gesto de alguém que *não* tem interesse em você. Por favor, me diga mais uma vez que o jeito como ele olha pra você é coisa da minha cabeça...

Metade por instinto, metade por causa do álcool, eu me levanto, procurando por ele. Conor não está no bar nem dentro do restaurante. Caminho pelo pátio suavemente iluminado dos fundos, desfrutando da sensação relaxante que é estar ao ar livre ao anoitecer enquanto as primeiras estrelas começam a surgir. E me pergunto se foi Nyota quem trocou meu prato pelo de Conor, porque quer muito que eu tenha uma chance com ele. Então ouço o barulho de algo metálico caindo no chão.

Um brinco de argola prateado brilha no piso de paralelepípedos. Eu me agacho para pegar.

– Acho que é meu – diz um homem com cabelo castanho-claro.

Olho para a orelha dele e não vejo nenhum furo.

– Será?

– Bom, da minha namorada – responde ele, apontando para uma garota de vestidinho rosa que está falando ao celular junto do portão.

Ela estava na aula de macarrão. Fez uma pergunta, e... ela é americana? Acho que sim. Do Meio-Oeste, talvez.

– Aqui está – digo, colocando o brinco na mão dele.

– Obrigado. Por isso e pelas muitas oportunidades educativas que você e sua parceira nos proporcionaram durante a aula.

– Ei. Fazer macarrão envolve uma curva de aprendizagem.

Ele sorri.

– Uma curva bem íngreme, pelo jeito.

Observo-o com olhos semicerrados. Deve ter mais ou menos a minha idade. Físico de atleta. Tem sotaque, definitivamente não é italiano. Alemão, talvez?

– Como ficou o *seu*?

– Excelente. Mas só por causa dos seus exemplos do que não fazer.

Eu me recuso a rir.

– Então vou deixar você comer em paz. Espero que se engasgue com seu *excelente* tagliatelle.

Ele começa a rir. Estou prestes a voltar para minha mesa, mas congelo como uma estátua ao perceber um par de olhos escuros fixos em mim.

Conor está no bar, sentado em uma banqueta, os pés afastados e os braços cruzados. A pose típica de *Por quanto tempo você vai continuar com essa palhaçada?*. As sobrancelhas franzidas, a imagem da irritação.

Como se achasse que estou fazendo algo errado. Como se tivesse o *direito* de achar isso.

E meu temperamento funciona assim: vai de zero a um milhão em pouquíssimo tempo. A irritação borbulha com tanta força que me viro de volta para o alemão.

– Isso vai parecer bem estranho, mas...

Ele se mostra paciente.

– Será que você pode dar em cima de mim?

As palavras *minha* e *namorada* deixam seus lábios em menos de um milissegundo. E, tenho que admitir, isso me faz gostar dele.

– Ah, eu *não* estou dando em cima de você – respondo depressa. – Mas tem um homem no bar... não deixa ele perceber que você está olhando... Alto. Cabelo escuro, um pouco grisalho. Barba por fazer. Bonito.

– O cara que está me olhando com raiva?

– Isso.

– Ele não faz exatamente meu tipo.

– Sobra mais pra mim, então.

– Ele é seu namorado?

– Não.

– Irmão?

— Não.

Ele contrai os lábios.

— Ele não é seu pai, né?

— Eca. Por que todo mundo acha que somos parentes?

— Por eliminação.

— Tá, bem... Pode fingir que está dando em cima de mim? Só enquanto ele estiver olhando?

Ele dá um meio sorriso.

— Se eu fizer isso, ele vai vir aqui fazer uma cena? Eu já vi como os italianos se comportam no transporte público. Acho que eu não sobreviveria ao sistema penitenciário deles.

— Ele não vai fazer isso.

— Você parece bem segura.

— Primeiro, ele teria que admitir pra si mesmo que se incomoda de me ver falando com outra pessoa, e não consigo nem imaginar Conor fazendo isso. Eu nem sei se ele se incomoda mesmo.

O cara revira os olhos por um instante.

— Ele se incomoda, sim.

— É complicado.

Eu me escoro na parede de estuque à direita. Ele faz o mesmo e me olha com curiosidade.

— Ele é o melhor amigo do meu irmão. E é... mais velho.

— Quantos anos?

— Quinze.

— Não é tão ruim assim.

— Diz o cara que achou que ele fosse meu pai.

Ele balança a cabeça, rindo.

— É esse seu tipo? Caras mais velhos?

— Só esse.

— Você não parece feliz com isso.

— Ele tem sido um problema crônico na minha vida. – Suspiro. – Acho que pode ser terminal.

— É por isso que está fazendo esse joguinho? Tentando deixar o cara com ciúme?

— Não é... – começo a responder, mas paro. Não conheço esse cara. Não

174

estou nem aí para a opinião dele. E é revigorante assumir meus impulsos mais imaturos sem medo de ser julgada. – Eu *queria* poder deixá-lo com ciúme.

– Mas?

– A explicação mais simples é que ele é todo protetor e acha arriscado conversar com um cara que acabei de conhecer.

Fecho os olhos e, de repente, me sinto exausta, sobrecarregada pela burrice da cena que estou armando. Eu deveria tentar com mais afinco me apaixonar por outra pessoa.

– Eu é que estou sofrendo, não ele.

O alemão assente devagar, como se estivesse analisando a situação de todos os ângulos. Aposto que ele é um ótimo aluno. Suas anotações devem ser orgásticas.

– Como alguém que tem muita experiência em sofrer, fico feliz em ser um peão no seu jogo.

– Você teve que correr atrás dela, é? – pergunto, olhando para a garota, que continua no telefone.

Tenho a impressão de que se ela pedisse a ele que tatuasse *pau-mandado* na testa, a única pergunta dele seria: Em qual fonte?

E ela o convenceria a usar a Papyrus.

– Valeu a pena – responde ele apenas.

– Ela não vai ficar brava por você me ajudar? – Tamborilo o dedo no queixo, pensativa. – Talvez eu consiga fazer Conor acreditar que vamos fazer um ménage.

Ele abre um sorrisinho que não sei como interpretar.

– Ah, ela vai amar essa história. Me dá seu celular.

– Quê?

– Pega seu celular e me entrega.

– Por quê? Ah, sim. Genial. – Tiro o celular do bolso lentamente e o ofereço a ele, que digita alguma coisa com um sorrisinho. – Pode colocar um número falso, não vou usar.

– Na verdade, estou colocando o da minha namorada.

– Por quê?

– Porque quando ela terminar de falar com a mãe, vou contar sobre você, e sei que ela vai querer saber que fim teve essa história.

Aceito o celular de volta.

– Duvido que vá dar em alguma coisa.

– Vamos ver.

Ele está apenas torcendo por mim, mas abre um sorrisinho que parece interessado, e fico grata por isso.

– Obrigada mais uma vez.

Eu me despeço com um aceno e me afasto. Quando abro meus contatos, encontro um nome novo: *Scarlett*.

Capítulo 21

Passo pelo bar ao voltar para a mesa. Conor está virando um copo cujo conteúdo transparente *parece* água, mas provavelmente seria capaz de desinfetar um sistema de esgoto inteiro. Com a cabeça inclinada para trás, imagino que ele não vá me ver passando.

Quando seus braços se estendem para bloquear meu caminho, eu arquejo, surpresa.

– O que...

Seu antebraço pressiona meu abdômen na horizontal. Uma mão se encaixa na curva da minha cintura com firmeza, sem machucar, mas apertado demais para que eu me desvencilhe. Tento seguir andando, mas estou presa.

– O que você está fazendo, Maya? – pergunta ele.

Estamos virados cada um para um lado. Como ele está apoiado na banqueta, seus lábios ficam na altura do meu ouvido.

– Estou *tentando* voltar pra mesa.

– Você sabe do que estou falando.

Hesito. Meu coração acelera.

– Sei?

– Acabei de ver você pegando o número daquele tarado de 20 e poucos anos que acha que desodorante Axe é o auge da elegância e usa meias sujas em vez de camisinhas.

Mordo o interior da bochecha para não rir da sua descrição. Coitado do alemão.

– E daí?

– E daí.

Pisco devagar, na esperança de parecer confusa. Pelo jeito, o negroni faz maravilhas pela minha capacidade de atuação.

– Não sei o que você está...

– Esta semana não, Maya.

– Por quê? Acha que Eli não ia gostar? – pergunto me virando em seus braços, só o suficiente para encará-lo. Conor reposiciona a mão, mas não me solta. – Acho que podemos perguntar a ele. Ver se ele se importaria se eu ficasse com um cara legal que acabei de conhecer. Mas eu sei que a reposta é não.

– Maya.

– E você, Conor? *Você* se importaria?

As narinas dele se dilatam. Espero que desvie o olhar e deixo meus lábios formarem um sorrisinho discreto quando isso não acontece.

– Pra falar a verdade, pensei que você fosse ficar feliz – falo baixinho.

– Pela sua imprudência?

– Por eu estar focando em alguém de uma idade apropriada.

Ele fecha os olhos. Quando volta a abri-los, sua voz não é mais que um sussurro rouco.

– Quero que você apague o número dele do seu celular.

Fico boquiaberta.

– É? Nossa, claro, vou apagar agora mesmo.

– Estou falando sério.

– É mesmo? Porque quando um homem adulto que passou os últimos dez meses se recusando a ter uma conversa que fosse comigo acha que pode me dizer o que fazer com meu tempo, meu corpo ou meu celular...

Ele me segura com mais força e meu coração tem um sobressalto. Uma descarga de euforia percorre meu corpo e, dessa vez, não me dou ao trabalho de segurar a risada.

– Conor, você *só pode* estar brincando.

– Sair com alguém que você não conhece é perigoso. A não ser que tenha tirado uma foto da identidade dele, você não tem como saber...

– Ah, tá. Sim, muito natural. Eu sempre verifico os antecedentes dos caras antes de ficar com eles.

O olhar dele quase abre um buraco em mim, como se Conor estivesse tentando extrair fisicamente as informações a respeito do que pretendo fazer com o número do cara.

– É o seguinte – continuo, na esperança de parecer mais conciliatória do que estou me sentindo. – Eu estou aqui. E você está aqui. Mas não é a mesma coisa, né? Você está todo felizinho, curtindo com sua ex. Você pode se divertir, mas eu...

– Que besteira. Minami é casada e nosso relacionamento não passa de amizade há...

– Não *essa* ex, Conor.

Ele parece perplexo por um instante. Fico olhando enquanto Conor leva... tempo demais para lembrar que também namorou Avery.

– Merda.

– É sério que você esqueceu?

Ele parece razoavelmente envergonhado.

– Olha só, Maya...

– Uau. É verdade.

Inclino a cabeça para observá-lo. Todo o ciúme que tem me consumido nos últimos dias se dissipa de uma vez só. Tudo bem, Avery já ficou com ele, mas... Conor não chegou a se envolver de fato.

– Você não está mesmo interessado nela.

– Como eu te disse – responde ele, o tom duro. – Ela é minha amiga e colega de trabalho.

– Ela ainda acha que vocês vão voltar. Me disse isso ontem, no teatro...

– Ela também me disse, e eu deixei bem claro que isso não vai acontecer, e que não penso nela desse jei...

– E em mim? – Será que sou sempre ousada assim? É o álcool, só pode ser. – Você pensa em mim? Eu faço parte da sua memória de longo prazo?

A única resposta são seus dedos se cravando na minha pele. Quando me aproximo, meu queixo roça o tecido da camisa em seu ombro. É mais macio do que parece. Tem cheiro de sabão, de sal e de Conor. Tem o cheiro do seu travesseiro em Edimburgo, anos atrás.

– Olha, Conor – digo, meus lábios quase tocando o cabelo atrás de sua orelha. – Eu e você somos amigos. Por isso, estou disposta a ouvir sua opinião a respeito de algumas das escolhas que faço, no que diz respeito à minha... segurança, digamos.

Ele não se mexe. Nem respira. Decido aumentar a aposta.

– O cara que acabei de conhecer... Eu não *preciso* ligar pra ele.

– Você *não* deveria mesmo. Ele pode...

– É, eu sei. Sou uma dama indefesa e o mundo é um lugar perigoso. Também não *preciso* ser legal com o Paul quando ele dá em cima de mim...

– Meu Deus, Maya. Paul não merece nem lamber a sola dos seus sapatos.

– Certo. – Eu me afasto e dou um tapinha de consolo no ombro dele. – Mas a questão é que posso fazer o que eu quiser. E você pode pedir que eu não faça, mas, se quiser que eu te dê ouvidos, vai ter que me dar um motivo válido.

– Eu já dei. Não é...

– Seguro? Esse não é um motivo válido. Porque eu *posso* garantir que seja seguro. Sou uma garota responsável e já saí com vários caras, então você não precisa se preocupar com isso. Se for pra te deixar mais tranquilo, pode ficar em frente ao meu quarto pra garantir que o cara não faça nada indevido.

Ele apoia a mão livre dele na beirada do balcão, as juntas brancas contra a madeira escura.

– Se não gosta dessa opção, então vai ter que se esforçar mais, Conor. Eu quero me divertir. Você *pode* pedir que eu não saia com outros caras, mas que alternativa vai me oferecer?

Ele não se faz de desentendido, o que é um alívio. Meu respeito por Conor certamente ficaria abalado se ele fingisse não entender o que estou insinuando.

– Não – diz apenas, tão rápido, tão firme, que me pergunto se a resposta é definitiva mesmo.

– Tudo bem. Você não é obrigado a estar interessado só porque eu estou...

– Maya.

– ... mas espero que entenda meu lado também. E espero que não desperdice mais o meu tempo.

– Você não pode fazer isso.

– Não? Por que não?

Conor não tem resposta. O que tem é um músculo saltando em sua mandíbula, e um pomo de adão que sobe e desce quando ele engole em seco. O fato de eu não conseguir segurar o sorriso ao ver isso deve ser um sinal do meu temperamento terrível.

– Não se preocupa comigo.

Seguro a mão dele e a tiro da minha cintura. Sua pele é quente, áspera e está entregue ao meu toque. Em vez de simplesmente largá-la, levo-a até o colo dele, pousando-a sobre sua coxa.

Seus músculos se contraem.

Abro um sorriso e, antes de sair, digo:

– Pensa bem, Conor. A oferta ainda está de pé.

4 dias antes do casamento

Capítulo 22

Acordo cedo... de novo.

Nado algumas voltas na piscina... de novo.

Tomo granita no café da manhã... de novo.

Tudo de acordo com a minha rotina dos últimos dias. A única diferença é a leve ressaca que consigo afastar com um ibuprofeno. Mais da metade do grupo decide passar o dia em Catânia, mas já tenho planos de ir até lá depois do casamento, então prefiro ficar.

– Ué! Mas o que vai ser de nós? – pergunta Nyota quando comunico isso a ela. – Vamos ter que abrir mão da nossa codependência disfuncional? Vamos nos *separar*?

Acaricio suas costas.

– Não se esqueça de me escrever.

Ao passar por uma sala do primeiro andar, a caminho da praia, ouço a voz de Conor e paro de repente, na esperança de evitar dar de cara com ele. Mesmo sóbria, não me arrependo do que falei na noite anterior. Só que as coisas terminaram em algo que pareceu muito mais uma rejeição, e não quero lidar com os efeitos colaterais disso. Decido sair pela porta dos fundos, mas paro ao ouvir o tom angustiado de Tamryn.

– ... não entendo – diz ela, soando irritada e chorosa. – Os advogados devem saber que essas exigências não se sustentam.

– *Isso é verdade* – responde uma voz mecânica que não reconheço, vindo de um telefone ou de uma chamada por Zoom. – *Mas mesmo que a gente prove que o testador deixou os bens na quantia determinada...*

– Aceitar o acordo seria *loucura*.

– Tamryn, eles *continuam* ameaçando recorrer à imprensa.

– Não vão fazer isso. Estariam veiculando mentiras...

– Meus irmãos não estão nem aí pra isso – diz Conor. – São uns babacas, e é isso que babacas fazem.

Dou alguns passos para trás, em silêncio, e saio da casa, me sentindo culpada por ter ficado entreouvindo, e ainda mais culpada por querer saber mais. Conor uma vez chamou sua família de "um ninho de gnomos de jardim desonestos", e me pergunto se...

– Espero que essa sua cara aí não signifique a volta da Mayageddon.

Eli está sentado sob a sombra de uma figueira, escorado no tronco, um livro aberto no colo. Mini está estirado ao seu lado, a barriga contra a grama, os quatro membros projetando-se em ângulos diferentes. Ele ergue o queixo ao ouvir minha voz, mas está com preguiça demais para vir me cumprimentar.

– Mayageddon está sob controle no momento, mas um simples quiz pode causar a aniquilação nuclear dos arredores.

– Como sempre, então?

Abro um sorriso.

Ele aponta para um lugar ao seu lado.

– Então vem passar um tempinho comigo antes de virar refém dela.

– Você não me contou que o pai do Conor morreu – digo ao me sentar ao seu lado, nossos ombros se tocando.

Ele ergue as sobrancelhas.

– Você não perguntou. – Ele analisa meu rosto, astuto. Aqueles olhos azuis e cílios espessos que são uma cópia dos meus. – Por que isso agora? Achei que já tivesse superado o crush por aquele "belo corpo de remador".

– Eu não sabia que você tinha tanto tesão nos ombros do seu melhor amigo, Eli.

– Eu estava citando você. Pensei que já tivesse esquecido Conor... faz um bom tempo que não narra em detalhes todas as coisas obscenas que gostaria de fazer com ele.

– Quer que eu volte a fazer isso?

– Meu Deus, não.

Dou uma risadinha.

– Ouvi Conor e Tamryn no telefone. Parecia tenso.

– É. – Eli suspira. – A coisa está feia. Os irmãos dele não estão felizes com a divisão das propriedades. Estão pedindo parte da empresa que foi idealizada pela Tamryn. Ameaçando processar Conor também, que nem está no testamento, com uma desculpa de merda. Uma zona.

– Meu Deus. – Inclino a cabeça para trás. A luz atravessa as folhas, iluminando a cara de Mini em vários pontos. – Deveria ter uma lei contra isso.

– Contra o quê?

– Arrastar irmãos para o tribunal. Se vocês já dividiram um patinho de borracha no banho ou brigaram pela cama de cima do beliche, ninguém deveria recorrer a um juiz pra resolver os problemas. Ou vocês se resolvem em uma batalha de cócegas ou deixam a raiva cozinhando em banho-maria enquanto planejam uma vingança.

Eli dá risada.

– Duvido muito que os Pequenos Lordes Harkleroys já tenham compartilhado uma ala da mansão da família, imagine uma banheira. Eles são uns babacas, Maya. Sou o primeiro a admitir que Hark é todo ferrado, do jeitinho trágico dele, mas é de longe o mais normal. Ele se afastou de uma família tóxica, em vez de passar o tempo cheirando pó com o dinheiro do papai... Ai, merda – diz Eli, cobrindo os olhos com a mão.

– O que foi?

– Acabei de imaginar como seria meter um processo em você.

Dou risada.

– Aí, sim, eu seria competitiva.

– Com certeza. Eu aceitaria o primeiro acordo. Diria ao júri que eu que joguei o corpo contra a sua faca várias vezes.

– Fico muito feliz por ter essa reputação, porque nada me impediria de ganhar. Lembra aquele ano que você não me deixou colocar um piercing na sobrancelha, aí eu falei pra *três* casinhos seus que você colecionava pedaços de unha? – pergunto, balançando a cabeça. – Eu era um monstro.

187

– Lembra como em vez de tentar entender por que minha irmã de 13 anos, que estava de luto, surtava desse jeito, eu só gritava e te colocava de castigo?

– Ai, meu Deus. E aquela vez que você me mandou pro quarto sem jantar, e aí eu fiz greve de fome?

– Você passou *dias* sem comer. Eu fiquei preocupado pra cacete.

– Ah, mas eu comia, sim. Jade me levava um lanche toda noite. Eu estava bem alimentada.

Ele puxa minha orelha como retaliação, mas então seu olhar se transforma em algo que eu *sei* que vai ser meloso e cafona, então mostro a língua para ele.

– Não fica sentimental assim não, Killgore.

– Não acredito que eles simplesmente entregaram você pra mim. Me deram licença pra te estragar.

– Não é? Não acredito que sujeitaram *você* ao turbilhão de hormônios que vive à espreita em uma adolescente.

– E olha só pra você agora – diz ele, com uma risada que é também um suspiro. Sem palavras por um instante. Maravilhado. – Você é tão bem-sucedida! Ou vai trabalhar na Sanchez e revolucionar a indústria de semicondutores ou seguir carreira acadêmica e redefinir a porra da astrofísica.

Desvio o olhar.

– Não é assim... Eu fracassei em muitas coisas.

– Por exemplo?

– Por exemplo...

Me sinto sozinha o tempo todo, é o que não digo. *Estou tentando superar a paixão pelo mais velho dos Harkleroys há anos. E tem mais, Eli. Não faço a menor ideia do que estou fazendo. Sou um hamster correndo na rodinha da desgraça.*

– Essa coisa com a Sanchez. E a oferta do MIT... Não é tudo isso.

– Maya, claro que é. – Ele vira meu rosto em sua direção com delicadeza. – Você conquistou muitas coisas, e fez isso sozinha. Eu sei que não tive nada a ver com isso, mas vou mandar gravar na minha lápide. "Não interferiu de modo significativo no desenvolvimento de uma mente brilhante." Até a mamãe e o papai estariam satisfeitos comigo.

Mordo o lábio inferior. E o interior da bochecha.

– Você acha...

– O quê?
– Que a mamãe e o papai estariam aqui? No casamento?
Eli dá de ombros.
– Eu adoraria dizer que sim, mas não faço a menor ideia.
Ele sabe que sempre achei difícil aceitar a ideia de que o pai que meu irmão teve era muito diferente do pai que eu adorava. Que o motivo pelo qual ele quase não participou dos primeiros dez anos da minha vida não tinha nada a ver *comigo*, e sim com o relacionamento complicado que mantinha com nossos pais. O pai que Eli conheceu não era protetor, mas um ditador. A mãe, ausente e relapsa. E acho muito difícil aceitar uma verdade simples: se eles não tivessem morrido, Eli e eu continuaríamos sendo dois estranhos, e... eu ia *odiar* isso. Devo ser uma pessoa terrível por isso, não?
– O papai era bem tradicional – comenta ele. – E a mamãe aceitava tudo o que ele dizia. Duvido que gostassem da Rue. Mas também, nem de mim eles gostavam.
Um nó se forma na minha garganta. Tristeza, ressentimento e nostalgia.
– Eles que se fodam.
Eli dá risada.
– Eles que se fodam? Nossos pais que morreram de forma prematura?
– É. Eles que se fodam. Eu amo nossos pais, mas eles estariam errados. Eu gosto da Rue. Às vezes, gosto até de *você*.
Eli balança a cabeça, mas segura a minha mão de leve.
– Aliás, *onde* está Rue? – pergunto.
– Dando uma caminhada na praia. Está um pouco cansada de tanta gente. Precisava de um tempo sozinha.
– Pra que lado ela foi?
Meu irmão aponta em direção a Isola Bella.
– Então eu vou pro outro.
– Tenho certeza que ela vai ficar feliz.
– Não acredito que ela concordou com o que vai rolar hoje à noite.
Rue implorou que não chamássemos de despedida de solteira, mas vamos ter uma noite só das garotas. Parece o tipo de coisa que a faria cortar a própria garganta só para não ter que comparecer. No entanto...
– Ela parece animada – diz ele.

– E, como ela não sabe fingir, deve ser verdade. Talvez seja um milagre de Natal.

– Estamos em junho.

– É Natal em algum lugar. – Eu me levanto e me despeço com um aceno. – Ei, Mini, quer deixar esse velho com as doenças dele e dar um *passeio* comigo?

Mini levanta em um salto, energizado pela palavra mágica. Com ele trotando ao meu lado, vou em direção à praia.

– Ei! – grita Eli depois de um tempo.

Viro-me para ele.

– O quê?

– Estou orgulhoso de...

– Ah, para.

– ... você, Maya.

Volto a caminhar, mais rápido.

– Estou orgulhoso de você, e você não pode me impedir! – grita ele, ainda mais alto.

– *Não estou ouvindo.*

– Bom, deveria ouvir. Porque eu te respeito como pessoa...

– Cala a boca!

– ... *e* como cientista.

Mostro o dedo do meio por cima do ombro. E a última coisa que ouço, quando começo a descer a escadaria de pedra, é meu irmão caindo na risada.

Capítulo 23

Três anos, dois meses, duas semanas e cinco dias antes
Edimburgo, Escócia

A primeira caixa chega no dia seguinte à partida de Conor.

Tento me segurar para não fazer careta enquanto leio o cartão.

A noite passada foi um erro e assumo total responsabilidade. Eu não deveria ter ido embora sem falar com você, mas pareceu o mais sensato a fazer.

Se precisar de alguma coisa, me ligue. A hora que for.

Conor

Na caixa, uma máquina de pão de última geração. Olho para ela com raiva por um instante, sem entender nada.

– O que é isso? – pergunta Georgia, entrando na cozinha.

– Humm? Só um presente. De um amigo – respondo, enfiando o cartão no cós do pijama.

Ela abre um sorriso travesso.

– O que Conor Harkness te deu?

– Uma... máquina de pão.

– Ai, meu Deus. Porque ele sabe que você ama pão fresco?

Deve ser por isso. Falei sobre meu amor por pão caseiro em algum momento, mas foi um comentário tão casual que não teria como ele lembrar.

Só que ele lembrou.

– Filho da mãe – resmungo, olhando para o meu cenho franzido na superfície metálica da máquina.

– O quê? Por quê?

Ignoro Georgia e vou para o meu quarto pisando firme. Porra, como ele *ousa*? Ser um babaca comigo no telefone, depois vir ao meu resgate, depois fazer com que eu fique *muito* a fim dele, depois me fazer gozar como se o mundo estivesse acabando, depois me deixar sozinha no hotel chique onde pedi um café da manhã enorme só para me vingar, depois lembrar o que eu gosto e me mandar uma máquina de poder curtir isso com mais frequência.

Como. Ele. Ousa.

Nos dias que se seguem, porém, os presentes continuam chegando.

Um colar. Três livros de fantasia. Post-its novos e um guarda-chuva chique. Flores. Um conjunto de toalhas fofinhas. Um Xbox. Um par de tênis que, segundo a internet, eu poderia revender no eBay se precisasse de dinheiro para recomeçar a vida.

Será que devo tomar uma atitude e devolver os presentes? Não. Se fosse qualquer outra pessoa, eu interpretaria os presentes como estratégia de conquista, ou quem sabe um pedido de desculpas por ter agido como um babaca. Infelizmente, conheço Conor o bastante para saber que, se ele quisesse que eu o desculpasse, ia apenas pedir desculpas.

Ele jamais faria a breguice de se exibir com marcas de grife se estivesse realmente interessado em mim. As caixas que mandou são muito chamativas, não há elemento surpresa – pelo contrário. Ele não está me mandando joias da Tiffany e blusas da Hermès porque quer que eu tenha essas coisas. Conor quer que Georgia, Alfie, Rose e qualquer outra pessoa que frequente meu apartamento saiba que ele ainda está interessado em mim. Quer manter a farsa.

– Por que ele não traz os presentes pessoalmente? – pergunta Alfie durante uma noite de D&D.

A cada dia, ele me parece mais repulsivo. O que eu via nesse merdinha reclamão, sem noção e covarde? Eu queria ter anotado em algum lugar para poder me lembrar agora. Quero ter uma conversinha com a Maya do passado.

— Porque ele é um cara chique das finanças ou algo do tipo – responde Sami. – Aposto que está em Singapura, tumultuando a economia local.

— Conor investe em biotecnologia – respondo, porque pesquisei. – Mas é, ele está ocupado. Talvez venha me ver em breve – minto.

— Para tumultuar *você*.

Abro um sorriso para Sami. Georgia e Rose dão uma risadinha e Alfie revira os olhos. Mais tarde, quando a sessão termina e fico sozinha na sala, brinco com a ideia de pegar o celular e ligar para Conor.

A hora que for, foi o que ele disse.

Vejo que horas são. É dia nos Estados Unidos. Hora do almoço, na verdade. Por que não? Ele deve estar tomando um shake de proteína. Ou treinando na máquina de remo em sua academia com vista para o rio. Aposto que tem um tempinho para mim.

E tem mesmo. Ele atende no primeiro toque.

— Está tudo bem?

— Oi pra você também. Onde você tá?

— No escritório.

— Ah, sim. Como está Austin? Continua sendo dominada pela horda tecnológica?

— Infelizmente, isso não tem mais volta. Maya, você está bem? Precisa de alguma coisa?

Ouço um tom de urgência em sua voz. Como se ele estivesse preparado para pegar um avião. *De novo*.

— Eu só queria falar com você.

Uma pausa. *Longa*.

— Quando eu disse pra me ligar se precisasse de alguma coisa, eu quis...

— Se eu precisasse de um rim, de uma carta de recomendação pra um estágio ou 500 mil dólares, eu sei. Mas eu queria... – Faço uma pausa dramática. – *Conversar*.

— A gente não deveria...

— *Conversar?*

Quase consigo *vê-lo* se recostar na cadeira. Quanto tempo levamos para memorizar os maneirismos de alguém? Pode ser menos de 48 horas?

– Isso é muito...

– Divertido? Alegre? Bem-vindo?

– Problemático.

Bufo.

– O que significa isso, "problemático"? É um termo vago demais. Com inúmeras definições.

– Você sabe *exatamente* o que significa.

– Humm, no momento estou com perda de memória recente. – Eu me acomodo na cadeira e estico as pernas sobre a mesa. – Você fechou o acordo com a Mayers?

– Claro.

– É por isso que está gastando tanto com todos esses presentes?

– Não. É porque...

– Você quer que meus amigos pensem que nosso relacionamento está indo bem, eu sei. E agradeço que tenha escolhido variar as marcas chiques com coisas fofas de papelaria. E, *por favor*, continue mandando comida.

Ouço um barulho do outro lado da linha – ele está rindo. Eu o fiz rir.

Meu corpo pega fogo.

– Então é isso. Eu queria agradecer pelos presentes. Mas, acima de tudo, queria agradecer pelo orgasmo. Foi incrível. Melhor transa da minha vida.

– Meu Deus, Maya – diz ele, a voz rouca.

Abro um sorriso.

– E eu estava pensando... será que é *você*?

Ele parece confuso.

– Eu o quê?

– Olha só, eu estou solteira. E com tesão. Estou tentando replicar o que você fez comigo. Pra isso, vou ter que isolar as variáveis...

– Maya.

– ... e descobrir onde conseguir minha dose de... prazer carnal.

Isso foi um *rosnado*?

– Não diga "carnal".

– Por quê? Você não gosta? Tem aflição com essa palavra?

Conor suspira. Sinto a lufada de ar, mesmo do outro lado do oceano.

– Minha pergunta é: você acha que é por você ser mais velho, mais sábio e mais experiente? Será que eu deveria tentar sair com caras mais velhos?

– Não. Nada de caras mais velhos. Eles vão se aproveitar de você.

– Nem *todos* os caras mais velhos querem se aproveitar – rebato. – Eu saí com um que era praticamente um ancião e ele foi *muito* legal...

– Eu conheço bem esse cara, e ele é um babaca – interrompe Conor, meio rude. Rude *demais*, talvez. – Caramba, Maya. Encontra um cara de 20 anos. *Qualquer* um!

Não sei por quê, mas parece, só de leve, que ele está enfiando um pegador de sorvete dentro do meu estômago e arrancando todo o revestimento.

– É isso que você quer? – pergunto baixinho.

– Não. Não é o que eu quero, porque... Eu não me *importo* com isso, Maya. Não é da minha conta com quem você sai, transa, curte. Só me importo com o seu bem-estar, e eu *já coloquei isso em risco uma vez*.

As últimas palavras são o mais próximo que ele já chegou de gritar comigo. Perceber o quanto Conor se importa faz meu coração pesar uma tonelada. Ele está totalmente enganado. E é teimoso demais a respeito dos limites da vida que eu vou viver, do formato da minha felicidade.

De repente, me dou conta de que estou em uma encruzilhada. Posso correr atrás dele. Continuar dando em cima. Dizer que gosto dele por um milhão de motivos que não têm nada a ver com sua idade, seu dinheiro ou sua aparência. Tentar fazê-lo aceitar que também gosta de mim. E, quando eu fracassar em tudo isso, perdê-lo.

Ou posso *conquistá-lo*. Não exatamente como eu quero, mas...

Minha escolha é óbvia.

– É, tá bom. Blá-blá-blá – digo, me obrigando a parecer entediada. – A gente não pode mais nem fingir ser uma *femme fatale*...

Sinto a confusão dele do outro lado da linha.

– O quê?

– Olha, eu só estava brincando.

– ... Sobre o quê?

– Só estava tentando me vingar de você por ter me deixado sozinha, mas... – Engulo em seco. – Você tinha razão. *Tem* razão. Você é um milhão de anos mais velho que eu e seria *muuuuito* estranho pro Eli se eu me apaixonasse por você. Além do mais, eu gosto muito de sexo, então não quero nada com um cara que mora em outro continente.

Ele fica em silêncio. Por um bom tempo. Até que diz:

– Encrenca.

Dou risada.

– É, sou eu. Olha só, você não me serviria de nada como namorado, mas estou precisando de um amigo, já que três dos que eu tinha estão na corda bamba. Será que você consegue superar o fato de eu ser *ridiculamente linda* e ser meu amigo?

– Depende. Que tipo de amigo?

Só um amigo com quem eu possa conversar, penso. Mas o que eu digo é:

– Posso te ligar e rir de tudo que você disser quando Georgia e Alfie estiverem na cozinha preparando o jantar?

– Maya – diz ele, em tom de reprovação.

– O que foi? – respondo, na defensiva.

– Estou decepcionado por você ainda não ter feito isso.

Alfie me procura em uma manhã ensolarada, semanas depois do término. Estou na biblioteca, concluindo a bibliografia da minha monografia. Ele se senta ao meu lado, respira fundo, coça a nuca.

Ah, não, penso.

– Desculpa – diz ele, rígido. – Eu fui um babaca. O que eu fiz... Harkness tinha razão. Eu sabia que o que eu estava fazendo era errado, mas, quando me dei conta, já estava apaixonado pela Georgia.

Cruzo os braços. Deixo-o passar um pouco de nervoso. No local onde meus sentimentos – tristeza, rejeição, raiva – deveriam estar, encontro só um vazio. Superei esse cara rápido demais. Poderia até responder *Tudo bem, eu nunca te amei de verdade*, e seria verdade, e talvez o magoasse tanto quanto ele me magoou. Mas não me importo mais com Alfie a ponto de querer qualquer tipo de vingança.

Tenho uma pergunta, no entanto:

– Antes do término, vocês...?

Depois de um momento, ele assente. Eu nem fico surpresa.

– Rose sabia?

Alfie morde o lábio, e eu conheço seus tiques. Já tenho a resposta.

– Ela nos viu uma vez e... Disse que não queria nem saber, e que ia fingir uma amnésia fulminante.

Então é isso. Ela sabia. Eu me pergunto se sou capaz de perdoar e... Sim. Sou. Mas talvez seja um desperdício com esse grupo específico de pessoas.

A caminho de casa, ligo para Conor. Temos conversado muito por telefone, principalmente quando estou em casa, principalmente para fazer cena. Nossas ligações são bem demoradas, mas quando Rose perguntou sobre o que a gente "tanto conversa", não consegui responder.

Tudo. Nada. Algumas coisas.

– E aí? – pergunta ele, meio sonolento.

– Estava dormindo?

– Estava. Porque são cinco da manhã.

– Então por que atendeu?

– Porque você ligou.

– Tá, olha só. Eu sei que você é um analfabeto digital, então vou segurar sua mão ao dizer isso, mas...

– Vou desligar.

– ... tem um truque mágico que você pode fazer no seu celular, que se chama colocar no modo...

– Você está nos meus contatos de emergência.

Meu coração dá um salto tão violento que sou obrigada a parar. No meio da calçada movimentada.

– É melhor tirar, ou eu vou abusar desse privilégio.

– Que tal não fazer isso, Encrenca?

– Não parece ser do meu feitio. Enfim, vou deixar você dormir.

– Não precisa, são cinco horas. Vou aproveitar pra correr.

– Uma frase que *eu* jamais diria – comento, e volto a andar. – Por acaso você toma um smoothie de proteína com chia antes de se exercitar de manhã?

– Não.

– Depois?

Sem resposta. Então sim.

– E você tem um personal trainer?

– Só um passado de atleta universitário.

– Você sabe fazer agachamento, é? Isso explica muita coisa, porque está muito em forma...

– Maya...

– ... pra sua idade. – Ouço um grunhido baixo. Abro um sorriso. – Ei, Conor?

– O quê, Encrenca?

– Acho que quero saber *tudo* sobre a sua rotina de exercícios.

– Por quê? Pra poder tirar sarro de mim?

– Sim, claro.

Ele suspira.

E então me conta.

Quinze de abril é a data-limite para aceitar as ofertas de bolsa estudantil das instituições americanas. Naquela manhã, eu me sento em frente ao computador e escrevo um e-mail.

Caro Dr. Sharma,

Não vejo a hora de me juntar ao seu laboratório na Universidade do Texas em Austin.

Capítulo 24

Atualmente
Taormina, Itália

Depois de entreouvir sem querer a ligação de Tamryn, passo o dia sem esbarrar em Conor, e é melhor assim. Ainda não decidi se mantenho a postura, me desculpo por ter mentido sobre o alemão ou finjo que estava bêbada demais para lembrar o que aconteceu na noite passada. A primeira opção requer coragem; a segunda, maturidade; e a terceira, sabedoria.

E eu não tenho nenhuma das três.

À noite, os homens vão para o centro da cidade fazer um tour pelos bares.

– Você consegue fazer a Rue comer? – pede Eli. – Quando não é uma refeição à mesa...

– Ela esquece. E não gosta de comer com um monte de gente em volta. – Meu pobre irmão obcecado. – Pode deixar.

– Eu pedi a Lucrezia pra fazer um prato pra ela, então se puder...

– Eli, *vai*. Eu cuido dela.

Mas talvez não cuide. Quando sigo para a piscina, com um prato de legumes da estação grelhados em uma das mãos e uma tábua de frios na outra, já estou atrasada.

O pôr do sol na Sicília é diferente de tudo que já vi. Tons vibrantes de fúcsia e azul pintam o céu, suavizando-se aos poucos em tons de coral e índigo ao redor do monte Etna. O oceano lá embaixo tem a cor de um campo de lavanda, e fragrâncias de alecrim e frutas cítricas sobem até os pátios floridos. Ao redor da casa, pelos caminhos de paralelepípedos, as sombras dos muros se alongam, polvilhando o gramado. O jardim já está iluminado por fileiras de luzinhas e postes espalhados. Graças à brisa do mar, o que restava do calor sufocante está amenizando.

Rue e Tisha estão à beira da piscina, dividindo uma espreguiçadeira, os olhos vidrados no céu. A concentração delas me lembra da carinha de Mini quando está entretido com seus brinquedinhos.

– Começamos mais cedo – diz Tisha quando coloco as duas bandejas na mesinha ao lado da espreguiçadeira.

Há algo estranho em sua voz, muito inexpressiva, quase como se...

Olho em volta e logo encontro. Mal escondido em sua pochete vejo um pacote de balinhas de goma.

Abro um sorriso largo.

– Como?

– Não perguntais a procedência da ancestral erva da alegria, pois não estais preparada para ouvir a verdade obscura.

– Os netos da Lucrezia?

– Como é que você sabe?

– É um talento que eu tenho. Sou *muito* boa em identificar quem pode ter algo interessante pra vender.

– Nesse caso... – diz Tisha, estendendo a mão e tateando para encontrar o pacote. – Aproveite. Com os cumprimentos de vosso chef.

O bom de ter me dedicado a experimentar drogas recreativas durante minha juventude desperdiçada é que consegui catalogar minhas reações a substâncias psicoativas com a dedicação de um monge copista do século XV. Tive pontos baixos (como a primeira vez que experimentei DMT e cortei a franja com uma tesourinha de unha) e altos (quando cogumelos me ajudaram a desbloquear o conceito de emaranhamento quântico – aliás, estudar sob o efeito de cogumelos era um passatempo tão agradável que comecei a cultivá-los embaixo da pia do banheiro aos 15 anos; quando Eli descobriu, deixei que acreditasse que não eram para uso pessoal, mas "para trocar por roupas de marca". Pobrezinho do meu irmão que não entende nada de moda e segue convencido de que a Old Navy é uma marca de luxo).

Por isso sei que maconha não me afeta muito.

– Obrigada – digo a Tisha, sem intenção de participar.

Em vez disso, fico observando as duas olhando para as primeiras estrelas a surgirem no céu, inventando nomes para elas ("Semente do Crepúsculo", "Grande Buracão", "Ursa Maior de Outrora"). Uma a uma, as outras garotas descem para se juntar a nós.

– Senti sua falta, querida. Estava louca pra te ver. Por isso... – diz Nyota, me jogando uma bola de tecido – comprei esse presente pra você.

Faço uma careta ao desdobrá-la.

– Ah, não.

– Ah, sim, meu bem. Que bom que está de biquíni. Pode colocar por cima.

Resmungo, mas obedeço. Mesmo quando Avery diz, arquejando:

– O que é esse monstro de três pernas?

Rue parece atônita.

– Ah, merda. Devo estar mais chapada do que eu pensava.

– Não vos preocupeis, benzinho – diz Tisha, acariciando o cabelo dela. – Protegê-la-ei do velho trípode do terror.

Uma hora depois, Minami e eu somos as únicas do grupo que não estão falando como estudiosos da obra de Chaucer.

– Olha só essas crianças, aproveitando ao máximo seus receptores canabinoides. Será que a gente devia gravar pra posteridade? – pergunta ela.

– Ou estaríamos produzindo provas contra nós mesmas?

– Não sei. Maconha é legal na Itália? Nyota, você sabe?

No momento, ela está muito concentrada em trançar o cabelo da Tamryn e da Avery. Juntos.

– A verdadeira questão é: por que vocês duas estão tão caretas? – pergunta Nyota. – Também recusaram o *arancello* envenenado.

Dou de ombros.

– Ninguém nem me *ofereceu* o arancello. E imaginei que *alguém* vai ter que levar vocês de volta lá pra dentro, caso se percam no pomar.

Minami assente.

– Eu, por outro lado, estou grávida.

O silêncio que se segue é absoluto. Até as ondas param de bater contra a costa.

Então Rue vira para Tisha e sussurra, tão alto que é engraçado:

– A gente sabia disso?

A resposta é igualmente teatral.

– Acho que não.

– Minami, você acabou de anunciar sua gravidez enquanto todas nós estamos chapadas? – pergunta Nyota.

Minami abre um sorrisão.

– Maya não está chapada. Na verdade, Maya está chorando.

– Estou? Não estou. Eu só… – Levo as mãos ao rosto e elas ficam molhadas. – Ai, meu Deus. Estou tão *feliz* por você!

Eu me inclino para abraçá-la com a mesma força da primeira vez, quando tinha 12 anos.

– Espero que seja uma menina, igualzinha à Kaede. Ou um menino, igualzinho à Kaede. Basicamente, acho que a Kaede deve ser promovida a pequena rainha e ter uma mini-Kaede em quem mandar.

Todas começam a falar ao mesmo tempo – contando histórias de gravidez, discutindo nomes, torcendo por óctuplos, mas Minami se vira para mim e fala baixinho:

– Ela vai nascer em cinco meses e meio. E Sul e eu concordamos que você deveria ser a madrinha.

Fico atônita.

– Eu… quê?

Ela ri.

– A irmã do Sul é madrinha da Kaede e… nós a amamos, mas ela nunca criou um laço de verdade com a menina. Você é a pessoa favorita dela. Depois de mim, claro, mas eu tenho os peitos. Você é *incrível* com crianças. Seu trabalho voluntário na pista de patinação… você realmente curte ficar com elas. Então adoraríamos que fosse você.

Um calor suave aquece meu coração.

– Minami… É uma honra – digo, emocionada, e os olhos dela também se enchem de lágrimas, e então nos abraçamos, e eu torço para não sujar seu cabelo com ranho, mas não sei se consigo.

— Acho isso incrivelmente fofo e emocionante, mesmo odiando crianças – comenta Nyota, pensativa, com um ar distante de curiosidade intelectual.
— Que estranho.

Avery ri.

— Sabe, pensei a mesma coisa. Eu tinha total certeza de que não queria filhos, e agora estou aqui, com 28 anos, pensando em colônias de férias pra onde mandaria meus filhos imaginários.

— Se você tiver filhos logo, podemos ir ao parquinho juntas – diz Minami. – E você pode me defender das mães que tiram sarro das minhas leggings com estampa de galáxia.

— Isso é indefensável – murmura Nyota, mas Avery assente, animada.

— Assim que eu encontrar um cara que não seja um assassino em série ou um fã da Tesla, essas mães vão se ver comigo.

— Você estava namorando o Hark, não estava? – pergunta Tisha, erguendo a cabeça. Depois de algumas tentativas, ela consegue apoiar o queixo na mão fechada. – Ele é o quê, assassino em série ou fã da Tesla?

— Nenhum dos dois, mas é emocionalmente indisponível. Pelo menos ele foi sincero sobre gostar de outra pessoa e não poder retribuir meus sentimentos. Foi um alívio, depois de ter sido enganada pelo meu ex.

Tisha revira os olhos.

— *Odeio* pessoas emocionalmente indisponíveis.

— Diego teve que te pedir em casamento três vezes antes de você aceitar – comenta Rue.

— É *diferente*. A gente precisa manter os homens ligados...

— Espera aí – interrompe Tamryn. – *Três* vezes?

A conversa muda para os três anéis que o coitado do Diego comprou e apenas eu percebo que Minami ficou séria de repente. Ouço seus passos leves quando ela sai pelo caminho de paralelepípedos, poucos minutos depois.

Avalio o restante do grupo. Apesar do olhar vidrado e das risadinhas incontroláveis, acho que não vão cair do penhasco e ser empaladas por um cacto.

— Minami, espera – digo, correndo atrás dela.

— Ah, eu só vou ver se a babá que a Lucrezia recomendou está se dando bem com a Kaede, já vol... – começa ela, sem olhar para trás.

Então para de falar, porque já estou na sua frente e, mesmo na penumbra, vejo seu rosto coberto de lágrimas.

Não é a primeira vez que vejo Minami chorar. Ela chorou no velório do meu pai, e pelo menos mais umas dez vezes ao longo dos anos. Mas esse choro é diferente, e não acho que tenha a ver com o anúncio que acabou de fazer. A tensão em seu rosto está mais para raiva do que para tristeza.

– Eu só...

Ela cerra os punhos e balança a cabeça, como se tivesse acabado de se livrar de algum pensamento.

– Está tudo bem?

– Está. Não. Eu...

Ela fecha os olhos com força, então se senta no banco mais próximo, os cotovelos apoiados nos joelhos. Respira fundo várias vezes antes de continuar:

– Só preciso de um tempinho.

Sento ao seu lado, acariciando seu ombro. Acho que sei o que a deixou assim, mas...

– Foi... Foi o que a Avery disse?

Ela assente.

– Eu... eu adoro a Avery. E estou muito feliz que ela esteja na Harkness. Antes de ela entrar, aquilo lá era um Clube do Bolinha, e eu... – Ela endireita a coluna. Engole em seco. – Estou cansada de pagar de culpada nessa história. Já faz mais de dez anos. Todo mundo acha... Até o Eli tem certeza de que um dia eu simplesmente parei de amar o Hark e parti o coração dele, mas não foi assim... – Ela seca o rosto. – Acho que é culpa do Hark. Eu queria saber o que ele diz às pessoas quando elas perguntam por que a gente terminou.

– Que ele pediu você em casamento. Você recusou, e foi o fim.

– É isso que...? – Ela bufa. – Claro.

– Ele não culpa *você*, Minami.

A última coisa que quero é causar problemas entre Minami e Conor, mas talvez seja tarde demais. Ela já está de cenho franzido.

– Legal. Quer dizer, é verdade. Mas ele diz *por que* eu recusei? Ele explicou que era simplesmente *impossível* decifrar a mente dele? Que eu tinha que arrancar cada palavra dele? Que ele era tão reservado e tão fechado sobre a criação que teve que eu passei um bom tempo desconfiada de que ele tinha sido mandado pro reformatório por colocar fogo em um orfanato ou qualquer outra coisa horrível? Ele disse que minha principal reclamação era a absoluta falta de comunicação sobre os desejos e necessidades dele? Por favor, me diga que ele pelo menos tentou dar algum *contexto* quando disse que terminamos porque *eu* neguei o pedido de casamento.

Encaro Minami, atônita, então respondo, bem calma:

– Ele não disse nada disso.

Ela revira os olhos, mas sua expressão muda quando acrescento:

– Mas disse que achava que a culpa era dele. Que ele já não estava inteiro.

Sua expressão se suaviza e ela ergue a cabeça para olhar para o céu, o peito arfando profundamente, só uma vez.

– Eu queria tanto uma bebida...

– Tenho certeza que Axel tem alguma coisa no quarto dele.

Ela ri. Fica um tempinho respirando, seguindo o ritmo das cigarras.

– Eu *sinto pena* dos traumas de garoto-branco-rico do Hark, de verdade. Aquela família abalou muito ele. A mãe do Hark... por algum motivo que não consigo nem imaginar, ela amava aquele merda daquele marido cruel, traidor e abusivo. E os irmãos mais novos dele... deviam ir pra prisão preventiva antes que lancem alguma memecoin fraudulenta ou atropelem alguém depois de uma noite regada a metanfetamina. E o pai dele, claro, era um sádico manipulador que tratava a família como gado. A missão da vida do Hark é *não ser como o pai*, e ele é maníaco com isso. Mas a mãe dele era uma mulher frágil e sofrida, então deve ser por isso que ele tem essa versão sobre as mulheres com quem se relaciona. Como alguém de quem deve cuidar, mas...

– Alguém que ele deve proteger, e não com quem deve compartilhar a vida?

– Isso! Durante anos, ele guardou... praticamente tudo pra si. Se alguma coisa acontecia na vida dele, eu era a última a saber. A única emoção que o Hark se sentia à vontade pra demonstrar era raiva, que despejava no trabalho. E, durante um tempo, eu disse a mim mesma que tudo bem, mas então me dei conta de que todo o amor que ele dizia sentir por mim era... conveniente. Ele queria alguém que não ameaçasse seu controle, como o pai ameaçava o da mãe. Ele queria viver com alguém de quem não precisasse de verdade. – Ela fecha os olhos. – Ainda assim, eu dizia a mim mesma que podia dar um jeito nisso. Podia dar um jeito no *Hark*. Mas não pude. *Ele* precisava dar um jeito em si mesmo. E quando eu disse que não estava mais funcionando pra mim, que eu não podia continuar daquele jeito...

– Ele te pediu em casamento – concluo.

Porque *é claro* que essa seria a resposta de Hark. Que piada.

– Ele cresceu com montanhas de privilégios, mas teve uma infância tão carente de afeto que nunca conseguiu manter um relacionamento funcional. É incapaz de compreender os próprios sentimentos e admitir de fato as coisas que deseja. – Minami esfrega o rosto, exausta. – Não é verdade o que ele disse a Avery. Que não pode ficar com ela porque ainda é apaixonado por mim. Porque... ele *não é*. Ou ele mentiu pra ela, ou está mentindo pra si mesmo.

Existe uma terceira opção, claro: ele estava se referindo a outra pessoa. Mas Minami não tem como saber disso. Na verdade, ninguém tem.

Ninguém além de mim.

– Desculpa o desabafo, Maya. Eu... por favor, não conta nada disso pra ninguém. A pegadinha é que a maioria dessas coisas sobre a família dele eu descobri pela Tamryn. Ele nunca me contou. Hark ia detestar se descobrisse.

Concordo com a cabeça para tranquilizá-la, depois a abraço e não me dou ao trabalho de contar a verdade: que tudo que Minami teve que se esforçar para entender e implorar para saber, cada detalhezinho da família de Conor, eu já sabia. Ele me contou quando nos encontramos na Escócia. Ele me contou ao longo de inúmeros telefonemas tarde da noite, nos últimos três anos. Ele me contou quando perguntei e quando não perguntei também.

Porque um dia Conor Harkness decidiu que queria que alguém o conhecesse. E *me* escolheu.

Capítulo 25

Três anos antes
Edimburgo, Escócia

MAYA: Desculpa não ter atendido, metade da minha boca está dormente.
CONOR: Ai. Cárie?
MAYA: É.
CONOR: Não é a segunda em pouco tempo?
MAYA: A terceira. O dentista quer que eu comece a usar escova elétrica, mas eu prefiro morrer.
CONOR: Por quê?
MAYA: E se a parte de cima soltar e eu abrir um buraco na minha bochecha com aquela coisa de ferro que fica embaixo?
CONOR: É um medo bem racional.
MAYA: E se ela explodir na minha boca?
CONOR: Pelo menos você não teria mais cárie.

Naquela noite, ele me manda uma sopa e três modelos de escovas elétricas.

Dois anos e quatro meses antes
Austin, Texas

O plano é genial e completamente maluco. Tão maluco que só mesmo Jade poderia tê-lo bolado.

– Mas eu não inventei nada – diz ela. – O nome é estímulo emocional. Já existe.

O problema é: faz um ano que não transo com ninguém e estou sentindo falta.

Outro problema é: desde que conheci Conor, não quero transar com ninguém além dele.

– Vamos fazer o seguinte – diz Jade, séria. – Você marca um encontro com um cara do Tinder que pareça ser decente na cama. Meia hora antes... espera, quanto tempo você e Conor costumam passar no telefone?

Eu baixo os olhos.

– Tá, *duas horas* antes, você liga pra ele. Conversa. Fica com tesão de falar sobre... Sobre o que caras de 36 anos falam? A queda do Muro de Berlim? O Goldman Sachs? Aí você vai até a casa do cara do Tinder, e vrau.

– Vrau mesmo.

O plano é *absolutamente* genial. E, se no fim não dá certo, porque ligo para Conor exatamente na hora combinada, porque acabamos discutindo sobre o melhor jeito de reestruturar as publicações acadêmicas, porque ele me faz rir com uma história de quando era remador, porque me esqueço de olhar o relógio até aproximadamente quarenta minutos depois do horário em que fiquei de encontrar o cara do Tinder, porque não quero transar com ninguém que não seja esse homem...

Bom, então é porque a culpa é *minha*.

Dois anos e um mês antes
Austin, Texas

– Eu sempre acabo me arrependendo – digo a ele na noite da briga com Jade.

Ele respira fundo.

– Eu sei.

– Não era minha intenção, de verdade. É que... eu fico com muita raiva, e parece que paro de raciocinar, e meu cérebro se concentra na coisa mais maldosa que eu poderia dizer. E o pior é que minha terapeuta me ensinou várias técnicas de respiração, pra eu me acalmar, mas às vezes fico com tanta raiva que meu cérebro entra em curto e eu simplesmente me *esqueço* de usá-las. – Esfrego os olhos. – Eu devo ser uma pessoa horrível, né? Pessoas boas não explodem desse jeito.

– Se você fosse uma pessoa horrível, a gente não estaria tendo essa conversa, Maya – responde Conor. Ele está no Canadá, mas parece tão *perto*... – Acho que é normal querer magoar alguém que te magoou. Você está tentando melhorar, e Jade te conhece. Você disse que já fizeram as pazes, né?

– É – digo, abraçando os joelhos contra o peito. – E se eu explodir com você um dia? Você vai me odiar?

Uma risadinha suave.

– Acho que isso é impossível, Encrenca.

Dois anos antes
Austin, Texas

Ele me liga bêbado. Não está exatamente sentimental, mas... quase. Tento puxar assunto – *Como foi o seu dia? Tudo bem no trabalho? O que você bebeu?* –, mas acho que ele não quer conversar.

– Você está bem?

– Estou. – Ele respira fundo. – Estou, sim. Só queria ouvir você existindo.

Ouvir isso quase acaba comigo.

– Tá – digo, e não conversamos mais.

Termino o que estava fazendo antes da ligação: faço as malas para a semana que vou passar acampando com Jade, dobro a roupa lavada, escovo os dentes, lavo o rosto. Levo o celular comigo aonde vou.

– Maya? – chama ele, mais de uma hora depois.

– Oi?

Um suspiro. A respiração dele, a minha. Conor está prestes a dizer alguma coisa, ou eu estou.

– Boa viagem.

Um ano e onze meses antes
Austin, Texas

– Não entendo isso de ficar olhando as estrelas.
Bufo, indignada.
– Você não ama ser lembrado da sua insignificância?
– Não, obrigado – responde ele, o que me faz cair na gargalhada.
– Tá, mas... você já viu Antares?
– Não posso dizer que já.
– Tá, sai pra olhar o céu. A sudoeste. Baixo no céu.
Pés arrastando. Uma porta de varanda se abrindo. Conor existindo.
– O que devo procurar?
– A constelação de Escorpião. Parece... um braço mecânico? Ou um escorpião, de acordo com os gregos, mas não vejo muito isso. Antares seria o pulso do braço mecânico. E tem uma cor diferente das outras estrelas. Vermelha. Tão vermelha que as pessoas sempre confundem com Marte, então chamaram de Antares, que significa literalmente "não é Marte". É impossível não ver.
– Infelizmente, devo dizer que é possível, sim.
Solto um suspiro. Não deixo Conor perceber que estou sorrindo.
– Bom, é melhor dar um jeito, e logo, porque é uma oportunidade com prazo definido.
– Como assim?
– Antares está prestes a morrer.
– Como assim, *prestes*...?
– Em mais ou menos um milhão de anos.
– Tá. – Ouço barulhos aleatórios. Conor se acomodando na varanda. Um ar bem-humorado. – Tá. Me conta mais sobre essa sua amiga.

Um ano e quatro meses antes
Austin, Texas

Kaede nasceu há uma semana e nós dois estivemos na casa da Minami hoje, sentados lado a lado, nos revezando para segurá-la e cheirar sua cabecinha.

Maravilhados com cada bocejo, piscadela, a força do seu dedinho. Ignorando a conversa para ficar só olhando para ela.

Ele me liga assim que chega em casa.

Estou esperando, o celular na mão.

– Você quer uma família? – pergunto depois de um tempo. – Algum dia, quero dizer.

As janelas da casa dele devem estar abertas. Ouço barulhos distantes do trânsito.

– Não sei como explicar.

– Tá.

Eu espero, paciente. Sei que ele vai conseguir. Sempre consegue.

– Não acho que pra mim seja natural querer uma família, mas, se eu estivesse com a pessoa certa, ia querer muito, a ponto de não conseguir pensar em mais nada. Ia ficar o tempo todo imaginando que ela... – Ele se interrompe. Respira fundo. Ri, talvez. – Mas muitas coisas teriam que mudar.

– Tipo o quê?

– Eu ia querer que a criação dos meus filhos fosse dividida igualmente. Teria que reestruturar meu horário de trabalho. Meus hábitos.

– Dá pra fazer isso.

– É, eu... É. E você? Quer uma família?

– Eu amo crianças. Elas são divertidas, sabe? E amo a ideia de ter meus próprios filhos. Sei que o Eli detestava nossos pais, mas eu me divertia muito com eles. Eu provocava e eles ficavam bravos, aí eu provocava mais ainda, e eles trocavam um olhar, como se dissessem: "Quem é essa criança terrível que nós fizemos?" Mas com orgulho. Eu gostaria de ter algo assim. – Engulo em seco. – Adoraria fazer alguém se sentir como eles faziam com que *eu* me sentisse. Como se o mundo não precisasse ser um lugar horrível, assustador, solitário. Como se a vida pudesse ser gentil.

Ele não diz nada por um bom tempo, nem eu.

Um ano e uma semana antes
Austin, Texas

– Deve ter um que você odeia um pouco menos.

– Não.

– Não acredito.

– Maya, meus irmãos são todos babacas na mesma medida. O que significa que merecem ser odiados na mesma medida.

– Tá, digamos que… eu estou apontando uma arma pra sua cabeça.

– Você não está.

– Estou, sim. Use a imaginação. Imersão completa. Estou com uma arma na sua cabeça…

– Que arma?

– Sei lá. Não conheço *armas*.

– Que espécie de texana é você?

Reviro os olhos.

– É um rifle. Daqueles compridos que usavam há um milhão de anos.

– É difícil usar rifle.

– Tá bom, esquece. Eu estou com um taco de beisebol. Posso acertar sua cabeça a qualquer momento.

– É, um taco é mais a sua cara.

– Né? Minha raiva está lá no alto. Enfim, somos você, eu e o taco. E estou mandando você escolher, entre os seus irmãos, aquele que você odeia menos. Você tem tempo pra pensar. Sem pressa.

Ele fica em silêncio. Eu também. Unidos por um satélite a milhares de quilômetros de distância. Eu poderia pegar o carro e chegar à casa dele em dez minutos, mas não faço isso.

– Tá, já tenho uma resposta.

– E aí?

– Bate com toda a força, Encrenca.

Dez meses e duas semanas antes
Austin, Texas

– Ainda acha que Alfie era o cara certo pra você? – pergunta ele, depois de um intervalo tão longo que não lembro mais sobre o que estávamos falando.

Já passa muito da meia-noite. A hora imprevisível, a hora das bruxas. O momento em que conversamos sobre coisas que não deveríamos. Conversas lentas. Muita divagação. Perguntas e respostas que não têm uma relação exata.

Estou deitada de lado. Sonolenta. Ouvindo o zumbido do ar-condicionado. Jade chegou em casa tarde, com alguém que não conheço, e de vez em quando risadas ecoam através das paredes, me fazendo sorrir.

– Eu sei que ele não era. Acho que... Será que eu estava só apaixonada? – Penso a respeito. – Eu gostava dos dentes dele.

Uma bufada.

– Então talvez fosse *mesmo* amor.

– Cala a boca – digo, e me espreguiço. – Minami foi seu primeiro amor?

– Acho que sim.

– E você soube logo de cara?

– Não, não. Não recebi muito disso na minha infância. Amor, quero dizer. Então foi difícil reconhecer. E tive outras mulheres antes, mas...

O silêncio se estende. Um carro passa, a luz dos faróis ilumina meu quarto.

– Como foi... Como foi se apaixonar pela primeira vez?

– Hum. Foi bom. Fiquei aliviado por...

– Por?

Uma pausa longa.

– Eu já te disse. Como sou parecido com meu pai, tudo o que eu queria era ter algo mais...

– Mais...?

– Tranquilo. Calmo. Sustentável. Foi um alívio encontrar a Minami. Nossos temperamentos se complementavam. Ela trazia à tona o melhor de mim. Não teve que lidar com as partes ruins. As partes escrotas.

Dou risada. Baixinho, mas ele ouve.

– O que foi?

– Não é exatamente um indicativo de relacionamento saudável, né? Esconder partes de você?

– É, se for combinado. Se o relacionamento é respeitoso e leve.

Dou risada mais uma vez.

– *Leve.*

– Qual é a graça?

– É que... eu não acho que seja só isso. O amor.

– Você não acha que amor é querer proteger alguém das nossas partes menos agradáveis?

– Quer dizer... sei lá. Mas o que você disse sobre a Minami... pareceu que você estava falando de uma estátua. – Eu bocejo. – De algo que a gente coloca em um pedestal ou em um estojo de vidro. Não de uma pessoa.

Pego no sono antes que ele responda.

Capítulo 26

Atualmente
Taormina, Itália

MAYA: Isso vai parecer estranho, e você tem todo o direito de me bloquear, mas… Oi, Scarlett. Aqui é a Maya. Conheci seu namorado ontem, depois da aula de macarrão. Espero que não tenha problema te mandar mensagem…
SCARLETT: Ai, meu Deus. Ol.
MAYA: Ai, meu Deus mesmo! Eu não sabia se ele tinha me dado um número de verdade!
SCARLETT: Eu estava DOIDA pra saber mais de você e do Cara Mais Velho! Vai ter casamento? Já posso reservar a data?
MAYA: Infelizmente, ainda não estamos falando de casamento.
SCARLETT: Poooxa.
MAYA: Mas ainda tenho algumas ideias.
SCARLETT: Lukas e eu estamos torcendo por você.
MAYA: Lukas é o seu namorado!?
SCARLETT: Isso!

MAYA: Bom, no meu celular ele se chama Hans.
SCARLETT: HAHAHA pq
MAYA: Pro plano diabólico que estou bolando, eu precisava salvar seu contato com um nome de homem. Hans foi o primeiro nome alemão que me veio à mente.
SCARLETT: Mas o Lukas é sueco...
MAYA: Ooops.
SCARLETT: Ele disse que também tem muitos Hans na Suécia, então é uma boa escolha. E me pediu pra te desejar boa sorte. Podemos fazer alguma coisa pra ajudar na sua missão?

Passos.

Pisando o cascalho. Bem leves quando chegam ao gramado que cerca a piscina. Param no deque de madeira. Alguém para entre um dos poucos postes ainda acesos e a espreguiçadeira onde estou sentada de pernas cruzadas. Uma sombra, estendendo-se sobre mim como uma carícia. Antes de erguer a cabeça, digito rápido uma mensagem para Scarlett-Hans: Pra falar a verdade, já estão ajudando. Tenho que ir!

— É quase meia-noite, Encrenca. E você está aqui fora sozinha.

Há uma suavidade no tom de Conor que deve emanar da escuridão, de um vinho excelente e de um dia longo na areia escaldante. Os outros caras também voltaram e entram na casa cantando "Bohemian Rhapsody".

Que noite para descobrir que meu irmão não faz a menor ideia de como se pronuncia *Scaramouche*.

— Você também está aqui fora — respondo, sorrindo. Acima da cabeça dele, Antares lança seu belo brilho moribundo. — E bem menos bêbado que os outros.

— Maya! — grita Eli do outro lado da piscina. — Onde está minha futura esposa?

— Dormindo no quarto da Tisha. Pra uma proteger a outra do "velho monstro de três pernas". Palavras delas.

Eli com certeza não entende nada, mas assente.

— O que fizeram a noite toda?

— Ficamos por aqui. Chapadas.

— Que idiota — diz Axel, a fala arrastada, antes de entrar cambaleando.

— Nova humilhação desbloqueada. — Eu me inclino para trás, apoiada nas mãos. — Acabei de ser chamada de idiota pelo Axel, o cara do hóquei.

Conor contrai os lábios.

— Deve ser um golpe profundo.

— Minha autoestima está se desfazendo no chão.

No escuro, a tela do meu celular se acende com a chegada de uma mensagem de Scarlett. Meu coração acelera, mas não olho para o aparelho. Tudo o que importa neste momento é que Conor olhe.

E Conor *olha*.

Mesmo envolto nas sombras, vejo seu rosto ficar tenso. Respiro fundo, sentindo o zumbido distante das ondas quebrando em Isola Bella. Espero ele falar. E logo sou recompensada.

— Você só pode estar brincando, Maya.

Seu sotaque sai mais carregado do que nunca.

— Como assim?

Ele olha para o meu celular de modo deliberado. A notificação — Hans, 1 mensagem — continua na tela.

Estou sendo desonesta. Estou sendo injusta, problemática e manipuladora. Deveria dizer a verdade — é ele que eu quero, sinto sua falta, quero que sejamos sinceros um com o outro. Mas a sinceridade só vai fazê-lo recuar. *Você disse a Avery que está apaixonado por outra pessoa, e nós dois sabemos de quem você estava falando* não é uma conversa para a qual Conor está preparado.

— Estou só conversando com um amigo — explico, e não deixa de ser verdade.

— A gente já falou sobre isso...

— E eu já te disse o que vai me fazer parar.

Ele suspira.

— Está pensando em se encontrar com ele?

Não respondo. Um músculo salta em sua mandíbula.

— Me diga que não está pensando em sair.

Inclino a cabeça. Escolho as palavras com muito cuidado.

— Se você se sentar aqui comigo e responder a uma única pergunta, talvez eu não saia.

É quase fácil demais. Para mim, quero dizer. As narinas de Conor se dilatam, seu rosto fica tenso e... não. Não é fácil para *ele*. Mas Conor merece crédito por se acomodar perto o bastante para que sua calça jeans toque minha coxa nua.

– Que pergunta? – diz, meio ríspido.

– Por que não nos encontramos pessoalmente nenhuma vez nos últimos três anos?

Seu semblante está em algum lugar entre impaciente e confuso.

– Como assim? Nós nos encontramos muitas vezes. Sempre que eu ia à casa do Eli...

– Sozinhos, Conor. Por que nunca combinamos de nos encontrar *sozinhos*?

– Porque você estava terminando o mestrado e eu gerencio uma das empresas de biotecnologia que mais crescem no país. Não tivemos tempo...

– A gente se falava por telefone quase todo dia, e não eram ligações curtas. Pelo jeito, nós dois *arranjávamos* tempo.

Os tendões de seu pescoço se tensionam. *Ah, Conor*, penso. *Eu nunca disse que facilitaria para o seu lado*. E, para provar, olho para o celular. Fico olhando por um tempo.

– Mas que inferno – resmunga ele, mas me encara e fala com uma calma que claramente não está sentindo. – Foi só o ritmo da nossa amizade, Maya. Relacionamentos diferentes têm necessidades diferentes.

– Concordo.

– Ótimo. Então podemos ir dormir.

– Com a última parte, digo. Nenhum relacionamento é igual ao outro. Mas sobre o que você disse antes, como se tivesse sido uma evolução natural... Quer saber o que eu acho?

– Não muito.

Não escondo o sorriso.

– Acho que peguei você de surpresa, lá em Edimburgo. Você gostou de conversar comigo. Você se abriu. Nos aproximamos de um jeito que você nunca tinha experimentado. E isso te deixou desconfortável.

– Maya...

– Mas, ao mesmo tempo, você gostou. E é por isso que nos últimos três anos não recusou nenhuma ligação minha. E sempre me procurava, se passasse alguns dias sem notícias. Ficamos muito íntimos, emocionalmente falando. Tanto que você não quis arriscar que essa intimidade se tornasse física também.

Faço uma pausa. Dou a ele a chance de discordar. Em vez disso, Conor fica me olhando, duro feito pedra.

– Isso facilitou as coisas pra você, não foi? A distância. O telefone. – Ouço mais uma onda. – Me diga se eu estiver errada...

– Você está errada.

Eu me aproximo. Os olhos dele brilham, mais escuros que a noite ao redor. Eu me recuso a deixar que ele desvie o olhar.

– Me diga se eu estiver errada – repito.

Ele não repete a mentira. E, de repente, pela primeira vez em anos, *alguma coisa* acontece. Ele vira a cabeça, contrai os lábios. Desvia o olhar, mas, quando volta a me encarar, a mudança é quase palpável. Sua boca se entreabre. Seu corpo se vira levemente em direção ao meu, o tecido de suas roupas áspero contra minha pele. O ar que nos rodeia crepita, como uma manifestação física do controle a que ele se agarra desde Edimburgo.

O início de uma fratura. *Admita a verdade. Admita.*

Uma brisa suave sopra, chicoteando seu cabelo, então o meu.

– Como eu faço você calar a boca, Maya?

– É só me dizer que estou errada. – Abro um sorriso, devagar. – Compre meu silêncio, Conor. Me diga que eu entendi tudo errado e nunca mais toco no assunto. Vou continuar conversando com meu novo amigo e...

– Vai pro seu quarto.

Recuo. Engulo a decepção, endireito as costas.

– Você não pode mandar em...

– Maya – repete ele, quase um rosnado. O som bem do fundo de seu peito. – Vai pro seu quarto. Agora.

E... Ah.

Ah.

A dureza em sua voz... eu me enganei. Ele *não* está tentando me mandar dormir, afinal.

Alguma coisa já não é mais como antes.

Levanto sem pedir a Conor que se explique. De qualquer forma, a gente nem vinha se falando. Estamos presos em um ciclo complicado de silêncio tóxico e afastamento, e... fazia dez meses que eu não me sentia tão próxima dele.

Não há por que desistir agora.

Sigo pelo caminho de paralelepípedos sem me dar ao trabalho de pegar o celular. Vai estar ali amanhã, ou não. É difícil resistir ao desejo de me virar e analisar os olhos de Conor, me certificar de que ele vai vir atrás de mim. Mas um de nós tem que assumir a liderança, e eu posso ser o Orfeu desta história.

Posso seguir em frente.

E consigo ouvir seus passos quando ele vem atrás de mim.

Capítulo 27

Ele não bate na porta, e eu não espero que bata. Estou escorada na parede em frente à entrada, esperando por ele. Por um instante, me pergunto se entendi errado, se estou louca, se ele vai mudar de ideia, mas Conor aparece e para na mesma posição que eu, as costas escoradas na porta, reestruturando o formato do quarto com sua presença.

– Oi – digo baixinho, embora todos estejam dormindo ou bêbados demais para prestar atenção em nós.

Meus vizinhos são Nyota e Axel. Ela apoia qualquer interação entre nós, e ele... Axel é o tipo de cara que aprovaria qualquer um prestes a transar, fosse uma pessoa, um personagem de anime ou um animal selvagem.

– Precisava mesmo me mandar subir sozinha? Duvido que Lucrezia vigie os corredores.

– Não foi por isso, Maya.

– Então por quê?

– Pra te dar a chance de mudar de ideia. Pensar melhor.

– Está supondo que não penso direito quando você está por perto?

– *Eu* não penso direito quando você está por perto. – Ele desvia o olhar. – Porra, você é nova demais pra...

– Pra me relacionar com garotos, ter desejos sexuais, escolher com quem satisfazer esses desejos. – Um momento de silêncio. – Conor?

Sua expressão é de insatisfação.

– Posso te contar um segredo?

Ele assente.

– Você é *chato* pra cacete.

Sua mandíbula relaxa. A bufada que ele solta também poderia ser uma risada.

– Obrigado, Encrenca.

Conor se afasta da porta e atravessa o quarto na minha direção. À luz suave e quente da luminária de chão, seu cabelo fica preto como breu. Sem as mechas grisalhas e as linhas ao redor dos olhos, esse Conor poderia muito bem ser um garoto, ter dez anos a menos.

E *mesmo assim* encheria meu saco dizendo ser velho demais para mim.

– Você faz de propósito? – pergunta ele, parado bem à minha frente.

Não ficamos tão próximos assim desde Edimburgo. Já tirei a camiseta e ele abaixa a cabeça para me olhar, a ponta dos dedos traçando o elástico da parte de baixo do meu biquíni, parando logo acima do meu umbigo.

Subitamente, brutalmente, me sinto tonta.

– O quê?

– Essas coisas que você usa. Você faz isso pra me deixar louco, não faz?

Olho para mim mesma. Não tive tempo de fazer compras antes da viagem, ou teria comprado a mistura de náilon e elastano mais fina que tivesse encontrado em promoção, só para irritá-lo. Mas os biquínis que eu já tinha priorizam o estilo em detrimento da nudez. São retrô. Cintura alta de estilo vintage. Muitas bolinhas. Jade diz que é *roupa de banho de bibliotecária hipster*.

– Você não sabe o quanto deveria me agradecer, Conor.

– É mesmo?

– Não é nada indecente...

– A questão não é ser *indecente*, Maya. – Seus dedos mergulham para dentro da calcinha do meu biquíni e eu perco o fôlego. – É como você ocupa o espaço ao seu redor. Você me lembra o tempo todo, de um jeito inegável e imoral, de todas as coisinhas que te fazem ser *você*. É impossível ignorar, e isso me deixa com *muita* raiva.

Sua mão desce mais, e eu mordo meu lábio inferior.

– Peço desculpas por ser eu mesma.

– Deveria pedir mesmo – diz ele, mas a última sílaba é quase um gemido, sufocado e arrastado, e ele está com a mão entre as minhas coxas.

Estou molhada, porque... por causa dele. Não é novidade. Mas talvez *ele* não soubesse e, quando me toca com a ponta dos dedos, Conor fecha os olhos.

– Puta *merda*, Maya.

Ele parece mergulhar para dentro de si por um instante. Todos os seus músculos se contraem, como se saber que estou tão pronta assim desencadeasse um terremoto dentro dele.

– É isso que acontece sempre que eu te vejo – digo, levando a mão à coxa dele. – Espero que pense nisso a partir de agora. Sempre que estivermos juntos.

Conor está duro. Sinto o calor de sua ereção entre nós. Minhas mãos sobem para envolvê-lo e...

Eu queria poder dizer que fico surpresa quando ele segura meu pulso e o prende contra a parede, mas, como todo o resto, vai ter que ser do jeito *dele*. Conor não quer me controlar, eu acho, só a si mesmo. Para isso, no entanto, precisa minimizar a interferência do ambiente. Manter algumas variáveis constantes.

Abro um sorrisinho, me sentindo digna de ser chamada de Encrenca.

– Como eu disse, *chato*.

– Pode se comportar? Só dessa vez?

– Vou pensar no assunto.

Ergo o braço livre, envolvo seu pescoço e o puxo para mim.

– Como é? – começo a perguntar em seu ouvido, inspirando bruscamente quando seus dedos roçam dentro da minha fenda.

Ele está cheirando a noitada, leves traços de cigarro, brisa do mar e suor, mas por baixo disso tudo é só *ele*. Quero lamber a pele sobre sua clavícula, e é isso que faço.

– Ser tão chato assim?

– Você pode me achar chato – murmura ele no meu ouvido. – Mas faz tanto tempo que estou precisando ter um autocontrole sobre-humano em relação a você... Desde Edimburgo.

A ponta de seu dedo do meio me penetra, só um pouquinho, e minhas unhas se cravam na nuca dele, sentindo o sangue vibrar sob sua pele. Tem o polegar também, traçando círculos preguiçosos no meu clitóris, uma pressão maravilhosa, perfeita, uma fricção deliciosa. Ele ouve cada som que eu faço, presta atenção em como me movimento, e... O que mais me excita, mesmo agora, é o gemido que parece ser arrancado dele. O ritmo rápido e superficial de sua respiração, que me diz que Conor está tão envolvido quanto eu.

– E depois? – pergunto.

Ele fecha os olhos. Me penetra ainda mais. Eu me considero sortuda: sou fácil, sensível. Sempre consegui sentir prazer rápido, sozinha e com parceiros. Isso, no entanto, é diferente. Não é só meu corpo... Conor está no meu cérebro, invadindo minha alma.

– E em Austin, Conor?

O dedo dele acaricia o ponto exato. Meu corpo se contrai, surpreso.

– Porra, você... *inacreditável*.

Conor mordisca meu pescoço e solta meu pulso, sua mão trêmula agarrando meu quadril.

– Lembra aquela noite, mais ou menos um ano atrás? – pergunto. O calor dentro de mim aumenta. Entre nós dois. Minhas palavras saem ofegantes, entrecortadas, úmidas contra o tecido da camiseta dele. – Você precisava falar com meu irmão, mas ele não estava, e eu abri a porta, e...

O *sim* silencioso dele vibra pelo meu corpo.

– Você estava dormindo – diz Conor, os dentes cerrados.

Passo os braços em volta de seu pescoço e pressiono o peito contra o dele, que solta um palavrão baixinho.

– Lembra o que eu estava usando?

Um gemido suave. Ele lembra, *sim*. Era pouca coisa, afinal.

– Você virou e foi embora. Como se estivesse sentindo dor.

Dou um beijo demorado em seu pescoço. Passo os dedos em seu cabelo para puxá-lo para mim, me esticando para alcançar seus lábios.

Conor recua, um rosnado de aviso no fundo da garganta.

Esse homem, que está me arrancando gemidos com os dedos há cinco minutos, se recusa a me beijar. Conor e seu maldito controle.

– S-sério? – gaguejo. – Você vai mesmo fazer isso consigo?

Seu polegar desliza pelo meu clitóris com mais vontade. Meu quadril se arqueia em sua direção.

– Fala sério, Conor. – Eu tento rir, mas não há ar suficiente nos meus pulmões. – Você quer tanto me beijar... *ah*.

Eu gozo de repente, de um jeito doloroso, pressionando meu corpo no dele, estremecendo como se não conseguisse conter o prazer dentro de mim, e é muito melhor que o melhor orgasmo da minha vida, quando gozei em sua coxa em Edimburgo. É como uma maré que me arrebata, uma onda de calor que vem de dentro e não tem por que ser tão *bom*, exceto por um motivo.

Conor, me observando. Conor, me tocando. Conor, falando comigo.

– Tudo bem – diz ele quando derreto em seus braços, seus lábios macios como seda em minha têmpora. – Tudo bem, Maya.

Sinto a ereção dele contra o meu quadril. Posso estar sem fôlego e mais trêmula que gelatina, mas não tem nada que eu queira mais do que fazê-lo gozar também.

– Você vai fazer aquilo de novo, não vai?

– Não sei do que você está falando – responde ele, beijando meu rosto, como o maldito mentiroso que é.

Agarro sua camisa com as duas mãos.

– Então, se eu me oferecer pra retribuir o favor com uma punheta, ou uma chupada, ou se eu disser que você pode gozar nos meus peitos ou qualquer outra parte do meu corpo...

Ele solta um gemido.

– Você não consegue, né? – pergunta ele.

– O quê?

– Se comportar. Nem uma vez.

Dou risada, mas o som não sai. Ele também fica em silêncio ao me pegar no colo como se eu fosse um bichinho de pelúcia. Deixo Conor me guiar, envolvendo as pernas em sua cintura, e ele me carrega até a cama, como a garota exausta que sou, puxando os lençóis limpos e me colocando entre eles.

Olhando para ele do travesseiro alto demais, bocejo e digo:

– Conor Harkness, você é um covarde.

O tremor em seus lábios me faz pensar que ele concorda.

– Vai dormir.

– Você adoraria isso, né? Assim eu calaria a boca.

– Você é um perigo – resmunga ele.

Suas mãos tremem quando ele coloca algumas mechas do meu cabelo atrás da minha orelha. Há um brilho cauteloso e frágil em seus olhos, como se ele estivesse abalado, sensível e angustiado com o que acabou de acontecer, mas de um jeito que não tem nada a ver com o meu corpo. Acho que entendo: ele pensou que fosse subir aqui e brincar comigo como quisesse, me tratar feito um negócio. Talvez esperasse que fosse ser algo clínico.

Ele me subestimou.

Não, Conor sempre soube exatamente quem eu sou. O que ele subestimou foi a *nós*.

– Boa sorte – digo.

– Em quê?

– Na sua jornada de abnegação. Você vai... – mais um bocejo – precisar.

Ele balança a cabeça, tira meu celular do próprio bolso e o coloca para carregar.

– Vai dormir, Maya – repete.

Enterro o rosto no travesseiro, esperando ele se afastar, mas apago antes mesmo que Conor saia do quarto.

Capítulo 28

Na manhã seguinte, acordo tarde, e só porque Nyota está bem embaixo da minha janela ameaçando meter um processo em alguém. Visto um short, a camiseta com a Medusa de três pernas que ela me deu, e desço correndo. Encontro-a andando de um lado para outro à beira do penhasco; Tisha, Rue e Minami estão sentadas em um banco de pedra observando tudo, a cabeça virando de um lado para outro como se estivessem acompanhando uma partida em Wimbledon.

– O que aconteceu? – pergunto, ofegante.

Nuvens brancas se aglomeram no horizonte, e o dia não está tão claro quanto os anteriores.

– Bom, várias coisas. Rue está... – Minami me encara com olhos semicerrados. – Isso é um chupão, Maya?

Meu coração dispara.

– Onde?

– Na lateral do seu pescoço.

Ergo a mão, como por instinto, até o lugar onde Conor me mordeu na noite passada.

– Deve ser uma picada de mosquito...

– Ah, sim. Eu também tenho reações alérgicas o tempo todo – diz ela, chegando para o lado e abrindo espaço para que eu sente. – Então, lembra que o casamento pode estar amaldiçoado?

Sinto um embrulho no estômago.

– Ah, não. O que aconteceu agora?

– Eles entregaram o vestido da Rue.

– E aí?

Eu amo o vestido dela. É simples e leve. Sexy, mas sem frescuras, como ela. Estava ansiosa para vê-la com ele, e para ver meu irmão vê-la com ele pela primeira vez. Por isso, quando Tisha me mostra uma foto em seu celular, solto um grito aterrorizado.

Não é um uivo. Não é um arquejo. É um *grito*.

– Taca fogo nisso! – imploro. – Coloca em uma barcaça e solta no mar. Apaga essa coisa deste plano metafísico. O que é *isso*?

– O vestido que entregaram.

– Por que parece um absorvente?

– Ah, é – diz Tisha, assentindo. – A gente estava chamando de camisinha, mas parece bem mais um absorvente mesmo.

– Fizeram alguma confusão. É o vestido de outra pessoa – explica Minami.

Fico atônita.

– Você está insinuando que *alguém*, uma pessoa, um ser humano que habita este planeta aqui com a gente, planejava se casar vestindo isso?

– É. Tudo o que sabemos sobre a pessoa é que ela é uns quinze centímetros mais baixa que a Rue. Espera... sabemos mais uma coisa: ela está com o vestido da Rue.

– E ela não pode mandar pra gente?

– Isso não vai ser possível.

– Então a loja não pode enviar outro?

– É por isso que Nyota está, hum, ameaçando destruir a estrutura corporativa deles – diz Minami. – A butique está se recusando. Ela acabou de chamar a pessoa ao telefone de "ferida de herpes". Talvez sejam os hormônios da gravidez, mas fiquei um pouco excitada.

– Mas por que a butique está se recusando?

– Bom, não são *só* eles. É um problema mais generalizado.

– Como assim?

– Não é um bom momento pra mandar coisas pra Sicília de avião.

– Eu não acreditava em maldições – diz Rue, que está na outra ponta do banco e parece um pouco chocada, então inclino o tronco para a frente e olho para ela. – Eu jurei que o casamento não ia mudar minha personalidade, mas ainda faltam três dias e já estou repensando minha posição sobre coisas sobrenaturais.

– Ah, Rue... A intoxicação e o afogamento foram acidentes. – Eu sorrio, tentando reconfortá-la. – E o vestido... Se existe uma pessoa capaz de forçar alguém a fazer alguma coisa, esse alguém é Nyota, o que significa que seu vestido vai chegar já, já. Não tem maldição nenhuma. E, se tiver, está perdendo a força. Não tivemos nenhuma quase morte nas últimas 36 horas. Estamos em uma tendência ascendente e...

Paro de falar, porque Tisha ergueu o braço e está apontando para algo à distância. Sigo a trajetória, então vejo.

– Ah – digo, finalmente entendendo o que está acontecendo.

Minha primeira impressão estava errada. O dia *não* está nublado.

Não muito longe de nós, uma coluna alta de cinzas e lava irrompe do monte Etna.

De acordo com Lucrezia, que não parece nada preocupada, e segundo a tradução do meu celular, nós *não* vamos todos morrer. A BBC, a Al Jazeera e vários aplicativos de mídias sociais parecem concordar.

– Ou com certeza vamos – diz Tisha enquanto petiscamos brusqueta de tomate.

O azeite de oliva aqui tem gosto de azeitona de verdade. Não deveria ser uma surpresa, mas é.

– Todos vamos morrer – continua Tisha. – Em algum momento. A não ser que os biólogos deem um jeito na questão dos telômeros, o que parece improvável no momento. Fiquei sabendo de um grupo na Finlândia que está fazendo coisas incríveis no campo da...

Diego a interrompe com um beijinho no rosto.

– Querida.

– Certo, desculpa. Nós *vamos* morrer, mas não em uma explosão piroclástica de chuva de pedra-pomes.
– E as pessoas que estão mais perto do monte Etna? – pergunta Avery.
– Vão ficar bem, desde que não se aventurem até a boca do vulcão pra tirar selfies – respondo. – O monte Etna é um dos vulcões mais seguros e monitorados do mundo, e a lava avança devagar. O maior problema é a qualidade do ar em Catânia e a falta de visibilidade no aeroporto. Todos os voos foram cancelados.
– Então posso desistir de escolher minha pose de Pompeia? – pergunta Axel.
Até o irmão dele fica confuso.
– Escolher o quê?
– Sabe, tipo aqueles corpos de pedra da explosão do monte Vesúvio!
Fico dividida entre o choque com o conhecimento arqueológico de Axel e a vontade de saber qual pose ele escolheria para ser imortalizado. Antes que eu possa fazer perguntas bobas de que vou me arrepender, decido subir para escovar os dentes.
É quando encontro meu irmão.
Seus cachos estão desgrenhados, o que é normal. O que não é normal é a ruga vincando sua testa.
– Você está bem?
– Estou – responde ele, quando claramente quer dizer "não".
– Cadê a Rue?
Ele aponta para o quarto.
– Tirando um cochilo.
– Ela continua acreditando na maldição?
– Eu a convenci de que não há motivo pra se preocupar.
Eu *não* quero saber o que meu irmão fez pra acalmar a noiva.
– Como nós dois sabemos que há, sim, *muitos* motivos pra se preocupar... Tem alguma coisa que eu possa fazer?
Ele solta um suspiro.
– Meu celular está explodindo com mensagens das pessoas que iam chegar nos próximos dias e não sabem mais se vão conseguir vir. E tem também a cerimonialista e o pessoal da comida, e a banda ia... – Ele massageia a nuca. – Preciso falar com eles.

– Então você e Rue estão cuidando de tudo?

Ele me encara, horrorizado.

– Eu *jamais* pediria à Rue pra falar com alguém por telefone.

Esse homem literalmente se colocaria entre a noiva e um canhão de aranhas venenosas furiosas. Eu o amo.

– O que eu quis dizer foi: tem alguma coisa que você queira que eu faça?

– Não, eu... Na verdade, pode ficar de olho no Mini hoje? Vou estar ocupado demais pra passear com ele, e não sei como ele vai reagir ao vulcão. Ele fugiu pro seu quarto hoje de manhã, antes das erupções. Ele estava com medo?

– Eu... Não que eu tenha percebido.

– Ótimo – diz Eli, as mãos nos meus ombros. – Que zona.

Dou uma batidinha robótica em seu braço.

– Vai ficar tudo bem.

Passo os vinte minutos seguintes caminhando pelo casarão e pelos jardins, tentando não olhar para a lava que desce pela lateral do monte Etna. Passo pelos olivais e limoeiros. Entro na cozinha e sou expulsa por Lucrezia sem nenhuma cerimônia; me inclino demais sobre a cerca e quase caio do penhasco; bato dois petiscos de queijo um contra o outro.

– Você está bem? – pergunta Paul quando espio dentro da sala onde ele está trabalhando.

– Claro. *Ótima*.

Ele me observa com olhos semicerrados, como se eu fosse um quadro de Magritte.

– O que está procurando?

– Nada. Por que você acha... Nada.

– Tem certeza? Você já passou por aqui umas quatro vezes, parecendo cada vez mais nervosa, então...

Conor surge à porta. Está vestindo camiseta e bermuda de treino, o cabelo úmido de suor. Claramente voltando de uma corrida. Fico tão feliz em vê-lo que seria capaz de beijá-lo.

Só que *não*, nem tentaria, porque ele é covarde demais para corresponder. Que seja. É o menor dos meus problemas.

– Eu estava procurando esse cara aqui – digo, apontando para ele. – Preciso conversar com o Conor sobre... é... o vídeo de fotos.

Paul parece surpreso.

– Vai ter vídeo de fotos no casamento do Eli e da Rue?

Acho que eles prefeririam a morte.

– Vai, claro. E Conor e eu estamos cuidando disso, então... podemos conversar sobre a logística?

– Sim – responde ele, a voz grave. – Tenho tempo agora.

Sua capacidade de mentir de improviso deveria entrar na categoria *alertas*, mas eu estaria mentindo se dissesse que isso me incomoda.

Esses alertas não significam mais nada para mim.

– Devo perguntar de novo se você está sob o efeito de drogas? – diz Conor assim que ficamos sozinhos.

– Pra falar a verdade, eu *adoraria* tomar um calmante neste momento.

Ele franze o cenho.

– O que houve?

– Preciso da sua ajuda. Eli me pediu pra cuidar do Mini hoje, mas não posso fazer isso.

– Por quê?

Fecho os olhos.

– Porque não faço a menor ideia de onde ele está.

Capítulo 29

— Você tem que contar pra ele! — ordena Conor depois de mais vinte minutos procurando um cachorro que pesa mais do que eu e tem a mesma quantidade de pelo que umas mil alpacas.

Um cachorro tão grande e tão sem talento para se esconder que *não tem como* ele estar na casa.

Merda.

— Ele saiu pra algum lugar — sugere Conor.

O clima está abafado e sufocante. Dolorosamente úmido. Estamos no pomar, e ele me olha com aquela cara séria, o queixo para dentro. Quase estremeço.

— Talvez ele tenha se assustado com o barulho das erupções. Vamos perguntar ao Eli...

— Não.

— Ele não vai ficar bravo com você, Maya. Foi ele que deixou o Mini sair do quarto imaginando que ele iria para o seu e não foi lá conferir.

Quando Conor me vê mordendo o lábio, seu olhar se suaviza. Ele passa a mão pelos meus cachos, tirando-os da minha testa. Eu penteei o cabelo hoje?

– Eu cuido disso. Não quero que se sinta mal, ainda mais se a culpa for do Eli.

– Me dá mais uma horinha.

Conor suspira e baixa os braços.

– Até onde a gente sabe, ele pode estar passeando no meio da estrada.

– Ele não faria isso. Mini não é burro.

– Mini é um cachorro.

– Como eu disse...

– Eu já vi o Mini correndo atrás do próprio rabo, comendo o próprio vômito e rosnando pro próprio reflexo. Tudo em um intervalo de dez minutos.

– Tá, tudo bem. Ele tem o cérebro do tamanho de uma ervilha, e nós o amamos por isso. Mas Rue começou a acreditar em maldições e não está sem vestido pro casamento...

Conor olha para o meu peito.

– Você podia emprestar sua camisa pra ela...

Merda. Ainda estou usando o tripé.

– E Eli está ocupado tentando salvar o casamento de uma erupção vulcânica. Está tudo desmoronando. Então prefiro esgotar todas as possibilidades antes de dizer que o cachorro deles, que eles amam mais que a mim, desapareceu.

– Eles não amam Mini mais que...

– Tudo bem. Eu também amo mais o Mini do que os dois. Ei, quem sabe eles não podem ajudar? – Aponto para três garotos entediados que estão fumando nos fundos da casa. Os netos, que devem estar dando um tempo de Lucrezia. – Eles estão sempre por aí. Quem sabe não viram Mini?

Conor não parece otimista, mas aceita a sugestão para me agradar.

– Oi – digo quando nos aproximamos.

O mais velho, que deve ter mais ou menos a minha idade, olha para as minhas pernas e esquece de desviar o olhar até que Conor diz alguma coisa que o faz resmungar um:

– *Scusa*.

Eles conversam em italiano por um tempo. Conor pergunta sobre um *cane* que é *molto grande* (eu nunca mais vou conseguir pedir um *latte* sem ouvir a voz dele), e todos os garotos fazem que não. Mas quando parece que meu coração vai desabar, o Garoto das Pernas pega o celular para fazer uma ligação. Então ele repassa o que ouviu a Conor, apontando na direção da praia.

– O que ele disse?

– O primo dele é *bagnino* na praia pública ao lado da nossa.

– Ele é o quê?

– Salva-vidas. Ele disse que viu um cachorro grande correndo pela areia há algumas horas.

– Ai, meu Deus. Sério?! Obrigada! Obrigada, obrigada, obrigada. Conor, pede o número do celular dele. Vou mandar todas as fotos das minhas pernas que o coraçãozinho dele quiser... *Ei!* – Tento puxar o meu braço, mas Conor já está me arrastando dali. – Espera. Estamos indo na direção errada, a praia é...

– Não podemos simplesmente ir até lá e gritar o nome dele, Maya.

– Por que não?

– Porque a praia tem quilômetros de extensão e não sabemos onde, ou se, o Mini parou.

Ele está me levando em direção a algo que parece um galpão, meio escondido atrás de uns ciprestes. Ele solta um pouco meu pulso, e eu...

Acho que estou tendo um dia curioso, porque deixo minha mão deslizar e segurar a dele.

Acho que ele também está tendo um dia curioso, porque não só deixa como entrelaça os dedos nos meus.

Meu coração ricocheteia no peito.

– E qual é a alternativa? A gente ainda precisa ir à praia.

Ele abre a porta do galpão. O interior é meio escuro, fresco e tem cheiro de serragem e óleo.

– Aquilo ali é uma Vespa? – pergunto, arquejando.

– Uma Lambretta – corrige ele, e sobe com facilidade na moto, que tem o mesmo tom de azul do mar. – Sobe na garupa.

– O quê?

– Tem umas trilhas paralelas à costa. Assim vamos mais rápido.

Quero perguntar se ele está brincando, mas sei a resposta.

– Parece aquele filme da Audrey Hepburn, que eu esqueci o nome, mas...

– *A princesa e o plebeu.* – Conor balança a cabeça e resmunga baixinho algo que soa como *malditas crianças*.

– Tá bom, vovô. Em primeiro lugar, esse filme foi filmado na década de 1950 ou 1960, então não venha dizer que *você* ficou na fila pra assistir à sessão da meia-noite na estreia. Em segundo... – Dou um passo na direção dele com a minha expressão mais intimidadora. – Você sabe dirigir isso aí?

Em vez de responder, ele olha em volta.

– Coloca aquele capacete.

– Esse?

É uma monstruosidade gigantesca e redonda, estampada com a bandeira italiana. Quando o coloco na cabeça, parece tão pesado quanto as expectativas da sociedade.

– Por que *eu* tenho que colocar isso?

Ele me encara todo sério.

– Porque se a gente sofrer um acidente, eu prefiro morrer do que sobreviver e te perder.

Meu coração para. Só volta a bater depois de alguns segundos.

– Isso é...

– O quê?

– Um pouco brusco? E macabro. E uma coisa muito estranha de se dizer.

– Eu sou brusco. E muito estranho.

Um calorzinho estranho mas agradável se espalha no meu peito.

– Talvez devesse tentar não ser...

Ele franze o cenho.

– Vou perguntar mais uma vez: será que você pode *tentar* não arrumar encrenca? Só por algumas horas?

Ao que parece, em condições ideais, eu sou, sim, capaz de me segurar. Agarrada à cintura de Conor, a brisa refrescando minha pele suada, consigo ficar quieta e me concentrar. Não faço ideia se Conor tem carteira para dirigir a Lambretta, mas ele sabe o que está fazendo e, depois de alguns minutos de estradas sinuosas, tenho quase certeza de que Rue e Eli não vão ser obrigados a ler os votos em cima dos nossos caixões fechados.

Avançamos devagar, de olho na praia quase vazia, procurando uma massa enorme, peluda e babona que tem uma cor parecida demais com as rochas costeiras para o meu gosto. O céu está ficando cada vez mais escuro e acinzentado, não sei se por causa do clima ou do vulcão. De qualquer forma, deve ter dissuadido a maioria dos turistas de sair de casa.

Depois de uns dez minutos de busca, passamos por Isola Bella. É deslumbrante, mesmo com o céu escuro. As ondas ao redor parecem ter assumido um tom azul-esverdeado mais escuro, e a maré alta cobre completamente a faixa de areia que leva até lá. Fico olhando para a ilha, me perguntando o que aconteceria se alguém ficasse preso lá com a alta da maré...

– Ali! – grito. – Conor, está vendo?

Deve estar, porque ele para de repente.

– Como foi que ele chegou lá?

Mini está na orla de Isola Bella.

– Deve ter sido mais cedo, quando o istmo estava visível. E agora ele não consegue voltar – digo, tirando o capacete e correndo em direção à ilha sem nem pensar.

Conor grita pedindo que eu espere, mas simplesmente *não consigo*.

– Mini! – chamo. – Ei, seu monstro babão! Estou aqui, bebê! Vou salvar você!

Quando Mini percebe que vim salvá-lo, ele late duas vezes, depois mais uma. Seu rabo abana como o laço de um caubói, e ele corre de um lado para outro na orla, procurando uma via para atravessar. O pobrezinho nunca nadou muito bem.

– Tudo bem! – grito. – Você continua sendo o melhor cachorro do mundo!

– Continua mesmo? – pergunta Conor ao meu lado. – O melhor cachorro do mundo ficou preso na ilha.

– Eu disse o melhor, não o mais inteligente. E até cientistas têm dificuldade de entender as marés.

Eu começo a tirar a roupa.

– O que você tá fazendo?

– O que você acha? – pergunto, tirando os sapatos. – Vou nadar até o meu cachorro lindo e idiota.

– Em algumas horas, a maré...

– Ele deve estar morrendo de medo achando que foi abandonado. Acha que vou deixar Mini naquela ilha por ainda mais tempo?

Largo a camiseta na areia. Conor contrai os lábios, mas começa a tirar as sandálias.

– Posso lembrar que você não está de roupa de banho?

Olho para baixo. É, estou de sutiã. A renda branca vai ser *ótima* para esconder meus mamilos.

– Não tem ninguém aqui. E também não é nada que eu não te mostraria.

Nossos olhos se encontram, e estou preocupada com Mini, impaciente, mas abro um sorriso.

Ele também.

Há um momento... um momento em que ele tira a camiseta, revelando o abdômen e o peitoral, quando eu engancho os polegares no cós do meu short e começo a tirá-lo, um momento tão dolorosamente familiar que quase parece um clichê.

Duas pessoas que se gostam, frente a frente, se despindo.

Dois amantes que tiram a roupa com urgência porque precisam se *tocar*, se sentir, agora.

Uma mão que ajuda, desfazendo o nó de uma gravata, abrindo um zíper.

É um clichê. E me enche de um desejo que eu nem sabia que era capaz de sentir.

Paro, tonta.

Conor passa a se mover mais devagar.

– É loucura, não é? – diz ele baixinho.

– O quê?

– Você. Isto. O que poderia...

O que poderia ser. Ele não fala, mas sei que é o que está pensando. Se eu não fosse tão jovem. Se ele não fosse tão ferrado da cabeça. Se existisse uma chance de isso dar certo.

Existe, tenho vontade de gritar. *Vai dar*. Mas ele está tirando a bermuda, já dizendo:

– Eu vou primeiro. Fique por perto.

– Por quê?

– Pra eu poder afogar você, claro.

Dou risada.

– Não deve ser fundo, mas se uma correnteza estranha surgir, é só me cutucar e...

– Eu sei nadar, Conor.

– Eu sei. Vinte livre, vinte costas, dez peito.

Eu o encaro, confusa. Então me dou conta de que ele está falando da minha rotina matinal. Nos outros dias. Conor contou todas as voltas.

Contraio meus lábios trêmulos.

– Você colocou o alarme pra despertar pra ficar de olho em mim?

– Eu acordo naturalmente. É como se meu corpo soubesse onde você está o tempo todo – responde ele, com um sorriso meio melancólico.

Seu dedo toca minha clavícula, traça meu ombro, desce pela pequena curva do meu bíceps.

Estremeço.

– Fique perto de mim – repete ele.

E entra na água.

É um trecho curto. À exceção de uma parte breve, bem no meio do banco de areia, quase nem é fundamental nadar de verdade. Em poucos minutos chegamos à ilha, e Mini...

Mini, que já está testando minha paciência, late várias vezes, então desaparece atrás de um muro de pedra.

– Mini, espera!

Mas ele não espera.

– Ai, que merda.

A ilha parece ter saído de um filme, feita de rochas grandes empilhadas, serpenteando na vertical em direção a uma casa histórica. Exuberantes e resistentes, as árvores crescem por toda parte: em cima das rochas e entre elas, ao longo dos caminhos irregulares de pedra, descendo as encostas do penhasco, dentro de alcovas escondidas. Meu guia de viagem tinha algumas páginas sobre a história do lugar e sei que, no século XIX, uma conservacionista se apaixonou pela ilha e decidiu construir um casarão no meio dela. Ela não apenas preservou a vegetação local, mas também plantou espécies não nativas.

Talvez seja por isso que a ilha parece um pouco deslocada e muito mais rústica que o restante da costa jônica. Os lugares que visitamos até então, os restaurantes e marcos históricos, e até mesmo Villa Fedra, onde estamos hospedados, com seus gramados sempre aparados e bosques bem cuidados, são mais organizados e sofisticados. Isola Bella, por sua vez, é uma floresta colorida e emaranhada, uma reserva natural cheia de arbustos, suculentas e flores exóticas que jamais encontraríamos além dos limites do banco de areia. A ilha hoje pertence ao governo da Sicília, mas, mesmo com manutenção constante, tudo parece ter crescido mais do que deveria e o lugar parece abarrotado demais. É como se a flora se recusasse a parar de se espalhar só para que nós, meros mortais, pudéssemos ter acesso a muito mais de suas maravilhas.

Isola Bella é um jardim dos prazeres, e não pode ser contida.

– Meu Deus, como eu estava com saudade deste lugar – diz Conor, baixinho, embora estejamos sozinhos.

Ele teve a excelente ideia de trazer meus chinelos e suas sandálias. As pedras são afiadas. Sem os calçados, nossos pés seriam dilacerados.

– Será que está fechada pra visitantes? – pergunto.

Pensei que conseguiríamos andar pela ilha, mas avisto uma porta esculpida na pedra e uma placa que indica uma bilheteria. Buganvílias cor-de-rosa e roxas crescem em volta da porta. Infelizmente, não temos como chegar até lá, porque fica para além de um portão de ferro.

Onde, não sei como, também está Mini.

– Talvez a área inteira esteja. A maioria das pessoas vem até aqui de teleférico – responde Conor, apontando para as cabines paradas no alto da colina. – Pelo jeito, não está funcionando hoje.

– Por causa do vulcão?

De onde estamos é possível ver claramente a coluna de fumaça e fogo. De vez em quando, o vulcão até ruge.

– Pode ser isso, ou a previsão de tempestade.

– Merda. – Olho para o portão. É mais baixo que eu, e pular seria moleza, não fossem as lanças afiadas no topo. – Acha que conseguimos...

Conor já está com as mãos na minha cintura, me erguendo por cima das barras de ferro. Por um instante, me imagino empalada por uma ou mais lanças, riachos de sangue misturados a pedaços do meu intestino escorrendo. Eu me preparo para gritar, chorar, talvez até vomitar em Conor. Mas, antes que eu tenha a chance, ele me coloca do outro lado do portão e se junta a mim com um salto simples e elegante.

Respiro fundo algumas vezes e tento não olhar fixamente para ele, que limpa as mãos na bermuda. Isto... estar aqui, sozinha, com ele. A contravenção de invadir uma propriedade privada. O fato de estarmos quase nus. Tudo isso junto é... demais.

– Estou impressionada com sua agilidade, vovô.

Seu olhar é fulminante.

– Quando eu tiver que operar as juntas, vou cobrar do seu convênio.

– Eu ainda sou dependente do convênio do Eli, que usa o da Harkness. – De repente, me dou conta de uma coisa. – O que significa que você paga pelo meu anticoncepcional. Não é incrível?

Ele resmunga, sem responder, e murmura alguma coisa sobre a superioridade do sistema de saúde universal.

Arrumo a alça torcida do sutiã e acrescento:

– Pode começar a usufruir desse investimento quando quiser.

Demora bem mais do que deveria, mas percebo o momento exato em que ele entende o que eu quis dizer. Conor está... *nu* demais para esconder o fato de que seu corpo inteiro se contrai.

– *Maya.*

– Oi?

Ele balança a cabeça bruscamente.

– Você não pode me dizer esse tipo de coisa.

– É mesmo? – Eu inclino a cabeça. Mostro minhas covinhas. – Isso está em alguma lei ou algo do tipo? – Eu me viro sem esperar a resposta. – Mini! Mini? Vem cá, amorzinho!

Começa a chuviscar. Seguimos trilhas batidas, escalamos umas pedras cada vez mais escorregadias e logo fica claro que Mini está se divertindo demais com a perseguição. Chamo seu nome, mas ele nunca me obedece. Eli pode ser seu chefe, mas eu sou sua colega, e qualquer pedido meu não passa de mera sugestão.

– Mini, por favor, vem cá...

Ele não vem. Avançamos em direção ao centro da ilha, afastando insetos, e a chuva começa a ficar mais forte. Conor vai à minha frente, sempre dando uma olhada para trás para se certificar de que não escorreguei e rachei o crânio em um pedaço de pedra irregular. Reviro os olhos sempre que ele faz isso, mas, quando tropeço em uma raiz exposta, ele me segura logo acima da cintura e arqueia as sobrancelhas.

Quando saímos de um conjunto de palmeiras, percebo que devemos ter atravessado a ilha inteira, e estamos muito mais perto da água do que eu imaginava. Gotas grandes de chuva encharcam meu cabelo e o pelo de Mini. Ele nunca foi muito fã de água, mas está em frente a uma reentrância no muro de pedras, latindo lá para dentro.

– É uma entrada – diz Conor. – De uma caverna. Uma caverna artificial. Está vendo como os degraus foram esculpidos na pedra?

Mini, que costuma descer escadas rolando porque é preguiçoso demais para andar, desce em disparada com a agilidade de uma cabra-montesa, e nós corremos atrás dele. Apesar do dia escuro, a visibilidade dentro da caverna é surpreendentemente boa, com uma luz que entra de uma abertura lá embaixo.

– Isso parece uma...

– Gruta – diz Conor quando chegamos ao final da escadaria. Ele aponta para a outra extremidade da caverna, onde a pedra faz um arco. – Os barcos entram por ali e param aqui.

– E os turistas sobem a escadaria para visitar a ilha – digo, assentindo. – Dá pra ver a costa daqui. Olha ali a Villa Fedra!

Mini late mais uma vez, agora para uma alcova na parede. Conor e eu trocamos um olhar, e ele diz, pelo que espero que seja a última vez:

– Fica atrás de mim.

Ele acaricia Mini e, em um tom que revela zero disciplina e muito carinho, resmunga:

– Malcriado.

Então franze o cenho e inclina o tronco para ver melhor.

– Maya?

– Oi?

Ele balança a cabeça.

– Retiro o que disse.

– Quê?

– Retiro o que disse sobre o Mini. Na verdade, ele é um gênio.

Mini infla o peito, orgulhoso.

– Por quê?

– Porque ele não estava fugindo. Ele nos trouxe até aqui por um motivo.

Capítulo 30

O outro cachorro também é um vira-lata, mas muito menor, e está com tanto medo da gente que seu corpinho coberto de pelos escuros não para de tremer. Eu e Conor não demoramos a tirá-lo do buraco na parede, mas Mini fica nos olhando fixamente o tempo todo, um supervisor impaciente que pelo jeito não confia muito em sua equipe.

– É macho, eu acho – digo a Conor. – Não é, lindão?

O elogio é uma mentira deslavada – tão óbvia que Conor ergue uma sobrancelha, quase achando graça.

– Ah, cala a boca – digo, contendo um sorriso.

Tudo bem, talvez ele não seja o ideal platônico de beleza canina. A mordida cruzada talvez interfira em sua mastigação e um olho é maior que o outro. Ele é ao mesmo tempo esquelético e atarracado, seu corpo largo demais para o comprimento e a cabeça tão minúscula que chega a ser engraçado. As orelhas caídas, no entanto, são um espetáculo. Além disso:

– Algumas pessoas dão mais valor à personalidade do que à aparência – digo a Conor quando o cachorro desiste de se esconder atrás de Mini, se aproxima de mim para cheirar minha mão com cuidado e então a lambe.

Conor solta uma risada bufada, mas, quando o cachorro deixa que ele acaricie o topo de sua cabeça, confessa, relutante:

– Talvez eu esteja começando a gostar dele.

– Mini, olha só você fazendo amigos em outro país!

– Puxou a você – resmunga Conor, e demoro um tempinho para entender que ele está falando do Falso Hans.

– Acha que ele só fez isso pra nos deixar com ciúme?

Sinto o peso do olhar de Conor, sua confusão zumbindo no ar, e percebo que ele não entendeu nada mesmo. Ele realmente acredita que eu dormiria com outra pessoa. *Você tem que saber*, é o que quero dizer. *Tem que saber que sou apaixonada por você há três anos, muito mais tempo do que seria sensato.*

Só que Conor é assim mesmo: ele me afasta principalmente porque não acredita que eu saiba o que quero. Na cabeça dele, ainda sou uma garota de 20 anos que vai mudar de ideia se vir algo novo surgir. Que não é capaz de tomar decisões por si mesma.

É deprimente, mas é a verdade.

– Acha que ele ainda é filhote? – pergunta ele.

– Será?

– Como será que o Mini encontrou esse cachorro?

– Meu guia disse que tem muitos animais de rua na Sicília. Pode ser que tenham se encontrado perto do casarão e um tenha trazido o outro pra cá...

Ele assente, pensativo.

– Temos que procurar um veterinário.

– Lucrezia deve conhecer algum.

O cachorro balança o rabo, animado – por conhecer gente nova, por estar livre, por ser acariciado por mãos quentinhas. Quando um trovão ressoa dentro da caverna, no entanto, ele e Mini se escondem embaixo de uma protuberância da pedra, aninhando-se um no outro.

Conor suspira.

– É melhor esperar a chuva passar. E talvez a gente tenha que carregar o cachorrinho.

– Seu celular ficou na Lambretta? – pergunto.

Ele faz que sim com a cabeça.

– E o seu?

– Faz um tempinho que não pego nele. Talvez esteja no meu quarto.
– A sua geração não é superapegada ao celular?
– É. E a sua também. Você não nasceu durante a Grande Depressão, você é um millennial. Será que pode parar de agir como se todo mundo que conheceu na infância tivesse morrido de sarampo?

Então me dou conta do sorrisinho dele. Eu *sempre* caio nas suas provocações.

– Vai se ferrar – resmungo, me virando para observar a caverna.

É impressionante. Uma câmara de um azul onipresente. As paredes são ásperas e não muito altas, mas o teto abobadado confere ao lugar uma aparência de catedral. Na entrada da gruta, a chuva agita a superfície do mar. Torrentes de luz e de água da chuva escorrem pelas rachaduras na pedra em um ritmo agradável e relaxante, interrompido apenas pelo canto intermitente dos pássaros conforme os habitantes da ilha se abrigam.

Mas o ponto onde estamos, no fundo da caverna, permanece imperturbável. É como um casulo, reservado. A pedra desce aos poucos em direção ao mar, e deslizo para deixar que meus pés afundem na água. Os peixes logo se afastam, confusos com a intromissão, e não consigo deixar de rir. Talvez estejamos presos aqui, mas...

– Não estou brava – digo.

Quando Conor me olha sem entender, entro na água. No início, é raso, mas de repente fica mais fundo do que eu esperava. Logo meus pés já não tocam o chão. Mergulho a cabeça, então jogo os cachos molhados para trás e deixo a sujeira, o suor e o pavor de ter perdido o cachorro do meu irmão serem lavados.

Não espero que Conor se junte a mim, ou se aproxime tanto quanto se aproxima. E, no entanto, aqui estamos nós. Estudando um ao outro enquanto ele me observa flutuar, ondas azul-escuras brincando nas linhas de seu rosto.

– Não acredito – digo.

– Em quê?

– Ontem à noite você me fez gozar, e hoje eu nem acordei com um bilhete dizendo "foi um erro". – Faço um biquinho. – Achei que fosse uma tradição nossa.

É uma piada. Engraçada, eu diria. Mas ele me olha sério.

– Você se arrependeu...

– Não – digo com firmeza.

Balançando a cabeça, nado de volta até meus pés reencontrarem o fundo. Sento em uma pedra e me recosto, percebendo mais uma vez que Conor *não* confia em mim no que diz respeito à porra dos meus próprios desejos.

– Se você não quiser...

– Conor, por favor. – Eu o encaro com uma expressão firme, mas entretida. – Eu sei que é pedir demais, mas me faça o favor de não explicar o *meu* consentimento pra *mim*.

Ele olha para cima, mas também volta para a pedra. A água mal alcança suas coxas.

– Eu gosto de você assim – provoco.

– Assim como?

Aponto para seu corpo. A bermuda colada na pele. O contorno grosso contra o algodão.

– Quando não consegue esconder que me quer.

– Eu sempre quero você, Maya, e nunca consegui esconder isso muito bem.

Curvo os dedos dos pés contra a pedra.

– A maioria das pessoas, incluindo seus amigos mais próximos, não faz a menor ideia disso – rebato, lembrando o que Minami disse na noite anterior.

A risada bufada dele ecoa contra as paredes.

– Por outro lado – continuo –, faz muito tempo que você só mostra o que eles *querem* ver, né?

Eu me inclino para trás. Cruzo as pernas. Pela primeira vez desde que colocamos os pés na ilha, olho para o meu próprio corpo. Ele está realmente tendo uma visão excelente dos meus peitos. E de todo o resto.

– Você me considera mesmo uma pirralha?

Ele estremece, como se a conversa que tivemos no primeiro dia também fosse um espinho feio e doloroso para ele.

– Acho que você é impaciente. Acho que pode ser implacável, quando se trata de ir atrás do que quer. E, considerando a vida que teve, tem todo o direito de ser assim – responde ele, e umedece os lábios. – Não acho que seja uma pirralha. E ainda que fosse... Você é jovem. Ainda tem tanto a crescer. E... – Uma pausa bem longa. – Isso não importa, Maya. Porque gosto de você do jeito que você é.

Abro um sorriso.

– Gosto quando você se permite me tratar como se eu fosse uma mulher adulta.

Ele mexe o maxilar, como se sua cabecinha dura estivesse debatendo sobre alguma coisa.

– Eu também gosto – diz ele, finalmente, se ajoelhando na minha frente, a metade inferior do corpo ficando submersa. – É o que eu mais gosto de fazer.

– O quê? – Eu suspiro e deixo que Conor descruze minhas pernas e escolha uma posição para mim como se eu fosse uma boneca. – Reconhecer verdades biológicas?

Ele faz que não com a cabeça, então a abaixa, e eu fico tonta. Não consigo pensar enquanto sua língua faz isso: lambe gotículas de água salgada da minha pele, encontrando um mamilo rígido sob a renda transparente.

– Fingir. Que isso poderia dar certo. *Meu Deus*, Maya.

– O que foi?

– Eu não deveria tocar em você.

Apoio a mão em seu rosto.

– Pensei que sua regrinha esquisita de segurança fosse que você pode *me* tocar, e eu não posso tocar *você*.

– Porra, que inferno. – A respiração dele está acelerada e ruidosa, mesmo sob o barulho da chuva. Sinto sua testa na minha barriga. – Como eu disse – resmunga Conor, dobrando meu joelho e empurrando minha perna para cima. – Fui um maldito santo por três anos. Criei um método. Sabia exatamente como evitar você.

Passo os dedos por seu cabelo. Vendo-o olhar para mim. O tecido da calcinha colado em cada centímetro da minha pele. Ele não consegue ver que estou molhada, mas *sabe*.

– Você pensou em não vir pro casamento? – pergunto.

– Você sabe que sim.

Suas mãos encontram minhas coxas, abrindo-as tanto que meus músculos reclamam. Ele empurra minha calcinha para o lado sem muita delicadeza. O tecido se amontoa ali, escorregadio, bem ao lado da minha abertura nua, e...

Fazia *meses* que eu não me depilava. Fiz isso antes da viagem só porque sabia que ia usar biquíni, e agora estou feliz por isso. Duvido que Conor fosse se incomodar, mas amo sentir cada toque de sua língua, cada movimento enquanto ele mordisca, provoca e *chupa*.

Ele não é *delicado*. Outros caras já fizeram isso em mim, e não foram nada mal. Mas havia certa delicadeza, lambidinhas suaves, um toque quase espectral. Conor geme. Conor suga. Conor agarra, morde e xinga. Enquanto me chupa, faz a expressão que outros caras fazem quando eu é que os estou chupando.

– Por favor – imploro, arquejando, pedindo a ele apenas que continue.

Conor é implacável e obstinado. Não consegue ler minha mente, por isso não pula a fase estranha em que ainda não sabe exatamente o que fazer. No entanto, ele precisa de poucas tentativas.

Aprende rápido. Passou muitos anos estudando.

– Eu... *isso, aí*.

Eu me contorço contra a pedra, mesmo arranhando as minhas costas. Arqueio o quadril contra sua boca. Os sons que ele arranca de mim ecoam pela caverna, mas não sinto vergonha nenhuma.

– Porra – diz ele, e repete quando minha fenda se contrai ao redor da ponta de seu polegar em uma onda de calor. Seu dedo me penetra rapidamente e eu o pressiono, pedindo mais e... – *Porra* – repete Conor, baixinho, arrastado.

Eu queria poder dizer a ele, mostrar a ele o quanto isso é bom, mas o orgasmo sobe pelas minhas costas em disparada e envolve minhas cordas vocais. Não há ar suficiente no mundo. Meu corpo se resume a tensão e prazer. É assim que as pessoas morrem e ainda pedem mais.

– Conor – arquejo depois de um tempo. Vejo água pingando das estalactites. – Você...

Fico em silêncio, porque ele começa tudo de novo, eu puxando seu cabelo e meus calcanhares pressionando os músculos de suas costas. Seu nariz roça meu clitóris enquanto ele lambe meu gozo só para me fazer convulsionar mais uma vez. Não tenho como fugir desse prazer, não até ele soltar um rosnado baixinho, abafado na minha coxa, e decidir que estou livre.

Então fico deitada ali.

Passo a maior parte do tempo convencendo Conor de que sou uma mulher adulta, mas nesse momento me sinto uma garotinha. Uma coisinha fútil e trivial. Toda mole e sem fôlego, sem nada para marcar o tempo a não ser os resíduos de prazer que fazem meu corpo estremecer.

Não consigo me mexer. Nem mesmo para olhar em seus olhos ao pedir:

– Me deixa fazer em você.

Ele coloca minha calcinha de volta no lugar, e até isso me causa um espasmo. Sua testa desliza pela minha barriga, suplicante. Beijos suaves logo abaixo do meu umbigo. Um *não* silencioso.

– Conor – digo, acariciando o cabelo em sua nuca. – Eu quero muito chupar você.

A voz dele sai abafada contra a minha barriga:

– Eu já...

– Eu sei que você gozou quando eu gozei. – Ele me apertou *com força* em certo momento. Seu grunhido preencheu a caverna inteira. – Quero fazer assim mesmo. Você vai gostar.

Ele dá uma risadinha.

– Você está sendo muito otimista quanto à minha capacidade de ficar duro de novo tão rápido. *Não* estou no meu auge.

– Sério, Harkness? – pergunto, encontrando forças para me apoiar nos cotovelos. – Piadinha sobre disfunção erétil?

Ele dá de ombros, travesso. Fofo. Umedece os lábios – não de modo sugestivo, apenas faminto. Feliz.

– Elas fazem sucesso com a minha faixa etária.

– Humm.

Ele não se aproxima, então me obrigo a ir até ele. Volto para a água. Meus braços envolvem seu pescoço, os dele envolvem minha cintura. Deito a cabeça em seu ombro e ficamos flutuando assim, em paz, nossos corpos quentes se refrescando no mar. O barulho da chuva fica mais leve, mais espaçado. Raios de sol dourados começam a se infiltrar na caverna.

– Não quero criar expectativas irreais – digo a ele, preguiçosa –, mas acho que você ia gostar muito de transar comigo. Eu ia te deixar maluco.

– Também acho, até porque você sempre me deixa maluco.

– Então por que não me deixa...

– Maya. – Um suspiro cansado. – Não quero me aproveitar de você explorando a diferença de idade ou o desequilíbrio de poder entre...

– Conor?

Ele para de falar. Olha para mim, paciente.

– Em um dia comum, quanto tempo você diria que passa pensando nesse suposto desequilíbrio de poder entre nós?

Estou tentando fazê-lo rir. Fazê-lo perceber o quanto está sendo ridículo. Mas ele não desvia o olhar.

– O tempo *todo* – responde, sério.

Meu coração se parte. Meus olhos ardem, porque... merda. *Merda.*

– Se você apenas...

– Maya, só... Não, por favor.

– Não *o quê*?

– Não preciso que você me chupe, ou me deixe maluco, ou me mostre como seria bom, porque já imaginei tudo isso. Eu só quero... – Ele me puxa para ainda mais perto. Aninho meu queixo em seu pescoço. – Isto é o bastante. Só ter você aqui por alguns minutos.

Você não precisa se contentar só com alguns minutos!, quero gritar. *Estou aqui. Sou sua, se quiser. Você pode me ter o tempo inteiro.*

– Posso pelo menos beijar você?

Bem calmo, ele responde:

– Prefiro que não faça isso.

Fecho bem os olhos, tentando manter a raiva contida. *Pobre Conor*, penso. *Meu amado maníaco por controle. Com tanto medo de perdê-lo.*

Pobre Conor, e de mim também.

– Tá – digo, abraçando-o com mais força, sentindo que ele faz o mesmo.

Gosto de acreditar que o contato ajuda. Que sua pele está sussurrando para a minha. Tudo o que ele não consegue dizer, tudo o que nunca diz, tudo o que não quer dizer. Eu me permito me perder na fantasia de nossos corpos fugindo juntos. Construindo o futuro que nós dois nunca teremos. Eles vão ficar acordados até bem tarde, visitar antiquários no interior do Texas em feriados, adotar animais de estimação do abrigo local. Eu me obrigo a rir, que é melhor do que cair no choro. Conor afasta o rosto, provavelmente para perguntar o que houve comigo.

Nesse exato momento, sinto uma ardência na panturrilha.

Capítulo 31

Lucrezia é taxativa: Conor deveria fazer xixi em mim.

– Como é que é? – pergunto após vários segundos atônita.

Lucrezia, no entanto, segue apontando para minha panturrilha, e a tradução feita por Conor não muda.

– Ela insiste que urina é o melhor remédio pra queimadura de água-viva.

Lucrezia assente, satisfeita por ter compartilhado sua sabedoria, e olha para nós, sentados no sofá de veludo macio, talvez esperando que Conor abra a calça.

– Essa sugestão tem a mesma procedência daquela de não me deixar nadar por duas horas depois do café da manhã?

– Provavelmente. Eu também flagrei a Lucrezia jogando sal por cima do ombro uma noite dessas. Suas dicas médicas talvez não sejam das mais confiáveis.

– Pergunta uma coisa pra ela: se eu comer uma semente, vai nascer uma planta no meu estômago?

– Eu já perguntei.

– E o que ela disse?

– Só se eu mijar nela primeiro.

Mordo o lábio para não rir. Um dos meus cachos secou meio fora do lugar e fica caindo na minha testa. Quando Conor coloca o cacho fujão atrás da minha orelha, esqueço de respirar.

– O que eu não entendo é o seguinte – digo, me esforçando para manter o foco. – Por que tem que ser o *seu* xixi? Eu sou plenamente capaz de produzir minha própria urina.

– Talvez ela confie mais na minha mira.

– Humm. Isso é um fetiche seu? Está se aproveitando de uma pobre idosa pra incluir essa brincadeirinha na nossa vida sexual?

Ele solta um suspiro profundo, mas parece achar graça.

– Nós não temos uma vida sexual, Maya.

– Uma pena... – Faço beicinho, então olho para Lucrezia. – Está tudo bem. Não foi nada de mais! – digo, com meu sorriso mais reluzente.

Ela resmunga alguma coisa, nada convencida.

– Ela perguntou se está doendo.

– Pode dizer que está doendo menos do que as rejeições constantes de Conor Harkness.

– Vai ter que aprender italiano e dizer isso você mesma. Ela também quer saber se você gostaria que ela chamasse o Dr. Cacciari.

– Pra ele fazer xixi em mim?

Ele pode até não querer rir, mas, ah, ele falha miseravelmente.

– Eu vi uma pomada de hidrocortisona no kit de primeiros socorros. Espere aqui. E não deixe ninguém fazer xixi em você.

– Sempre um estraga-prazeres! – grito para suas costas, então vou mancando até Eli, que observa Rue acariciando com cuidado o cachorro que resgatamos.

Ele está com uma ruga enorme na testa.

– Onde é o consultório da veterinária? – pergunto.

– A uns cinco minutos daqui. Ela vai nos receber em uma hora.

– Legal.

– Vai ser desagradável – explica Rue ao cãozinho –, mas inofensivo. Meu conselho é simplesmente fazer o que ela pedir.

Algumas pessoas conversam com animais como se fossem bebês, mas Rue? Eu não achava que fosse desse tipo.

– Depois da consulta, talvez seja melhor o levarmos ao abrigo mais próximo – sugere Eli.

A julgar pelo seu tom, não é a primeira vez que ele faz essa sugestão. Nem a segunda.

– Mas isso vai partir o coração do Mini – argumenta Rue. – Eles já estão muito amigos. Estão grudados desde que a Maya e o Hark chegaram com os dois. Não podemos separá-los.

– Amor, eu entendo, mas não podemos simplesmente *importar* um cachorro.

– Por que não?

– Porque estamos prestes a nos casar e viajar em lua de mel.

Rue franze o cenho, e eu também. Eu me agacho, me juntando à pilha que ela formou com os cães. Tomando partido.

– Eu gostaria de lembrar – sussurro no ouvido dela – que se a qualquer momento no decorrer desta semana você não conseguir o que quer, é seu direito dar uma de noiva maluca.

– É?

– Claro. Pra falar a verdade, acho que seria até divertido.

Ela me analisa com seus olhos enormes e sérios. Então contrai os lábios.

– Divertido pra quem?

– Pra mim? Mas também pro Miúdo.

– Miúdo?

Dou de ombros.

– Miúdo não seria o nome perfeito pro companheiro do Mini?

Ela se inclina para a frente, olhando nos olhos do vira-lata por um tempo, então pergunta:

– O que acha? Miúdo?

Miúdo lambe seu rosto em um beijo bem molhado e, quando olho para Eli, vejo o mesmo que ele: alguém que até dois anos atrás não confiava em animais de estimação defendendo a adoção de um segundo cachorro.

Meu coração *infla*. Não sei o que acontece com o de Eli, mas seria capaz de apostar que deve estar umas dez vezes mais cheio que o meu, porque ele diz:

– Acho que vamos ter que dar um jeito de levar o Miúdo pra casa.

Rue segura seu rosto com as duas mãos e o que se segue é um beijo intenso demais.

– Não se preocupem com a lua de mel, gente – digo. – Eu cuido da importação. Não tenho nenhum compromisso no futuro próximo.

– Claro – responde Eli, em tom de brincadeira, os lábios colados no rosto de Rue. – Você só tem que se mudar pra Califórnia ou pra Massachusetts, achar um lugar pra morar, começar um trabalho novo, se acostumar...

– Sim, sim – respondo, já me afastando, manca, subindo a escada e sentindo o gosto da vergonha que surge na minha garganta.

Isso me lembra de uma época em que Eli olhava para mim e só via fracasso. Quando eu tinha 14 anos e não passava de um mix de luto, raiva e arrependimento. Essa lembrança pesa uma tonelada no meu estômago, a terrível ideia de que estou prestes a decepcioná-lo mais uma vez...

– O que foi, Maya?

Alcanço o patamar da escada e Conor surge à minha frente. Hesito, surpresa com sua presença repentina. Quando toco meu rosto, meus dedos continuam secos. Então como ele sabe que tem algo errado?

– Nada.

Ele não parece acreditar, mas me mostra o tubo de pomada.

– Volta pra sala pra gente...

– Não. Aqui.

– Na escada?

Faço que sim e me sento no degrau mais próximo. Estendo a mão aberta. Não espero que ele se ajoelhe à minha frente e abra a pomada. Consigo alcançar meu próprio tornozelo, e a ardência já está passando sozinha, de qualquer forma, mas ele coloca o gel na mão primeiro, aquecendo-o por alguns segundos. Por isso, quando o gel entra em contato com a minha panturrilha, a sensação é de alívio. Seu toque é delicado e simples, objetivo, mas também demorado. A mão áspera, firme.

O peso no meu estômago não diminui, mas se transforma. Vira outra coisa. Igualmente pesada, mas não desagradável.

– Conor?

Ele olha para mim. Uma de suas mãos descansa na minha panturrilha. A outra toca o arco do meu pé e então desliza para o calcanhar.

– Posso perguntar uma coisa?

Ele não diz que sim, mas seu polegar acaricia meu tornozelo.

– Sabe quando você e Eli quase terminaram o doutorado? E aí foram expulsos? E de alguma forma isso foi o catalisador do resto da vida de vocês...

– Tenho uma lembrança...

Engulo em seco.

– Se você tivesse um irmão mais novo...

– Eu tenho três, Encrenca.

– Verdade, verdade. Vou começar de novo. Você... Você me conhece, né?

Ele faz que sim. Não tira as mãos de mim.

– Se eu fosse diferente... – Eu respiro bem fundo. Pisco rápido algumas vezes. – Se minha vida não estivesse encaminhada. Se eu não tivesse a certeza que... que todo mundo acha que eu tenho. Se eu...

Não consigo terminar a frase. Ainda assim, Conor comprime os lábios e, por uma fração de segundo, parece tão descontente que me arrependo de tudo. De ter perguntado, de ter vindo para a Sicília, de ter nascido.

Mas então ele diz:

– Duvido que haja alguma coisa no universo que mudaria o que penso de você, Maya.

Sinto um nó na garganta. Não consigo parar de encará-lo.

– Verdade?

Conor se inclina para a frente. Seus lábios, frescos, entreabertos, tocam o ponto logo abaixo do meu joelho.

– Verdade.

Capítulo 32

Miúdo é, de fato, um filhote. Tem por volta de 8 meses, de acordo com a veterinária, e está bem saudável. Nos próximos dias, vai tomar uma quantidade impressionante de vacinas, e aí...

– Está pensando em levar Miúdo pros Estados Unidos? – pergunta a veterinária.

– Se eu não levar, minha noiva talvez me mate.

A veterinária olha para mim.

– Ah, não. Eu *não* sou a noiva, eu sou...

– Minha filha – diz Eli, sorrindo e apoiando o braço nos meus ombros.

– Odeio quando você faz isso – resmungo.

– Eu sei. É por isso que eu faço.

Eli dá um beijo paternal no topo da minha cabeça, sem perceber o desconforto de Conor. Até mesmo a piada mais antiga bate de um jeito diferente quando se acabou de passar boa parte da manhã chupando a não filha do seu melhor amigo em uma caverna.

Não sei como fomos parar aqui – Eli, Conor e eu, juntos no consultório da veterinária como uma grande família feliz, depois voltando para casa no Fiat vermelho de sempre.

– Alguém pode abrir a janela? – pergunto. Depois de estranhar o carro, Miúdo agora está subindo no meu colo, mostrando interesse pelo mundo lá fora. – Não tem botão aqui atrás.

Eli me olha, o cotovelo apoiado na janela.

– Quando *nós* éramos crianças, a janela dos carros abria manualmente. Eu adorava baixar e subir o vidro, ficava *vidrado*.

– Por favor, sem piada de tiozão.

– Não gostou?

– Não.

– Meu coração está *estilhaçado*.

Solto um resmungo.

– Minha *nossa*.

– Mas é sua ou é nossa?

– Tá… Conor, pode parar o carro, por favor? Miúdo e eu vamos voltar andando.

Eli suspira.

– E eu achando que você ia *rachar* de rir.

Quando chegamos, Paul está na varanda, trabalhando em seu notebook. Conor se afasta para atender a uma ligação importante e Eli e eu rimos do reencontro amoroso despudorado entre Mini e Miúdo. Eles não tinham ficado nem quarenta e cinco minutos separados.

– Se mudar de ideia, eu fico com ele – diz Paul, depois de um tempo. – Sempre quis um cachorro.

Paro o ensaio fotográfico canino magistral que estou fazendo.

– O quê? De jeito nenhum. – Devo ter soado meio grosseira, porque ele me olha atordoado, mas não recuo. – Entra na fila, Paul. Se o Mini não puder ficar com o Miúdo, eu vou ficar.

– Ele ficaria mais perto do Mini comigo – responde Paul, em tom de brincadeira, flertando, e fico indignada.

Houve uma época, quando eu tinha 11 ou 12 anos e me sentia a pessoa mais solitária do mundo, em que eu sonhava com um encontro fortuito como aquele. Eu resgataria um animalzinho e seríamos inseparáveis para todo o sempre.

É difícil superar uma fantasia da adolescência, e Paul *não* vai ficar com esse cachorro.

— Não ficaria, não. Além do mais, ele gosta de mim.

— A Califórnia fica muito mais perto do Texas do que Massachusetts. Seria mais fácil visitar...

Em sua defesa, ele percebe na mesma hora que falou besteira. Deve ser minha expressão: olho para ele como se estivesse prestes a arrancar seu coração pela boca.

— Eu... Warren... Tivemos uma reunião hoje de manhã. Ele disse que você recusou a oferta da Sanchez. Imaginei que...

— O quê? — pergunta Eli.

Paul se encolhe.

— Ai, merda. Desculpa.

Não alivio o olhar.

— Eu não... Eu pensei que se *eu* tinha essa informação, todo mundo já devia ter.

Semicerro os olhos e ele dá alguns passos para trás, claramente com medo.

— Não acredito que já fui a fim desse cara — resmungo baixinho.

— Em sua defesa, você era muito jovem — diz Eli, o tom seco. — Agora, será que podemos voltar pra decisão superimportante que você esqueceu de compartilhar com a turma...

— Não foi isso.

— Você recusou a oferta da Sanchez?

Tento fazer minha garganta parar de tremer.

— Eu ia... Estava esperando o casamento passar pra te contar.

— Tudo bem. — Eli ergue a sobrancelha como se não estivesse nada bem. — Mas por quê? Tem algum motivo pra você não querer que eu saiba?

— Eu... Eli, eu não disse que não queria que você soubesse.

Ele parece atônito, como se eu fosse o enigma que dá acesso a uma sala do tesouro.

— Eu não... Pensei que você já tivesse passado da fase de esconder as coisas de mim.

— *Não* estou escondendo nada.

Há um toque de mágoa na risada curta dele.

— Você claramente *está* escondendo alguma coisa, já que eu descobri que vai se mudar pra Boston pelo irmão do Axel...

– Eu não vou me mudar pra Boston, e Paul não sabe de merda nenhuma.

Eu estremeço, sentindo uma labareda subir pela garganta. Conheço bem essa mistura de quente e frio.

Eli cruza os braços, impaciente, e sempre foi assim entre nós. Minha raiva e a dele, alimentando uma à outra. Esses impasses aconteciam *todos os dias* quando eu era adolescente. E agora... Não quero que volte a ser *assim*.

– Olha só. – Respiro fundo. Mais uma vez. Conto até cinco. – Acho que não é o melhor momento pra gente falar disso. Podemos, por favor, relaxar um pouco e...

– Por que está fazendo tanto caso pra me contar sobre o cargo no MIT? Eu te disse desde o início que vou apoiar qualquer decisão...

– Porque eu *não* aceitei o cargo no MIT – quase grito. – Eu *adiei*. Liguei pro Jack e ele disse que ia tentar manter o cargo aberto por um ano, mas que isso depende da situação do financiamento do centro de pesquisa, e que a vaga no Fermilab vai pra outra pessoa. Pronto, agora contei. Está satisfeito?

Eli me olha como se... Como se eu ainda tivesse 12 anos e ele tivesse decidido do nada que não posso mais assistir à minha série favorita porque é violenta demais, que preciso ter horário fixo para ir para a cama, que não posso sair com meus amigos porque eles são velhos demais para mim. Mal consigo respirar.

– O que está acontecendo, Maya? Por que está sendo tão infantil?

– Por que *você* está me tratando como se eu fosse uma adolescente que precisa te manter informado de...

Uma represa se rompe e a raiva inunda meu cérebro. Vejo tudo vermelho. E tudo o que ouço são meus batimentos cardíacos. Essa raiva... às vezes, a sensação que tenho é de que sou feita dela. Um amontoado de moléculas em disparada pelo meu corpo, deixando para trás apenas ressentimento.

– Quer saber, Eli? Dane-se. Não vou deixar você falar assim comigo.

Saio pisando firme, desço a escada da varanda, odiando Eli, odiando Paul e, acima de tudo, me odiando pelo modo como...

Alguma coisa bloqueia meu caminho e quase tropeço.

Quando olho para baixo, vejo o braço de Conor contra minha barriga como a droga de uma catraca.

– Se não me soltar...

– Maya.
– *Conor*. Se você...
– Pode se concentrar em mim só um segundo? Por favor?

Obedeço. Aos poucos, o resto do mundo – ondas, gaivotas guinchando, Miúdo mordendo Mini de brincadeira – recua.

– O que está acontecendo? – pergunta Eli, mas sua voz parece vir de longe. Fácil de ignorar.

– Não vou te obrigar a ficar aqui – murmura Conor, o rosto perto do meu. – Mas você me disse várias vezes que, quando fica com raiva de alguém que ama, muitas vezes gostaria de ter respirado fundo.

Fecho os olhos. Demora um pouco, mas consigo absorver o significado de suas palavras mesmo com a energia tóxica correndo em minhas veias.

Hesito. Faço que sim uma vez só, brusca.

– Consegue olhar nos meus olhos? – pergunta ele.

Eu olho, irritada. E na mesma hora sinto... os pés no chão.

– *Quando a raiva aparecer* – diz sempre a minha terapeuta –, *se concentre nas coisas à sua volta. Nomeie os objetos. Tente estar mais em seu corpo e menos em sua cabeça.*

E vejo Conor. Vejo o parapeito. Vejo o oceano, o alecrim, o Fiat vermelho e o lugar lindo onde meu irmão nos reuniu para o seu casamento.

– Ele está sendo um babaca – digo, ríspida.

– Está mesmo.

Mordo o lábio.

– Mas você também não foi lá muito racional.

Fecho os olhos.

Após algumas ondas baterem na costa, Conor acrescenta:

– Vendo de fora, parece que os dois estão exagerando. Você e Eli não são inimigos.

É simples assim. Eu amo tanto Eli e...

Eu me viro para ele. Meu irmão está olhando para nós, claramente perplexo com essa interação. Agora que estou pensando com mais clareza, no entanto, consigo distinguir as emoções em seu rosto. Irritação, sim, claro. Raiva. Mas também preocupação e ansiedade. Acima de tudo, confusão.

Respiro fundo.

– Desculpa. Eu não queria...

Eli balança a cabeça.

– Não, eu... eu também não. Não queria agir como se...

Nossas frases pairam sem rumo entre nós. Se fôssemos menos teimosos, estaríamos rindo de nós mesmos e um do outro.

– Pode me contar o que está acontecendo? Estou... – Eli abre os braços. – Preocupado. Não porque acho que você é uma criança, mas porque não entendo.

Tudo bem. Não tenho 15 anos. Não acabei de dar um tapa em um cara que deu em cima de mim porque ele disse que *"garotas malucas pagam boquetes incríveis"*. Eli não quer me colocar de castigo. Ele está do meu lado.

– Não é o que eu quero, Eli. Não agora. Talvez nunca.

Ele assente, mesmo enquanto pergunta:

– Você não quer...?

– Nenhum dos dois. É que eu... não tenho certeza ainda. Não sei se quero seguir a carreira acadêmica, porque não gosto dela. É um ambiente competitivo, de muita pressão e prazos apertados, que às vezes parece prezar mais a própria perpetuação do que qualquer tipo de avanço científico. Os cientistas mal conseguem fazer o próprio trabalho, e muitos parecem infelizes. E, já que eu só tenho uma vida, não deveria aproveitar fazendo algo que me traga alegria? – Coço a testa. – Não que um cargo corporativo fosse trazer, já que tem todas as desvantagens do meio acadêmico e mais o fato de que não existe espaço para considerações éticas ou para avaliar o impacto social de... – Eu me interrompo. Passo a mão pelo rosto. Espero até me sentir mais calma. – Eu recebi duas ofertas incríveis. E sei que você estava orgulhoso de mim por isso. Mas nenhuma delas é o que eu quero. Não neste momento. Eu... ainda não estou pronta pra me comprometer com uma carreira.

Eli hesita.

– Maya, se você... Se precisa de um tempo pra descansar, posso te ajudar...

– Eu aceitei outra oferta. Antes de vir pra cá. E pela primeira vez em meses estou animada com o ano que vem.

– Que oferta, Maya?

– Vou dar aula em uma escola. – Eu engulo em seco. – Já tenho formação pra isso e...

Eli parece completamente confuso. E Conor... Não olho para ele, mas sinto seu olhar me perfurando.

– Onde?

– Em Austin.

– Você vai ficar em Austin?

Faço que sim com a cabeça.

– É por causa do... – Eli olha de relance para Conor e, nossa, preciso respirar fundo mais uma vez.

– Não, Eli, mas é bom saber que você acha que eu viraria minha vida inteira de cabeça pra baixo por causa de um cara que mal repara em mim...

– Não, eu... – Eli ergue as mãos. Bandeira branca. – Tem razão. Isso foi desnecessário, desculpa. Acho que não estou entendendo... Você nunca falou de querer... Por quê?

– Porque sim. Porque eu... quero experimentar. Porque parece recompensador e *divertido*. Porque o mundo precisa de professores. Porque eu gosto de crianças. Porque amo a ideia de ajudar essas crianças a se empolgarem com um assunto que *me* empolga. Porque quero sentir que cada dia importa. Porque... Olha, eu não sei se é isso que quero fazer pro resto da vida. Quer dizer, parece algo difícil. Talvez eu seja péssima nisso, mas...

– Não.

Hesito.

– Não?

– Não. Você vai ser ótima nisso. – Ele parece ter certeza. De modo quase casual. – Você tinha medo da minha opinião? Foi por isso que não me contou antes?

– Não, eu ia contar. Depois do casamento. Se... – Olho para Paul, que pelo menos tem a decência de ainda parecer envergonhado pelo que fez. – Se *alguém* não tivesse me delatado.

– "Delatar" não me parece o termo exato pra...

– *Cala a boca, Paul!* – dizemos Eli e eu em uníssono.

– Eu ia te contar – retomo. – Só não sabia se você ia ficar decepcionado, então ia esperar até depois da lua de mel.

– Maya, *como* eu poderia ficar decepcionado? – Ele se aproxima, parecendo achar graça de verdade. – Alguma vez eu dei a impressão de que não considero professores valiosos, louváveis ou, sinceramente, heroicos até?

– Não, não, mas você mesmo disse que vive se gabando da minha pesquisa por aí. Às vezes, parece que você gostaria que eu fosse o que você não pôde ser. E isso me assusta, a ideia de que se eu não me tornar cientista...

Eli ri e se aproxima para colocar as mãos nos meus ombros.

– Maya, eu tenho orgulho de *você*. Mas não dos seus diplomas, dos seus prêmios ou dos seus títulos. Fico maravilhado com quem você é... e a palavra-chave aqui é essa, quem você *é*, não o que você faz. Não importa se vai ganhar um Prêmio Nobel ou virar lançadora de dardos, vai continuar sendo a mesma pessoa.

Ele belisca minha bochecha como fazia quando eu era criança e...

Não me incomoda muito. Na verdade, é até legal.

– Eu queria ser cientista, e não deu certo. Mas se *você* não quer ser cientista... eu não me importo. Só preciso saber que está fazendo o que *você* quer. Você tem que tomar decisões com base na própria felicidade, não pensando em realizar indiretamente os meus sonhos.

– Sério?

– Sério. E eu *quero* que você fique em Austin.

– Quer?

– Quero. No seu tempo na Suíça, Rue e eu sempre comentávamos que você fazia muita falta.

– Sério?

– Sério. Mas não porque amamos você ou porque é divertido ter você por perto. É porque precisamos de alguém pra passear com a dúzia de cachorros que vamos adotar. E pra cuidar das plantas. – Ele abre um sorrisinho. – Mão de obra barata.

Concordo com a cabeça. A esperança aquece meu peito.

– Então tudo bem entre a gente?

– Tudo ótimo.

Abro um sorriso. Eli também, e me puxa para um abraço de urso.

Alguém pigarreia.

– Bom, fico muito feliz por meu erro ter levado a uma conversa tão bonita, mas...

– Cala a boca, Paul – dizemos Eli e eu.

Dessa vez, Conor se junta ao coro.

Capítulo 33

A erupção do monte Etna continua. O aeroporto ficará fechado no mínimo pelas próximas vinte e quatro horas. Apesar das ameaças contínuas de Nyota, Rue continua sem vestido. A cerimonialista cai no choro durante uma chamada por Zoom e pede para ser substituída. O dono do rinque onde Rue, Eli e eu patinávamos, que deveria celebrar o casamento, nos informou que está com muito medo de pegar um avião por causa do tantinho de nada de lava que está respingando em direção a Catânia.

Considerando tudo isso, é a noite perfeita para uma degustação de vinhos.

Saímos ao pôr do sol. Os vinhedos são lindos, ainda mais sob a manta arroxeada do crepúsculo. A banda ao vivo toca algo próximo de um jazz instrumental, uma melodia suave que acalma minha ansiedade crescente que não para de tagarelar que o casamento talvez não aconteça. O vinho...

Tento não deixar que minha verdadeira opinião transpareça, mas sigo com minhas crenças profundas: vinho é tudo igual, e *todos* têm gosto de uva podre.

– Você nem deveria engolir – diz Nyota, tentando me transformar em uma pessoa mais elegante. – Deixa o vinho percorrer o interior da sua boca, saboreia as sensações e o retrogosto, e cospe.

— Então eu tenho que suportar o sabor péssimo sem nem ficar altinha? Não sou burguesa o bastante pra isso.

— Pois melhore! — grita ela atrás de mim quando me afasto. — Ou não vou te levar comigo aos eventos quando eu for lobista da indústria do vinho!

Encontro Conor em uma das mesas redondas da varanda, sentado com Sul, e me acomodo ao seu lado. Os dois estão rindo de algum conhecido que talvez vá preso por alguma cagada financeira, fazendo piadas sobre a relação entre retiros de ayahuasca e a capacidade de um CEO de maximizar o valor das ações. Então Avery e Diego se juntam a nós, e eles começam a falar sobre a creche de Kaede, de um dos analistas que terminou um relacionamento poliamoroso de cinco anos, de dor na lombar, de fundos de aposentadoria, do Super Bowl. Que a juventude de hoje em dia não sabe escrever em letra cursiva.

Entrelaço as mãos, apoio-as no encosto da cadeira, recosto a cabeça nelas e fico observando tudo. Posso não ter muito com que contribuir, mas estou me divertindo.

— Juro por Deus — diz Diego —, os novos estagiários não sabem assinar um documento.

— Os nossos reclamam que não conseguem ler minha letra. Malditas crianças. — Conor balança a cabeça, então olha para mim. — Sem querer ofender.

— Não ofendeu — respondo, com um sorriso doce. Embaixo da mesa, belisco sua coxa. — Fiquem à vontade pra falar sobre o quanto seus testículos andam caídos ultimamente.

Avery cospe o vinho. Sul está quase engasgando com o queijo, então dou um tapinha em suas costas a caminho de onde está Nyota, sentada com Tisha.

— Tá, então — diz Tisha, erguendo os dedos e contando. — Primeiro: puta merda. Segundo: santo Deus. Terceiro: cacete.

— Achei que você fosse continuar com as variantes — diz Nyota, e olha para mim, balançando a cabeça. — Minha irmã não para de me decepcionar.

— O que aconteceu?

— Estamos com problemas — explica Tisha. — Nossos pais acabaram de dizer que não vêm mais. E eles iam trazer o presente que comprei pra Rue, um colar de esmeralda em formato de folha superfofo. O que eu vou dar pra ela agora?

– Posso te emprestar o ímã de três pernas que a Maya comprou pra mim – oferece Nyota.

– Ah, cala a boca. O que *você* vai dar pra Rue?

– Vou seguir o perfil dela no Instagram.

Eu assobio.

– Que sortuda.

– Eu sei. – Nyota bebe um gole de vinho rosé. – Mas é em caráter de teste. Na primeira publicação de uma montanha com uma citação motivacional, vou bloquear.

– Pode confiar na Rue – garanto.

– Você vai me seguir também, Ny? Sou sua irmã, caramba.

– On-line, não é. Só vai ser quando começar a fazer uma curadoria melhor do seu perfil. Pelo amor de Deus, para de usar hashtags, parece até que estamos no Twitter de 2014.

Estou preocupada com Rue, então vou atrás dela. O prédio principal da vinícola é rodeado por uma varanda linda. Vou até os fundos, e é onde a encontro: sentada em um banco no vinhedo lá embaixo, de frente para o monte Etna, observando os tons de alaranjado e vermelho que escorrem devagar da cratera mais alta. Eli está com ela, o braço em sua cintura.

– Meu Deus – resmungo.

– O que foi? – pergunta Conor.

De algum jeito, sua aparição do nada não me assusta.

– Olha só pra eles. Eles se amam tanto que chega a ser constrangedor. Só querem se casar, e a droga do magma subterrâneo não consegue nem ficar denso o suficiente pra permitir.

– Não é o contrário?

– O quê?

– O magma subterrâneo não é denso *demais*?

– O magma precisa de flutuação suficiente pra subir até a superfície.

– Pensei que o fator principal fossem as bolhas de gás que...

Ele balança a cabeça e ri, se inclinando para a frente, as mãos apoiadas no parapeito.

– O que foi?

– Não acredito que eu estava discutindo dinâmica de fluidos com você.

– Nem eu. Quer que eu te ensine sobre a Nasdaq?

– E sobre meus testículos caídos.

Conor me olha com uma expressão séria, tentando com todo o afinco fingir que não gostou da minha piada. Eu me escoro no parapeito, de frente para ele, para dificultar ainda mais.

– Eu deveria ter falado do seu P.E.?

– Meu P.E.?

– Não seja humilde, Conor. Você sabe que tem um pau enorme.

Ele me olha, pensativo.

– Você é mesmo uma ameaça constante.

– Eu tento.

– Está bêbada?

– Que nada. Vinho tem uva demais pro meu gosto. E você?

Ele faz que não.

– Qual é a *sua* desculpa? Você não é um de nós, plebeus. Você gosta de vinho. Tem um paladar refinado. Você *harmoniza* as coisas, e...

Eu me endireito, sem acreditar que *não* percebi.

– Você não está bebendo.

Ele olha em volta, como se quisesse destacar a ausência de uma taça.

– Muito observadora, você.

– Não, digo no geral mesmo. Você não bebe mais. Não vejo você beber nada com álcool desde que cheguei.

Seu olhar parece perguntar: *Quer um prêmio por ter percebido?*

E sim, eu quero. Também quero: respostas.

– Você era...?

– Alcoólatra? Não. Acho que não. Mas estava meio demais.

– Desde quando?

– Faz alguns meses.

Sinto um nó na garganta.

– Uns dez?

Uma pausa. Ele assente, em silêncio, e cerro os punhos. Tudo o que eu quero no mundo é permissão para beijá-lo. Quase faço isso, mas ele acrescenta:

– Achei que era melhor dar um tempo. Nunca gostei muito da pessoa que me tornava quando bebia. As coisas que eu dizia... Podiam ser bem cruéis.

Eu me identifico. Houve umas dez mil vezes nos últimos anos em que não gostei de mim mesma. Em nove mil e novecentas delas, estava com raiva e disse algo injusto para alguém que não merecia.

– Você sente falta?

– De me odiar ou de beber?

– Dos dois, eu acho.

– Sinto falta do álcool... às vezes. Com alguma frequência, até. Mas esta semana, não.

– Por que não?

O olhar que ele me lança praticamente implora que eu pense um pouco. *Por favor, Maya. Você sabe por quê. Use esse seu cérebro genial.*

– Pra compensar, continuo me fornecendo muitas oportunidades de me odiar.

– Que bom que resolveu essa parte. Se precisar de alguma ajuda...

– Não se preocupe, Maya. Você continua sendo a rainha dos meus arrependimentos.

Uma dor surda se espalha pelo meu corpo, mas ele está sorrindo, como se quisesse transformar o diálogo em uma brincadeira, nossa troca de farpas habitual, e...

– Vamos dançar – digo.

A música está baixinha, a varanda, mal iluminada, e acho que nunca dancei uma música lenta na vida. Mesmo assim, eu o puxo para perto.

– Maya, não é uma boa...

Mas já estamos dançando. Envolvo sua cintura em meus braços e nos balançamos pra lá e pra cá. Depois de um tempo, ele me abraça também. Ainda mais forte do que o meu abraço.

– Oi – digo, o rosto colado em sua camisa.

– Oi, Encrenca.

Seus lábios tocam o topo da minha cabeça. Ficam ali. Quase não nos mexemos – não é uma dança, é um *abraço*. Mas eu posso fingir, se é disso que ele precisa.

Enterro o rosto em seu peito e digo:

– Obrigada por hoje. Com o Eli.

– De nada – responde ele, e acaricia meu cabelo. – Vocês teriam se acalmado sozinhos, com o tempo.

– Verdade, mas foi bom não ter passado metade do dia magoada com ele. Minha terapeuta ficaria orgulhosa de você.
– O meu também ficaria.
Dou risada. Seguro um botão de sua camisa.
– Conor?
– Oi?
– Eu queria muito...
– Ei, Hark, os carros vão... – Avery para de falar ao virar a esquina.
Sua expressão vai de animada a confusa e depois a magoada.
Traída.
Eu me afasto um pouco de Conor, mas é tarde demais.
Ela pigarreia.
– Os carros vão embora daqui a pouco – diz.
Então ela dá meia-volta e se afasta.

Voltamos para o casarão.
O céu está sem estrelas, um breu, a não ser pela região do monte Etna, que cospe pequenas rajadas de fogo e grandes ondas de fumaça. Todos fazem piadas com Mordor. Paul menciona o apocalipse. Axel pergunta o que é Mordor. Avery ri meio alto demais.
A cena tem algo de pré-histórico. É bela, sim, mas é também um lembrete da insignificância de nossas vidas medíocres. Entrevistas de emprego, certidões de casamento, níveis normais de ferro no sangue, declarações de imposto de renda, diferenças de idade de quinze anos e até a Doutrina Friedman... Essas coisas importam quando a terra está cuspindo fogo como se fosse um dragão gigante?
Olho discretamente para Conor, mas ele não está olhando para mim. Não vamos simplesmente voltar cada um para o seu quarto, com certeza. O mundo está acabando. Pode ser que Sauron domine a Terra Média. Mas Minami o puxa de lado. Eles conversam à beira da piscina, claramente preocupados com Eli e Rue e o casamento, e não tenho uma boa desculpa para ficar por perto. Subo para o meu quarto e quase tenho um infarto quando encontro meu irmão na cadeira acolchoada junto da escrivaninha.

– Por que estou tendo flashbacks daquela vez que saí escondida à noite e encontrei você sentado na minha cama ao voltar?

Ele ri. Depois da briga, me sinto mais relaxada perto dele – como não me sentia há um bom tempo.

– E você insistiu que tinha saído pra correr.

– Eu *tinha* saído pra correr.

– Você voltou fedendo a maconha e estava de minissaia.

– Ah, é. – Dou risada. – Então acho que não.

– Por isso te coloquei de castigo por um mês. Só por curiosidade, aonde você tinha ido?

– Humm. Acho que na época eu estava saindo com um cara que tinha uma irmã mais velha que estudava na Universidade do Texas. Ela nos levava pras festas dos alojamentos.

Ele assente como se eu tivesse respondido a um mistério ancestral.

– Então talvez seja por isso que estou fazendo você se lembrar daquela noite. – Eli suspira. – Maya. Acho que precisamos falar sobre o Hark.

Capítulo 34

A facilidade que tenho para retomar minhas táticas adolescentes é perturbadora, como se o instinto de *mentir, desviar* e *omitir* estivesse embutido em mim para sempre.

– O que houve? – pergunto, piscando, toda inocente. – Alguma coisa que eu deva saber?

Eli me olha meio de lado, bem calmo. O olhar dura o bastante para que eu me pergunte: *O que é que você está fazendo?*

– Desculpa. Isso foi desnecessário. Vamos começar de novo: o que tem o Conor?

Eli passa a língua por dentro da bochecha. Claramente, ver nós dois interagindo durante a briga o fez pensar.

– Sabe, durante um tempo, eu me perguntei se você estava só fingindo gostar dele porque gostava de me incomodar.

– Isso vinha de brinde. – Eu sorrio. – Tá, antes que você comece a dar uma de irmão mais velho superprotetor, eu gostaria de fazer um pequeno resumo dos fatos: é tudo consensual. Fui eu que tomei a iniciativa. Ele não está se aproveitando da minha juventude e ingenuidade. Não vai partir meu coração. Não está...

– E *você*?

– ... usando sua influência considerável para... Quê?

– *Você* vai partir o coração dele?

A sensação é a de que uma criança travessa está sacudindo o globo de neve onde eu vivo e agora o mundo está de cabeça para baixo.

– Então... Você *não* veio aqui pra me informar que, se essa situação continuar, vai me trancar na torre da Rapunzel e bater no seu melhor amigo por ter me arruinado. Veio pra dizer à sua irmãzinha, que mal chegou à idade adulta, pra ser gentil com o cara mais velho e rico.

Eli passa a língua pelos dentes.

– Quando você coloca nesses termos, parece meio zoado.

Assinto, pensativa. Mas o que digo é:

– Eu considero um elogio.

– Sério?

– Pelo menos *você* está admitindo que tenho autonomia. Não sei ao certo por que está do lado dele, mas...

– Não estou... Não tem *lado* nessa história, Maya. Só estou preocupado com a pessoa que obviamente está mais envolvida.

Dou risada. Então percebo que ele está falando sério.

– Você acha que *eu* não estou?

– Eu... – Eli massageia as têmporas. – É diferente. Ele é diferente. Com você, quero dizer. Acho que é o jeito que ele olha pra você. Nunca vi Conor assim.

– Assim como?

– Como... Como se estivesse a um passo de perder a cabeça. – Um suspiro. – Ele tem agido de forma muito protetora com você nos últimos anos, mas...

– Estamos falando de Conor Harkness?

Eli me olha como se eu fosse uma criança ingrata.

– Estamos, Maya. Ele se importa com o seu bem-estar, pergunta por você. Presta atenção quando alguém diz o seu nome. Lembra aquele computador difícil de conseguir que a Minami te deu de presente de formatura?

– Lembro.

– Foi ele quem mexeu os pauzinhos. E... – Eli solta uma risada bufada. – Você sabe a opinião dele sobre a Universidade do Texas desde que fomos expulsos, não sabe?

Faço que sim.

– No ano em que você se matriculou, ele começou a fazer doações pra Faculdade de Ciências Naturais.

– O quê? *Por quê?*

– Uma das lições que aprendeu com Finneas Harkness. Compre influência em lugares estratégicos para os seus objetivos.

– Mas eu não precisei de ajuda nenhuma. Entrei por mérito próprio. Isso foi desnecessário...

– Eu sei, e ele também sabe. Mas Hark gosta de se planejar. Ele não confia muito em instituições, nem que elas vão se portar de forma decente. E se importa com você, então quis garantir que, caso você precisasse de alguma coisa, o dinheiro dele poderia comprar.

– Eu... – Balanço a cabeça. – Talvez ele só quisesse apoiar a física como disciplina acadêmica.

Eli ergue as sobrancelhas.

– Dois anos atrás? Aquelas prateleiras do chão ao teto que você queria no seu quarto?

– As que você instalou enquanto eu viajava com a Jade? Mesmo depois de ter falado que eu era inteligente o bastante pra montar meus próprios móveis e que eu não deveria ficar escolhendo quais papéis de gênero quero rejeitar nem presumir automaticamente que você ia fazer as coisas por mim porque sou mulher?

– O que você disse, Maya, foi: "Sou só uma garota, não sei usar ferramentas, você tem que fazer isso pra mim", mas me recusei a alimentar esse pensamento e... Não fui eu.

– Como assim?

– Hark foi lá. Instalou as prateleiras. Pintou as paredes. Arrumou a bagunça que ficou.

– O quê? *Por que* você não me contou isso?

– Porque ele me pediu pra não contar. Porque ele disse que a tarefa ia ser relaxante e que estava fazendo mais por ele que por você. Porque eu tinha acabado de começar a namorar a Rue e tinha dificuldade de pensar em qualquer coisa que não fosse ela.

– Cara, isso não mudou.

– Não. – Ele suspira. Esfrega os olhos. – Tem... coisas sobre o Hark, so-

bre os últimos anos, que estou começando a ver de um jeito diferente. Sempre achei que ele não tinha superado a Minami. Todo comportamento, toda reação, toda vez que ele priorizava o trabalho em detrimento dos relacionamentos, eu atribuía ao fato de ele ainda estar apaixonado por ela, mas...
Ele me olha como se eu tivesse a resposta.
– Você foi... – começo a perguntar. – Você também foi falar com ele? Sobre mim?
– Ainda não, mas...
– Por favor, não faz isso. Ele já acha que é um velho tarado roubando calcinha de adolescentes. Ele odeia o fato de eu ser mais nova.
Eli pondera as minhas palavras.
– Não é uma preocupação irracional, Maya. Vocês estão em fases diferentes da vida...
– E se a Rue fosse quinze anos mais jovem que você? Ou mais velha?
– Ela não é. Essa é a questão...
– A questão é que a gente encontra alguém, e nem sempre tem como controlar onde a coisa toda vai parar. Quer dizer, vocês se conheceram em um aplicativo de sexo.
– Certo. E eu me apaixonei por ela. E, durante um tempo, eu quis um relacionamento e ela não, o que *não* foi uma experiência agradável. Por isso eu vim te dizer que, se estiver usando o Hark pra se divertir...
– Não estou... Eu gosto dele.
– Eu sei que gosta, mas...
– Não, Eli. Eu *gosto* dele.
Um momento de silêncio. Meu irmão absorve, recalcula a rota e diz:
– Entendi.
– Três anos atrás, no meu último semestre na Escócia... ele me ajudou. – Engulo em seco. – E mantivemos contato a partir daí. Durante dois anos, nos falamos quase todos os dias, como amigos. E aí... – Eli espera pacientemente que eu continue. – Antes desta semana, fazia meses que eu não falava com ele.
– Por quê?
Solto o ar devagar.
– Porque deu a maior merda.

Capítulo 35

Dez meses antes
Austin, Texas

Faz duas semanas que Conor e eu tivemos aquele papo na madrugada sobre Alfie, amor e o relacionamento dele com Minami.

Não conversamos desde então, o que é inédito em nossa amizade. Conor anda ocupado, viajando, cobrindo Eli, que foi viajar com Rue num fim de semana prolongado. A Harkness está expandindo, os papéis deles estão mudando e uma supervisão direcionada é crucial neste período de transição e blá-blá-blá.

Não me incomodo muito porque há sete dias nos vimos pessoalmente. No estacionamento de uma igreja, quem diria. Ele vestia um terno de três peças cinza e estava de óculos escuros, e balançou a cabeça ao perceber que o restante de nós parecia desconfortável. Olhamos para o campanário e fiquei meio enjoada com aquele lembrete de tijolos e argamassa de que a religião ainda existe no mundo.

– *Estou surpreso em ver você tão à vontade* – disse Eli quando ele nos conduziu pela escadaria da igreja.

Conor bufou.

– *Sabe aquela minha culpa católica da qual você sempre tira sarro?*

– *Sei.*

– *Essa é a vantagem.*

Eu sorri, então virei para Minami e Sul e disse:

– *Nunca fui a um batizado.*

Eles responderam em uníssono:

– *Nem eu.*

Eles não tinham planos de batizar Kaede, mas Sul foi criado pela avó, que é "muito católica", e a coisa toda do batismo é "muito importante" para ela, embora o próprio Sul seja "bastante indiferente" à questão.

– *Até onde sei* – sussurrou Minami no meu ouvido –, *sou alérgica a incenso.*

– *O que eu acho é que vamos todos entrar em combustão espontânea assim que colocarmos os pés naquela igreja.*

Conor estava segurando a porta aberta para nós, mas vi a pequena contração em seu maxilar, a curva de um sorriso, e o sangue borbulhou nas minhas veias.

É amor quando notar que ele *quase* riu da minha piada me deixa dez vezes mais excitada que os vídeos praticamente profissionais e cheios de filtros que os caras mandam nos aplicativos?

– *Cuidado, Encrenca* – murmurou ele, e essa foi toda a nossa interação.

Depois da cerimônia, sentamos cada um de um lado da mesa do restaurante. Olhei para Conor um total de três vezes, e em cada uma delas ele estava conversando com uma pessoa diferente. Eli, Rue, a avó fofa de Sul. Vi quando ele se levantou e passeou pelo lugar com Kaede, para que Minami e Sul tivessem um tempinho para comer. E me ocorreu o mais idiota dos pensamentos: ele seria um pai incrível. Não tenho orgulho de admitir isso, mas nem foi a primeira vez.

Aposto que algumas pessoas discordariam. Diriam que ele é frio demais, arrogante demais, focado demais no trabalho. Mas Conor cuida dos outros. Tem aquele senso de humor seco que deixa as crianças eufóricas. Sim, existe uma camada de Teflon revestindo sua alma, mas ele deixaria um bebê tocá-la. E mostraria sua verdadeira personalidade: um perfeccionista neurótico que se importa demais com tudo para abrir mão de qualquer coisa.

Depois do jantar, ele foi para o aeroporto, de onde partiu para o Meio-Oeste para tratar de um daqueles negócios de agrotecnologia que, segundo me disse, são seus favoritos. No dia seguinte, ligou para Rue para pedir um conselho, porque ela é muito boa no que faz e às vezes serve de consultora. Eles conversaram sobre aquicultura por quase uma hora. Eli e eu sorrimos enquanto preparávamos sopa de tortilha seguindo a receita que McKenzie me mandara, ouvindo os dois discutirem, igualmente teimosos. Quase fofos demais.

Talvez a gente curta o mesmo tipo de pessoa.

Sinto falta de Conor. Muita falta. Eu *poderia* pegar o celular, qualquer dia, a qualquer hora, e sei que ele atenderia antes mesmo do fim do primeiro toque, mas não quero obrigá-lo a arrumar tempo para mim. E tudo acaba bem, porque depois de algumas noites ele liga.

– Como foi a reunião por Zoom? – pergunta ele, como se minhas reuniões de pós-graduação fossem tão importantes quanto seus negócios milionários.

E elas são mesmo. Fico feliz que ele saiba disso.

– Foi boa. Conversamos sobre um projeto do Cern que envolve astrofísica de fluidos e parece interessante. E o nome dele era Jack Smith.

– Jack Smith.

– É.

– Você inventou isso.

– Não. Bom, o nome todo é Jonathan Smith-Turner. Ele comanda um centro de pesquisa em Boston. É daqueles que... Quando ele chama, você atende. E eu gosto dele.

– Você gosta dele – repete Conor. Inexpressivo.

– No sentido de que eu gostaria de trabalhar com ele. Não no sentido *não vejo a hora de transar com ele no Colisor de Hádrons*.

– Humm.

– Ele é casado. Com uma física teórica que trabalha com Georgina Sepulveda.

– Ah, sei. George. Você trabalhou com ela ano passado, não foi?

– Isso. E mesmo que não fosse... ele é *velho*. E eu *não* tenho o hábito de me relacionar com idosos. – Faço uma pausa. – Mas abriria uma exceção pra você.

Espero ele escolher entre a gama habitual de respostas – *Cala a boca,*

Encrenca; Sinto o mesmo por crianças como você; É por isso que eu te ligo, conversar com você me mantém humilde. Mas Conor fica em silêncio, o que é estranho, então continuo:

– A garota que liderava o projeto no Cern teve uma emergência familiar, o que significa que alguém da equipe vai ocupar o cargo. Isso abre uma vaga de pesquisador, e você sabe o que dizem sobre alocação de orçamentos acadêmicos *e* porcos de criação.

– O quê?

– Que não se pode desperdiçar nada.

Ele ri, uma risada baixa e rouca. Minha mão segura o telefone como se fosse uma tábua de salvação.

– Você deveria aceitar – diz ele.

– Humm. É, deveria. Quer dizer, eu teria que me mudar pra Suíça por um tempo, e sei que pessoas da sua idade têm dificuldade quando precisam fazer ligações internacionais, mas podemos nos encontrar antes de eu ir, e eu posso configurar o treco no seu celular...

– Na verdade... – diz ele, me interrompendo.

E nessa hora eu já sei. Se não os detalhes, o resumo do que está prestes a acontecer.

– Ah, não. Você derrubou seu aparelho de fazer ligações no vaso sanitário de novo? – pergunto, tentando usar uma piadinha para impedir que a conversa avance.

Ele me ignora.

– Talvez não seja tão ruim assim se a gente... diminuir o contato.

Parece que Conor está redigindo um memorando corporativo. Meio frio *demais*.

Fica calma, digo a mim mesma. *Nada de ruim está acontecendo. Respira fundo, não exagera na reação.*

– Seu plano de dados acabou?

Um silêncio pesado.

– Tem outra pessoa, Maya.

Tudo bem. Então *está* acontecendo algo de ruim. Não significa que eu deva parar de respirar. Com calma, digo:

– Tem mais ou menos oito bilhões de outras pessoas no mundo, então você vai ter que explicar melhor...

— Vou começar a namorar outra mulher.

Não me lembro de ter me sentado, mas o ângulo a partir do qual enxergo o quintal do vizinho na janela mudou, e sinto alguma coisa embaixo das minhas coxas.

— Ah. — Eu pareço surpreendentemente calma. — Quando vocês se conheceram?

— Já faz um tempinho.

— Entendo. Só por curiosidade, quantos anos ela tem?

Quase posso *ouvi-lo* fechando os olhos. Aquela irritação paternal e forçada que ele reserva só para mim.

— Só estava pensando... Sei o quanto isso é importante pra você.

— Ela certamente não tem 20 e poucos anos.

Assinto com a cabeça. Se ele não vê, o problema é *dele*. Um pequeno peso de chumbo se acomoda no meu estômago. E se revira.

— Eu não... nós não temos nada sério, Conor. Temos conversas ocasionais durante as quais você se certifica de que não estou completamente apaixonada por você e de que eu entendo os termos da nossa relação. Que somos só *amigos*. Não foi alucinação minha, foi?

— Não.

— Você vai parar de conversar com o Eli e a Minami? Eles também são seus amigos.

— Não é a mesma coisa.

— Tem razão, não é. Você e a Minami ficaram anos juntos. Sua nova namorada... — a palavra tem um gosto ruim em minha boca — pode até insistir que você corte relações com ela. Mas por que se importaria comigo?

O silêncio do outro lado da linha é tão profundo que me pergunto se ele desligou. Mas aí:

— Maya, você está saindo com alguém?

Todo relacionamento tem alguns assuntos inflamáveis que devem ser evitados. Para alguns, é política, exploração de derivados de petróleo, caça ética. Mas Conor e eu compartilhamos muitos valores. Concordamos na maioria das questões, com algumas nuances que nos arrastam para horas de discussões e para muitos *Ah, fala sério* e *Rá, te peguei!* Gosto dessas discussões. Ele também.

O que nunca, nunca falamos é sobre os encontros que temos quando não estamos juntos. Não que eu tenha o que contar.

– Por que a pergunta?

Um instante de silêncio.

– Semana passada, o Eli falou alguma coisa sobre você e um dos analistas júnior.

– Quem?

– Cameron – responde ele. – Esqueci o sobrenome. Ele tem uma formação interessante. Começou como físico e acabou com a gente.

– Eu não sabia que existe ligação entre física e fundos de investimento.

– Pela última vez, não somos um fundo de investimento, Maya.

– Claro. E o que isso tem a ver com você não querer mais ser meu amigo?

– Eli comentou algo sobre checar se você tem interesse. Talvez fazer a ponte entre vocês. Disse que faz anos que você não sai com ninguém.

Merda. Merda, *merda*.

– Obrigada por pensarem em mim, mas não preciso ser apresentada a alguém que estudou física. Vivo cercada de físicos. Se quisesse sair com um, andaria pelos corredores da Universidade do Texas e arranjaria o primeiro maluco de mecânica relativista que por acaso não soubesse como trocar um pneu...

– A questão não é essa.

Não gosto do tom que ouço na voz de Conor. Não gosto de não saber qual é a questão, afinal.

– Não mantenho o Eli informado sobre todas as minhas atividades amorosas. Além disso, não tenho interesse na maioria dos caras à minha volta...

– Eu acho que deveria ter. Acho que deveria... Nós dois deveríamos nos concentrar em ter relacionamentos com pessoas mais adequadas...

– De idade adequada?

– Isso também. Maya, vamos ser francos. Nosso relacionamento pode não ser amoroso, mas é difícil explicar aos outros o que existe entre a gente.

– Motivo pelo qual eu pedi pra você guardar segredo.

Ele insistiu em falar a verdade. Queria contar para Eli e os outros.

– *Eles podem servir de barreira de segurança* – disse Conor.

Como se precisássemos de alguém entre nós. Como se ele fosse um carro indo rápido demais e eu, um abismo esperando para engoli-lo em uma curva acentuada.

– *Você tem medo de mim?* – perguntei certa vez.

– *Tenho* – respondeu ele, sem hesitar, o que tomei como uma vitória.

Um sinal de que logo as coisas iam mudar.

Sou uma idiota do cacete.

Respiro fundo para me acalmar.

– Essa mulher... Você está apaixonado por ela?

Ele ri. *Ri* de verdade, e o som vazio dessa risada me faz lembrar da pessoa que eu achava que Conor fosse antes de conhecê-lo.

– Maya. Não me entenda mal... A questão *não* é essa.

Ouvir isso não me satisfaz em nada.

– Então você está me chutando da sua vida por alguém que nem ama.

Fecho os olhos e a sensação é de que estou sendo engolida por uma onda viscosa e sufocante.

– Se as coisas derem certo com ela, se virar algo sério...

– Muitos "se". Você não parece muito convicto. Já que não está muito entusiasmado, talvez devesse sair com outra pessoa.

O nó de chumbo dentro de mim está se expandindo. Meu corpo inteiro parece mais pesado, tóxico. Veneno, é isso que essa conversa é.

– E já que acha que é incapaz de sair com alguém e continuar meu amigo ao mesmo tempo, talvez devesse sair *comigo*.

Eu falo bem calma, mas a essa altura ele já aprendeu a perceber as marés da minha raiva.

– Meu Deus.

– Por que não? Ela é mais inteligente que eu? Mais engraçada? Mais bonita... Quer saber, não responda, eu não quero...

– Ninguém é, Maya – diz ele, com certa raiva.

Como se eu tivesse *arrancado* a verdade dele. Um momento raro de sinceridade entre nós dois: coloquei minhas cartas na mesa. Ele mostrou as dele. E agora?

– Você gosta de mim – digo com firmeza. Posso estar chorando, mas ele não precisa saber disso pela minha voz. – Você gosta de conversar comigo. Me acha bonita. Se preocupa comigo. Me diz coisas que é incapaz de colocar em palavras quando está com outras pessoas. Você... Isso que a gente tem, por mais estranho, limitado e incomum que seja, é a melhor parte da nossa vida. Talvez eu seja só uma idiota, mas não consigo entender por que você prefere privar a gente disso...

– Porque você tem *22* anos, Maya. Porque tem a vida inteira pela frente. Porque tudo que envolve nós dois é problemático. Venho tentando desesperadamente lidar com a melhor coisa que já me aconteceu sem deixar de ser justo contigo, e não vejo mais como fazer isso sem tirar alguma coisa de você. Se nosso relacionamento está te privando de experiências que você deveria ter na sua idade, então eu *estou me aproveitando*, e não posso mais me permitir...

– Eu te amo – interrompo. Calma. Serena.

Acho que ouço Conor morrer.

– Maya...

– Eu te amo.

– Não.

– Eu te amo. E você é meu melhor amigo.

– Não.

– Não me importa que você seja mais velho. Não me importa que você trabalhe o tempo todo. Não me importa nem que seu cérebro estranho queira que você finja que somos amiguinhos platônicos até eu completar 30 anos. Eu espero. Eu vou esperar por *você*.

– *Não*.

– A única coisa que me importa é a seguinte: você me ama?

O som da sua respiração. Um soluço, quase inaudível.

– Isso é irrelevante, Maya.

Dou risada. E, por uma fração de segundo, fico feliz. Tenho esperança. Fico *exultante*, porra. Ele foge tanto, mas não consegue nem mentir para mim. Não consegue dizer uma inverdade para que eu cale a boca.

– Boa tentativa.

Ele me ignora. Se recompõe.

– Tudo o que você disse é exatamente o motivo por que temos que parar. Você precisa estar com alguém da sua idade. Alguém que não venha com um conjunto de problemas acumulado por gerações. Alguém que...

– Alguém vindo direto da fábrica! Imaculado! Alguém que nunca sofreu!

Eu preciso de um daqueles bonecos colecionáveis, que nunca são tirados da caixa! Será que damos uma olhada no eBay?

Ele ignora o que eu digo.

– Vai ser bom pra você dar um tempo de mim. Você vai poder explorar...

– Não tenho interesse nenhum nos Camerons do mundo. Não tenho interesse em ninguém que não seja...

– Você não *sabe* no que tem interesse, Maya. É jovem demais, e nosso relacionamento está limitando suas oportunidades de entender todas as suas opções. Não importa o que você acha que sente por mim...

– Estou apaixonada por você, Conor. – As palavras saem embargadas, o que eu detesto. – Então, por favor, em vez dessa baboseira de o-que-você--acha-que-sente-por-mim, pelo menos me faça a gentileza de reconhecer o que eu estou te dizendo.

Ele solta o ar. Que sai trêmulo.

– Eu sei que você acha que está apaixonada por mim, mas, se der um tempo, vai passar. E a coisa mais gentil que posso fazer por você neste momento é te libertar de mim.

Conor usou a palavra *gentil*. E minha vontade é arrancá-la dele e usá-la para esfaqueá-lo.

– E você, Conor? Vai passar pra você também?

Um silêncio terrível.

– Não sei do que você está falando.

É nesse momento que minha esperança morre. Algo egoísta e sombrio surge dentro de mim – algo assassino, mordaz e vingativo ao perceber que ele confia tão pouco em mim e em si mesmo que não vai nos permitir viver isso. Vai tirar isso de nós. E nunca vai admitir que ele...

A raiva já está na minha garganta. E sempre me leva pelo mesmo caminho.

– Conor.

– Diga, Maya.

– Com toda a sinceridade, do fundo do meu coração... Vai se foder.

Eu desligo.

Passamos dez meses sem nos falar.

Capítulo 36

Atualmente
Taormina, Itália

Conor abre a porta do quarto dele alguns minutos depois da meia-noite.

— Quando eu cheguei e você trouxe minha mala aqui pra cima... Você escolheu pra mim o quarto mais longe do seu?

— Você sabe que sim.

Abro um sorrisinho e entro, esbarrando nele. Conor está pronto para dormir: o cabelo desgrenhado e úmido nas pontas, como se ele tivesse acabado de lavar o rosto. Veste apenas uma calça de moletom bem baixa que fica ótima nele, e me pergunto se foram compradas pela mesma pessoa que o mantém sempre de terno.

Eu vesti o que Nyota chama de *pijaminha curto bem vagaba* — de propósito.

— Um esforço corajoso — elogio, me sentando no parapeito da janela aberta.

Não dá para ver o Etna daqui, mas Conor tem *mesmo* uma vista deslumbrante da piscina.

– Que, no fim das contas, se revelou inútil.

– Calculou mal, hein?

Ele solta o ar, rindo.

– Com você, eu sempre calculo mal.

Ele fecha a porta, vai até o meio do quarto, e fico impressionada com quanto ele é... *Conor*. Único. O único para mim.

– Maya, foi um dia difícil.

– Concordo.

– Estou cansado. Não estou no meu melhor momento – diz ele, no mesmo tom equilibrado que usa quando está tentando convencer Kaede a não comer giz.

– Tudo bem. Tenho certeza de que Conor Harkness ainda é melhor de cama do que a maioria dos caras mesmo quando não está em seu melhor momento.

– Não foi isso que eu quis dizer.

– Não? E o que você *quis* dizer?

Uma pausa descontente.

– Não é uma boa ideia. Nós dois, sozinhos. É difícil me controlar.

Dou de ombros. Sinto as pontas do meu cabelo balançando contra a minha cintura. É pesado e desgrenhado demais para deixar solto, mas Conor gosta assim. Eu sei disso, embora ele nunca tenha dito.

– É por isso que você está visivelmente excitado desde que entrei?

Ele solta um palavrão baixinho.

– Não me importo – continuo. – Quer dizer, você não conseguiria esconder mesmo.

– Maya...

– Também estou cansada. – Abro meu sorriso mais reluzente. – Vamos só dormir. Posso ficar aqui?

– É melhor você não ficar perto de mim.

– Por quê?

– Porque, Maya, acabei de falar com o advogado da Tamryn e vou ter que contar a ela que os idiotas dos meus irmãos recusaram o acordo. Porque o casamento dos meus melhores amigos está virando um show de horrores. E porque nenhum dos meus analistas me deu uma resposta satisfatória a respeito de *uma droga de uma pergunta simples que...*

– Tudo bem – digo, me aproximando.

Apoio as mãos na cintura dele para me equilibrar, fico na ponta dos pés e beijo seu queixo com barba por fazer.

– Descansa. A gente se vê amanhã.

Estou quase na porta quando ele segura meu pulso. As veias de seus braços marcam a pele.

– Pensei que você quisesse que eu fosse embora – digo.

Ele hesita.

– Aonde você vai?

– Acho que ao monte Etna. Ouvi dizer que é lindo nesta época do ano. Fala sério, né, Conor? Eu vou pro meu quarto. Aonde você acha que eu…

– Ah, claro. – Não vou ligar praquele cara.

Ele parece estar rangendo os dentes.

– Já disse, não tenho interesse nenhum em… – Balanço a cabeça. – Olha, eu achava que você tinha passado aquela tarde fazendo um amor apaixonadíssimo com a Avery. E depois veio querendo me dizer o que eu podia ou não fazer, e… Eu quis tirar uma reação de você. O Falso Hans está aqui de férias com a namorada. Ele só fingiu dar em cima de mim.

– Não fingiu, não.

– Tenho bastante certeza. Eu estava lá.

– Maya, ele não estava fingindo. Garanto que todo cara da sua idade quer você. Homens da *minha* idade querem você. Aonde quer que você vá, todo mundo vai estar olhando pra você.

Dou risada, porque ele é maluco. Eu amo.

– E se estiverem? Não estou nem aí. O Falso Hans não faz meu estilo. Ainda vai demorar umas duas décadas para que ele precise fazer uma colonoscopia.

O olhar de Conor é venenoso.

– Não seja amargurado, Conor. Você ainda não perdeu cabelo.

Dou um tapinha em sua mão e tento me desvencilhar, mas ele não solta. Isso é… interessante.

– Você não disse que estava cansado? – Seu rosto diz muitas coisas, e não consigo entender nada. – E que não me queria aqui?

Silêncio. Sob a luz dourada suave, ele é indecifrável.

– Engraçado. Dez meses atrás, você tentou me arrancar da sua vida, mas nunca conseguiu dizer que não me queria. E hoje... – Faço um gesto com o pulso livre. – Tudo o que você precisa fazer é dizer que seus dias são melhores sem mim, e eu vou te deixar em paz. Nunca mais vou te incomodar.

Ele me solta. Fecha a cara.

– Algumas mentiras são grandes demais. Até pra mim.

– Então para de ter tanto medo de mim...

– Não tenho medo de você. Tenho medo de mim, e da pessoa que me torno quando estou com você. – Ele se aproxima, quase em cima de mim, os olhos ardendo nos meus. – Eu nunca quis nada de maneira tão desesperada, tão incontrolável e tão persistente quanto quero você. Nada mesmo. Nem minha mãe de volta. Nem vingança. Nem o bem-estar das pessoas que eu amo. Nem sucesso profissional, nem mesmo minha própria felicidade. Absolutamente *nada* me consumiu de um jeito tão atroz.

Minha garganta se fecha, um gosto amargo na boca.

– Aí, dez meses atrás, você se afastou e nunca mais pensou em mim – falo.

– É isso que você acha que aconteceu? Que dez meses atrás eu acordei, tive uma conversa difícil e passei o resto do dia colhendo os frutos da minha coragem?

Conor se aproxima ainda mais. Seus lábios roçam minha orelha, como se ele não suportasse olhar nos meus olhos ao falar.

– Durante dez meses, dia após dia, eu acordei e lutei contra o meu instinto mais básico, que era ligar pra você... não, *ir* até você. Todos os dias desde aquela ligação, eu tive que reiterar a escolha de te livrar da minha presença, pra que você pudesse ter uma vida melhor. Não se engane, Maya: a gente pode não ter se falado ou se encontrado, mas nos últimos dez meses meu relacionamento com você foi a presença mais trabalhosa e onipresente na minha vida.

Cada uma dessas palavras me dói. Cada uma delas pulsa em mim. Ainda assim, consigo responder:

– Eu disse que te amava e você disse... – Afasto o rosto para ver sua reação. – Você disse que isso ia passar.

– Eu disse.

– E deu certo pra você?

Um sorrisinho curva seus lábios.

– Eu disse que ia passar pra você, Maya. Nunca me iludi pensando que ia sequer diminuir pra mim. E estava preparado pra isso. – Um instante de silêncio. – Continuo preparado.

Solto um arquejo, incrédula.

– Por quê? Eu estou aqui na sua frente, dizendo que, pra mim, parece que os últimos dez meses nem aconteceram...

– Talvez não tenha sido o suficiente. – Conor parece perdido. – Talvez você precise de mais tempo.

Quero mordê-lo. Quero fincar meus incisivos e meus caninos nele e fazê-lo sangrar. Quero tanto que minhas mãos e meus ombros estão tremendo e, sinceramente, que se danem esses *joguinhos*.

– Você quer que eu vá embora?

– Seria melhor...

– *Não* foi essa a pergunta que eu...

– Não, Maya. Eu nunca quero você longe de mim.

Meu coração para. Volta a bater desgovernado. Sinto uma esperança cautelosa de que faremos algum avanço. Eu me obrigo a respirar calmamente e tomo uma decisão.

Coloco a mão em seu peito. Percorro sua pele macia, seguro o elástico de sua calça. O que eu quero dizer é: se eu ficar, vai acontecer. Se eu ficar, não vou deixar você fingir que somos bons amigos se reaproximando. E Conor sempre foi bom em entender o que estou tentando dizer.

Mas então ele diz:

– Se você ficar... Você está no comando.

Isso eu não esperava.

– Você é um daqueles CEOs que gostam de lavar a roupa da dominatrix?

Ele dá uma risadinha.

– Isso seria um problema?

– Não. – Eu penso um pouco. – Pode ser divertido.

– Vou ficar feliz em lavar sua roupa, mas... – Ele segura meu rosto com as duas mãos. – Preciso que você decida, porque nada mudou. Você continua sendo mais jovem e menos experiente e...

Não tenho interesse nenhum em ouvir esses argumentos requentados, e não me incomodo de estar no controle. Não me incomodo de pegar sua mão e levá-lo até o sofá. Não me incomodo de colocar as mãos em seus ombros nus e empurrá-lo até que ele se sente. Não me incomodo de tirar a roupa enquanto ele assiste, as pernas abertas como os homens fazem no ônibus, os olhos mais escuros do que nunca.

A calcinha rosa transparente pode ficar, decido após vê-lo engolir em seco.

– Fique à vontade pra me dizer o quanto eu sou linda – provoco, jogando a camisa no chão.

Mas Conor continua em silêncio, os lábios entreabertos, o peito subindo e descendo a cada respiração. Sua ereção estica a calça de moletom, que tem uma mancha úmida na frente.

Monto em seu colo, mas ele não me toca. Está tão tenso que me pergunto se vai se estilhaçar em mil pedacinhos. Quando me inclino e lambo sua clavícula, um tremor percorre seu corpo.

– Você pensa em mim? – murmuro, os lábios tocando sua pele. – Quando está transando com outras pessoas?

– Não.

Eu o mordo de leve para mostrar que não gostei da resposta. *Tudo bem*, digo a mim mesma. *Ele está pensando em mim agora*. Mas Conor ergue a mão para colocar meu cabelo atrás da orelha e diz:

– Eu não transo com ninguém desde Edimburgo.

Eu me afasto. Observo seu rosto. Ele passa os dedos pelo meu cabelo, uma carícia doce e suave que contrasta com o fato de eu estar nua em seu colo. Com a intensidade de sua ereção.

– E a Avery?

Ele corre o polegar pela minha bochecha. Faz que não com a cabeça.

– Você estava sempre presente.

– Onde?

– Nos meus pensamentos.

Assinto. Algo se aloja na minha garganta.

E parece aumentar quando ele diz:

– Desde que eu te encontrei, você é a melhor coisa da minha vida. E nem estava nela de corpo presente.

Fecho os olhos, atordoada com a quantidade de tempo que desperdiçamos. Tudo o que poderia ter sido.

– Que jeito romântico de dizer que pensa em mim quando se masturba – brinco.

– Maya...

Ele joga a cabeça para trás, descansando-a no sofá de couro. Seu rosto está levemente corado.

– Sério? Ficou com vergonha, Conor?

Ele solta um grunhido.

– É a culpa cristã.

Abro um sorrisinho.

– Você pensa *mesmo* em mim, então?

– Tento não pensar.

– E consegue?

Ele solta o ar com uma risadinha.

– Nunca.

– Aah... – Finjo um biquinho, e seu polegar encontra meu lábio inferior. – Sinto muito.

– Não sente nada – responde ele, mas também está sorrindo, mais lindo do que nunca.

Decido me inclinar para trás, as mãos nos joelhos dele, minha bunda acomodada no alto de suas coxas. Estou tão aberta que Conor faz questão de olhar nos meus olhos, como se olhar para os meus peitos fosse desencadear um apocalipse nuclear.

– Me conta sobre essas suas fantasias.

– Você não quer ouvir.

– Ah, eu quero, sim.

Ele engole em seco. Visivelmente.

– Não sei se você vai achar muito sexy.

– Vamos ver. Estamos em uma igreja? Eu tenho tentáculos?

Fazer Conor rir me excita tanto quanto deixá-lo duro.

– Você *quer* tentáculos, Encrenca? É só falar que posso providenciar para a próxima vez.

– Talvez. A gente se faz cócegas? Vira lobisomens?

Ele fica ainda mais corado. Esse é um lado de Conor que ninguém mais vê. Meio pueril. Tímido. Estou *adorando*.

– É constrangedor, Maya.

– Você não *precisa* me contar. Mas se contar talvez eu possa transformar em realidade.

Ele bufa. Balança a cabeça. Depois de um tempinho, no entanto, diz com a voz rouca:

– Eu chego do trabalho...

– Para. É muito irreal.

Ele belisca meu joelho de leve.

– Eu chego do trabalho e você está lá. À mesa. Fazendo as suas coisas. Estudando. Resolvendo equações. Lendo um romance. Qualquer coisa.

– Pelo menos *você* não acha que meu trabalho é ficar quebrando átomos o dia inteiro.

Os lábios dele se curvam.

– Você está ali, fazendo suas coisas. As mesmas que já te vi fazendo milhares de vezes na cozinha da casa do Eli.

– Mas estou nua?

– Não, está só... É a minha casa. Você está na minha casa. E suas coisas estão espalhadas por toda parte. Como se você morasse lá.

– Você jamais ficaria de pau duro num lugar bagunçado.

Ele bufa, mas está duro pra cacete. Aquela mancha úmida crescendo.

– E aí?

– E aí você ergue a cabeça e sorri. Vem até mim. Me cumprimenta.

Espero que ele continue.

– E...?

– Eu te beijo, você retribui. Eu te abraço, porque eu posso. E você é quentinha, e gosta do que estou fazendo. Eu encosto você na mesa e sinto seu corpo macio...

Conor suspira. Como se o simples fato de dizer isso tudo o deixasse muito excitado. Ele leva a mão ao pau e o segura com força.

– E aí o que acontece?

– Eu normalmente termino antes que aconteça mais alguma coisa. Na maioria das vezes, na verdade. Mas, quando continuo, eu te levo pro meu quarto e...

– Conor. – Eu inclino a cabeça, achando graça. – Está me dizendo que o auge das suas fantasias eróticas é transar na cama?

Ele passa a ponta dos dedos na pele clara da minha coxa, o lugar onde o músculo vira gordura. Um toque tão leve que é quase como se seus dedos estivessem apenas pairando sobre mim.

— Na fantasia, você é minha namorada. Minha... Mais que isso, talvez. Eu dei um jeito de ter você e te deixar livre. E você...

Ele desvia o olhar, como se, de todo o constrangimento, este fosse o mais agudo.

— Não tenho medo de te machucar. Você é minha e está acostumada com meu toque. Gosta do meu toque. É... Temos uma vida, Maya. Uma vida que é nossa.

Você pode ter isso, penso. Algo se rompe dentro de mim. *Podia ter vivido isso nos últimos três anos, caso se odiasse um pouquinho menos.*

— Parece uma fantasia muito problemática — digo, e não sei ao certo se estou brincando. — Eu sou mais velha na sua imaginação? Não tenho o passado trágico que me faz ser suscetível à influência indevida de figuras paternas?

Ele segura meu joelho, a mão quente.

— Não. Você é só você.

O fato de que ele não mudaria nada em mim é de derreter o coração.

— Então você é que está diferente. Encontrou um jeito de me dar o mundo e ficar comigo.

Ele assente com alguma dificuldade. Tudo o que eu quero é fazer feliz esse homem que se odeia tanto.

Ao lado, a tela de seu celular se acende com uma ligação de trabalho que ele ignora, preferindo levar a mão até minha cintura. Ela paira ali até eu dizer:

— Fica à vontade.

Então seu polegar roça meu mamilo, com delicadeza, como se fosse uma substância explosiva. Quando seu pau se contrai, eu me inclino para a frente, sem deixar que meu quadril toque o dele. Minha calcinha está molhada, e tenho certeza que a essa altura já molhei a calça dele.

— Quer saber qual é a *minha* fantasia? — pergunto, passando o rosto por seu pescoço áspero.

— Essa pergunta parece uma pegadinha.

— É estranha. Nunca foi exatamente minha praia. Alfie reclamava que eu fazia muito pouco disso. — Meus cílios roçam a mandíbula dele. — Mas eu penso em te chupar *o tempo todo*.

Ele solta um palavrão, brusco e indecifrável. O polegar que acariciava meu mamilo para, mas ele me segura com mais força.

– Conor, eu sei que você ia ficar *lindo demais* gozando fundo na minha garganta, e...

– Você precisa... *porra*... – Ele aperta meu quadril com tanta força que deve deixar marcado. Não vejo a hora de contar as marcas de seus dedos na minha pele. – Você precisa parar. *Por favor.*

Beijo seu rosto, um pedido de desculpas.

– Quanto tempo você acha que ia durar?

Em um gesto que talvez seja um reflexo automático, suas mãos me puxam para baixo, contra seu pau. A respiração dele sai em baforadas rápidas contra o meu rosto e estendo a mão, esperando que ele a afaste, mas desta vez ele deixa que eu abaixe sua calça e o segure. Nós nos encaramos, meu peito e o dele subindo e descendo juntos.

Coloco a calcinha para o lado e passo a cabeça de seu pau em meus lábios, então em meu clitóris. Sinto o quanto ele é pesado, quente e grosso. Meu nome escapa de seus lábios em um grunhido que viaja pelo tempo e pelo espaço.

Ele agarra as almofadas.

– Tudo bem? – pergunto.

Ele solta o ar de uma vez.

– Tudo.

Eu endireito a postura. Ajeito nossas posições. Sinto seu pau quente e escorregadio contra mim.

– Nunca transei sem camisinha – digo, talvez para provocá-lo.

Isso vai ser demais, em muitos sentidos.

– Nem eu.

– Quer que eu coloque uma?

Ele dá uma risada genuína.

– Não, Maya.

Eu sorrio. Estamos sendo irresponsáveis, burros, problemáticos. Não estou nem aí.

– Não tem camisinha nas suas fantasias? Eu tomo anticoncepcional?

– É... – Seu rosto fica mais vermelho. Ele desvia o olhar. Então admite baixinho: – Nenhum dos dois.

E não aguento mais esperar. Deixo a gravidade e meu peso assumirem o controle e deslizo sobre ele, vários centímetros de uma vez só.

– Meu Deus... *devagar*. – Ele enfia as mãos dentro da minha calcinha, agarrando minha bunda. – Vai mais devagar, porra, senão vai...

– Eu gosto q-quando – tento falar, a voz saindo um murmúrio ofegante. – Gosto quando dói um pouquinho. E *eu* estou no comando.

Conor contrai a mandíbula. Ele resmunga alguma coisa sobre eu ser *inacreditável*, se pergunta se eu *caí da porra do céu*. Suas mãos tremem, mas estou ocupada demais tentando me ajeitar e...

Começo a quicar em cima dele. A fricção é maravilhosa, e nós dois soltamos um gemido. Conor olha para mim – meu rosto, meus peitos, minha boceta roçando seu pau com força – como se não entendesse exatamente o que está acontecendo. Como quem pensava que sabia as regras do jogo, mas acabou de perceber que nem sabe o que está jogando.

– Quer que eu pare? – pergunto, mas continuo subindo e descendo.

Deixo um pouco mais da metade do seu pau entrar em mim na descida, indo cada vez mais fundo, como um músculo que precisa ser amaciado, treinado e relaxado. Quando ele sai quase por completo, vejo seu pau todo melado e brilhante, o que me causa um tesão inacreditável.

A julgar pela pressão de suas mãos na minha cintura, causa nele também.

– Você não existe – sussurra ele.

O calor forma gotículas de suor na minha pele, e algumas escorrem entre meus seios. Passo os braços ao redor do pescoço dele, me apoiando enquanto me movimento. Seu olhar está fixo em alguma coisa atrás do meu ombro. O espelho na parede atrás de mim.

Ele está olhando para nós. Para mim. Para minha bunda se movimentando em cima dele.

– Está gostando?

– Porra – diz ele, a voz embargada, e dou um beijo em seu rosto.

– Tudo bem, eu sei que está. – Ele está o mais fundo possível dentro de mim. – Nunca me senti tão preenchida. E você já viu meus brinquedinhos. Lembra?

– Meu Deus.

Os nós de seus dedos roçam minha cintura. Por dentro, ele está me partindo ao meio, mas seu toque é leve como uma borboleta.

– Eu lembro. Porra, eu *lembro*.

– É?

– Depois, eu disse a mim mesmo que era até bom, que talvez você gostasse... que me aguentaria com mais facilidade.

Ele me segura com mais força, algo próximo de um abraço. Há prazer nisso, misturado à ardência da minha abertura se distendendo. Eu me pergunto como consegui viver sem isso até agora.

– Alguém consegue?
– O quê?
– Te aguentar com facilidade.

Ele faz que não com a cabeça.

– Ótimo. Vou ser a única.

Ele coloca as mãos no meu rosto.

– Maya, você já é.

Eu gozo na mesma hora, de repente, antes dele. É como um desastre natural, violento e perturbador. Gostoso, bíblico até, mas me rasga, me despedaça e apaga qualquer pensamento.

Quando minha visão começa a voltar ao normal, a respiração de Conor está rápida como a de um cavalo de corrida, seus lábios entreabertos. Ele segura minha cintura, os polegares encaixados no meu quadril.

– O mais difícil dos últimos três anos – diz ele, arrancando as palavras dos pulmões – foi saber exatamente a sua expressão quando goza.

Ainda estou tremendo, pequenas contrações em volta do seu pau.

– Você gosta de me fazer gozar, né?
– Eu gosto de *tudo* em você.
– Eu só quero retribuir o favor, Conor. É pedir demais? – Continuo contraindo em volta do pau dele. Vejo-o estremecer. – Me deixa te dar isso.

Ele faz que não com a cabeça.

– Mais forte.
– O quê?
– Posso fazer você gozar mais forte.

Dou risada.

– Não acho que seja possível. E concordamos que *eu* estou no comando. Você disse que ia fazer o que eu mandasse...
– Então manda – ofega ele contra o meu queixo. – Me manda sair de você e meter com os meus dedos e te chupar até você desmaiar.
– Não. Eu já...

– Não estou nem aí. Manda.
Sentindo sua barba me arranhando de leve, digo:
– Não.
Ele solta um som gutural, irritado.
– Então me manda ir mais fundo.
– O quê?
– Me manda ir ainda mais fundo.
– Não sei se é possível…
– Me manda ir mais *fundo*, Maya.

Parece uma ordem, mas ele está implorando. Por isso acato seu pedido, e fico surpresa com sua desenvoltura ao virar meu quadril. Um gemido e ele entra até o fundo, e…

– *Porra* – digo.
– Manda eu começar. Manda eu te mostrar como usar meu pau pra te fazer gozar.

Mal consigo pensar.
– M-me mostra. Por favor.

Ele mostra. Como eu fiz antes, subindo e descendo, vazia e cheia. Só que eu estava usando seu pau para estimular cada parte do meu corpo, e ele sabe exatamente como…

– Ai, meu Deus – digo, gozando mais uma vez.

Esse orgasmo é superficial, molhado. Errático. Mas igualmente gostoso. Conor me observa enquanto eu reaprendo a respirar. Então diz:

– Essa deve ser a única coisa decente que já fiz na vida. A única coisa pra qual eu sirvo.

– O q-quê?
– Fazer você gozar.

Outro ângulo, desta vez comigo inclinada para trás, abrindo espaço entre meu peito e o dele. Quase consigo vê-lo entrando em mim, para a frente e para trás, sob o meu abdômen. Conor solta um grunhido, mas então sua mão pressiona meu umbigo. De repente, o espaço que ele abriu dentro de mim encolhe, desaparece, e estou gozando de novo, tão forte que apago por um instante.

Quando volto a mim, meu rosto está aninhado no ombro dele. Conor respira fundo, enchendo os pulmões com meu cheiro, o cheiro de sexo e o de maresia. Treme, se contendo.

– O que você faria? – pergunto em seu ouvido. – Se não tivesse medo de perder o controle?

Ele balança a cabeça. Como se nem conseguisse imaginar esse cenário. Mas então diz:

– Eu ia querer você debaixo de mim. Ia te prender. Trancar você em um quarto e não deixar ninguém olhar pra você, nunca. Eu ia...

Espero, mas ele só continua quando eu digo:

– Não importa o que seja, não vai me chocar.

– Vai, sim.

Os dedos dele deslizam para baixo de mim. Traçam círculos no meu clitóris.

– V-vamos ver...

A respiração dele soa mais como um rosnado.

– Vou assustar você.

– Não vai.

Eu me esfrego em sua mão, me sentindo contida por ele assim, não mais uma pessoa, mas um feixe de terminações nervosas, reduzida aos lugares em que ele me dedilha e me preenche.

– Eu faria um filho com você.

Eu gozo mais uma vez. Me sinto despencar de uma altura enorme. Arqueio as costas quando o prazer percorre meu corpo, os dentes de Conor roçando a lateral do meu seio. Quando me acalmo, ele se permite chupar meu mamilo esquerdo, com força. É uma pequena indulgência, e dura pouco.

– Você não vai se permitir gozar, vai? – falo, ofegante, as palavras emaranhadas entre suspiros.

Ele está tremendo. Um fio exposto, retesado. Mesmo assim, faz que não.

Quando saio de cima dele, seu pau parece dolorido, mas estou irritada demais para me importar. Vou cambaleando até o banheiro, tentando andar normalmente e fingindo que o que aconteceu não acabou comigo. A luz do banheiro é branca, forte, e assim que fecho a porta cambaleio para a frente, apoiando os cotovelos no balcão de mármore.

Acabei de gozar mais vezes do que seria capaz de dizer com exatidão. Só recebi... e ainda assim me sinto vazia. Mais oca que um tambor. Como se algo tivesse rachado e minhas entranhas tivessem se derramado.

Começo a me limpar. Minha calcinha está encharcada demais, então a deixo ao lado da pia, junto de um estojo transparente. Dentro dele tem uma lâmina, não um barbeador elétrico, nem mesmo um barbeador normal – uma lâmina antiga. Uma *navalha*. Como se ele tivesse viajado no tempo para levar a penicilina para sua época.

– Ah, me poupe, Conor – resmungo, os dentes cerrados, revirando os olhos.

Mas tem outra coisa no estojo. Algo que me é familiar, um formato que me intriga.

Estendo a mão. Abro o estojo.

Encontro um elástico de cabelo xadrez, fofo.

Meu elástico de cabelo xadrez fofo.

O que usei em Edimburgo. No quarto de hotel de Conor.

O tempo para. Reinicia, em sentido anti-horário. Coloco o elástico no pulso, pego uma toalha e volto para a luz suave do abajur ao lado da cama.

Conor não ergueu a calça, mas está ao telefone, sussurrando ordens que consigo ouvir, mas não entender. Ainda nua, eu me ajoelho ao seu lado para limpá-lo.

Sua mão segura meu punho.

– Tenho que desligar – diz ele ao telefone, encerrando a ligação bruscamente.

Ele olha para a toalha, então para mim.

– Não.

Inclino a cabeça para trás. Olho bem para ele.

– Sério? O que vai ganhar com *isso*, Conor?

Ele não responde, mas ergue a calça de repente.

Que seja. Ele que se dane. Levanto, largando a toalha no chão. É quando ele percebe o elástico no meu pulso. Era questão de tempo, já que não estou vestindo nada.

– Eu ia... devolver – diz ele.

– Obrigada por cuidar do meu elástico de cinquenta centavos pelos últimos três anos.

Conor hesita, perdido.

– É isso que custa um negócio desses?

– Que interessante. Alguém capaz de citar cada um dos fatores que levaram à queda da bolsa na Segunda-feira Negra de 1987 não tem ideia de quanto custa um elástico de cabelo – rebato, com raiva.

– Não precisa envolver Alan Greenspan na conversa. – Mas, na sequência, ele admite: – Você sabe por que eu guardei.

Claro que sei. Mesmo assim, alguma coisa está mudando. Talvez seja seu olhar persistente enquanto prendo o cabelo no topo da cabeça. Talvez seja seu tom de voz. Talvez seja o modo como ele me fez perder o controle enquanto mantinha o dele com unhas e dentes. O que quer que seja, desbloqueia alguma coisa dentro de mim.

Eu me dou conta de uma coisa: o espaço entre nós dois não é a entidade fluida e contornável que eu acreditava ser. É sólido. Intransponível. Eu estava só me enganando. Nós nunca tivemos qualquer chance. O que tenho é o resto da minha vida. *Sem* ele.

Lágrimas escorrem pelo meu rosto enquanto pego minhas roupas, tentada a voltar para o meu quarto nua. Mesmo que todo mundo me veja, é preferível a ficar mais um segundo neste quarto, com ele.

– Ei – diz ele, segurando meu braço. Conor me olha, parecendo completamente arrasado. – Eu machuquei você?

Solto uma risada e visto meu short.

– Sabe, Conor, eu nunca transei tão gostoso na vida.

– Eu... eu acho que ninguém nunca transou tão gostoso, Maya.

– Que gentileza da sua parte, considerando que você nem gozou.

Inclino a cabeça para trás, secando o rosto com as costas das mãos.

– Eu não preciso...

– Você não precisa de nada nem de ninguém, né? Muito inteligente. E *eu* sou a idiota. – Visto a camiseta. – Passei os últimos três anos pensando que havia uma chave pra decifrar você. Que, se eu aprendesse os passos certos, se me comportasse do jeito certo, você deixaria de mentir pra nós dois e aceitaria o que sempre fomos. Mas agora... – Solto uma risada amarga. – Você acabou de admitir que tem fantasias românticas comigo enquanto se masturba. Você guardou uma lembrança por três anos. E eu... eu provavelmente conseguiria te obrigar a admitir que me ama, mas... – Abro bem os braços. – Isso não significa nada. Não importa o quanto você me ama, porque na sua cabeça eu sempre vou ser jovem e burra demais...

– Burra, não...

– ... pra saber dos *meus próprios sentimentos*.

Estou falando alto demais. Não me importo.

– Você nunca vai deixar de me enxergar como uma garotinha que só te deseja porque tem questões paternas mal resolvidas. Mas adivinha, Conor? Você não tem como me libertar porque eu *não sou sua*! Eu *sou* livre, e escolhi você *livremente*, várias vezes. Mas você se odeia demais pra permitir isso. No fundo, você não acredita que é digno de amor, e tem tanto medo de ficar comigo e me machucar que prefere passar o resto da vida me dando coisas que eu nunca pedi só pra me manter afastada. Não preciso que você me faça gozar cinco vezes. Não preciso que monte os meus móveis. Não preciso que avalie todos os analistas-ex-físicos da Harkness, encontre um que seja o mais seguro e mais adequado e o mande pra mim. Não preciso da merda de gestos grandiosos, e não preciso que cuide de mim como se eu fosse um dos seus bens, Conor. Eu só preciso que...

Minhas lágrimas borram a luz do abajur em volta dele, formando um halo. Estou me desnudando para ele, mostrando minhas partes cruas e mesquinhas, e ele...

Ele apenas me encara, o rosto encoberto pelas sombras. A expressão indecifrável.

– Tudo o que eu sempre quis foi te amar e te fazer feliz – continuo. – Tudo o que eu sempre quis foi que você tentasse fazer o mesmo. Eu estava disposta a ser paciente e gentil, e entender toda essa situação junto com você. Mas você...

Balanço a cabeça, enxugo as lágrimas e saio.

Estou subindo a escada quando ouço alguma coisa se estilhaçar em mil pedaços.

Capítulo 37

JADE: Eu vi o jornal! A lava já te fagocitou em um abraço quentinho?
MAYA: Quem me dera.

Em meus ouvidos, as batidas na porta soam como tiros.

O quarto está escuro, mas o tom azulado que reveste as paredes me diz que já não é mais noite. Em algum momento não muito distante, pelo jeito parei de me revirar e caí em um sono agitado.

Meu celular diz que são 5h13 e, quando abro a porta, encontro meu irmão. Ele está com a mesma expressão impaciente da minha adolescência, quando eu demorava demais para escolher o cereal no café da manhã.

– Tudo bem? – pergunta ele. Meus olhos estão ardidos de exaustão e lágrimas. Devem estar vermelhos, porque Eli franze a testa. – Ressaca?

– É.
Claro.
– Paciência. Preciso de você.
– Agora? São cinco da... Merda, o Mini está bem?
– Está.

– Alguém está doente? Espera... *Você* está bem?
– *Estou*. Só preciso que venha comigo.
– Por quê?
– Maya.

Ele se inclina para a frente, as duas mãos nos meus ombros, e me olha com mais uma expressão que conheço bem. *Faça o que estou pedindo*.
– Vista uma roupa e desça. Você tem cinco minutos.

Acabo precisando de sete, pois também tenho que escovar os dentes. Quando desço, ainda não amanheceu, mas ninguém se deu ao trabalho de acender a luz. Meu irmão está lá, Rue de um lado, Mini do outro. À frente deles, Conor.
– Perfeito.

Eli bate palmas, então passa um braço pelos ombros de Rue e eles saem.
– O que está acontecendo? – pergunto a Conor.
– Não faço ideia.

Ainda assim, ele parece muito menos exausto do que eu. Seu cabelo está meio bagunçado, mas a camiseta preta básica e a calça jeans estão bem passadas. Sua expressão é indecifrável atrás dos óculos de sol. Quase digo: *Nosso idioma tem muitos nomes equivocados, Conor, mas os óculos de sol são, de fato, óculos que usamos ao sol*. Mas não digo. Porque... Que sentido tem? Conor sempre vai esconder grande parte de si mesmo, e eu sempre vou me ressentir dele por isso.

Eu me recuso a participar de mais um joguinho. Está claro que ele sempre teve razão: manter distância é o único jeito.
– Se tiver acontecido alguma coisa com o Miúdo... – digo depois de alguns minutos, quando estamos nós quatro no Fiat vermelho, Conor e eu no banco de trás, com Mini no meio. – Se você me acordou antes do sol nascer porque alguma coisa aconteceu com ele e você quer que eu ajude a enterrar seu corpinho à beira da praia e decorar o túmulo com conchas...

Eli solta uma risada bufada.
– Fala sério, Maya. Você ajudaria com toda a certeza.
– É claro que ajudaria, mas também precisaria chorar uns três hectolitros de lágrimas, o que ia atrapalhar minha habilidade com a pá. Prefiro saber com antecedência.
– Ninguém está doente, nem morrendo, nem vai ser enterrado. Estamos

indo a um lugar bonito. Na verdade, chegamos. E nosso amigo também já chegou.

Ele estaciona em uma rua lateral vazia ao lado de um Fiesta surrado que deve pertencer ao homem que está fumando um cigarro na calçada, de camisa polo e calça cáqui meio amarrotada. Estou começando a me perguntar exatamente quantas pessoas meu irmão arrancou da cama, mas, quando Eli estende a mão, o homem o cumprimenta com um sorriso.

– Quem é esse cara? – pergunto.

– Salvatore – responde Eli.

– E vocês se conhecem de...?

– Um acampamento de futebol no Texas.

Reviro os olhos.

– Tá.

– Salvatore não fala inglês, mas trabalha para a prefeitura de Taormina e vai abrir um parque lindo pra gente.

Que parque?, quase pergunto, mas viramos uma esquina e vejo a Villa Comunale em todo o seu esplendor matinal.

Li sobre o local no meu guia – um jardim público misterioso e romântico, cheio de monumentos e maravilhas botânicas. Escrevi até um lembrete para perguntar a Rue se ela gostaria de explorar o jardim comigo. Claro, minha intenção era organizar um passeio durante o horário de funcionamento. E eu *não* esperava ver Salvatore aparecer com um chaveiro de bronze que faria um carcereiro do século XIX chorar de alegria. As dobradiças reclamam, como se estivessem incomodadas pela hora, quando ele abre os altos portões e volta a fechá-los atrás de nós. Avançamos a passos leves pelo caminho de pedra.

– Eli, como foi que você convenceu o coitado a abrir a esta hora? – pergunto.

– Dinheiro – respondem os três em uníssono.

– É claro que a resposta é essa.

Eu suspiro, mas até meu coração cínico se deixa levar pela beleza que nos rodeia. A oeste, ao longe, a silhueta imponente do monte Etna segue crepitando. A coluna de fumaça não está mais baixa que ontem, mas o vento parece levá-la para longe de Taormina. Isso significa que, se virarmos para leste, podemos esquecer os roncos de cinzas e focar no comecinho do amanhecer.

É uma situação muito mais corriqueira que uma erupção vulcânica, mas fico maravilhada quando os primeiros tons de laranja começam a se formar, separando o oceano verde-petróleo do azul-escuro do céu. É de tirar o fôlego.

– É uma visita exclusiva? – pergunto a Conor.

Depois do que aconteceu na noite passada, adoraria dar um tempo dele, mas estou confusa demais pela situação para implementar qualquer tipo de gelo. Acabamos nos distanciando dos outros ao subir os terraços e percorrer as escadarias. Seguimos à distância os passos firmes de Salvatore e a alegre caminhada de Rue e Eli de mãos dadas. Mini corre entre um grupo e outro, dando voltas entre nossas pernas, encontra gravetos, traz para que a gente os jogue, esquece de ir buscá-los e corre em direção aos arbustos para encontrar mais gravetos. O lugar é cheio de ciprestes imponentes, loendros, das onipresentes buganvílias, que estão por toda parte no Texas e vão me lembrar para sempre de como meu coração foi partido esta semana. Entre as palmeiras, avisto construções ornamentais elaboradas e faço uma anotação mental de voltar mais tarde, quando o sol estiver alto e a luz, mais forte.

– Acho que não é uma visita, não – responde Conor.

– O que é, então?

Chegamos ao nível mais alto do parque. Aqui, o brilho da manhã banha a vegetação de um dourado quente e avermelhado.

– Se for o que estou pensando... – Conor balança a cabeça. Seu celular vibra, e ele o desliga. Seus olhos continuam cobertos, mas as ruguinhas nos cantos sugerem um sorriso. – Caramba, ele é esperto.

– Salvatore?

A risada de Conor é um som cheio de calor e afeto que faz meu estômago se revirar, então me viro para o outro lado e corro atrás dos outros, em direção à vista panorâmica. O nascer do sol daqui é espetacular. Talvez o objetivo seja ir até aquela pérgula...

Rue para. Tão de repente que Eli demora um instante para perceber. Ela se inclina sobre a balaustrada e, por um momento, neste início suave de manhã, envolta pelo canto dos pássaros, sombras longas se estendendo atrás dela, eu me lembro de quando nos conhecemos. De como ela se mostrava linda, luminosa e incompreensível.

Culpo meus olhos preguiçosos, embaçados e sonolentos por ter demorado tanto tempo para perceber que o que ela está usando não é um vestidinho de verão, mas uma camisa de botão masculina. Uma camisa branca, longa o bastante para pertencer a Eli, a barra chegando ao alto de suas coxas. A brisa passa por ela, bagunça seu cabelo preto, farfalha pelas folhas. O aroma de pólen e mel no ar. Logo atrás dela, vejo mais um arbusto de jasmim, ainda em flor.

Eli fica olhando para Rue, que olha para a água, um brilho incomum em seus olhos.

– Aqui? – pergunta ele, por fim.

Ela sorri. Olhando para a frente, faz que sim com a cabeça.

– Aqui.

Meu irmão a abraça e eles se beijam. E se beijam, e se beijam, e não... Esse momento não parece algo que eu deveria testemunhar. Conor parece pensar o mesmo e trocamos um olhar.

– Acho que entendi – sussurro. – O que está acontecendo.

Ele contrai os lábios.

– É?

– Você acha...

– Então – diz Eli em seu tom alto de capitão de time de hóquei. Seu sorriso não é o de sempre. Acho que nunca vi meu irmão tão feliz. – Obrigado por terem vindo. Vocês dois.

Seguro um sorriso.

– Você praticamente nos sequestrou.

– É, bom... Tivemos que sequestrar você, Maya. Rue e eu conversamos e decidimos que você é a única pessoa que não podia faltar.

Solto o ar de um jeito exagerado.

– Tá bom. Eu te dou um rim.

– E, Hark – diz meu irmão, se virando para Conor –, você é meu padrinho e meu amigo mais antigo.

Um sorrisinho brinca nos lábios de Conor.

– Mas não é por isso que estou aqui, né?

– Não.

Eli aponta para Salvatore, que olha para seu maço de cigarros vazio com uma expressão desolada.

– Preciso que explique a esse oficial do governo que ele precisa nos casar. Agora mesmo. Com a cerimônia mais rápida possível.

~~2 dias antes do casamento~~

Dia do casamento

Capítulo 38

Eles se beijam no exato momento em que o sol emerge da água.

Um momento cinematográfico que teria rendido uma foto perfeita, mas não importa. Eli e Rue nunca vão esquecer.

– A gente só queria se casar – disse Eli, ao mesmo tempo profundamente aliviado e escandalosamente feliz. – *Eu precisava estar casado com ela. Todo o resto... Tenho certeza que em algum momento foi importante, mas já deixou de ser há tanto tempo que nem me lembro mais. Estou pronto pra que essa mulher seja legalmente obrigada a nunca mais sair do meu lado...*

– *Não é assim que a lei funciona* – murmurou Rue, sem se abalar.

– *... até o dia em que nós dois morrermos dormindo, cercados por nossos cães imortais e milhares de plantas.*

Conor e eu trocamos um olhar. Então, um sorriso. E ele disse:

– Bela escolha. Eu aprovo. Signor Salvatore?

Vejo os braços de Rue envolverem o pescoço de Eli, mas o brilho do sol nascendo transforma os dois em meras silhuetas, formas escuras contra o horizonte. Talvez relacionamentos sejam assim. Talvez a vida se desenrole desse jeito. Opaca para quem vê de fora, suas camadas impossíveis de compreender.

Nunca vou entender o amor estranho e incompatível entre Rue e Eli, mas eles lutaram por essa união. Fizeram acontecer. Essa felicidade não caiu no colo deles. Ambos cederam e...

Acontece de repente. Lágrimas escorrem pelo meu rosto. O braço de Conor me puxa para o calor do seu peito.

– Shhh – murmura ele contra o meu cabelo. – Está tudo bem.

Rue e Eli se afastam. Meu irmão abre um sorriso enorme e olha para nós como quem diz: *Maya, Hark, vocês viram isso? Viram que acabei de me casar com ela? Estão vendo minha esposa?* Rue, no entanto, puxa a mão dele, pedindo mais um segundo de atenção total.

– Eu só... – diz ela, e isso é muito incomum para Rue. Essa hesitação. O modo como sua voz nos alcança. – Obrigada. Por não ter desistido de mim mesmo quando *eu* desisti.

A resposta de Eli é um murmúrio demorado em seu ouvido. As lágrimas voltam, inundando meus olhos.

– Isso não é do seu feitio – murmura meu irmão, virando-se para mim. – Chorar em casamento.

Enxugo o rosto com a mão.

– Eu não chorei.

– Claro que não, docinho.

Eli não me chama assim desde... Meu Deus. Desde que eu tinha uns 12 anos, talvez. No velório do nosso pai. Com delicadeza, ele me tira dos braços de Conor e me envolve nos seus.

– Estou tão feliz por você... Não sei por que estou fazendo esse drama. É que... a vida foi tão ruim por um tempo, e nós dois éramos tão sozinhos, e eu... estou muito, *muito* feliz por você ter isso aqui agora.

– Eu sei.

Eli acaricia minhas costas. E então é a vez de Rue, o que... não acontece com muita frequência. Na verdade, talvez esse seja nosso primeiro abraço. Ela é bem mais alta que eu e, apesar de sua ternura, seus movimentos são meio rígidos, meio constrangidos. Isso me faz amá-la ainda mais.

– Desculpa ter vindo no seu casamento com um macacão com estampa de morangos. Se Eli tivesse me dito o que íamos fazer, eu teria vindo com a camiseta da Medusa de três pernas.

Ela se afasta, mas segura minha mão. Um sorriso curva seus lábios.

– A segunda melhor coisa de ter conhecido Eli é ter você como parte da minha família.

– Segunda depois do Mini, ou segunda depois do Eli?

Ela pensa por um instante.

– Posso corrigir minha afirmação?

– Terceira, né?

Ela assente, séria, beija minha testa, e sinto que meu coração vai explodir de ternura.

Ao nosso lado, Conor e Eli trocam um daqueles abraços de um braço só, enquanto Mini tenta se enfiar no meio dos dois.

– Parabéns por não deixar um desastre natural ferrar seu casamento, cara – diz Conor.

Então começamos a descer, a caminhada bem menos silenciosa desta vez. Salvatore deixa os portões do parque abertos antes de ir embora, explicando que "os horários não são tão importantes assim na Itália". Quando os outros vão em direção ao carro, fico para trás.

– Ei, tem alguma comemoração planejada pra quando chegarmos? – pergunto.

Eli e Rue se entreolham. E não desviam mais o olhar.

– Que nojo, gente. – Solto uma risada. – Arranjem um quarto, por favor.

– É exatamente isso que vamos fazer.

– Certo, bom, já que vocês estão indo quebrar cabeceiras ou algo do tipo, vou ficar por aqui. Explorar o parque.

Eli franze o cenho.

– Não é perigoso? Ainda não tem muita gente por aí...

– Eu fico também – diz Conor, para tranquilizá-lo.

– Hark? Tem certeza?

– Tenho. Podemos voltar andando.

Aceno para Eli e Rue. Vê-los felizes me fez passar por um turbilhão de emoções, e a raiva que eu estava sentindo de Conor está... não esquecida, mas suspensa. Reduzida a uma dor surda que vem da derrota e da resignação. De finalmente reconhecer que vou ter que seguir em frente sem ele.

Talvez ele fosse o amor da minha vida. Não, eu tenho *certeza* de que era. Mas finais felizes não são uma regra. Às vezes, damos tudo o que temos e mesmo assim as coisas não dão certo. Às vezes, se esforçar ao máximo não é o bastante.

Tudo bem. Sobrevivi a muitas merdas, e sei como superar.

Tenho que respirar. Só respirar. E respirar de novo.

– Vou dar uma olhada nas construções – digo a Conor depois que o Fiat foi embora. – Sei que você só queria deixar o Eli tranquilo. Não precisa ficar.

Espero que seu rosto se inunde de alívio ao perceber que, pela primeira vez em anos, *não* vou correr atrás dele. Não vou flertar, nem jogar charme, nem tentar atraí-lo para perto de mim. Mas Conor continua com os malditos óculos escuros. Agora, na claridade, estou com um pouco de inveja.

– Estou com meu celular, caso aconteça alguma coisa – acrescento.

Conor não diz nada. Chega mais perto, no entanto, me pegando desprevenida. Dou um passo para trás, como por instinto, embora eu erga o queixo na direção dele.

– Sério – digo. – Tá tudo bem.

Silêncio. Franzo o cenho, confusa. Vejo sua mandíbula retesada e o ângulo de seu rosto expressando determinação. Ele assoma sobre mim, há pouco espaço entre nós e, se ao menos eu pudesse ver seus olhos, talvez entendesse.

Parece mais um jogo, e estou esgotada.

– Desculpa, Conor. Estou muito cansada e, pra falar a verdade, gostaria de ficar sozinha um...

Ele me beija.

E se inclina para a frente. Segura meu rosto com as duas mãos. Seus lábios tocam os meus, e ele me *beija*.

Com força. Mas também com delicadeza. Um beijo de língua demorado e meio caótico. E se alguém me dissesse para adivinhar, para dizer como seria o beijo de Conor Harkness, eu teria descrito exatamente assim: infinito, gentil, profundo. Ele me faz abrir mais a boca, então lambe o interior como se isso fosse tudo que quer de mim. Fico na ponta dos pés, os tendões e os músculos trêmulos. Sinto seu corpo roçar o meu, duro como pedra, músculos, calor e firmeza, o cheiro de sua pele se misturando ao das flores. De todos os sonhos lúcidos que meu cérebro poderia ter inventado, este é o mais cruel. Mas não acordo. Ele me beija para sempre e, mesmo quando para, suas mãos permanecem no meu rosto. No meu cabelo.

Fico atônita. O mundo é o mesmo de antes, mas os ângulos parecem mais suaves. Um lugar mais gentil, brando, onde é mais fácil respirar.

Talvez eu esteja enlouquecendo.

– Maya. – A voz grave de Conor reverbera em meus ossos, me reconfigura por dentro. – Você tem razão em tudo o que disse ontem e...

Ele se afasta. Balança a cabeça. A mão que segurava minha nuca me solta, e agora ele finalmente tira os óculos escuros, e vejo em seu olhar... Ah.

Ah.

Tudo.

– Estou fazendo tudo errado de novo – diz ele, e engole em seco. – Deveria ter começado com a única coisa que importa.

– E o que é? – me escuto perguntar, surpresa com minha capacidade de concatenar palavras.

Ele roça o polegar no meu lábio inferior e diz:

– Eu te amo, Maya. E não, nunca vai passar.

Capítulo 39

– Foi tão difícil assim? – pergunto depois.

E não é nada fácil me afastar dele e olhar em seus olhos. Exigir respostas. Não enveredar pelo caminho da provocação, onde já deixamos tantos rastros inúteis.

Eu mereço saber. Foram três anos disso, dez meses de nada – preciso que ele me diga por que demorou tanto.

– Foi.

Ele parece triste, pesaroso, mas há uma determinação calma, intensa e nítida em seu olhar, que comprime algo dentro de mim, mas reviro os olhos assim mesmo. Desvio o olhar. Três pardais pousam na construção mais alta e seu canto se perde na brisa.

– Eu nunca disse isso antes.

– Essa *não* foi a primeira vez que você disse "eu te amo".

– Não. – Conor sorri à luz lenta da manhã. – Mas foi a primeira vez que falei com sinceridade.

As sombras ficam mais curtas. O calor da manhã me envolve, ferve na minha pele, transforma a água saborizada de limão que comprei em um plástico semiderretido que acabo engolindo de uma vez e jogando fora.

Conor não parece estar com calor, imaculado como sempre, mas uma camada de suor começou a se formar sob o tecido de sua camisa, fazendo-a grudar nos músculos entre suas escápulas. Não dá para ver, mas eu a sinto quando dou um tapinha em suas costas para apontar um beco estreito.

Ele solta um suspiro forçado.

– Claro. Vamos subir mais escadas.

Mas ele ama os muros cobertos de heras tanto quanto eu, os vasos coloridos cheios até a boca de pimentas e opúncias. Sua felicidade se revela nos cantinhos de seus lábios. Nas ruguinhas ao redor de seus olhos.

Que agora eu vejo, porque *eu* estou usando os óculos de sol dele.

– Não precisamos subir. Se as articulações dos seus joelhos estiverem fatigadas demais, seu velho...

Ele me puxa para perto, o braço sobre meus ombros. Embora minha pele esteja pegajosa e eu não consiga lembrar se passei desodorante, eu deixo.

– O que foi? – pergunta Conor no meio da escadaria, quando percebe que estou sorrindo para ele.

– Nada, é só...

Ele para. Abaixa a cabeça para me beijar, primeiro na ponta do nariz, depois na boca, longamente.

E eu penso: *Só isso.*

– Experimenta – diz ele, enquanto exploramos a feira movimentada, depois de ter pagado mais do que o vendedor pediu por uma rama de tomate-cereja.

– De jeito nenhum.

– Experimenta – repete ele.

Faço um biquinho. Os nós de seus dedos roçam meu lábio inferior.

– Como foi que minha vida passou de um café da manhã siciliano típico que inclui sorvete a *isso*?

– Essa indisposição com alimentos frescos não vai te levar muito longe na vida.

– O quê? Eu amo alimentos frescos. Inclusive alguns dos meus melhores amigos são alimentos frescos! Só estou dizendo que tem hora e lugar pra tudo.

Mas ele estende o tomate para mim, de um vermelho vívido, convidativo, tentador. Talvez meu corpo possa suportar uns nutrientes.

– *Caramba* – resmungo, mastigando. – Tá de brincadeira?

– O que foi que eu disse?

– Eu te odeio. – Jogo mais um tomate na boca. – É tão docinho!

Ele coloca uma mecha de cabelo atrás da minha orelha. Fica me olhando enquanto devoro o resto dos tomates, com uma expressão satisfeita e presunçosa que me obriga a cutucá-lo.

– O que nós aprendemos? – pergunta Conor.

– Que devemos respeitar os mais velhos?

Ele estreita os olhos.

– Que sempre é hora de comer alimentos frescos, *Encrenca*.

Dou risada. Se alguém abrisse meu peito, veria a luz brilhando dentro dele.

Sempre gostei de sexo. Já de beijar... Varia demais. E, principalmente, é muito mais difícil ensinar um homem a beijar direito do que a transar. Acho que era por isso que eu não gostava tanto assim.

Conor me convence do contrário em poucas horas. Depois almoçamos no terraço de um restaurante pertinho da Corso Umberto. É um lugar bacana, meio chique, e fico com medo de me expulsarem por causa do macacão de morangos, mas pelo jeito ninguém se importa. Ou quem sabe Conor já tenha usado tantas abotoaduras na vida que esteja com crédito.

– Então... – digo ao fim da refeição de melão, presunto cru e queijo macio, com rúcula, focaccia crocante e aperol spritz. – Este é o nosso primeiro encontro?

Estamos sentados um de frente para o outro: nada de beijos. Nada de desviar o olhar. Nada de ignorar as perguntas difíceis que são minha marca registrada.

Não que ele fosse ignorar, a julgar por sua postura relaxada, as mãos sobre a mesa.

– Não sei – responde Conor, parecendo tão curioso quanto eu. – Você gostaria que fosse?

– *Você* gostaria que fosse?

Ele pensa a respeito.

– Sinceramente? Não.

Espero que meu estômago comece a se revirar, mas isso não acontece. Estou me sentindo muito segura. Ele disse que me ama, portanto deve haver uma explicação.

– É um conceito americano demais – continua ele.

– O quê?

– Isso de encontro. Tenho certeza que já se popularizou na Europa a esta altura. Com os aplicativos e os meios de comunicação. E sei que morei mais tempo nos Estados Unidos do que aqui, mas foi aqui que eu cresci, e a ideia de uma estrutura formal que guia as pessoas enquanto elas tentam avaliar se combinam... parece uma transação corporativa.

– Disse o Empreendedor do Ano de Austin.

Ele dá de ombros.

– E é estranho. As pessoas tentam mostrar o que têm de melhor, mas tem muita coisa em jogo, e elas ficam nervosas, o que é contraproducente. O problema é que parece um teste. Como se tivéssemos que provar alguma coisa, mudar de nível. Descobrir se uma dose subefetiva de alguém que mal conhecemos pode ser compatível com nosso sistema, então aumentar a exposição aos poucos, pra ver se nosso organismo tolera... é o tipo de coisa que a gente faz pra se acostumar com um veneno.

– Tá, então... Como vocês fazem na Irlanda? Ou faziam?

– Conhecemos as pessoas no trabalho, ou na faculdade. Em um grupo de amigos. Desenvolvemos uma atração orgânica. Quando saímos pra beber alguma coisa, já conhecemos a pessoa e gostamos dela. Fazemos isso *porque* queremos passar mais tempo com ela.

Eu encolho as pernas, desconfiada, abraçando os joelhos junto ao peito.

– O que você está dizendo é que gostaria de sair comigo várias vezes, com várias pessoas junto, e que depois disso talvez a gente possa fazer algo que pareça um encontro... mas que *não* chamaremos de encontro pra poupar seus frágeis sentimentos de millennial europeu.

Ele dá uma risada calorosa.

— O que estou dizendo é que já sei que estou apaixonado por você, e que não tenho interesse em ficar longe de você. Não preciso de doses pequenas... Eu quero tudo.

Suas palavras me envolvem como um abraço, mas não quero dar a ele a satisfação de ver como sua franqueza me afeta, ainda não, e tento não sorrir. O problema é que ele está perto demais. E isso é *bom* demais.

— Você se deu conta do quanto isso parece loucura? Depois de anos agindo como um merdinha...

— Um merdinha?

— ...sim, exatamente, como eu disse, um *merdinha*, você simplesmente... mudou de ideia a nosso respeito.

Ele assente devagar. Arrependido, talvez.

— Você tem todo o direito de se mostrar rancorosa.

— *Rancorosa?* Você vai ter que me desculpar, mas estou começando a desconfiar que isso pode ser um caso de acúmulo de placas amiloides e que estou vendo o Alzheimer se manifestando em tempo real.

Ele suspira.

— Você está se divertindo com as piadas sobre envelhecimento, né?

— Você merece, já que transformou sua idade em causa célebre por tanto tempo.

Ele não consegue esconder o sorriso. Nem eu.

— Foi por causa do que a Rue disse? — pergunto.

— Como assim?

— Hoje de manhã, quando ela agradeceu ao Eli por ter sido paciente... Foi isso que fez você mudar de ideia?

— Não, Maya. Não foi isso. Foi ontem. Tudo o que você disse, eu... — Ele balança a cabeça. — Acho que eu já sabia de tudo. Tinha todas as peças. Quando eu disse que a decisão de ficar longe de você era algo de que eu tinha que me convencer todos os dias, não era mentira. E todos os dias o meu cérebro inventava novos motivos, insistia que *talvez* eu pudesse me permitir ficar com você, e eu tinha que me dissuadir disso. Discuti mil vezes comigo mesmo, e sempre decidi proteger você de um relacionamento com alguém como eu. Aí ontem à noite você me fez perceber que nenhum dos meus argumentos se sustenta. Eu estava tentando te proteger de algo que você nunca considerou uma ameaça, quando tudo o que importa é...

– O triunfo do livre mercado?

– *Você*. – A risada dele é suave. – O mercado não regulamentado que se foda.

Eu me recosto na cadeira. Analiso seu rosto.

– Tá bom.

– Tá bom?

– Ótimo.

Ele assente devagar.

– Ótimo.

– Então... – Tento parecer solene. Finjo que não tem fogos de artifício explodindo por todo o meu corpo. – Já que meu irmão está ocupado demais tendo uma maratona de sexo com sua nova esposa pra assegurar a defesa da minha honra, você me permite fazer algumas perguntas?

– Fique à vontade – diz ele, com um floreio, confiante.

– Quais são suas intenções?

Ele franze a testa.

– Sobre...?

– Bom, não vamos ter encontros, porque você está ocupado demais protestando contra a hegemonia americana em todas as suas formas e ideias. Então eu sou sua namorada?

Uma pausa quase imperceptível.

– Se você quiser.

– Para de dizer... O que *você* quer?

– Eu... claro. Adoraria que você fosse minha namorada.

– Desculpa, mas você não me pareceu muito entusiasmado.

– Eu estou.

– Se quiser só uma amizade colorida, pode dizer.

– Eu não... Não, Maya.

– Eu só não entendo o que você...

– Eu quero me casar.

De repente, ele se inclina para a frente. Há um brilho desafiador, ardente, inquisidor em seus olhos.

Eu hesito. Por vários segundos.

– Bem...

– É. – Um suspiro. – Eu adoraria me casar amanhã. Mas daqui a três meses você vai fazer 24 anos e, como eu venho repetindo à exaustão, eu tenho 38. A diferença de idade não é culpa sua, e você não deveria apressar nenhum momento importante só...

– Por causa do seu estado geriátrico?

– Exatamente. E não acho justo exigir um compromisso de você tão cedo. Não depois de ter sido um idiota por três anos.

Ele tem razão. Posso estar loucamente apaixonada, mas não a ponto de não enxergar isso.

– Então...?

– Então, nós...

Ele passa a mão pelo cabelo, como se esse fosse um assunto estressante e que ele já revisitou muitas vezes. Eu me pergunto quantas horas, dias, semanas Conor passou acordado na cama tentando descobrir um jeito de ficarmos juntos sem me acorrentar a ele.

– Começamos de onde paramos.

Arregalo os olhos.

– Ontem à noite?

– Não, eu... – Ele aperta a ponte do nariz. – Há dez meses.

– Ah. Então, nós... conversamos pelo telefone como se estivéssemos na década de 1990 e morássemos cada um em um continente?

– Não. Ou sim, se você quiser. Maya, eu aceito o que você estiver disposta a me dar. Mas mantenho o que disse ontem à noite. Quero que você esteja no comando.

– Conor. – Estendo a mão sobre a mesa, os dedos roçando nos dele. – Se você quiser que eu te coma, é só pedir.

Ele abaixa a cabeça, mas dá tempo de eu perceber seu sorriso. Quando ergue o rosto, já está sério de novo.

– *Existe* uma diferença de poder entre nós. Já admiti e admito de novo que sou um idiota teimoso no que diz respeito a você, mas, pra deixar bem claro, não acho que os problemas que citei deixaram de existir. Você continua sendo muito mais nova que eu. Quer dizer, eu apostaria um terço dos meus bens que o garçom está se perguntando por que eu não tiro os olhos da minha filha.

Eu me inclino para a frente. Avisto o garçom de 20 e poucos anos parado sob um dos guarda-sóis, a expressão de tédio, esperando a multidão encher o restaurante para o almoço. Com um sorrisinho, entrelaço meus dedos nos de Conor, levo sua mão até meus lábios. Beijo. Roço os dentes nela com delicadeza.

– Acho que ele acabou de perceber que não somos parentes – digo baixinho.

Conor balança a cabeça, aquele sorrisinho ainda repuxando seus lábios, a voz rouca ao falar:

– O que eu quero dizer é que precisamos reconhecer que sou mais velho, tenho mais experiência e mais recursos financeiros.

Olho para mim mesma.

– Só porque tem areia no meu macacão e derramei granita nele, não significa que não tenho dinheiro investido na bolsa.

– Certo, claro.

Ele sorri mais uma vez. Tão espontâneo que eu... Meu coração vai inflar até o céu.

Conor me olha, no caos sonolento em que me encontro, balança a cabeça e diz:

– Mesmo derramando granita, você é bonita demais pro meu gosto.

– Caso a sua preocupação seja ter que carregar o fardo de namorar alguém mais jovem e mais pobre que você, eu quero te garantir que agora eu tenho um emprego, e faz anos que eu me banco e...

– Maya, é exatamente o *oposto*. Eu *quero* cuidar de você. *Quero* resolver todos os seus problemas financeiros, e é por isso que tenho que tomar o cuidado de não forçar demais a barra...

– E é por isso que está se segurando pra não me pedir em casamento, tá. – Recolho a mão e finjo irritação. – Acho que vamos esperar pra ter aqueles bebês, né?

Ele fica paralisado. Vermelho. Desvia o olhar.

– Maya, eu não...

– ... pretende me engravidar?

Conor fecha os olhos, morrendo de vergonha.

– Foi péssimo da minha parte falar aquilo sem conversar com você primeiro. Foi...

– Problemático.

– Isso. Maya, eu *jamais* pediria um filho se você não estivesse pronta pra isso. Jamais pediria que você engravidasse se não...

– Conor, relaxa. Você pode ser defensor dos direitos reprodutivos *e* ficar excitado com a ideia de gozar dentro de mim.

Ele cobre os olhos.

– Meu Deus.

– Não precisa ficar envergonhado. Muitas pessoas têm fetiche por reprodução.

– *Puta que...* Eu não tenho.

– Ah, Conor... Você tem, sim.

– Você é um perigo – resmunga ele. O rosto vermelho. Uma fofura.

– Tudo bem. Eu também gosto de umas coisas estranhas.

– Ah, é?

– É.

– Tipo o quê?

– Acho que o nome é gerontofilia?

– Vai se ferrar, Maya.

Tento não rir alto, mas não consigo. O garçom se vira para nós e abre um sorriso confuso ao ver Conor esfregando os olhos. E eu gargalhando.

– Só pra esclarecer – sussurro, chegando mais perto. – Não sou uma gerontófila de verdade. Você é a única pessoa mais velha com quem eu quero transar.

– Sou? Ótimo. – Ele ainda está corado. – Eu também não fico excitado com a ideia de engravidar outras mulheres.

– Sério?

Conor faz que não com a cabeça.

– Nunca?

– Nunca.

– Você e a Minami não...?

– Não. A gente era muito jovem... Embora... – Ele solta uma risada bufada. – Ainda mais velhos do que você é agora. Mas tivemos uma suspeita de gravidez uma vez.

– E aí?

– Acabou sendo só um atraso na menstruação. Ela estava sempre sobrecarregada e estressada por causa do nosso supervisor. Mas isso nos fez pensar em ter uma família, e tivemos essa conversa. E eu cheguei à conclusão de que não queria filhos.

– Mas... agora você quer? – pergunto, tentando entender. – Acha que talvez só não estivesse pronto?

– Talvez. Ou talvez porque, quando penso em fazer alguma coisa com você, pareça uma aventura. Subir uma montanha, ter uma família, me mudar pra outro país... Eu não lido bem com mudanças, Maya. Gosto de controlar meu ambiente e limitar as variáveis. Mas há uns anos acordei e percebi que você tinha mudado isso completamente.

– Por quê?

– Porque não importa o que aconteça, ou onde, ou quando, você deixaria tudo espetacular. Você faria qualquer situação valer a pena. Eu acordaria e você estaria lá, toda linda, dizendo as coisas mais irritantes, me deixando maluco e me fazendo rir. E eu amaria cada segundo. Porque é com você. E você é... – Os lábios dele parecem se curvar para dentro, como se ele estivesse organizando os próprios pensamentos. – Você é encrenca. Um fluxo *contínuo* de encrenca.

É minha vez de baixar a cabeça. De respirar fundo.

– Sabe, Eli foi falar comigo ontem. Antes de... Antes. Ele me disse pra pegar leve com você.

Conor suspira. Achando graça. Inabalado.

– Você se sente... Agora que ele finalmente sabe, se sente mais seguro? Sente que enfim temos uma barreira de segurança?

– Não. Não sinto. Eu nunca... Foi uma ideia idiota acreditar que as pessoas à minha volta me protegeriam dos meus sentimentos. Mas, em minha defesa, durante um tempo eu não achei que estivesse apaixonado.

Devo ter arqueado as sobrancelhas, porque ele continua:

– Era intenso demais, doloroso demais. E eu achava... Eu pensava que já tinha me apaixonado antes, e não tinha sido assim. Então me dei conta de que eu simplesmente não sabia como era amar alguém, mas ainda assim não conseguia aceitar o risco de ficar com você e ferrar a sua vida, então disse a mim mesmo que o amor não era suficiente. Eu ficava mudando as regras. Traçando novos limites. E... você perguntou o que mudou entre ontem à noite e hoje de manhã: você me fez perceber que alguns limites

precisam ficar onde foram estabelecidos pela primeira vez. E se ultrapassarmos essa linha... – Ele toca o meu rosto, acariciando-o com o polegar.
– Que assim seja.

O centro da cidade é lindo, mesmo lotado de turistas. Uma miríade de objetos únicos para onde quer que eu olhe: mosaicos e igrejas, fontes e vistas, santuários cobertos de flores e as comidas mais maravilhosas. Gatos de rua cochilam nas janelas. Placas pintadas à mão nos convidam a entrar em *trattorias* e lojas que vendem joias feitas de pedras vulcânicas. Depois do almoço, Conor me compra marzipã e limonada, além de um monte de bugigangas com a bandeira da Medusa de três pernas.

– Eu amei esse negócio – explico. – Vou levar uma pra todo mundo que eu conheço. E cinco pra Jade.

– Você é...

– O quê?

– Uma pessoa muito estranha – diz ele, e me beija mais uma vez, uma das mãos na minha lombar, a outra na minha nuca.

– Minha amiga Des me ensinou a pechinchar – comento. – Eu poderia conseguir um preço melhor.

– De jeito nenhum.

– Mas é *divertido*.

Conor assente quando arquejo, apontando para uma artista de rua, e digo:

– Eu *amo* essa música. Você tem dinheiro?

Jogo alguns euros no estojo do violino da garota e volto correndo, mergulhando de volta no abraço de um braço só que inauguramos naquela manhã, mas já parece indispensável. Vital.

– É de um dos meus compositores favoritos.

– Ludovico Einaudi?

Olho para ele com a testa franzida.

– Você conhece Ludovico Einaudi?

– Eu sei que ele *existe*.

– Olha só! O Sr. Techno-Industrial. Tuts, tuts, tuts.

– Eu sou eclético.

– Não é, não. Você só escuta um gênero, que parece feito de gatos selvagens acasalando em cima de uma plataforma de perfuração. Como você conhece Ludovico Einaudi?

Ele suspira. Observa o vaivém gracioso do arco.

– Sabe aquele aplicativo de música que você me obrigou a baixar umas duas semanas depois que começamos a conversar? Quando você queria que a gente escutasse um podcast sobre remo. Juntos.

– Ah, é. Lembro. Eu tive que te ajudar a conectar nossas contas. Lembro de ter pensado que você era *mesmo* meio senil.

Ele me olha cheio de desdém.

– Até posso ser senil, mas foi você que não percebeu que o aplicativo precisava de assinatura. Eu assinei e coloquei você no plano. Praticamente uma conta conjunta.

Eu hesito. Porque uso o aplicativo direto. Todos os dias, na verdade.

– Humm. Além do anticoncepcional, você também paga pelas minhas músicas?

– É o que parece. Mas a conta... me envia alertas. Diz o que você está ouvindo.

– Por favor, diz que você desativou as notificações.

– Eu até posso dizer, mas...

– Ai, meu Deus! – Solto uma risada e cubro a boca. – Por quê?

– Eu... Era legal. Às vezes, eu colocava a mesma música que você, e era quase como se estivéssemos juntos. – Conor dá de ombros e o movimento vibra pelo meu corpo inteiro. – Eu dizia a mim mesmo "amanhã eu desconecto", mas...

Penso nos últimos três anos.

Em todas as vezes que decidi esquecê-lo.

Em todas as vezes que disse a mim mesma que ia sair com o próximo cara que me convidasse.

Em todas as vezes que não fiz isso.

– É – respondo, e me estico para beijar seu rosto, com a segurança de que nós dois estamos nessa pra valer.

Capítulo 40

Conor e eu entramos na sala de mãos dadas, e é neste momento que me dou conta de que não estou pronta para que o mundo – pelo menos *este* mundo – tenha uma opinião a nosso respeito. A luz da tarde entra pelas cortinas transparentes. Aperto os dedos de Conor antes de soltá-los, olho para ele com um sorriso que é um pedido de desculpas e decido fingir que chegamos juntos por acaso. Afinal, Eli acabou de convocar todos por mensagem.

Destino e coisa e tal.

Conor se senta ao lado de Minami, balançando Kaede em seu joelho, com uma paciência impressionante quando ela agarra suas orelhas para se equilibrar. De longe, tento umas caretas para fazê-la rir, com os pés de Nyota em meu colo.

– E aí, aonde você foi hoje de manhã? – pergunta ela.

Encaro Nyota. Abro um sorriso, e ela faz o mesmo.

– Boa, Killgore.

– Achei mesmo que você ficaria orgulhosa.

– Ah, e estou. Eu te compraria um carro novo se não tivesse certeza de que seu velho já está cuidando disso.

Eli e Rue chegam e se acomodam no banquinho em frente ao piano.

– Então – diz ele. – Resumindo, passamos as últimas 48 horas tentando descobrir um jeito de trazer trinta e poucas pessoas pra cá. A Catânia não é o único aeroporto da Sicília e exploramos a possibilidade de usar barcos e ônibus, mas o efeito dominó de milhares de pessoas remarcando suas viagens foi um absurdo. Talvez seja complicado até pra vocês saírem daqui...

– Espera... Quer dizer que o casamento está cancelado? – pergunta Axel, parecendo arrasado, o que é uma surpresa.

– Nossa, ele estava engajado – murmura Nyota. – Ele era o responsável pelo enxoval do casal ou algo do tipo?

– Talvez seja só um entusiasta do amor. – Dou de ombros. – Não tem um único pensamento útil, a cabeça é completamente vazia, mas de um jeito romântico.

Ele é um cara fofo. Homem. Tanto faz. Vai encontrar alguém que o pegue pela mão e vai ser um parceiro maravilhoso.

– O casamento *não* está cancelado – garante Eli. Ele abraça Rue, que se aninha nele. – Rue e eu já nos casamos.

Silêncio. Eu me pergunto se deveria fingir surpresa. Olho para Conor, que está sorrindo como se não estivesse disposto a se dar ao trabalho de fingir.

– Sim. Fizemos isso sem a presença de vocês. Sei que trouxemos todos até aqui sob o pretexto de que seriam testemunhas do início do resto da nossa vida, e...

– Inacreditável – murmura Minami, inexpressiva.

– ... sentimos muito por termos sido egoístas. Brincadeira, não sentimos nada. Este casamento estava um show de horrores e ouvir minha noiva, que é um poço de racionalidade, usar a palavra "maldição" ajudou na decisão. Com todo o respeito, vocês que se fodam.

Tisha ergue a mão.

– Podemos fazer perguntas agora?

– Ah... Claro.

– *Quando* vocês casaram?

– Hoje de manhã...

Um coro de grunhidos. Depois de um tempinho, notas de dinheiro passam de mão em mão. A maioria vai parar na de Nyota.

– Obrigada, isso, obrigada... Nada disso, Tamryn, você até pode pagar em euro, mas a taxa estava muito mais favorável quando fizemos a aposta.

– Malditos – resmunga Tisha, abrindo o aplicativo do banco. – Não podiam esperar mais meio dia?

Depois de pagar, as pessoas se aglomeram em volta de Eli e Rue para abraços e votos de felicidade. Axel chora de alegria e seu irmão dá tapinhas em suas costas.

– Agora eu não sei o que fazer – murmura Nyota, contando o dinheiro.

– Como assim?

– É que sem cerimônia, sem jantar, sem ser apresentada a solteiros disponíveis... Não sei se a Rue se esforçou o bastante pra merecer que eu a siga no Instagram.

Solto uma risada bufada.

– Agora que vocês enriqueceram às custas da nossa angústia – diz Eli –, vou contar quais são os planos. Vamos partir pra Grécia de barco daqui a dois dias, e até lá vamos ficar aqui. A casa está disponível pra vocês durante a próxima semana também, graças a Tamryn. Fiquem o tempo que quiserem.

– Até ano que vem – diz Tamryn, com um sorrisinho. – Por favor, fiquem à vontade para exercer seu direito de ocupação dos bens imobiliários não liquidados do meu falecido marido.

Todos dão risada.

– Mais alguma pergunta? – questiona Eli.

Ergo a mão.

– Sim, Maya.

– E a piscina de bolinhas que nos prometeram?

Ele me mostra o dedo do meio e vai embora com Rue.

Meu olhar cruza com o de Conor quando ele entrega Kaede para Sul. Abro um sorriso, e ele também. Um novo sentimento me invade: de que nós dois estamos do mesmo lado de uma linha invisível, e o resto do mundo está em outro lugar. Uma Isola Bella só nossa. Acessível de acordo com as mudanças da maré.

– Posso falar a verdade? – pergunta Nyota, deitando a cabeça no meu ombro.

– Pode.

– Este casamento foi mesmo um caos.

– Pois é...

– E eu não estou nem um pouco mais perto de virar a esposa-troféu de um cara rico.
– Não.
– Mas, tipo... foi uma boa semana.
Fecho os olhos. Inspiro o aroma de rosas do seu cabelo.
– É. Foi mesmo.

Dando continuidade à maré de azar da semana, o maior congelador da casa para de funcionar uns vinte minutos depois.
– Isso tem a ver com o vulcão? – pergunto ao ver os garotos de Lucrezia arrastando caixas pesadas até a varanda.
– Duvido muito – responde Avery. – Acho que é só...
– Mais um acontecimento turbulento da longa lista de ocorrências causadas pela maldição?
– Eu não queria colocar nesses termos, mas acho que a deusa grega dos casamentos não quis derramar suas bênçãos sobre nós. Enfim, eles estão tentando reorganizar os alimentos congelados, mas ao que parece alguns sacrifícios serão necessários, então se tiver espaço na barriga...
Ela aponta para quatro tonéis cheios do mesmo gelato que enfeita meus brioches de manhã. Alguém claramente precisa tomá-los. Agora mesmo.
– Do que é aquele bolo ali? – pergunta Nyota.
– Frutas vermelhas e creme e algum recheio de pistache. Era pra ser o bolo do jantar de ensaio, mas...
– Significa que podemos comer?
– Acho que significa que *devemos* comer.
Lucrezia distribui colheres e tigelas com a expressão solene de uma rainha nomeando um escudeiro. Eli, Conor e Minami estão do outro lado da varanda, rindo tanto que parecem estar prestes a fazer xixi nas calças. É uma cena familiar, uma memória de uma década – os três se provocando e sendo uns babacas e dizendo coisas que ninguém tem esperança de entender, nem mesmo Sul. Piadas tão internas que parecem insultos. Mas é visível o quanto eles se gostam, mesmo quando estão irritados, frustrados ou cansados um do outro. Eles largam tudo, perdoam tudo, aceitam tudo.

– Cuidado – diz Avery, apontando para o gelato derretendo na minha colher e escorrendo pelos meus dedos.

Uma gota marrom perfeita de *bacio*.

Conor disse que significa "beijo".

Respiro fundo e me sento ao lado de Avery.

– Sobre ontem à noite... – começo.

Ela já está balançando a cabeça.

– Ai, meu Deus. Não, eu... – Ela faz uma careta arrependida. – Eu não sabia que vocês... Tudo faz sentido agora. Me sinto péssima pelo que eu disse no teatro...

– Não, por favor. Eu deveria só ter dito que gostava dele.

Compartilhamos um sorriso – um sorriso que começa tenso, logo fica tímido e finalmente se transforma em uma expressão de gentileza.

– Parece ser um pouco mais que isso – diz ela com delicadeza, e não nego. – Preciso que saiba que não estou apaixonada por ele nem nada do tipo. Não vou ficar de coração partido nem criar problemas no trabalho. Eu gosto dele, mas... a Minami nos apresentou há alguns anos. Ela me disse o quanto o Conor era incrível e, quando terminei com meu ex, pensei... Por que não o Hark? A Minami falou bem dele. Teria sido... conveniente.

Concordo com a cabeça, tentando ouvir e entender, manter os ouvidos e o coração abertos, não deixar o ciúme tomar conta.

– Ele me falou de você, sabia? No verão passado. Nosso segundo e último encontro. Ele bebeu um pouquinho e colocou tudo pra fora. Disse que estava apaixonado por outra pessoa. Eu pensei que fosse a Minami.

– Ah.

– Foi idiota da minha parte. Deveria ter ficado óbvio que ele não estava falando da Minami quando disse que seus sentimentos eram tão intensos que o melhor a fazer era se afastar. Que ele tinha certeza de que ia acabar *tomando conta da sua vida e se aproveitando de você*. – Ela pronuncia essa última parte com um leve sotaque irlandês e nós duas rimos.

– Ele é dramático pra cacete – digo carinhosamente, balançando a cabeça.

– É. Mas ele se importa, e tenta fazer a coisa certa, não a mais fácil. Às vezes ele erra, mas é bem-intencionado. – O sol bate à nossa mesa, e Avery inclina a cabeça para trás, dando-lhe as boas-vindas. – Acho que você pode ser exatamente aquilo de que ele precisa.

– Como assim?

– Hark se leva muito a sério. Vai ser bom ter alguém que dê risada das besteiras que ele fala e não o deixe ficar remoendo as coisas. Alguém que ocupe um pouco a cabeça dele com algo que não seja a rotina constante do trabalho, sabe? Um motivo pra voltar pra casa.

Eu quero isso, penso. *Quero ser isso para ele. Quero que ele seja isso para mim.* Mas o que digo é:

– Ainda é cedo.

– É.

– E eu tenho 23 anos.

– É.

– Acho que... Pode ser que não dê certo. Quem sabe?

Ela concorda com a cabeça. Sorri. Bate o braço no meu ao pegar a colher.

– Ou pode ser que dê.

Capítulo 41

Maré alta. Maresia. Até os pássaros parecem exaustos, meu sangue se resume a açúcar e leite, e preciso tirar um cochilo antes do jantar.

Conor me encontra no segundo andar e me captura. Em silêncio, um meio sorriso nos lábios. Um braço ao redor do meu pescoço, me puxando para dentro do seu quarto. Ele me pressiona contra a parede e me beija, um beijo a princípio longo e superficial, e então profundo.

– Gostinho de avelã.

– Humm. – Mordo seu lábio inferior. – E vai ficar com esse gosto pra sempre, pela quantidade de gelato que acabei de tomar.

Ele se curva e ri contra o meu pescoço. Nem parece Conor, com os toques constantes, os beijos na minha clavícula, o modo como me puxa para si. Ele não esconde o que causo em seu corpo, que o faço sorrir. É uma mudança tão radical, mas ao mesmo tempo… é o Conor. Não podia ser mais familiar, o peso de seu toque, meus pulmões inalando seu cheiro, os sons graves e retumbantes em seu peito quando ele se afasta para perguntar:

– Tudo bem?

Não sei do que está falando. De sua coxa entre as minhas, seus dedos entrelaçados no meu cabelo, do sequestro espontâneo. Faço que sim com a cabeça.

— Está cansada?

Assinto de novo, desta vez com um sorrisinho, e no minuto seguinte estou em sua cama. O abajur de vidro que ficava na mesa de cabeceira desapareceu. Em vez de perder tempo com perguntas idiotas, eu me sento e olho para a embalagem de papel que ele me oferece. O marzipã de frutas que ele comprou mais cedo.

Quando ergo o rosto para sorrir para ele, Conor está bem perto, me pressionando contra o colchão, as mãos apoiadas de cada lado do meu quadril, a voz baixa e séria.

— Já que não vai ter casamento, Tamryn e eu precisamos voltar pra Irlanda o mais rápido possível.

Meu estômago se revira de… Não. *Não*. Não vou entrar em pânico enquanto ele não me explicar.

— Por quê?

— O inventário.

— Ela conseguiu um acordo?

— Talvez. As coisas estão melhorando porque meus irmãos começaram a brigar entre si.

— Comovente.

— Não é? — Ele beija meu nariz. — Vai ser bem melhor se estivermos lá. Talvez a gente finalmente consiga resolver tudo isso.

— Tá. — Penso um pouco. — O que *você* quer dessa situação?

— Nada. Não preciso do dinheiro do meu pai. Mas a Tamryn merece. E muitos dos ativos… Ela pode aproveitá-los muito melhor do que os idiotas dos meus irmãos.

Faz todo sentido. Não tenho intenção nenhuma de começar esse relacionamento com desconfiança.

— Eu entendo. Ela precisa de você, e é sua família. Tem alguma coisa que eu possa…

— Você pode ir comigo.

Recuo de repente, porque não estava mesmo esperando por isso. Mas então meus lábios se contraem e…

— O quê? Como se eu fosse sua namorada ou algo assim?

Ele revira os olhos. Mais um beijo, desta vez na minha testa, então Conor se levanta.

– Parte de mim adoraria ter você comigo enquanto enfrento esse caos, mas também tem a *outra* parte, aquela que gostaria que você considerasse a possibilidade de misturar seu material genético com o meu no futuro, e que está morrendo de medo de te mostrar a depravação e a ganância da minha família.

– Estava apostando na minha ignorância, né?

– É tudo que eu tenho. – Ele suspira e passa a mão pelo cabelo. – Sei que talvez você não consiga. Você tem que levar Mini... e Miúdo, eu acho... embora. Sei que prometeu à Rue e ao Eli que cuidaria da casa. Mas eu queria te convidar.

Inclino a cabeça. Analiso o homem cansado, ansioso e lindo demais à minha frente.

– Por quê?

– Eu te mantive afastada por muito tempo. E quero deixar claro que isso não vai acontecer de novo.

Algo se move dentro de mim. Esvaziando um espaço, cedendo, se reajustando para dar lugar a uma nova alegria.

– Senta – digo, com um tapinha na cama, e o abraço quando ele obedece. – Quando você vai?

– Não sei ainda. Dakota vai reservar um voo pra nós saindo de Palermo.

– Quem é Dakota?

– Minha assistente executiva.

– Ah, é. A pessoa que lê seus e-mails.

– Na verdade, quem lê meus e-mails é o Seb. Tenho mais de um assistente.

– Mais de um... dois?

Silêncio.

– Três?

Um suspiro.

– Ah, Conor...

– Eu cobri a licença parental da Minami e do Sul, e o aporte de...

– Sim, sim. Acho que meu irmão não tem tantos assistentes assim. Mas, pensando bem, meu irmão às vezes *para* de trabalhar. – Encosto a testa na dele. Beijo seu rosto. – Se algum dia você me mandar flores, devo imaginar que foi o Seb ou a Dakota?

– Eu jamais te mandaria flores.

Franzo o cenho.

– Jamais?

– Eu compraria uma planta em um vaso.

– Por quê?

– É um passatempo que eu tenho, ver você deixar as plantas à beira da morte e depois implorar à Rue que as ressuscite...

Ele me conhece superbem, é natural que eu queira beijá-lo. E, quando o estou beijando, não consigo me segurar e o puxo para que deite na cama, tentando diminuir a distância entre nós.

Não era minha intenção. Mas ele sorri, e seus lábios voltam a tocar os meus, frescos e deliciosamente sem sabor, um descanso de todo o açúcar, e isso é o bastante. Sua mão quente acariciando a minha pele, tirando meu macacão com facilidade, minha calcinha. Meus dedos abrindo sua calça com a mesma facilidade.

– Eu... – Ele interrompe o beijo sem pressa, suavemente. – Não precisamos fazer nada. Nunca. Se você...

– Não, não, mas será que não é melhor a gente... esperar? – pergunto enquanto sua língua percorre meus lábios. Recuo um pouquinho. – Eu estava pensando, talvez...

Ele me encara, curioso, paciente. Seu olhar não entrega a ansiedade revelada pelos batimentos rápidos de seu pulso sob os meus dedos. Dou risada.

– O que foi? – pergunta Conor, mas também está sorrindo, como se a única coisa importante fosse estar ali, comigo. Entender está em segundo plano.

– Eu estava pensando se nossa primeira vez não deveria ser mais memorável. Nossa primeira vez *de verdade*. Depois de todas as merdas que passamos, sabe. Mas aí lembrei que... – Solto outra risada abafada contra o ombro dele. – Que você é *você*. E eu sou *eu*. E que somos meio ferrados da cabeça. Quer dizer, eu perdi a virgindade doidona de MD, e você provavelmente acha romântico fazer um investimento no meu nome e depois me ignorar por duas semanas porque não é digno de...

Os lábios dele pressionam os meus, um beijo que é quase um golpe. Com dentes, mas ao mesmo tempo suave.

– Maya – diz ele, beijando meu pescoço. – As coisas que você diz... e, porra, seu cheiro é sempre... *Porra*.

Tateio o contorno de sua ereção, sinto o tremor em seus músculos, a tração quando ele se aproxima, buscando mais contato.

– Conor... Eu também.

– O quê?

– Não estive com mais ninguém. Desde Edimburgo.

Ele fica paralisado. Fecha os olhos.

– Merda – diz baixinho. – Eu não vou... Acho que esgotei.

– O quê?

– Ontem à noite.

– Esgotou o quê?

– Meu autocontrole.

Abro um sorriso e enfio a mão em sua cueca.

– *Puta merda*. – Ele segura minha mão, me fazendo parar, mas não a afasta. – Você estava falando sério quando disse que toma anticoncepcional?

Pego a mão livre dele e a levo até o implante em meu braço.

– Certo. Merda, está bem. Posso... Acho que não vou conseguir tirar...

– Pode.

Ele solta um gemido e abaixa a cueca até prendê-la atrás das bolas, e então... Não é um movimento suave, mas ele acaba dentro de mim, e não consigo respirar. Desta vez, estamos de lado, meu joelho dobrado e apoiado em sua cintura, e não posso controlar *nada*, nem o ângulo – meio torto – nem a profundidade – absurda pra cacete –, e preciso me obrigar a respirar, inspirando e expirando, até me sentir relaxar com ele dentro de mim.

– Tudo bem? – pergunta Conor, e parece um pouco arrasado, com um toque de pânico no olhar.

Ele vai mais fundo. Acerta uma parede. Geme com a mistura de prazer e dor que faz com que eu me contraia ao seu redor.

Tudo bem, digo, mas minha voz não sai.

– Nossa. Meu Deus, Maya, eu... Se eu...

Conor solta o ar. Uma risada silenciosa, autopiedosa e bem-humorada.

– Você confia em mim? Eu...

Não faço ideia do que ele quer dizer. Ainda estou tentando aprender a existir com ele dentro de mim.

— Sim. Eu confio em você, eu... *Ah*.

Ele segura a minha bunda e me movimenta em direção ao seu quadril. Fecho os olhos e me entrego, deixo que Conor me movimente contra o seu pau como se eu fosse uma extensão de seu corpo, investidas superficiais, roçando um lugar delicioso, o calor e a tensão se acumulando em mim, e...

— Maya — diz ele, baixinho. — Olha nos meus olhos enquanto me faz gozar.

Abro os olhos e é o que basta. Sinto Conor perder o controle dentro de mim, uma investida mais forte, uma sensação de preenchimento. Ele geme, gutural, contra a minha boca. Olha nos meus olhos o tempo todo. Estremece. Cede ao prazer e me deixa testemunhar a cena sem nenhuma vergonha.

É *lindo* de ver. Quero que Conor faça isso, que me mostre isso, que goze em mim, um milhão de vezes, mas com um último suspiro ele volta à terra. E diz:

— Ótimo, agora podemos...

Ele me abraça. Continua duro. Se move dentro de mim devagar, com mais calma. Mais beijos, demorados. Minha coxa treme quando ele a engancha com o cotovelo, uma leve tensão no meu quadril, mas o calor faz minhas terminações nervosas se agitarem mais uma vez, e ele toca meus seios. Dou risada mesmo perdendo o fôlego.

— Que grosseria, Conor.

— O quê... Porra, isso é *gostoso*... O que foi grosseria?

— Gozar dentro de mim sem nem dizer antes que sou bonita.

Agarro o tecido de sua camisa e ele também ri, sem tirar os lábios dos meus. Diversão, alegria, tudo em um só fôlego.

— Você dá pro gasto — diz ele.

Suas investidas são suaves e sem pressa. Preguiçosas. Eu bem que queria mais velocidade, mas... isto é por ele. Quero que seja por ele.

— Bem bonitinha, eu acho.

Mordo seu ombro com força suficiente para deixar uma marca, e ele ri.

— Quando vi você em Edimburgo, eu não conseguia desviar o olhar. Você não... Eu não vou conseguir te fazer entender. Não tenho palavras.

Ele inclina o quadril de um jeito que faz nós dois gemermos. Ele está satisfeito. Quase nem se mexe.

– Eu simplesmente não conseguia conceber. Você era a coisa mais linda que eu já tinha visto, e o clichê... o homem de 35 anos ficando a fim da garota de 20... – Conor suspira junto do meu rosto. – Eu ficava pensando no meu pai e todas aquelas mulheres. Em como era ridículo pra quem via de fora. Eu não queria isso pra mim. Mas aí conheci você, inteligente, segura de si e independente, mas também jovem. E, depois da primeira noite, eu disse a mim mesmo que *não*. *De jeito nenhum*. Mas fui tomar café da manhã com você assim mesmo, e você transformou cada momento corriqueiro em uma obra de arte.

Ele nos vira até eu estar de joelhos em cima dele, minhas mãos apoiadas de cada lado de sua cabeça. As mãos dele percorrem minhas coxas nuas, o ponto que nos une já encharcado com seu gozo.

Penso nisso: naqueles sorrisos relaxados e desarmados durante o dia que passamos em Edimburgo. Na surpresa calorosa de seus gestos, como se aquela felicidade tranquila fosse incomum para ele. *Você deveria ter alguém que te fizesse se sentir assim todos os dias*, pensei. *Eu estou disponível*.

Ele arqueia o quadril e eu solto um gemido alto. Ouço a brisa levá-lo para longe e mordo o lábio inferior.

– Aí você tomou a iniciativa, e eu fiquei com muito tesão. Fiquei vendo você dormir e pensando... que eu podia te acordar. Eu podia te dar o que você pediu. Eu podia te comer, e seria a melhor transa da sua vida.

Ele roça os dentes no meu pescoço. Eu estremeço.

– Teria sido.

Ele ri.

– Cara mais velho. Amigo do seu irmão. É tão clichê, né?

Seu ritmo continua lento, mas os movimentos ganham força. Seu polegar traça um círculo no meu clitóris, e isso basta. Meu orgasmo é simples, direto, resultado da proximidade com Conor, do roçar da sua pele escorregadia de suor na minha, do cheiro delicioso do seu calor. É bom, perfeito até, contrações longas o apertam cada vez mais forte dentro de mim, obrigando-o a gozar de novo. Acima de tudo, porém, faz sentido.

Não sei se alguma coisa além desse prazer já fez algum sentido, não assim tão claro, não para mim.

– Acho que a gente deveria fazer isso com mais frequência – digo depois, quando volto a dominar a arte da fala.

Estamos de lado de novo. Ele me abraçou contra seu peito e não parece querer soltar.

– Até que foi bom.

Eu o belisco e Conor segura minha mão. Leva-a aos lábios.

– Você pode falar com o Seb? – pergunto. – Já que só vai ficar até amanhã, seria bom aproveitarmos ao máximo. Podemos voltar a Isola Bella de manhã.

– Eu adoraria.

Sem me soltar, ele se vira e pega o celular, que liga pela primeira vez desde a manhã.

A enxurrada de notificações – mensagens, e-mails e mais um aplicativo que deve ser o Slack da empresa – é tão grande que meu cérebro não consegue deixar de absorver algumas.

Tem uns problemas com o CTO que eles indicaram.

Não consegui falar com a Avery nem com você... Fiquei sabendo do casamento, só queria saber se está tudo bem.

Uau, erupção vulcânica.

Algum motivo pra você não atender?

Quando você volta? Davida quer marcar uma reunião.

Hark, seu assistente está na minha sala chorando porque não consegue falar com você.

Falamos com a Minami; não precisamos mais de você.

Cara, a porra do termo de confidencialidade do Calatrava acabou de vazar.

Você morreu? Porque já estão brigando pela sua sala.

Trocamos um olhar. Abro o marzipã que quase esmagamos, me esforçando para não rir.

– Uau, Conor. Sua vida parece... – Ele ergue uma sobrancelha. – ... encantadora.

– Ei. Meu trabalho duro pagou por isso aí.

Ele aponta com o queixo para o doce em formato de cereja que estou mordendo.

– É a falta completa de equilíbrio entre vida pessoal e profissional mais gostosa que eu já comi – respondo, mastigando.

As notificações continuam chegando. O tanto que ele precisa rolar a tela para chegar a suas mensagens com Seb me deixa meio entediada.

– Então é um milagre, eu acho.

– O quê?

– Que você respondesse a todas as minhas mensagens. – Dou mais uma mordida. Deixo a doçura da pasta de amêndoa se espalhar pela minha língua. – É normal a alta gerência trabalhar tanto assim?

– Estamos finalizando um acordo – diz ele, feito um disco arranhado.

Espero, paciente, até que Conor suspira e diz:

– Não.

– Você ainda tem gente bisbilhotando todas as suas mensagens pra te passar um resumo?

– Às vezes. – Mais um suspiro. – Tenho.

– Bom saber. Então não vou mandar nudes nem sonetos obscenos. Prefiro não assediar seus assistentes mal pagos e sem benefícios.

– Eles são muito bem pagos, e você sabe muito bem que nosso convênio médico é ótimo.

Conor esfrega os olhos por um tempo, a ponto de eu ter certeza de que está enxergando pontinhos brilhantes.

– Eu posso trabalhar nisso – diz ele. Então se corrige. – Eu *vou* trabalhar nisso.

– Hã?

– Em estar mais disponível. Estar presente. Ter uma carga de trabalho de alta gerência.

Tento reprimir um bocejo.

– Minha intenção é fazer com que você odeie cada segundo longe de mim.

Ele bufa de um jeito que não é exatamente uma risada.

– Eu já odeio.

– Não, quero dizer... Mais ainda.

O quarto está quente e o açúcar me deixa preguiçosa.

– Você vai ficar chocado com quanto é incrível estar em um relacionamento comigo. Sou muito interessante, divertida e nada desequilibrada. Vou te deixar maluco por mim. – Eu me aninho nele. – E seu corpo também, claro.

– Meu Deus.

Conor me segura pela nuca e eu me entrego ao vaivém de seu polegar, à temperatura de sua pele.

– Você me fez gozar umas dez vezes. Estou te devendo.

– Que tal a gente não contar?

– Disse o Cara dos Números, o banqueiro de investimentos.

– Não sou banqueiro de investimentos, e você é uma física.

– Sou. Posso e vou fazer a minha parte – garanto.

– Já que insiste...

Conor está sorrindo, dá para ouvir em seu sotaque, levemente mais carregado que de costume. Eu poderia abrir os olhos para ter certeza, mas está gostoso demais assim. Pegar no sono. Tão perto dele. Compartilhando o mesmo ar. Compensando os três anos sem isso.

– Insisto. E você disse que me quer no comando.

Uma mão descansa no meu quadril. O peso perfeito, o calor perfeito.

– Um perigo – sussurra ele, e não ouço o tom de provocação de sempre, de reprovação forçada.

Sua voz é emoção em cima de emoção e, embora eu não consiga nomear nenhuma delas com certeza, sinto meus lábios se curvando em um sorriso e estou sonolenta demais para impedir.

Capítulo 42

MAYA: Se eu ganhasse um euro toda vez que pego no sono depois de transar com você e acordo pra descobrir que você está em outro país, eu teria dois euros.
MAYA: O que não é muito, mas é engraçado que tenha acontecido duas vezes.
CONOR: Não tem graça, Maya.
MAYA: MEU DEUS. Senhor?? Minha mensagem foi escolhida em meio à pilha de lama??
MAYA: Me fez lembrar dos espermatozoides, que apostam corrida pelas trompas pra chegar ao óvulo.
MAYA: Ah, não. Comparação errada? Ativei seu fetiche favorito? Ficou excitado no meio de uma reunião com o jurídico?
CONOR: Mais uma vez, não tem graça.
MAYA: Tem um pouco, vai.
MAYA: Se eu te der meus dois euros, você me perdoa?
CONOR: Não, mas vou usar pra comprar mordaça e luvas, já que você é incapaz de se comportar.
MAYA: Você não sabe mesmo o preço das coisas, hein.

MAYA: Enfim, onde você está?

CONOR: Olhe no seu celular.

MAYA: Aaah. Quando você compartilhou sua localização?

CONOR: Você estava dormindo.

MAYA: Fofo! O que mais você fez com meu corpo núbil enquanto eu estava inconsciente?

CONOR: Dê uma olhada na sola do seu pé direito.

MAYA: Uau

MAYA: Não acredito que eu realmente achei que ia encontrar alguma coisa.

MAYA: Boa jogada, Harkness.

CONOR: Bem feito.

CONOR: Encrenca.

Dois dias se passam até que a erupção diminua, três até que os voos sejam liberados, cinco até que eu possa voltar com os cachorros. Momentos bons, comida boa, companhia boa. Sinto falta de Conor, mas não como antes. A saudade parece menos um buraco no meu peito e mais uma dor temporária nas minhas articulações.

Paul se oferece para ajudar a levar Mini e Miúdo, e vai até Austin comigo.

– Obrigada – digo no aeroporto, enquanto tomamos espressos no balcão, lado a lado, com lascas de croissant grudando em nossos dedos.

– De nada. E aí, você e o Hark, né?

Faço que sim com a cabeça.

– Bacana. Quer dizer, estranho.

– Por quê?

– Bom, ele é assustador.

– Não é, não.

– É, sim.

Dou risada.

– Tá, tá bom. Ele é um pouco assustador.

Paul solta uma risada bufada.

– É que eu não imaginava. Quer dizer, sabia que fui estagiário dele? Ele era todo durão. E você... você sempre vai ser a garota que vomitou em mim anos atrás.

Eu me lembro do fedor de macarrão com queijo mal digerido no Honda Civic surrado de Eli. Então me dou conta do que está prestes a acontecer – emprego novo, vida nova. Namorado novo, amor antigo. Penso nos pequenos momentos que vão compor o futuro próximo. Me preparando. Todas as primeiras vezes que virão. Passos de formiga e corridas até a linha de chegada. Construindo memórias.

Com um sorriso, respondo:

– Não vou, não.

NYOTA: Primeiro dia de volta ao trabalho. Comi uma OMELETE DE CLARAS no café da manhã.
NYOTA: Cometi um erro terrível.
MAYA: Não acredito que voltamos por vontade própria, Ny.

Depois da Sicília, passo dezesseis dias sem Conor. Ele voa direto da Irlanda para o Canadá por algum motivo que rima com finalizar um acordo, mas, como Eli, Sul e Minami estão todos na Europa, tento não levar as idas e vindas do mercado financeiro para o lado pessoal.

Há certa frieza no modo como ele me mantém atualizada por mensagens – devo voltar em dois dias; houve alguns erros no processo; uma reunião foi adiada; três dias; semana que vem, a não ser que os idiotas ferrem tudo –, e, embora eu saiba que ele não está mentindo, sinto uma pontada de desconforto no estômago, resquício de anos de afastamento, rejeição, recuo.

Ele nunca diz que sente sua falta, destaca meu lado inseguro e pegajoso.
Ele está ocupado, rebate meu cérebro. *Você está pensando demais.*

E sei que é verdade – estou sozinha na casa de Eli, cuidando de dois cachorros ingratos, uns malditos que gostam mais um do outro do que de mim, pedindo comida toda noite, meus amigos viajando, a pista de patinação fechada, nada para fazer no calor sufocante do Texas a não ser preparar aulas que me deixam ao mesmo tempo aterrorizada e empolgadíssima. Mas

Conor parece estranho. Há uma camada de lona transparente entre nós: eu o vejo do outro lado, mas ele parece distorcido. E, depois de sete dias, quando conversamos por FaceTime, falo abertamente a respeito:

– Você está estranho.

– Estou?

– Como se... – Eu me ajeito no travesseiro. – Como se estivesse escondendo alguma coisa.

– Não estou.

– Certo. Claro. Mas e se estivesse...?

– Eu não...

Ele balança a cabeça. Ainda está de camisa social, o cabelo espetado do lado esquerdo. É uma tragédia que eu tenha tocado tão pouco nele. Assim que tive permissão para fazer isso, sua pele foi tirada de mim. Um crime digno do Tribunal de Haia.

– Está tudo bem, Maya. Como estão o Mini e...

– Está tudo bem, mas...?

Um suspiro profundo. Ele desvia o olhar, rindo, irritado, *alfinetado*. Eu o amo. Ele é teimoso, acha que está sempre certo, não faz ideia de como falar sobre suas emoções, e provavelmente vai ser um namorado difícil.

Não vejo a hora de termos nossa primeira briga de verdade. Não vejo a hora de viver o resto da nossa vida juntos.

– É que eu... – Ele hesita. Por fim, recomeça: – Eu realmente preciso muito estar, no mínimo, no mesmo país que você.

Abro um sorriso. Abraço os joelhos contra o peito, tentando manter todo o calor gerado por suas palavras dentro de mim.

– Me conta mais sobre isso...

CONOR: Você não pode fazer isso.
MAYA: O quê?
CONOR: Você sabe o quê.
MAYA: Sei?
MAYA: Espera. Está falando daquela coisinha que eu mandei?
CONOR: Você sabe que sim.

MAYA: Então não posso mandar fotos?
MAYA: Estou confusa.
CONOR: Você nunca esteve confusa na vida.

Abro um sorrisinho.

MAYA: Sempre tem uma primeira vez.
MAYA: Não entendo qual é o problema. Você acha que se enquadra em violação de direitos autorais? Porque talvez não tenha ficado claro, já que não dava pra ver meu rosto, mas é uma foto minha. É minha propriedade intelectual.
CONOR: Maya.
MAYA: Sou dona. Legalmente falando. E sou maior de idade.
MAYA: Por quê? Você não gostou?
MAYA: Quer dizer que sou feia?
CONOR: Você quer que eu tenha um aneurisma?
MAYA: Olha só, use como quiser.
MAYA: Se não quiser olhar pra ela, é só apagar.
CONOR: Não vou apagar, porra.
MAYA: Mas você quer dizer que eu não deveria mandar mais fotos com menos roupas?
CONOR: Porra.

Eli e Rue voltam antes de Conor, bronzeados, relaxados e soltinhos, sorrindo como se tivessem ingerido o coquetel mais mágico de estimulantes *e* calmantes, e ainda nada prontos para manter as mãos longe um do outro.

– Vou voltar pra casa! – grito cinco minutos depois de Eli colocar as malas no pé da escada.

Coloco o pacote de manjar turco que eles trouxeram embaixo do braço e suspiro ao perceber que ninguém nem me ouviu.

– Fico me sentindo solitária no meu apartamento – digo a Conor mais tarde, o celular apoiado no ombro enquanto corto tomates. – O ar-condicionado está prestes a morrer. Não tenho plantas... nem cachorros. Eu deveria adotar um cachorro. Aaah, será que adoto um *gato*? O abrigo Austin Pets Alive sempre tem uns tão fofos...

– Cadê a Jade?

– Foi passar duas semanas na casa dos pais. – Eu suspiro. – Tudo bem. Tenho muita coisa pra fazer, só sinto falta de ter um animalzinho e...

– Vai pra minha casa.

Paro no meio de um corte.

– Você tem um furão que eu não conheço?

– Não.

– Então de que vai adiantar? Sua casa também está deserta e...

– Meu ar-condicionado funciona. E eu tenho um alarme. Você vai estar mais segura. Minha cama deve ser mais confortável que a sua, a diarista vai uma vez por semana, e eu tenho uma TV grande...

– Qual foi a última vez que você viu um filme? Sei que é uma pergunta difícil, então você tem dez minutos pra pensar em uma resposta.

Um grunhido.

– Maya.

– Quê?

– Só vai pra droga da minha casa.

Sorrio. Como uma fatia de tomate.

– Eu adoraria. Posso arrombar? A janela dos fundos?

– Eli tem uma chave reserva.

– Humm. – Hesito por um instante. – Sabe que, se eu pedir, ele vai saber que...

– Sim – diz Conor.

E é isso.

Conor chega em casa no meio da noite, um dia antes do programado.

Chega bem quietinho. Mesmo assim, eu ouço e, antes que ele possa acender a luz, estou de pé, apontando uma faca de churrasco para o seu pescoço.

– Ah – digo.

– Ah – resmunga ele de volta. Então pega a faca com delicadeza e a coloca em cima da cômoda. – Eu não queria acordar você.

– Certo. É... Eu ia te buscar. Amanhã.
– Com a faca ou sem?
Conor me olha de cima a baixo. Observa a camiseta que roubei do seu armário, a trança embutida que fiz depois do banho. Parece estar tentando não rir.
– Consegui um voo mais cedo.
Ai, meu Deus.
Eu me dou conta de que... ele está aqui. Conor acabou de dominar o mercado de biotecnologia e está *aqui*.
Estou louca para tocá-lo depois de tantos dias de saudades e desejo, enterrando o nariz em seu travesseiro e detestando o fato de só sentir cheiro de sabão. Depois de tantas chamadas de vídeo de baixa resolução e de toda a comida que ele mandou entregar para mim. Mesmo recém-saído de um avião, o cheiro dele é bom demais, ele parece muito concreto, perfeito, familiar e novo, e não faz a barba há um tempinho, o que o deixa ainda mais lindo, e...
Minha respiração fica presa na garganta.
– Graças a Deus que o Seb existe – digo.
– É.
– Espero que o bônus dele seja gigante.
Conor assente.
– Sim, tomara.
– Estou disposta a contribuir com meu salário. E posso incluir uns nudes.
– Não é necessário.
– Vamos perguntar pra ele. Ele pode gostar da ideia.
– Maya, se você...
Pulo em cima dele. Não tem outra palavra para descrever: minhas pernas em volta de sua cintura, meus braços em seus ombros, meus lábios pressionando os dele com tanta força que deve ser doloroso e nada agradável para Conor, mas as mãos dele seguram minha bunda, me puxando em sua direção.
Ele retribui o beijo e de repente estamos na cama. Ele diz umas dez vezes que eu sou perfeitíssima, "perfeita pra cacete, você vai acabar comigo", mas, quando empurro seus ombros para que ele saia de cima de mim, Conor deixa, e eu subo em cima dele.

– O acordo foi desfeito? – pergunto, abrindo seu cinto e puxando sua camisa de dentro da calça, já sem fôlego.

– Eu... Não foi isso que eu fui fazer...

– Mas acabou?

– Acabou...

– Você não vai embora...

– Eu não vou embora, não vou embora até... *Nunca* mais...

– Que bom... Eu senti sua falta.

Nós nos beijamos. Um beijo bagunçado, desordenado, rápido demais.

– Como eu senti sua falta...

Enfio a mão em sua cueca e tiro seu pau, e talvez seja o modo como lambo meus lábios, mas ele sabe exatamente no que estou pensando.

– Maya. Amor. – Conor leva a mão ao meu cabelo. – Não acho que agora seja o melhor...

– Sério? Engraçado.

– Por quê?

– Porque *eu* acho que agora é o melhor.

É gostoso sentir seu peso na minha língua, a respiração travada quando Conor deixa a cabeça cair para trás. Ele é grande demais, e perfeito. Estremece quando roço os dentes de leve, abrindo os lábios e envolvendo a cabeça, analisando cada respiração, cada vibração de suas pálpebras.

Suas mãos em meu cabelo, segurando, sem empurrar.

Meu nome sussurrado, gemido, uma súplica.

Um "porra" murmurado.

Depois de um tempinho, ele segura minha cabeça e dá uma metida na minha boca, devagar, com delicadeza.

– Puta que pariu, Maya.

Eu chupo, com força. Ele aperta meu couro cabeludo, tentando me afastar.

– Maya.

É um aviso.

Solto um murmúrio ainda com ele na boca. Sinto Conor estremecer.

– Estou tentando ser um cavalheiro.

Eu o solto com um estalo erótico.

– Está? – pergunto, satisfeita com o modo como ele revira os olhos quando lambo a lateral da cabeça.

– Estou. Mas...

Giro a mão na base do seu pau, e a voz dele falha.

– Mas estou começando a achar que você me deixaria fazer qualquer coisa com você, Maya. Qualquer coisa mesmo.

– Não sei bem como... *Ah*... Como você não percebeu isso antes... O que você está...?

Ele me deita no colchão e, de repente, está dentro de mim. Um pouco forte e rápido demais, a ardência da penetração é de outro mundo, as várias estocadas até entrar totalmente, implacável, perfeito...

– Isso – digo.

– Meu Deus, Maya. – Ele pega meus punhos e os prende acima da minha cabeça. – Você não consegue se segurar.

Não quando envolve você, é o que quero dizer, mas minha boca está ocupada demais com um beijo.

– Eu não consigo respirar desde que saí da Sicília – diz ele no meu ouvido, inalando meu cheiro, impulsionando o quadril contra o meu. – Não consigo parar de pensar em você. Me desconcentra pra caralho. Você *atrapalha* meu trabalho. Meu sono. Minha capacidade de pensar.

Pensei que ele já tivesse entrado por completo, mas não. Mais um movimento, e ele vai até o fundo.

– Porra. *Porra.* Você é melhor que qualquer fantasia que eu pudesse ter.

Eu sorrio, os lábios contra seu queixo. Tento libertar meus braços, percebo que não vou conseguir. Então digo:

– Conor?

– Oi.

– Quero que você me coma mil vezes. Em todos os lugares possíveis.

Ele quase goza. Sua respiração é ruidosa, ele solta o ar contra o meu ombro, então um grunhido profundo enquanto suas mãos arrancam o lençol do colchão e seu pau estremece dentro de mim.

– Você é *perigosa* pra caralho.

Eu sorrio e ele me abre como se eu fosse uma boneca, imóvel embaixo dele, e me beija e me beija e me *beija*, seus lábios deslizando contra os meus, sua mão segurando meu pescoço para inclinar minha cabeça, e eu tento mexer o quadril para que a gente finalmente...

Ele sai de dentro de mim. Me vira de barriga para baixo. Volta a me penetrar com força, e é tão desesperadamente bom que eu vejo estrelas.

– Um perigo – resmunga ele no meu ouvido.

O resto do mundo desaparece quando ele volta a se movimentar, metendo com tanta força que tenho certeza de que vai gozar antes de mim, mas ele estende a mão, seus dedos encontram meu clitóris, e isso é gostoso em um nível tão absurdo que não sei o que fazer com meu próprio corpo. Agarro o travesseiro, digo coisas sem sentido que se resumem a *por favor, não pare, se você parar... por favor, não pare*. O prazer explode em mim com a força de um terremoto. Coloco a mão na boca para abafar um grito.

– Não. – Conor afasta minha mão, entrelaçando os dedos nos meus, prendendo minha mão contra o colchão. – *Não*. Você vai gritar, porra. Eu quero ouvir. Quero ouvir e você vai *deixar*.

Eu deixo. E meu corpo se desfaz.

Só muito tempo depois, com seus braços me envolvendo como cordas de segurança, penso em dizer:

– Conor?

– Oi?

Fecho bem os olhos. Abro um sorriso contra o travesseiro.

– Bem-vindo de volta.

Capítulo 43

São os primeiros dias.

Nós dois temos muito amor acumulado que, por um bom tempo, não teve para onde ir.

Estamos compensando o tempo perdido.

É o que digo a mim mesma quando não conseguimos arranjar tempo ou espaço para qualquer coisa que não seja nós dois.

– Vamos pra algum lugar – sugere ele, alguns dias depois de ter voltado, passando os dedos pelo meu cabelo. – Só nós dois.

– Pra onde?

– Qualquer lugar onde o Seb não consiga me achar.

Dou risada.

– Pra ir a algum lugar, temos que sair de casa, sabia? Está disposto a fazer isso?

Não. Ele não está. Reconhece isso na mesma noite. Devagar. A brisa soprando as cortinas, entrando pela porta aberta da sacada. Estou muito mole para fazer qualquer coisa que não seja ficar deitada ali, sentindo aquela pressão quente crescendo dentro de mim, uma felicidade tão grande que se torna palpável.

Eu te amo, penso, abraçando seu pescoço. Não digo, mas ele ouve assim mesmo, e sorri contra a minha pele.

🍃

O jantar acontece umas duas semanas depois.

Conor não está nervoso.

– Não vai mudar nada – diz ele para me tranquilizar, e eu acredito.

Também não estou preocupada, mas minha tolerância a constrangimentos é baixa, e fico feliz quando Minami pergunta:

– E se a gente só... reconhecer a situação?

Ainda estou mastigando a primeira garfada do risoto que Eli preparou. É meu prato favorito entre suas especialidades, e ele sabe disso.

– *Atraí você como uma formiga para uma armadilha de açúcar* – sussurrou ele quando entrei. – *Não se preocupe, os jogos de tabuleiro estão guardados à chave.*

– Que situação é essa que temos que reconhecer? – pergunta Rue, tirando os olhos da comida.

Agradeço a Deus por ela ser exatamente como é.

– Você sabe... – diz Minami. – O fato de que o Hark e a Maya estão...

– Não precisamos falar sobre *o que* exatamente eles estão fazendo – destaca Eli. – Namorando. Eles estão namorando.

– Como irmão mais velho, você aprova? – pergunta Minami, o que faz Eli beber um gole de vinho.

– Como irmão mais velho, minha aprovação não é necessária.

Ela sorri.

– Resposta perfeita. Eu te criei tão bem!

– Criou mesmo. Além disso, tenho medo da Maya. E, em menor medida, do Hark também.

Conor suspira. Prudente, ele ainda não começou a comer. Imprudente, desistiu do álcool, o que significa que não se beneficiou da taça de vinho antes do jantar.

– Maya e eu *estamos* juntos. Namorando. Temos um relacionamento. Tanto faz.

– Você já fez o pedido? – pergunta Rue.

– Eu venho praticando autocontrole. – Conor olha ao redor da mesa. – Se tiverem algo a dizer a respeito, falem agora.

– Ou calem-se para sempre? – pergunta Minami.

Conor bufa.

– Como se vocês fossem conseguir.

– Eu não entendo qual é o grande problema – diz Minami. – Continua sendo muito *menos* estranho do que o Eli acabar se casando com a protegida da Florence.

Conor tamborila os dedos.

– No mínimo, é igualmente estranho.

– Pra falar a verdade – continua Minami, pigarreando –, preciso admitir que fui pega de surpresa. Tenho certeza que você não embarcou nesse relacionamento sem saber que certos aspectos poderiam ser... é... problemáticos.

Seguro um sorrisinho. Embaixo da mesa, mando uma mensagem para Nyota.

MAYA: Primeira menção da palavra "problemático".
NYOTA: Foi Minami?
MAYA: Foi.
NYOTA: Eu disse.

– *Mas...* – Minami sorri. – Estou muito feliz de ver que vocês parecem muito felizes. E isso significa que a Maya vai passar muito tempo com a gente. Temos uma jovem na turma, e não somos mais cringe e sem noção.

Faço uma careta.

– Desculpa, não posso ajudar vocês com isso.

– Droga.

– A única preocupação é: o grupo sobreviveria a um término entre o Hark e outro membro? – pergunta Sul. Mas todos olham para Minami, o que parece convencê-lo. – Bom argumento.

Ele volta a comer. E me pergunto se vai arriscar falar de novo esta noite.

– Se serve de consolo – diz Conor, se recostando na cadeira –, duvido que isso vá acontecer. Isso aqui não é... algo de momento.

Minami assente.

— Bom, todos sabíamos que a Maya tinha uma quedinha por você quando era mais nova, mas...

— Essa não é a história completa – diz ele.

— Não?

— Tem um monte de... flashbacks – digo.

Isso parece aguçar a curiosidade de todos. Sul larga o garfo. Minami se inclina para a frente. Até Rue, apesar de ser Rue, parece interessada.

— Contem – sugere Eli.

Conor e eu trocamos um olhar. Embaixo da mesa, ele segura minha mão e diz:

— Lembra do acordo com a Mayers, alguns anos atrás?

Passamos aquela noite no sofá do solário da casa de Conor.

Estou deitada em cima dele, o suor refrescando minha pele. O cheiro de citronela se mistura ao ar noturno de Austin, tão parecido com o da Sicília e, ao mesmo tempo, tão diferente.

— Antares?

Ele aponta para um brilho vermelho no céu. Dou risada.

— Aquilo é um avião.

— Tem certeza?

— Eu te odeio.

Deixo seu suspiro me mover, como uma onda.

— Acho que foi tudo bem – diz ele, pensativo.

— Concordo. Tirando Eli implorando pra gente não fugir pra se casar em Las Vegas nas próximas duas semanas, o que me deixou com vontade de fazer exatamente isso.

Os lábios dele se curvam em um sorrisinho torto.

— Não diga isso. Estou me esforçando muito pra não te pedir em casamento.

— Não se segure por *minha* causa. Eu adoro um pedido de casamento antes de dormir – digo, mordiscando seu ombro.

Estremeço, com um pouco de frio.

— Vou buscar uma roupa pra você.

— Não precisa. Não estou com *tanto* frio assim.

Mas ele já está se levantando com delicadeza. Acompanho Conor com o olhar, suas coxas nuas, suas costas. Nunca achei bundas masculinas atraentes, e não sei por que não consigo parar de olhar para a dele. Acho que é mais por sua segurança, sua confiança no próprio corpo que...

Conor está voltando. Mas não está trazendo uma camiseta, nem um casaco, nem qualquer coisa que eu chamaria de *roupa*.

E não sou burra. Então me sento.

— Ai, meu Deus. Você vai mesmo fazer isso. De verdade.

Ele para a alguns metros de mim. Ergue o queixo e pergunta:

— Aquela é Antares, né?

E sim. É.

— Está tentando me distrair do fato de que vai me pedir em casamento enquanto nós dois estamos nus, sendo que estamos namorando há mais ou menos um mês, localizando a minha estrela favorita?

— Não sei. Funcionou?

— Você quer que funcione?

— Olha só, isto não é... — Ele hesita, passa a mão no cabelo, estranhamente inseguro. — Eu estava em Montreal, andando pela cidade, e vi um anel que achei que você fosse gostar, mas você não precisa...

Eu me seguro muito para não rir da cara dele.

— Você parece nervoso, Conor.

— Eu estou.

— Ficou nervoso assim com a Minami?

— Não.

— Você achava que ela ia aceitar, né?

Ele dá de ombros.

— Eu sabia que sobreviveria se ela recusasse.

Alguma coisa no modo como ele diz isso, nas implicações, no que está escondido por trás dessas palavras...

Meus olhos ardem. E Conor deve perceber que estão brilhando, porque se ajoelha na minha frente.

— Olha, você não precisa dizer que vai se casar comigo. Está passando por muitas mudanças, e eu também vou ter que mudar. O anel pode significar só que... Pode ser só uma lembrança de que eu te amo. De que *eu* quero me casar com você. Que sou um sim constante e infinito. E que, quando você estiver pronta, em dois anos ou em vinte, vou estar aqui. Enquanto isso, a gente pode ser mais... casual, e...

Solto uma risada meio chorosa.

– Você é a pessoa menos casual que eu conheço.

– É, bom... Infelizmente, isso é verdade.

Estendo a mão para ele. Observo o anel singular, vintage, que ele segura, a pérola e os diamantes incrustados no ouro rosé, e... É claro que ele ia encontrar o anel perfeito. Esse puto.

– Um ano atrás, você me disse que eu colocava a Minami em um pedestal. Lembra disso?

Faço que sim com a cabeça.

– E você tem razão. Mas não é só ela... é todo mundo. Eu sempre conseguia *colocar* as pessoas em algum lugar. Longe do meu coração. Mas com você... eu tenho que aceitar o que você quiser.

Ele parece o oposto de resignado. Como se eu fosse o acidente mais calamitoso que já lhe aconteceu, mas ele não desejasse que fosse diferente.

– Não posso te obrigar a ser como eu quero. É brutal. Assustador. Mas não quero mais viver sem isso, então...

– Conor? – digo, segurando seu rosto com as duas mãos.

– Oi?

Eu me permito sorrir.

– Você ainda nem fez o pedido.

Pouco depois, caio no sono com o anel no meu dedo.

Nota da autora

A Sicília é minha região favorita da Itália e espero que meu amor desenfreado tenha ficado evidente neste livro. Adoro tudo o que envolve aquele lugar: a comida, as pessoas, o sotaque, as paisagens, a música e os sítios arqueológicos. Sim, a primeira vez que fui para lá e vi a bandeira da região, tive pesadelos por alguns dias, mas desde então o tríscele foi me conquistando, e hoje tenho muito carinho por ele.

Infelizmente, não existe uma Villa Fedra em Taormina. O casarão descrito neste livro é um amálgama de alguns dos meus lugares favoritos na cidade, e tomei algumas liberdades com sua localização na costa, assim como com as cavernas em Isola Bella, e com a probabilidade de esses lugares não estarem sempre lotados. Mais uma licença poética: o monte Etna entra em erupção com frequência, mas não atrapalha os voos durante tantos dias como aconteceu durante o casamento de Eli e Rue.

Se um dia tiver a oportunidade de visitar a Itália, garanto que a Sicília vai ser a viagem da sua vida. E não deixe de comer uma granita por mim.

Agradecimentos

Este livro ao mesmo tempo levou dois anos para ficar pronto e saiu de uma vez só. Demorei um tempinho para chegar a um produto final que me deixasse feliz, mas comecei a escrever partes dele logo depois que entreguei *Não é amor*, em 2023, quando minha amiga Jen me disse que queria uma história sobre Hark e Maya. E vamos ser sinceras: escrevi este livro principalmente para impressionar *você*, Kennifer.

No início, o plano era escrever algo breve, mas, como você já deve imaginar, depois de ter lido este livro de tamanho normal, não deu *muito* certo, e por isso sou tão grata à minha editora, que interveio e me ajudou, e à minha agente, Thao Le, por terem colocado *Um amor problemático de verão* no mundo. Em especial, agradeço à minha equipe na Berkley: minha editora, Sarah Blumenstock (muitos de vocês perguntaram e, sim, ela me desbloqueou quando voltou do período sabático; pelo menos eu acho que desbloqueou...); minhas coeditoras, Liz Sellers e Cindy Huang; minha editora de produção, Jennifer Myers; minha editora-chefe, Christine Legon; minhas marqueteiras, Bridget O'Toole e Kim-Salina I; minhas assessoras de imprensa, com quem estou no meio de uma disputa, Kristin Cipolla e Tara O'Connor; meu designer, Daniel Brount; minha brilhante ilustradora de capas, lilithsaur, e minha designer de capa, Vikki Chu; minha subagente, Tawanna Sullivan; minha publisher, Christine Ball; minha preparadora, Randie Lipkin; e minha revisora, Yvette Grant.

Muito obrigada, S. e C., pela paciência quando eu tinha prazos a cumprir, e C. pelo chocolate que me deu gás. Como sempre, eu não teria conseguido sem meus amigos do mercado e seu apoio. Em especial, agradeço a meus colegas texanos autores de romance e de fantasia por serem uma comunidade incrível e solidária.

Acima de tudo: feliz aniversário, Jen. Espero que possamos continuar sendo estranhas juntas durante muitos anos.

CONHEÇA OS LIVROS DE ALI HAZELWOOD

A hipótese do amor
A razão do amor
Odeio te amar
Amor, teoricamente
Xeque-mate
Noiva
Não é amor
No fundo é amor
Um amor problemático de verão

Para saber mais sobre os títulos e autores da Editora Arqueiro, visite o nosso site. Além de informações sobre os próximos lançamentos, você terá acesso a conteúdos exclusivos e poderá participar de promoções e sorteios.

editoraarqueiro.com.br